Stefan Loß (Hrsg.)
WeihnachtsÜberraschungsGeschichten

Stefan Loß (Hrsg.)

Weihnachts ÜBERRASCHUNGS Geschichten

BRUNNEN
Verlag GmbH · Giessen

Weitere Geschichtenbücher im BRUNNEN Verlag:
WeihnachtsHoffnungsGeschichten, Gießen 2021
24+2 WeihnachtsLichtGeschichten, Hörbuch, Gießen 2021
FrühlingsLichtGeschichten, Gießen 2022

© 2022 Brunnen Verlag GmbH, Gießen
Lektorat: Stefan Loß
Umschlaggestaltung: Annika Mengel
Illustration: Adobe Stock
Satz: DTP Brunnen
Druck: CPI Books GmbH
Gedruckt in Deutschland
ISBN 978-3-7655-4379-1

www.brunnen-verlag.de

Für

. . . .

Von

. . . .

Inhalt

FABIAN VOGT

Gut versteckt

„Ich hätte nie gedacht, dass das Christkind so raffiniert ist."

Hingerissen starrte Lena die Babypuppe im Schrank ihrer Eltern an. Wie schön die war! Ein Traum. Mit herrlich großen Augen. Genau die Puppe, die sie sich zu Weihnachten gewünscht hatte.

Eigentlich war das kleine Mädchen nur zum Schrank gelaufen, um sich von ihrer Mutter einen Schal auszuleihen. Einen von den bunten … mit Glitzer. Für ihr neustes Prinzessinnen-Outfit. Und dann war sie beim Wühlen in den Kleidern auf dieses unfassbar tolle Geschenk gestoßen. Hinter einem Berg alter Ski-Unterwäsche.

Tja, damit hatte das Christkind wohl nicht gerechnet, als es die Puppe hier platziert hatte. Lena durchschaute die Situation sofort: Weil selbst das Christkind nicht in der Lage ist, die Geschenke aller Kinder einer Stadt gleichzeitig zu transportieren, hatte es sich in den jeweiligen Häusern Verstecke gesucht. Quasi als Zwischenlager. Wirklich geschickt.

Obwohl: auch ganz schön leichtsinnig. Das Risiko, dass ihre Mutter die Puppe fand oder ihr Vater, war doch ziemlich groß. Ja, wenn Lena darüber nachdachte, dann erwies sich das Christkind gerade als eher mittelmäßiger Verstecker von Geschenken: im Kleiderschrank! Im Schlafzimmer! Und bis zum Heiligen Abend waren noch einige Tage hin. Na gut, das Christkind hatte in dieser Zeit wahrhaftig genug anderes zu tun.

Trotzdem beschloss Lena, mit ihm demnächst mal ein ernstes Wort zu reden. So ein banales Versteck, das grenzte ja schon an Leichtsinn. Oder sogar an Fahrlässigkeit. Lena wusste zwar gar nicht genau, was dieses komische Wort bedeutet. Aber es klang sehr bedeutsam: Fahrlässigkeit.

Eines aber wusste Lena sofort: Sie brauchte einen Plan. Und zwar schnell. Als Allererstes musste die Puppe hier weg – bevor ihre Eltern durch Zufall auf sie stießen. Sonst würden die beiden ja sich und dem Christkind die ganze Überraschung verderben. Eine schreckliche Vorstellung.

Schnell zog sie das wunderschöne Geschenk hinter der Ski-Unterwäsche hervor und brachte die Puppe in ihr Zimmer. Und jetzt? In den Schrank? Nein, dass ein Kleiderschrank ein absolut mieses Versteck war, hatte sie ja gerade selbst bewiesen. Unters Bett? Auch nicht gut. Vielleicht würden ihre Eltern vor Weihnachten noch einen Hausputz machen. Mit Staubsaugen und so. Also … genau, das war die Lösung: Sie steckte die Puppe in den Micky-Maus-Reisekoffer, mit dem sie im Sommer in Kroatien gewesen waren. Da würde garantiert keiner nachschauen.

Gerade wollte sich Lena entspannt zurücklehnen und den Erfolg ihrer Aktion genießen, als ihr ein furchtbarer Gedanke durch den Kopf fuhr: „O Gott! Wenn jetzt das

Christkind am Heiligen Abend mein Geschenk aus dem Schrank meiner Eltern holen will, dann wird es dort ja gar nichts finden. Und dann? Wird es in Panik geraten?"

Kurz musste Lena lächeln: „Na, wäre eigentlich egal. Ich habe die Puppe ja schon." Andererseits: Noch viel schöner wäre es natürlich, wenn ihr heiß ersehntes Geschenk bei der Bescherung unterm Weihnachtsbaum liegen würde. Am besten noch in buntes Papier gehüllt. Gut, sie musste dann natürlich so tun, als wäre das Geschenk eine totale Überraschung. Aber Papa fand ja ohnehin, sie sei eine kleine Schauspielerin. Das würde sie schon hinbekommen.

Schnell faltete Lena die Hände und fing an zu beten: „Liebes Christkind. Ich bin dir aus Versehen auf die Schliche gekommen. Tut mir leid. Ist halt passiert. Nur damit du's weißt: Mein Geschenk ist jetzt nicht mehr im Schrank meiner Eltern, sondern im Micky-Maus-Koffer in meinem Zimmer. Und ich muss dir sagen: Dein Versteck war echt schlecht. Wenn du mal Zeit hast, dann zeig ich dir gerne, wo man bei uns im Haus richtig gut was verstecken kann. Amen."

Stellte sich nur die Frage: War die Botschaft angekommen? Diese entscheidende Nachricht? Gut, Lenas Mutter hatte mehrfach beteuert, dass das Christkind alle Gebete hört, aber konnte sie sicher sein? Bei dem Andrang an Gebeten im Advent. Nein, Lena brauchte mehr Sicherheit.

Schnell nahm das Mädchen ein Blatt von ihrem Zeichenblock und einen ihrer dicken Filzstifte, knallrot, und schrieb in großen Buchstaben: „LIBES KRISTKIND.

ICH HABE DEIN GESCHENK GEFUNDEN UND IN MEINEM MIKI-MAUS-KOFER GETAN. DAMIT MAMA UND PAPA ES NICHT ENTDEKEN. WENN DU DIESE NACHRICHT BEKOMEN HAST, DANN SCHICK MIR EIN ZEICHEN. LASS ES AM TAG VOR WEINACHTEN VANILEPUDING GEBEN."

Lena lief noch einmal in das Schlafzimmer ihrer Eltern und schob den Zettel ganz weit nach hinten unter den Berg an Ski-Unterwäsche – und drapierte zur Sicherheit noch ein paar dicke Socken darüber. So würden Mama und Papa ihre Botschaft auf keinen Fall finden.

Gut, das war erledigt.

Natürlich konnte sie es in den kommenden Tagen nicht lassen, immer wieder mal nach der Babypuppe zu schauen. Und bald widerstand sie auch der Versuchung nicht mehr, die Puppe herauszuholen und mit ihr zu spielen. Aber Lena fand: Das hatte sie verdient. Wenn das Christkind schon so ... äh ... fahrlässig ... war, dann war es auch in Ordnung, wenn sie sich schon mal ein bisschen um ihr Spielzeug kümmerte.

Trotzdem wurde ihr jeden Tag mulmiger zumute. Was war denn nun, wenn ihre Nachricht nicht angekommen war? Weder das Gebet, noch der Zettel? War dieses Geschenk dann illegal? Ungültig? Musste sie die Puppe dann zurückgeben? Aber an wen? Es war alles kompliziert. So unfassbar kompliziert.

Doch dann, am Tag vor Weihnachten, stürmte plötzlich Lenas Mutter ins Kinderzimmer: „Mein Schatz, Überraschung, heute gibt es Vanillepudding. Normalerweise mache ich ja so kurz vor Heiligabend keinen

Vanillepudding, aber heute hatte ich das Gefühl: Es soll einfach so sein. Freust du dich?"

Und wie sich Lena freute. Sie konnte gar nicht aufhören zu grinsen. Und das über beide Ohren. Ja, sie hörte auch nicht auf, als ihr Vater ebenfalls im Türrahmen erschien und sie neugierig anschaute. „Na, meine geliebte Tochter, ich wusste gar nicht, dass du Vanillepudding so sehr magst."

„Doch", rief sie, „ich liebe Vanillepudding. Vanillepudding ist herrlich. Vor allem am Tag vor Weihnachten." Sie atmete tief durch. Sie war total erleichtert. Das Christkind hatte ihre Nachricht erhalten.

Lächelnd sagte ihr Vater: „Lena, ich wusste es, du bist wirklich eine kleine Schauspielerin."

Da legte das Mädchen die Stirn in Falten und schaute ihren Vater misstrauisch an. Wie hatte er denn das jetzt gemeint?

Aber Papa deutete nur auf den Glitzerschal um ihren Hals: „Na, du hast dich doch als Prinzessin verkleidet."

Puh, welch ein Glück. Die beiden hatten nichts gemerkt. Gut, mit dem Christkind musste sie schon noch mal reden. Aber das hatte Zeit bis nach Weihnachten.

David und Monika

Ich hätte nie gedacht, dass ich so genial bin!

Monika auch nicht. Ich bin gespannt, was sie sagen wird, wenn sie das hier sieht. Sie wird begeistert sein! Zwar ist erst in einer Woche Weihnachten, aber dieses Geschenk bekommt sie schon jetzt.

Ich freue mich diebisch über meine Überraschung. Damit wird Monika nicht rechnen, wenn sie nach Hause kommt. Sie erinnert sich noch lebhaft an unseren Einzug in diese Wohnung vor fünf Jahren, wie ich weiß. Wie ich, David, nur mit einem Imbusschlüssel bewaffnet, den Riesenpaketen von IKEA den Kampf ansagte. Wie ich den pressspangepanzerten Goliath mit einem gewitzten Dreh in die Knie zwingen wollte! Ich war wild entschlossen, Monika zu beweisen, dass auch ein kleiner Informatikstudent wie ich den Herausforderungen der analogen Welt gewachsen war. Monika würde begeistert sein!

„Ach, David", sagte sie wenig später in der Notaufnahme, während ein Arzt den Imbusschlüssel aus meinem Handteller pulte und mir außerdem eine lange Schraube aus dem Fuß zog, „ein Möbelstück können wir neu kaufen, wenn es kaputtgeht. Dich nicht."

Nicht nur meine Hand und mein Fuß waren durchbohrt, sondern auch mein Stolz. Schmollend beobachtete ich von der Couch aus, wie meine Frischangetraute die Wohnungseinrichtung zusammenschraubte, ohne auch nur einmal in irgendeine Anleitung zu gucken. Danach kochte sie Tee.

„Fehlt eigentlich nur noch ein gescheites Küchenregal", bemerkte sie, als sie uns aus der teuren blauen Kanne eingoss, die wir zur Hochzeit geschenkt bekommen hatten. „Eins, in dem diese Kanne besonders gut zur Geltung kommt!"

Doch dieses Regal fand sie nie. Keines war ihr „gescheit" genug, um haargenau in jene Küchenecke zu passen, die sie auserkoren hatte. Ich schlug eine Maßanfertigung vor, aber Monika winkte ab. Das wäre für zwei Studenten wie uns zu teuer gewesen. So lebten wir jahrelang, weit über unsere Abschlüsse hinaus, ohne „gescheites" Küchenregal und Monikas blaue Lieblingskanne musste ihr Dasein hinter Schranktüren fristen.

Bis heute. Stolz stehe ich vor meinem Werk: meinem ersten selbst gebauten Möbelstück.

Ich habe alles genau berechnet, Holz bestellt und mit den Brettern unterm Arm bei Herrn Fuchs in der Wohnung unter uns geklingelt. Er ist ein Bär von einem Mann, ein Paketbote mit breitem Kreuz und noch breiterem Lächeln. Als Hobbybastler besitzt er eine Tischsäge, mit der er mir bereitwillig die Bretter zurechtsägte. Er lieh mir auch seinen Akkuschrauber.

„Wenn Sie Hilfe brauchen …", begann er mit misstrauischem Blick auf meine Spargelärmchen, die ich sogleich benutzte, um energisch abzuwinken: „Selbst ist der Mann!"

„Natürlich!" Herrn Fuchsens Kehlkopf hüpfte. „Viel Gl... Erfolg!"

„Wenn das Regal fertig ist, laden wir Sie zum Tee ein, meine Frau und ich", versprach ich trotzig und machte mich ans Werk.

Und was soll ich sagen? Das Regal passt perfekt in die Ecke. Wenn das nicht gescheit ist!

Feierlich platziere ich die blaue Kanne in der Mitte des Regals. Dann fahre ich los, um meine Frau vom Bahnhof abzuholen. Sie hat eine Freundin in Österreich besucht. Strahlender Laune steigt sie aus dem Zug und drückt mir einen Kuss auf die Wange. Dann fröstelt sie demonstrativ. „Im Zug ist die Heizung ausgefallen, aber denkst du, irgendwer hätte die wieder in Gang gebracht? Jetzt brauche ich dringend einen gescheiten Tee!"

„Das ist eine fantastische Idee", pflichte ich ihr bei und wir fahren nach Hause. Und weil ich es mir nicht verkneifen kann, füge ich hinzu: „Zu Hause wartet übrigens auch eine kleine Überraschung auf dich."

„Weihnachten ist doch erst in einer Woche", wundert sich Monika.

Voller Vorfreude schmunzele ich in mich hinein.

Im Treppenhaus zu Hause begegnet uns Herr Fuchs mit Eimer und Wischmopp. „Hören Sie", begrüßt er uns. „Während Sie weg waren, hat es bei Ihnen in der Wohnung ziemlich laut geknallt. Klang, als wäre da etwas eingestürzt."

Augenblicklich sackt mir das Blut in die Kniekehlen. Monika sieht mich von der Seite an. „Hat das was mit der Überraschung zu tun, die du mir eben versprochen hast?"

„Ich hoffe nicht", quakt der Frosch in meinem Hals.

Monika eilt voraus in die Wohnung, während ich mich mit bleiernen Beinen die letzten Stufen hochquäle. Noch im Treppenhaus höre ich Monika aus der Küche heulen: „Meine Kanne! Meine wunderschöne Teekanne! In tausend Scherben! Und was soll dieser Bretterhaufen da sein?"

„Ojojoj ...", höre ich Herrn Fuchs hinter mir murmeln.

Vor der Tür streife ich die Schuhe ab und schleiche in die Wohnung. Monika hockt weinend in der Küche inmitten zersplitterter Bretter und blauer Scherben. Behutsam sammelt sie eine Scherbe nach der anderen auf, als wäre da noch etwas zu retten. Ich muss schlucken.

„Ich habe dir ein Küchenregal gebaut", presse ich hervor. „Es hat perfekt in die Ecke gepasst."

Statt einer wütenden Antwort feuert Monika die eben aufgesammelten Scherben zu Boden. Unbeholfen tappe ich zu ihr hin und will ihr die Hand auf die Schulter legen, da bohrt sich etwas schmerzhaft in meinen Fuß. Ich schreie auf, gerate aus dem Gleichgewicht, stolpere über ein Regalbrett und versuche mich mit den Händen auf dem scherben- und splitterübersäten Boden abzustützen. „David!", schreit Monika entsetzt, aber da ist es schon passiert. Als ich die rechte Hand hebe, steckt darin ein scharfes Stück Keramik.

Herr Fuchs guckt konsterniert, als ich, an Monikas Seite, auf einem Bein die Treppe hinunterhüpfe. „Vorsicht", warnt er und hebt den Mopp. „Es ist frisch ge..."

Tja.

Eine Woche später sitzen Monika ich in der Christmette. Ganz hinten, neben der Kinderecke, weil ich mit meinem Gipsbein nicht in die Bank passe. Es ist schummrig in der Kirche und im Wesentlichen sehe ich nur Hinterköpfe.

„Guck mal, Herr Fuchs ist auch da", flüstert Monika mir zu und ich nicke. Herr Fuchs ist kaum zu übersehen. Sein rotes Haar leuchtet heller als die Lämpchen am Christbaum.

„Geht der nicht jeden Sonntag?", flüstere ich zurück.

„Aus Liebe hat Jesus sich geopfert", höre ich die Pfarrerin mit halbem Ohr sagen. „Aus Liebe zu uns Menschen trägt er nun die Wundmale an Händen und Füßen. Das ist sein Geschenk an uns."

Aha.

Plötzlich greift Monika nach meinen beiden Händen. Der verbundenen und der unverbundenen. Mit dem Daumen streicht sie über die Narbe, die seit fünf Jahren meinen Handteller ziert. „Ich weiß, dass du mich liebst", flüstert sie und küsst erst meine linke, dann die rechte Hand.

Ich lache verlegen. „Ich bin doch nicht Jesus."

„Nein, der war ein besserer Zimmermann als du."

Kurz vor Ende des Gottesdienstes rumort es plötzlich vor uns. Herr Fuchs windet sich aus seiner Bank und eilt nach draußen, als habe er etwas vergessen. Wenige Minuten später machen auch Monika und ich uns auf den Heimweg. Auf Krücken humpele ich die Treppe zu unserer Wohnung hinauf.

„Was ist denn das?", fragt Monika plötzlich und deutet auf einen in Weihnachtspapier gewickelten Karton vor unserer Wohnungstür. Sie hebt ihn auf und trägt ihn in die Wohnung. Neugierig, wie sie ist, reißt sie noch im Flur das Papier ab und öffnet die Schachtel darunter. Dann schreit sie entzückt auf.

„Sieh nur, David, eine Teekanne! Donnerwetter, ist die schön! Von wem ist die?"

Sie hebt eine edle Kanne aus den Styroporflocken und bewundert sie von allen Seiten. Derweil fische ich eine Karte mit leuchtend gelbem Blumenmotiv aus dem Karton.

„Osterglocken?" Monika lacht ungläubig. „Da hat aber jemand die Feiertage verwechselt!"

„*Seht hin, ich mache etwas Neues; schon keimt es auf. Seht ihr es nicht?*", lese ich vor. Verwundert drehe ich die Karte um. Handschriftlich hat dort jemand ergänzt: „*Ich schenke Ihnen nur eine neue Teekanne, nachdem Ihre alte zerbrochen ist. Gott aber schenkt Ihnen noch viel mehr, wenn Sie das möchten: sich selbst. Dadurch macht er alles neu. Sogar unser Leben. Frohe Weihnachten!*"

Bedeutsam

Ich hätte nie gedacht, dass diese Kleinigkeit mir einmal solche Flügel verleiht, mir Äste zum Losklettern ins Leben schenkt, mir ihr Licht bis heute noch Wärme und Licht vermittelt.

Es war mein 6. Geburtstag, wir schreiben das Jahr 1976. Mit dem alten Skoda Oktavia Combi holen wir meine Großeltern aus ihrem Urlaub im Erzgebirge ab. Als wir nach einer gefühlten Ewigkeit in Oberbärenburg ankommen, nimmt mich Opa strahlend in den Arm, drückt mich und gratuliert mir.

Aus seiner Jackentasche zieht er ein kleines Päckchen.

Ich falte das Papier auseinander. Zum Vorschein kommt ein kleiner, schlichter, handgedrechselter Kerzenständer. Rund. In der Mitte ein kleiner Baum mit zehn filigran herausgeschälten Ästen. Damals in der DDR vermutlich eine Ware, die es nur unter dem Ladentisch zu ergattern gab.

46 Jahre später im Advent denke ich an diesen Moment zurück. Ich sehe mich noch sitzen im Schein der ersten brennenden Kerze in meinem Kerzenständer. Strahlend. Stolz. Glücklich. Sächsische Eierschecke. Heißer Kakao. Opas wertschätzender Blick: mein großer Enkel. „EVP 1,25" Mark verrät der Stempel noch heute auf der Unterseite.

Die banale Winzigkeit wurde mir zum großen Meilenstein.

Mit dem Geschenk signalisierte mir Opa: Willkommen in der Welt der Großen! Du bist demnächst Schüler! Mit dir kann man jetzt etwas anfangen! Dir vertraue ich ab jetzt mehr als nur Spielzeug an! Diesen Kerzenständer darfst du zukünftig selber anzünden! Er gehört dir! Du meisterst das Leben! Du hast dieser Welt mit deinem Sein etwas zu geben! Du bist ein Original! Du bist einzigartig, Rüdiger, wie dieses kleine handgedrechselte erzgebirgische Kunstwerk.

Opa hat mich groß gemacht. Ich sitze auf dem Rücksitz seiner Schwalbe. Wir holpern übers Kopfsteinpflaster. Ich umklammere ihn von hinten auf dem Weg zum Schloss aufsperren. Ich darf die schwere Schlossertasche in den 2. Stock schleppen. 200 Metallwinkel müssen entgratet werden. „Das bekommst du hin!" Da der Schraubstock an der Werkbank noch zu hoch ist, bekomme ich eine alte Munitionskiste unter die Füße.

Frühstückspause. Die Lehrlinge und Gesellen gehen in ihr Stübchen hoch. Der Enkel darf mit ins Kontor. Am Schreibtisch links Oma, rechts Opa, der Meister. Neben Opa mit Blick auf die Meisterstücke ich, der Enkel, eine Milch, ein belegtes Brot. 15 Minuten an der Seite des Meisters.

Opa war kein Mann der großen Worte, kein Pädagoge, kein Studierter, sondern ein einfacher Schlossermeister. Doch er lehrte mich neben Feilen, Schmieden, Entgraten, Kehren, Aufräumen auch Wertschätzung, Aufrichtigkeit, Schweigen, Dranbleiben, Ausdauer, Höflichkeit,

Verantwortlichkeit, Nachhaltigkeit, Freundlichkeit, Zuwendung, Weitblick, Aufrechtgehen, Achtung vor der Schöpfung, Glauben und Schachspielen.

Der Kerzenständer wanderte mit.

Vom Osten in den Westen. Von Riesa nach Fulda. Künzell. Hamburg. Wildberg. Lörrach. Worms. Frankfurt/Main. Glauchau. Wetter/Ruhr.

Er begleitete mich von der Polytechnischen Oberschule über Hauptschule. Realschule. Ausbildung zum Werkzeugmacher. Fachabitur. Zivildienst. Aushilfsjob. Erstes Studium. Jugendreferent sein. Zweites Studium. Pastor sein. Redakteur sein. Auf den zehn Lebensstationen, der Reise vom Kind zum Erwachsenen, den beruflichen Auf und Abs bekam er manche Scharte ab, erlebte Zerbruch, wurde geleimt, verlor die Hälfte seiner hölzernen Nadeln ...

Weihnachtliche Ansehnlichkeit ist anders. Das Leben hat an ihm und mir Narben hinterlassen. Fünf Äste sind verloren gegangen. Doch immer noch erfüllt er seinen Zweck: Licht schenken, Dunkelheit ausleuchten, mich groß machen, mich erinnern. 46 Jahre später nehme ich ihn in den Dezembertagen wieder ehrfürchtig, dankbar aus dem Bücherregal, stecke eine Kerze rein, zünde diese an. 46 Jahre später signalisiert mir diese Banalität, diese Geste für „EVP 1,25" Mark: Heiligkeit. Stärke. Fundament. Glauben an mich. „EVP 1,25" steht für: Kleines kann Großes machen, bedeutsam werden, hoffnungsvoll hineinstrahlen, tragfähig werden für ein ganzen Leben.

Opas 75. Geburtstag.

Längst besiegte ich ihn im Schach.

Er hörte schwer, sah schlecht, war müde.

Gezeichnet von Krieg, seiner geklauten Jugend, dem Kampf ums Überleben in Stalingrad, dem Schwimmen in der kalten Ostsee, den Aufbaujahren, den Mühen von 40 Jahren Schlossermeistersein inmitten der Gängelungen des Sozialismus, dem zu frühen Tod eines seiner Kinder und zweier Enkel.

In der Gaststätte, wo wir miteinander feierten, zog ich meine vorformulierten Worte und den Kerzenständer aus der Jackentasche.

Ich stellte meine kindliche Kostbarkeit vor ihm auf. Er hatte den Kerzenständer längst vergessen, ich nicht. Mit jeder Silbe, die ich in den Raum stellte, kam die Erinnerung zurück, begannen seine Augen mehr und mehr zu strahlen. Leuchten. Stille. Applaus. Verstohlen wischte er sich ein paar Tränen aus dem Gesicht.

Schluckend sah er mich an und flüstere mir entgegen „Danke Rüdiger. Mein Großer!" Seine alten Arme umschlossen mich.

Mit unscheinbarem, kleinem, „EVP 1,25" anderen Flügel verleihen, Wärme und Licht ausbreiten, Äste schenken. Opa tat es. Unspektakulär. Zugewandt. Alltäglich. Davon zehre ich noch heute. Im Advent. Im Beruf. In der Familie. Im Glauben.

Erstaunlich

Ich hätte nie gedacht, dass er so lange hier oben bleibt. Spätestens im September sind sie alle weg, wenn der Schnee kommt und die Sonne es nicht mehr über das Felsmassiv schafft.

Es ist Dezember und er ist noch da, der Biologe aus Madrid, der über die Wiese stapft, an Moos schnüffelt, Bäume umarmt und Messungen macht.

Ich stehe am Küchenfenster und schaue in die trübe Landschaft. Gerade kriecht er unter Wurzelgeflecht. Ich sehe seine bunte Kappe. Was sucht er denn jetzt schon wieder?

Mein Gesicht spiegelt sich im Fensterglas. *Wettahex* nennen mich die Kinder im Tal. Sie denken, ich höre das nicht. Ich bin zwar eine alte Frau, aber meine Sinne sind jung geblieben, sonst könnte ich hier nicht leben, hier in meinem Heimatdorf hoch in den Bergen. *Wettahex?* Wenn ich mein runzliges Spiegelbild betrachte, muss ich ihnen recht geben.

Ich bin die Letzte meiner Art und die Bäume sind die Letzten ihrer Art. 600 Jahre alte Ahornbäume trotzen der Zeit. Sie sind einzigartig und locken im Sommer Touristen an. Ich sollte froh sein, schließlich kaufen sie meinen Käse. Sie posieren vor meinem Haus für ihre Fotos.

Die Frauen strecken ihren Busen vor und schürzen ihre Lippen. Ihr Mund sieht aus wie ein Hühnerpopo. Mit ihren kleinen Telefonen quetschen sie sich in die kleine Kapelle, fotografieren und achten darauf, dass vor allem sie selbst das Motiv sind.

Ich bin die Konstante im Ahorndorf – und inzwischen auch der Biologe, der nicht hierher passt, aber hartnäckig bleibt wie ein Baumpilz am Totholz.

Seinen Namen kann ich nicht aussprechen. Ich nenne ihn Xaver, das klingt so ähnlich. Seine Gesten sind überschwänglich. Jedes Wort muss er mit seinen Händen in die Luft malen, als wären wir in einem Puppentheater. Wenn er redet, öffnet er seinen Mund, dass ich seine Zähne und die flinke Zunge sehe. Ich kann sprechen, ohne dass sich mein Mund wie ein Scheunentor öffnet. Ich nuschle, sagen die Touristen. Ich sei grantig, sagen Wanderer. Schmarrn, ich habe die Kontrolle über meine Worte, meine Gesichtszüge und meine Gefühle. Mehr kann ich nicht kontrollieren, denn die Natur verlangt mir alles ab: schroffe Felsen, karge Wiesen, knorrige Bäume und ständiger Frost, Sturzbäche, die die kostbare Muttererde ins Tal spülen, oder Schneeplatten, in denen man verschwindet und vielleicht im Sommer als Ötzi wieder auftaucht.

Da ist er schon wieder. Was stellt er denn diesmal an? Er hantiert mit einer Kerze im Wind. *So a Dotscherl.* Seit dem ersten Advent faselt er von einem Lichterbaum. Hier oben gibt es keine Tannen. Er wird doch nicht …? Ich gehe näher zum Fenster, suche ihn zwischen den wuchtigen Bäumen, die in der ewig gleichen Dämmerung wie Dämonen erscheinen. Er wurschtelt an meinem Rechen herum, versucht, Kerzen aufzustecken. Das hält doch nicht. Sieht man doch.

Er mag ein begabter Biologe sein, aber er ist ein miserabler Handwerker. Er kann alles verschlimmbessern, deswegen lass ich ihn nicht an meine Tiere und den Käse. Nur beim Mistschaufeln nehme ich seine Hilfe an. Was macht er denn jetzt? Das ist ja nicht zum Aushalten. Ich klopfe gegen die Fensterscheibe. Er schaut auf. Lächelt und zeigt seine weißen Zähne.

„Kimm nei", rufe ich und er kommt herein samt Rechen und Kerzen. Ich hole ein kleines Schnitzeisen und grabe Furchen in den Rechen. Bin ich verrückt geworden? Muss ich wohl.

Xaver versucht seinen Körper warm zu klopfen, haucht in seine Handflächen und tritt von einem Fuß auf den anderen. Beinahe tut er mir leid. Er passt nicht hierher – seine dunklen Locken, seine glatte Haut, der erdige Hautton, seine laute Stimme und die vielen Gesten, sein Lachen und Singen. Die Natur lehrt mich zu ertragen und zu erdulden. Da ist kein Platz für Überschwang.

Nun habe ich tatsächlich Kerben in meinen Heurechen geschnitzt. Ich fasse es nicht. Er reicht mir acht Kerzen. Ist das nicht etwas wenig? Ich hole noch mehr Kerzen, doch er winkt ab. Nun gut, dann hat unser Rechenweihnachtsbaum nur acht Kerzen.

Mit einem Kienspan zünde ich sie an, aber er hält mich wieder zurück. Ich darf nur eine anzünden. Jeden Abend eine. Wenn die achte Kerze brennt, ist Heiligabend. Die Spanier haben eine seltsame Tradition. Nun gut. Sparsamkeit ist wichtig.

An Heiligabend strahlt er wie ein Kind. Sein Haar glänzt, als habe er Fett hineingeschmiert. Draußen türmt sich der Schnee meterhoch auf. Seine eisigen Klauen haben sich um unsere Hütte gelegt. Mich fröstelt. Xaver strahlt und meint, der Schnee sei ein Ort voller Geborgenheit. Er hat keine Ahnung. Er passt nicht hierher.

An unseren Rechenweihnachtsbaum habe ich mich mittlerweile gewöhnt. Er steckt in einem Holzklotz in unserer Küche – der wärmste Raum im Haus. Xaver fordert mich auf, die achte Kerze anzuzünden. Es ist so festlich, geradezu heilig, als wäre ich in einer Kirche.

„Frohe Weihnachten", sage ich.

„Chanukka sameach."

„…?"

Er lacht und spricht Worte, die ich nicht verstehe. Sie klingen feierlich, so als würde der Herr Pfarrer einen Segen sprechen. Mich berührt der Klang: sanft, erdig, moosig und geradezu lebendig. Er singt ein Lied und gestikuliert, wirft den Kopf in den Nacken und seine Locken wippen. Diese Südländer. Ich ertappe mich, dass ich mitsumme und sogar meinen Fuß im Takt bewege. *Herrschaftszeiten!*

Es brennen nur die acht Kerzen. Ihr Licht zeichnet alles weich. Ich schaue aus dem Fenster, sehe zuerst mein altes Gesicht. *Wettahex?* Nein, heute nicht. Ich blinzle mein Spiegelbild weg und blicke hinaus.

Der Mond erhellt die Schneelandschaft. Sterne funkeln über dem Felsmassiv und die knorrigen Ahornbäume erheben sich wie eine Engelschar. Sie wirken nicht mehr bedrohlich, sondern majestätisch. Äste wie Arme, die sich in den Himmel strecken. Wurzeln wie Beine, die sich verbeugen. Schnee, wie ein aufgeschlagenes Federbett, das auf das Jesuskind wartet. Es ist ein friedliches Bild.

„Frohe Weihnachten", sagt Xaver. „Nur fünfmal in 100 Jahren fallen Chanukka, das jüdische Lichterfest, und Heiligabend auf den gleichen Tag. Ist das nicht erstaunlich?"

Ist es das? Für ihn ist alles erstaunlich: Bäume, Pilze, Vögel, Ziegen, Käse, Kerzen, Schnee. Ständig staunt er und dann lächelt er sein Scheunentorlächeln. Vielleicht sollte ich auch mehr staunen … und lächeln.

Ich möchte ihm auch ein frohes Fest wünschen. Wie lauten die Worte? Still übe ich sie mehrmals, denn ich sorge mich, dass ich sie falsch ausspreche.

Ich atme tief ein und sage: „Chanukka sameach."

Xaver strahlt und ich auch.

Seelenbrot, retrostyle

„Ich hätte nie gedacht, dass dir das schmeckt", nuschelt Frederike mit vollem Mund. Leon ist 13 und genau deshalb hier. Wegen Uromas Mahlzeiten. Bei ihr zu essen sichert den größtmöglichen Abstand zum „krassen Gelaber" an Mamas Tisch, wie er es nennt. Belehrungen über Lactose, Vitamine, Gluten, Histamine, Farbstoffe, Geschmacksverstärker, Konservierungsmittel, satte Kalorienwerte und ungesättigte Fettsäuren. „Biste fett sauer, bevorde satt bist." Der Junge grinst. Er umkrallt die Gabel wie einen Dolch, sticht in einen der hellgrauen Königsberger Klopse in der Suppenterrine und hievt ihn, sahnesoßetropfend, auf seinen Porzellanteller mit Goldrand.

„Aber deine Mama will doch nur …", ergreift Frederike Partei, wird aber unterbrochen. „… die will doch nur angeben, echt jetzt. Mit Köfte, Bulgur, Quinoa, Pita, Ayran, Wasabicreme, Sushi und so'm Zeug. Wenn Besuch kommt, wird's extremst exotisch. Die bringen Zitronengras mit und Tiger Prawns. Und zum Nachtisch Zabaione oder Trifle im Glas."

Frederike versteht kein Wort. Sie nickt brav und tut erstaunt.

„Die Kapern darfst du beiseitelegen. Noch etwas Rot-

kohl? Hab' ich selbst gehobelt. Ist aber Apfelessig dran."
Leon häuft auf und haut rein. „Deshalb ja."

„Ich möchte Heiligabend zu Frederike. Alleine." Der überraschende Weihnachtswunsch irritierte seine Eltern zunächst. „Ich hätte nie gedacht, dass ..." Leons Mama war einen Moment sprachlos gewesen. Weihnachten bei der Großmutter ihres Mannes? Bei Anna Frederike zu Torkenburg? 97 Jahre alt, pommersche Adlige von Geblüt, furchtlose Lazarettschwester von Gemüt, in den Wirtschaftswunderjahren standesbewusste Unternehmergattin, in den 90ern Fan von Rita Süssmuth, seit einem Vierteljahrhundert Witwe. So gesund, wie man mit zwei neuen Hüften, täglich präzise terminierter Pillenfolge, mit Hörgerät und Rollator nur sein kann. Rigoros in ihren Überzeugungen, geistig topfit und vor allem – gerne allein lebend. „Schenkt mir einen gescheiten Roman und bleibt, wo ihr seid" hatte Frederike schon Ende Oktober in die Familiengruppe gewhatsappt. Das kann sie nämlich. Whatsappen. Auch simsen. Nur posten nicht. Ihre Kinder im Rentenalter und ihre Enkel Anfang vierzig sind ihr lieb und teuer – „vor allem teuer", wie sie früher lachend angemerkt hatte bei Führerscheinen, Abitursfeiern und Hochzeiten – aber aufgeregtes Gewusel und Gewimmel am Heiligabend? „Muss nicht sein, ihr Lieben, telefonieren tut's auch."

Nur ihr 13-jähriger Urenkel hatte widersprochen: „Darf ich trotzdem? Nur ich?" „Unter zwei Bedingungen", hatte Frederike zurückgeschrieben „Dein Smartphone bleibt zu Hause. Wir schauen uns beim Reden an und nicht beim Tippen zu, klar? Und nach dem Essen gehen wir in die Mitternachtsmesse."

Leon trägt sein Ein und Alles trotzdem bei sich. Versteckt in den tiefen Weiten seines Kapuzensweatshirts, auf „lautlos" gestellt. Uroma Torkenburg weiß es. Auch trotzdem. Der Junge hat im Gästezimmer das Ladekabel in der Steckdose vergessen.

„Wenn wir früher Besuch bekamen …", erzählt Frederike „gab's sauer eingelegte Bohnen, Nudelsalat mit viel Mayonnaise, Käse-Igel und Zucker am Blattsalat.

Unterwegs im VW-Käfer gab's Blutwurst auf monströsen Graubrotscheiben oder rohes Hackfleisch mit Zwiebeln und Gewürzgurken drauf. Maurermarmelade nannten wir das. Mein Mann spottete dann spaßeshalber ,Komm, Herr Jesus, sei du unser Gast und sieh' selbst, was du uns bescheret hast.'"

Leon kichert stimmbrüchig. Dafür liebt er sie. Diese unfassbar freche alte Frau mit Furchen im Gesicht wie eine verwitterte Steilküste.

„Als ich so ungefähr in deinem Alter war, fing der Krieg an. Wenn wir hungerten, dankten wir Gott für jedes bisschen Essen an sich. Jetzt danke ich hauptsächlich für leckeres Seelenbrot." Es entsteht eine Pause. Normalerweise googelt Leon unbekannte Wörter sofort. Hier würde ihn sein allwissendes Bildschirmbrettchen verraten. Aber da redet Frederike schon weiter: „Seelenbrot, das ist Zufriedenheit, Zuversicht, Hoffnung, Mut. Durch schöne Musik, gute Bücher, angenehme Menschen, so Sachen, verstehst du? Braucht man wie Nahrung, glaub' mir."

Fleischklops Nummer drei beult Leons linke Wange aus. „Die müssten heute eigentlich…", er überlegt, „Kaliningrader Köttbullar heißen, Königsberg sagt man ja nicht mehr, oder?"

„Hätte nicht gedacht, dass du das weißt", staunt Frederike. „Aber jetzt mal Tacheles, mein Lieber: Zieh' dir was Ordentliches an, dann darfst du dein Handy mit in die Kirche nehmen. Auf geht's."

Leon läuft knallrot an. Uroma lächelt gütig, räumt das schwere Festtagsgeschirr zusammen und erhebt sich ächzend.

Auf Leons TikTok-Account sehen seine Freunde wenig später den weihrauchumnebelten Einzug eines katholischen Priesters in vollem Ornat, flankiert von zehn oder zwölf Jungen und Mädchen in rot-weißen Gewändern – „Ministranten heißen die", hört man Frederike sagen –, sie schreiten feierlich längs durch eine dunkelblau illuminierte Kathedrale, untermalt von dröhnendem Orgelgebraus – „Toccata und Fuge in D-Moll. Von Bach! Johann Sebastian Bach!", ruft Fredrike dazwischen –, und während die Kamera über ein Kerzenmeer, den wuchtigen Altar und zwei riesige Blumengestecke auf die Krippe mit der holzgeschnitzten Heiligen Familie schwenkt, hat Leon hörbar einen Kloß im Hals: „Das ist so mega … so voll geiles Retro hier … das ist so cool, mein krassestes Weihnachten, echt jetzt Leute, da glaubste so was von an

Gott … das, keine Ahnung, das spürste so irre …" Weiter versteht man ihn nicht, denn plötzlich setzt gemeinsamer Gesang ein. Volltönend, vierstimmig.

„Gloria in Excelsis Deo." Frederikes 97-jährige blecherne Altstimme immer eine Terz drunter. Leon schaltet sein Handy aus, steckt es ein und merkt erst in der zweiten Strophe, dass er die ganze Zeit Uromas Hand hält. Ganz fest.

MATHIAS JESCHKE

Scrabble in der Weihnachtszeit

„Ich hätte nie gedacht, dass jemand mal etwas so Sonderbares zu mir sagen würde: ‚Jonathan Schievelbein, du bist ein trostloser Bratklops – ach, was sag ich: ein hoffnungsloser Rollmops bist du!‘"

Jonathan Schievelbein ruckelte sich gemütlich in einem schon etwas wackeligen Hochlehner zurecht, der von Ferne an einen Decksstuhl erinnerte, wie es sie auf alten Schiffen gegeben hatte. Wir hatten es uns in der Sitzecke bequem gemacht. Meine Freundin Ruth und ich saßen nebeneinander auf einem schönen alten Ledersofa, das irgendwie englisch wirkte. Es gefiel uns, da miteinander sitzen zu dürfen, es schien auf eine geheime Weise zukunftsweisend zu sein. Und Frau Monrath von gegenüber saß sehr aufrecht in einem rotbraunen Ohrensessel mit einem Plaid auf den Knien – sie stand fast im Sitzen, so wirkte es.

Die drei Kerzen auf dem Adventskranz verliehen unseren Augen einen vorweihnachtlichen Glanz. Wir prosteten einander zu, Herr Schievelbein hatte eine Flasche „Crémant de Loire brut" geöffnet.

Den ersten Teil dieses ein wenig seltsamen gemeinsamen Abends hatten wir miteinander Scrabble gespielt. Und all das war Ruths Idee gewesen.

Eines Tages war sie zu mir in die Küche gekommen und hatte gesagt: „Weißt du, der Herr Schievelbein von gegenüber, also, seine Frau, die ist ja mit Alzheimer im Pflegeheim, und ich treffe ihn manchmal auf der Straße. Da erzählt er mir dann, wie es ihr geht, und dass ihm seine Frau so sehr fehlt, die ja nun irgendwie gar nicht mehr sie selbst ist. Und dass er manchmal gar nicht weiß, was er mit sich anfangen soll. Da kam mir die Idee, dass wir ihn doch mal zum Spielen einladen könnten.“

Ich schnaufte, sodass Ruth gleich fragte: „Was? Hast du was dagegen?“

Ich sagte: „Ja. – Nein. – Na, ich kann mir einfach nicht vorstellen, dass ausgerechnet Herr Schievelbein sich zu uns herüberbewegt und mit uns so etwas Banales wie einen Spieleabend veranstaltet.“

Ruth antwortete: „Weißt du, mein Lieber. Es ist Weihnachtszeit. Und auch Herr Schievelbein hat Gefühle. Das spüre ich doch, wenn ich da mit ihm auf der Straße spreche. Ich bin mir sicher, dass er einem gemütlichen gemeinsamen Abend nicht abgeneigt wäre.“

Wie sich herausstellte, hatte Ruth mal wieder recht. Und es gelang ihr sogar, Frau Monrath, unsere Nachbarin von gegenüber – die etwa im selben Alter war wie Herr Schievelbein –, ebenfalls einzuladen. Meine liebe Ruth war nämlich mit einer Zauberzunge auf die Welt gekommen. Kaum jemand, der ihr widerstehen konnte. Wenn sie einem die Vorstellung von einem gemütlichen Spieleabend vor Augen malte, war nichts anderes denkbar, als unbedingt dabei sein zu wollen. Das vergaß ich manchmal.

Immerhin hatte dann auch ich letztendlich ein kleines bisschen Recht, Herr Schievelbein wollte nicht kommen – er lud zu sich ein.

Unser Gastgeber hatte dann haushoch gewonnen beim Scrabble. Dabei bildete ich mir immer ein, besonders gut zu sein in diesem Spiel. Ja, okay, ich war ein wenig gekränkt oder, sagen wir, in meiner Spielerehre verletzt, das gebe ich zu.

Frau Monrath jedoch hatte richtig pikiert reagiert, als Herr Schievelbein unerschütterlich drauf bestand, dass B,A,U,M,W,E,I,H,N,A,C,H,T ein gültiges Wort sei. Ruth und ich hatten uns zurückgehalten, wir wollten nicht unnötig Partei ergreifen und die Fronten dadurch verhärten.

Nachdem wir das Spiel alle miteinander für beendet erklärt hatten, und Herr Schievelbein eine offene Schachtel „Mon Chéri" an den Platz von Frau Monrath gestellt hatte, während sie auf der Toilette war, zogen wir um in die gemütliche Sitzecke. Frau Monrath erbat sich, die Schachtel mit hinüberzunehmen, und Herr Schievelbein ließ sie lässig gewähren.

Ich überlegte noch, ob Ruths ellenlange Wortprägung G,E,S,C,H,E,N,K,Ü,B,E,R,R,A,S,C,H,U,N,G wirklich so gut und richtig war, wie Frau Monrath und Herr Schievelbein behaupteten. Da knallte der Korken des „Crémant", Herr Schievelbein schenkte ein und begann zu erzählen.

„Ich habe meine Frau Claudia beim Scrabble-Spielen mit gemeinsamen Freunden kennengelernt. Das ist nun schon wirklich lange her. Sie war sehr hübsch und sehr intelligent. Und meistens gewann sie. Ich aber war ehrgeizig und konnte ihr diese ständigen Siege nicht richtig zugestehen. Von heute aus betrachtet würde ich sagen – mittlerweile milder und einsichtiger geworden –, sie versuchte meine kleinen Verbiesterungen immer schon mit Humor zu nehmen.

Wir spielten schon lange an diesem Abend und es war nicht das erste Mal, dass wir miteinander spielten. Ich freute mich sogar schon jedes Mal ein bisschen darauf, Claudia wiederzusehen. Es war – wie jetzt – Advent. Wie schön! Die Kerzen leuchteten, die Sterne glitzerten, wir spielten zu viert mit unseren Freunden. Vielleicht würde sogar noch Schnee fallen in dieser Nacht.

Dann legte Claudia mit einem Mal das Wort L,I,E,B,E auf das Spielbrett und sah mich herausfordernd an. Ich war ein wenig ärgerlich, schon wieder war sie mir nach Punkten weit, weit voraus. Ich sah nun keine wirkliche Hoffnung mehr auf einen Gewinn und grollte still vor mich hin.

Und dann fielen diese Worte, sie kullerten ihr aus dem Mund, diese Worte, die mich trafen. Die mich dann aber aufweckten und mich mit der Nase auf meine blöde Beschränktheit hinwiesen: ‚Jonathan Schievelbein, du bist ein trostloser Bratklops – ach, was sag ich: ein hoffnungsloser Rollmops bist du!'

Ich geriet innerlich ins Trudeln, meinte ich doch, ich befände mich in angenehmer Gesellschaft und sei ein witziger und mit Intelligenz und Esprit ausgestatteter Zeitgenosse. Klug und auf der Gewinnerstraße zudem. Dass ich aber Claudias Signale so völlig übersehen konnte, das wollte mir nun nicht mehr in den Kopf. Ja, sie hatte mich immer schon so mit strahlenden Augen angesehen. Ein oder zwei Mal lag ihre Hand sogar ganz dicht neben meiner. – Ja, ich war ein Bratklops und ein Rollmops war ich auch! Claudia hatte recht! Wie hatte es nur so weit kommen können?

Und dann geschah beim übernächsten Zug etwas, womit ich erneut nicht gerechnet hatte. Ich zog ein G und hatte bereits die Buchstaben E,N,E auf dem Schiffchen liegen. Und – wisst ihr was?! – so konnte aus meiner E,N,G,E durch ihre L,I,E,B,E plötzlich ein E,N,G,E,L werden!

Ich hatte verstanden. Ich beugte mich zu Claudia hinüber, nahm ihren Kopf in beide Hände und küsste sie. Ich küsste sie auf den Mund. Sie schmeckte nach Zimt. Nach Zimt und Kardamom. Unsere Freunde hatten Weihnachtskekse gebacken. Und nun staunten sie uns an.

So hatten wir beide damals durch zwei überraschende Spielzüge endlich zueinander gefunden."

Am darauffolgenden Sonntag, dem vierten Advent, verblüffte mich Ruth, nachdem wir aus der Kirche zurück waren, damit, dass auch sie Weihnachtskekse gebacken hatte. Das machte sie sonst eigentlich nie. Sie stellte den Teller mit leuchtenden Augen vor mich hin und sagte: „Die sind mit Zimt und Kardamom."

Ich nahm einen von den wirklich lecker aussehenden Keksen und steckte ihn mir in den Mund. Auch Ruth nahm einen, wir sahen uns an und kauten und summten genüsslich vor uns hin.

Und dann nahm ich ihren Kopf, den Kopf meiner lieben Ruth, in beide Hände und küsste sie auf ihren wunderbar weihnachtlichen Mund.

ESTHER MARX

Fassbar nah!

Ich hätte nie gedacht, dass es wahr werden würde. Es sei ein Notfall, hatte meine Nachbarin gesagt, deren Namen ich nicht einmal kannte. Und weil es mir schon immer schwergefallen war, „Nein" zu sagen, stand ich plötzlich mit ihrem Baby auf dem Arm im Treppenhaus.

War das etwa die tolle Überraschung, von der dieser kleine Junge letzte Woche gesprochen hatte? Ich war durch den Park geschlendert, als er sich mir breitbeinig in den Weg stellte. Sein rundes flaches Gesicht, leicht schräg gestellte Augen mit einer zarten Hautfalte im Augenwinkel – ich hatte sofort, erkannt, dass er besonders war.

„Weißt du was? Du erlebst an Weihnachten eine Überraschung!" Dann hatte er mir die Zunge herausgestreckt und war davongehüpft. Ich hatte geschmunzelt, doch jetzt wurde mir klar: Er war wohl so etwas wie ein kleiner Prophet.

Wie gelähmt stand ich jetzt da und hielt mit weit ausgestreckten Armen die zappelnde Überraschung von meinem Körper weg. Aber statt dass die Mutter des kleinen Schreihalses endlich wieder auftauchte, riss der Nachbar von schräg gegenüber seine Türe auf: „Nehmen Sie verdammt noch mal ihre Göre mit in die Wohnung! Kann man denn nicht einmal zu Weihnachten seinen Frieden haben?"

Ich zuckte zusammen. Die Stimme vermittelte nicht gerade das beruhigende Gefühl von Unterstützung. Hilfe! Ich wusste nicht, was ich tun sollte, also trat ich den Rückzug an.

Ich stieß meine Wohnungstür hinter mir zu und stand im Flur meiner Einzimmerwohnung. Ich starrte ratlos auf das brüllende Wesen vor mir. Ich konnte kein Baby versorgen. Ich hatte noch nie ein echtes Baby auch nur angefasst. Mal davon abgesehen hatte ich seit Ausbruch der Pandemie überhaupt keinen anderen Menschen mehr angefasst. Nicht angefasst, nicht getroffen, nicht gesprochen. Menschen verwirrten mich. Tausende Botschaften und Gefühle prasselten auf mich ein. Sie bedeuteten Unsicherheit bei Tag und quälende Gedanken in der Nacht.

Die Pandemie, das Homeoffice waren wie gerufen gekommen. Meine Chefin war zufriedener mit meiner Arbeit, als sie es je gewesen war, das Leben funktionierte viel besser.

Und über meinem geplant zurückgezogenen Heiligabend dieses Jahr hatten sieben Buchstaben geleuchtet: FRIEDEN!

Damit war es nun vorbei. Doch ich hatte keine Zeit, über die durchkreuzten Pläne nachzudenken. Ich ließ meinen Blick hektisch durch das Zimmer wandern. Irgendwo musste ich dieses Baby ablegen. Intuitiv ging ich zum Sofa und legte es auf ein Kuschelfell, das ich vor Kurzem dort drapiert hatte, um einen hässlichen Fleck zu überdecken. Schlagartig verstummte der Kleine.

Ich atmete auf. Dem Baby schien das Fell zu gefallen. Ich spürte einen Anflug von Stolz in mir aufsteigen.

Es öffnete seine Augen und sah mich an. Groß, kugelrund, lange schwarze Wimpern reihten sich dicht an dicht. Aufmerksam verfolgte das fremde Wesen meine Bewegungen. Das verunsicherte mich. Es war mir peinlich. Doch diese menschlichen Augen schienen in mir zu forschen, und ich wusste nicht, was sie finden würden.

Ich wäre am liebsten weggelaufen. Ich spürte, wie meine Wangen heiß wurden, und wandte den Kopf verlegen zur Seite, fand keinen plausiblen Grund für meinen suchenden Blick nach hinten.

„Es ist doch nur ein Baby! Himmel!"

Doch plötzlich durchzuckte es mich: „Das Baby darf nicht vom Sofa fallen!"

Ich riss meinen Kopf schlagartig zurück. Es machte große Augen und … gluckste. Ich war überrascht. War das so etwas wie ein Lachen? Hatte das Baby gelacht? War das ein Spiel?

Ich legte vorsichtshalber eine absichernde Hand an den kleinen Körper. Dann drehte ich mich erneut um und ruckartig ließ ich meinen Kopf zurücksausen. „Buh!", hörte ich mich rufen. Hell ertönte ein fröhliches Quietschen. Es lachte. Ich war fasziniert. Ich konnte ein Baby zum Lachen bringen? Ich kicherte ungläubig zurück. Ich musste dieses Spiel unbedingt wiederholen. Und tatsächlich, es funktionierte. Das Babylachen animierte mich zu den blödesten Grimassen. Wir lachten zusammen und lachten. Herrlich!

Doch plötzlich stockte ich. Tränen schossen mir in die Augen. Ich schluckte. Wie lange war das her, dass ich mit jemandem so einen Spaß gehabt hatte? Ich konnte mich nicht erinnern. Ich zog die Nase hoch, atmete tief durch und betrachtete den kleinen Fratz, der mich aufmerksam beobachtete. Aber meine Unsicherheit war wie weggeblasen.

Ich spürte, wie gut es sich anfühlte, mit jemandem zu reden: „Du hast ja noch dein Lätzchen an, kleiner Mann, da war deine Mama aber wirklich in Eile!" Ich strich die Falten glatt, um die Schrift auf dem Lätzchen entziffern zu können: „IMMY – so heißt du wohl, du kleiner Schatz. Hallo, kleiner Immy." Ich stupste sein Näschen an. „Und da steht ja noch mehr... ah, eine Erklärung: Immy kommt von Immanuel, das ist hebräisch und bedeutet..." Ich konnte den Satz nicht vollenden. Ein Kloß steckte mir im Hals. Ein Schauer durchlief meinen Körper. Ich räusperte mich und fuhr fort: „... bedeutet: Gott mit uns."

Eine längst vergessene Erinnerung traf mich wie ein Blitz: Ich als Kind. Sieben Jahre. Weihnachten. Ein Krippenspiel. Ich hätte so gerne die Maria gespielt und das Baby Jesus fest und sicher in meinem Arm gehalten.

Bei der Rollenvergabe hatte ich mich vorsichtig gemeldet, aber Kati neben mir war aufgesprungen und hatte laut „ICH" gerufen. Ihre langen braunen Haare, das wunderschöne Lächeln hatten sofort überzeugt.

Ich hatte schließlich als Hirte Nr. 3 überzeugt.

Bei der Aufführung dann der große Text-Blackout. Es hatte mir einfach nicht mehr einfallen wollen: „Das ist Jesus, der Immanuel: Gott ist mit uns." Seither hatte er sich eingebrannt. „Immanuel: Gott ist mit uns." Ich grübelte. Gott ist mit mir? Gott kommt zu mir? Zu mir?

Ich schaute auf das Baby, auf meine ... Weihnachtsüberraschung. Ich schluckte und kämpfte wieder gegen die Tränen an. Meine Sehnsucht nach Vertrauen, nach Nähe, nach Geborgenheit ... sie war trotz allem immer da gewesen. Ein stiller Schmerz kroch nach oben.

„Ich bin da, ich bin dir ganz nah!" eine innere Stimme drang in meine Gedanken. „Das hier, das ist Weihnachten, Miriam!" Ich nahm Immy behutsam auf meinen Arm, grub mein Gesicht in seine Schulter. Vorsichtig wiegte ich ihn hin und her, streichelte seine kleine zarte Hand. Und ich fühlte ... Frieden.

Es klingelte. Immys Mutter war gekommen.

Hinter ihr versteckte sich keck grinsend der Junge aus dem Park. Sie war so dankbar, dass ich ihr in ihrer misslichen Lage hatte helfen können. Sie lächelte: „Darf ich mich erkenntlich zeigen und Sie zum Kaffee morgen einladen?"

Ich erschrak. Einen Augenblick lang setzte mein Denken aus. Hilfe! Luft!

Ich sah Immy auf ihrem Arm. Gott ist mit mir. Einatmen. Herzpochen. Und dann sagte ich: „... Ja!"

Cordula Lindörfer

Stress lass nach

„Ich hätte nie gedacht, dass es mir mal so mit Weihnachten geht", denkt Max mitten im Weihnachtsstress. Am 23. stapft er mit seinen Kindern in den Wald, um einen Tannenbaum zu schlagen. Das ist Tradition in der Neumann-Familie. Schon mit seinem Vater hat er das immer so gemacht. Sein Ältester, ein echter Wildfang, ist ruckzuck angezogen und springt voraus. Seine Tochter will viel lieber im warmen Wohnzimmer bleiben. Er muss sie überreden, locken, ein wenig drohen – es soll doch auch für sie Teil der Weihnachtstradition werden. Doch so richtig will sich das traditionelle Feeling nicht einstellen. Schon am Eingang des Forsts schallen ihnen die Gesänge einiger glühweinseliger Männer entgegen. Der Wald ist überfüllt mit genervten Familienvätern und zickigen Kindern. Eine leichte Panik liegt in der Luft, keinen guten Baum mehr zu bekommen. Diese Stimmung schwappt auf sie über. Max bereut, dass er allein mit den Kindern hier ist. Während er sich auf das Baumschlagen konzentriert, rennt sein Ältester unentwegt umher, und es ist reines Glück, dass er nicht von einem der Bäume getroffen wird. Seine Tochter hat seit dem Moment vollends die Lust an dieser Aktion verloren, als sie von ihrem Bruder einen Schneeball in den Nacken bekommt. Wahrscheinlich ist ihr Unterhemd nass vom schmelzenden Schnee. Doch das kann Max jetzt auch nicht mehr ändern. Er muss diesen blöden Baum schlagen – Tradition ist Tradition.

Als der Baum endlich im Auto verstaut ist, die Kinder angeschnallt, ruft seine Frau an. Ob er nicht schnell noch was aus dem Supermarkt mitbringen könne, er wäre ja eh gerade unterwegs. Also noch beim Supermarkt gehalten, Kinder abgeschnallt, Einkaufswagen geschnappt, den Ältesten gerade noch vorm Überfahren auf dem Parkplatz gerettet, die inzwischen weinende Jüngste in den Wagen gequetscht und dann ab ins Gedränge. Die Kleinigkeiten, die er mitbringen soll, entpuppen sich als voller Einkaufswagen; die Schlangen an der Kasse sind gigantisch und sein bewegungsliebender Erstgeborener schafft es, das komplette Kaugummiregal leer zu räumen, während sie warten. Max läuft der Schweiß den Rücken herunter.

Endlich sind sie wieder zu Hause, die Einkäufe verstaut, die Kinder vor Youtube ruhig gestellt, nun geht es daran, den Baum aufzustellen. Sobald dieser in der guten Stube steht, entpuppt sich seine völlige Hässlichkeit. Der Stamm ist krumm, am Ende verknorrt – so passt er unmöglich in den Ständer. Eine Seite hat eine riesige Lücke – und die Spitze ist gespalten. Er muss mit völliger Blindheit geschlagen gewesen sein, als er sich für diese Krücke von Weihnachtsbaum entschieden hat. Seine Frau fängt an zu weinen.

Durch geschicktes Dekorieren können sie die Hässlichkeit etwas abmildern. Nun heißt es: Kinder baden,

ins Bett bringen, letzte Geschenke einpacken und völlig
fertig schlafen gehen.

Am 24. stehen Max und seine Frau um 6 Uhr auf. Beide sind den ganzen Tag beschäftigt mit den Vorbereitun-
gen fürs Essen, für den Weihnachtsabend, für die heilige
Stimmung, die später herrschen soll. Die Kinder, in einer
Kombination aus absoluter Langeweile und riesiger Aufregung, rennen wie aufgezogene Batteriemännchen durch
das Haus. Als der Große am geschmückten Weihnachtsbaum hängen bleibt und dabei eine der mundgeblasenen
Kugeln runterwirft, setzt Max sie wieder vor Youtube.
Wird das die Erinnerung an Weihnachten für sie sein: ge-
nervte Eltern und unkontrollierter Zugang zu Youtube?

Schließlich haben sie es doch noch geschafft. Alle
sind schick und warm angezogen. Seine Eltern kommen
pünktlich und sogar Onkel Willi, der immer mit ihnen
feiert, hat ein frisches Hemd angezogen. „Gott sei Dank",
flüstert seine Frau ihm zu, „hoffentlich gilt das auch für
die Socken." Der Weihnachtsgottesdienst geht fast ohne
Komplikationen vorüber. Und als Max seiner Frau gerade ein „Siehst du, jetzt wird es doch noch weihnachtlich"
ins Ohr flüstern will, blickt sie ihn kreidebleich an. „Der
Ofen läuft nicht", sagt sie nach einem panischen Blick
auf ihr Handy. „Ich dachte, ich hätte ihn programmiert –
aber die App sagt, er ist aus."

„Bleib mal ganz ruhig. Die App weiß auch nicht alles", versucht Max sie zu beruhigen. Doch von dem Moment an ist seine Frau das reinste Nervenbündel. Kaum
zu Hause angekommen, rennt sie in die Küche und: Der
Ofen ist aus. Das Fleisch noch kalt, kein Festmenü in

Sicht. Während seine Frau kurz vor der Ohnmacht steht, seine Mutter ein „Ist alles in Ordnung?" ruft, drängeln die Kinder müde, aufgeregt und hungrig Richtung Tannenbaum, um ihre Geschenke in Empfang zu nehmen.

Max' Blick fällt auf die Krippe, die sie im Flur aufgebaut haben. Er trifft eine Entscheidung. „Kommando zurück", ruft er. „Alle wieder anziehen." Er ist so entschlossen, dass selbst die Kinder sofort mitmachen. Kaum sind alle vor der Tür, fragt Onkel Willi: „Wo gehen wir jetzt eigentlich hin?" „Zu Tarik. Der macht den besten Döner der Stadt."

Und dann sitzen sie da, in der Dönerbude, auf Plastikstühlen unter blau und grün blinkender Weihnachtsdeko. Im Hintergrund läuft türkische Musik. „Also das ist jetzt aber schon sehr ungewöhnlich für Weihnachten", sagt seine Mutter während sie versucht, ihren Döner mit Messer und Gabel zu essen.

„Ungewöhnlich, genau", antwortet ihr Max. „Alles an Weihnachten ist ungewöhnlich. Dass eine Jungfrau schwanger wird, ist ungewöhnlich. Dass ihr Verlobter sie nicht verlässt, weil ein Engel ihm im Traum von Gottes Plan erzählt, ist ungewöhnlich. Dass Gott Mensch wird, ist ungewöhnlich. Dass er seine schöne, glänzende, heilige Welt verlässt und ein kleines verletzliches Baby wird, ist ungewöhnlich. Dass Gott uns liebt, obwohl wir so oft unser eigenes Ding machen und ihn ausschließen, ist absolut ungewöhnlich. Also ich glaube, es gibt für uns keine bessere Art, Weihnachten zu feiern, als mal was richtig Ungewöhnliches zu machen."

Mit dieser kleinen Rede von Max wird es plötzlich

weihnachtlich. Ein Heiliger Abend, bei dem sie Limo aus der Dose schlürfen und ihre Festtagssachen mit Döner-specialsoße vollkleckern. Eine heilige Atmosphäre entsteht, weil sie ihren Blick nicht auf die Weihnachtstradition, sondern auf Gott richten. Sie spüren förmlich, wie nah er ihnen ist. Hier und heute bei Tarik, dem besten Dönermann der Stadt.

CHRISTOPH ZEHENDNER

Dankeschön-Domino

Erich hätte nie gedacht, dass er doch noch alle Geschenke zusammenkriegen würde. Denn Geschenke besorgen ist für ihn Jahr für Jahr eine selbst gewählte Extrem-Herausforderung. Schließlich kennt Erich so unglaublich viele wertvolle Menschen (Verwandte, Bekannte, Nachbarn, Kolleginnen, Freunde). Und die sollen in diesem Jahr wieder alle ein Geschenk von ihm bekommen. Wenigstens ein kleines. Hauptsache ein persönliches. Mit viel Liebe ausgewählt. Kunstvoll verpackt. Mit einer handgeschriebenen Karte veredelt.

Schon Ende September hat Erich damit begonnen, nach originellen Überraschungen zu fahnden. Nebenbei suchte er auch nach besonderen Zitaten und Glückwunsch-Formulierungen, die er als Widmung auf die Karte schreiben könnte. Ab Mitte Dezember dann konnte man Erich alle paar Tage am Schalter der Postagentur antreffen, wo er geduldig seine Briefe, Päckchen, Pakete abwiegen und freimachen ließ.

Überglücklich war Erich am Abend des 23.12. noch ein letztes Mal seine lange Liste durchgegangen. Hatte Haken um Haken neben all die Namen der zu Beschenkenden gesetzt. Hatte sich still gefreut über seine guten Ideen. Und über all die Freude, die er damit auslösen würde.

„Ein passendes Geschenk sagt doch mehr als tausend Worte", flüsterte Erich vor sich hin, nachdem er die Liste vom Buchstaben A wie „Tante Alberta" bis Z wie „Zeiser, Konrad" durchgearbeitet hatte.

Dumm nur, dass das alles schon wieder eine gefühlte Ewigkeit her ist. Jetzt, am 28. Dezember, lümmelt sich Erich schlecht gelaunt in seinen Lieblingssessel. Blättert missmutig in seinen Weihnachtsunterlagen. Lässt seine Augen Zeile für Zeile über die Liste wandern. Und zermartert sich sein Hirn mit Fragen: Hat er für Anton etwa zu wenig eingekauft? Bei Beate die falschen Worte gewählt? Claudia mit seiner Offenheit vor den Kopf gestoßen? Reagiert Walter etwa allergisch auf den Schopenhauer-Spruch? Ist Zoe genervt von dem Goldpapier?

Erich ist verzweifelt. Noch nie zuvor ist passiert, was in diesem Jahr passiert: Nicht einer der liebevoll Beschenkten hat ihm bis heute ein Dankeschön zukommen lassen. Kein einziger der Beschenkten hat sich bei ihm gemeldet. Kein Telefonanruf, keine Mail, keine sonst wie gehaltene Botschaft. Stattdessen: Schweigen.

Erich reibt sich die Schläfen. Lehnt sich erschöpft zurück in seinen Sessel. Einen Moment lang nur fallen ihm die Augen zu. Als er sie öffnet, erschrickt er: Vor ihm steht eine junge Frau. Irgendwie kommt sie ihm bekannt vor. Bevor Erich noch begreift woher, spricht sie ihn leicht verlegen an:

„Dankeschön, ich möchte mich bei ihnen dafür bedanken, dass sie mich neulich im Wartezimmer vorgelassen haben. Meine beiden Kinder hatten die ganze Nacht lang schrecklich gehustet. Wir waren alle so fertig mit den

Nerven. Und dann diese lange Schlange beim Arzt – am liebsten wäre ich umgekehrt. Sie aber haben verständnisvoll gelächelt, als die Kinder quengelten. Und dann haben sie uns vorgelassen. Sie waren echt unser Retter. Danke!"

Erich traut seinen Ohren nicht. Und auch auf seine Augen kann er sich nicht verlassen. Denn statt der jungen Mutter steht plötzlich ein rüstiger Rentner vor ihm, der stammelt: „Dankeschön, das war Rettung in letzter Minute. Als meine Tochter neulich früher als erwartet mit den Kids vom Arzt kam, entdeckte sie mich in der Küche, zusammengesackt auf dem Stuhl. Mein altes Herz läuft halt nicht mehr so rund, wie es sollte. Der Notarzt hatte zu kämpfen, bis ich wieder unter den Lebenden war. Ganz ohne Pathos: Sie haben mir das Leben gerettet!"

Kaum ist dieser gewaltige Satz verklungen, wechselt die Besetzung schon wieder. Ein Kind hopst durch Erichs Wohnzimmer. Ein Mädchen mit dunklem Haar, einer riesigen rosa Haarspange und einem Strahlen im Gesicht. „Danke, danke, dankeschön, dass du Opa geholfen hast. Ich hab den Opa so lieb. Der macht immer so viel Quatsch mit uns. Und wenn es schneit, will er mit uns Schlitten fahren gehen …"

„Aber ich hab doch gar nichts …" will Erich der Kleinen noch erklären, da blickt er unversehens einem seriösen Herrn in die Augen. Der Nadelstreifen-Träger räuspert sich kurz und hebt dann zu einer kleinen Rede an: „Im Namen meines Institutes und auch ganz persönlich möchte ich Ihnen, werter Herr …, entschuldigen Sie bitte, ich finde Ihren Namen hier nicht in den Unterlagen.

Egal, aber sehr herzlich danken möchte ich Ihnen auf jeden Fall. Zwei Tage vor Weihnachten herrschte bei uns in der Filiale eine gewisse ... sagen wir: eine getrübte Stimmung. Kurz vor Jahresende gibt es immer doppelt und dreifach Arbeit. Dazu die ganzen Corona-Auflagen beim Kundenverkehr. Die schlechten Zahlen ... Nun, und gerade, als die Stimmung am schlechtesten war, da stürmt ein Mädchen mit einer außergewöhnlich großen Spange in die Schalterhalle hinein. Sie schreit so laut, dass mir fast der Füller aus der Hand fällt: ‚Fröhliche Weihnachten, ihr alle! Mein Opa lebt. Und ihr kriegt bestimmt auch alle was zum Freuen geschenkt. Fröhliche Weihnachten.‘ Und schon springt der kleine Weihnachtsengel wieder nach draußen und rennt durch die Fußgängerzone weiter. Was die Kleine zurückließ, war so ein unglaubliches Gefühl von, na von Weihnachtsfreude und ...“

Erich wundert sich allmählich über gar nichts mehr. Mit weit aufgerissenen Augen betrachtet er die nächste Verwandlung. Wo eben noch der steife Banker dozierte, steht mittlerweile ein ziemlich lockerer Kurierfahrer. Mit zwei Päckchen in der Hand. Langsam schiebt er sich Schritt für Schritt auf Erich zu: „Dankeschön. Danke. Keine Ahnung, wie Sie das angestellt haben. Ich weiß nur: Als ich heute die Pakete in der Bank abliefern will, da werd ich zum ersten Mal nicht angemault. Stellen Sie sich vor: Die laden mich auf einen Espresso ein. Dann gibt's ein fettes Trinkgeld. Und zum Schluss haben sie mir noch zwei Päckchen in die Hand gedrückt. Die soll ich hier bei ihnen abgeben, weil ...“

Es klingelt. Einmal. Zweimal. Erich schüttelt sich.

Schlägt die Augen auf. Na, das war ja klar: Keiner von all den Menschen, die ihm gerade von diesem Dankeschön-Domino berichtet haben, steht noch hier bei ihm im Zimmer. War alles nur ein Traum.

Aber das Klingeln ist echt. Und es nervt. So schnell es seine Schläfrigkeit zulässt, rappelt Erich sich auf und wankt zur Tür. Dort wartet die nächste Überraschung. Ein Paketbote, ganz ähnlich dem, von dem er gerade geträumt hat. Und auch der echte hier vor der Tür hat zwei Päckchen in der Hand. Und er überreicht sie Erich so freundlich, dass Erich sich tatsächlich fragt, ob er das alles wirklich nur geträumt hat, oder …

Rebecca Dernelle-Fischer

Das Seniorenkrippenspiel

„Ich hätte nie gedacht, dass ich das jemals sagen müsste: Das Krippenspiel fällt dieses Jahr aus!" Pfarrer Müller seufzte laut. „Die Grippewelle hat unser ganzes Kinderteam erwischt. Es wird alles abgesagt." Walter, der Leiter des Seniorentreffs, reagierte sofort. „Kein Krippenspiel dieses Jahr? Kommt gar nicht infrage! Wir springen ein! Wir vom Seniorentreff werden es aufführen." Der Pfarrer machte große Augen. Er war skeptisch. Walter fühlte sich umso mehr herausgefordert, es dem Pfarrer zu beweisen.

Jetzt musste er aber zuerst einmal noch die anderen für seine Idee gewinnen. Das würde sicher kein einfacher Schritt!

Für den nächsten Seniorentreff hatte Walter ein bisschen mehr Kuchen bestellt als sonst und einen besonders schmackhaften Kaffee mitgebracht. Das erste Stück Kuchen war verteilt, die Tassen voll, als Walter anfing zu sprechen, sanft aber gewiss: „Liebe Freunde, die Sache ist ernst und es ist Zeit für uns, Stärke, Mut und etwas Flexibilität zu zeigen." Mit diesen wenigen Worten hatte er die ganze Aufmerksamkeit gewonnen. Man hörte nur hier und da ein leises Schlürfen. Er atmete tief ein und sprach entschlossen weiter: „Wir, ja, wir als Seniorenkreis werden dieses Jahr das Krippenspiel organisieren und auch aufführen." Da war auf einmal gar nichts mehr zu hören bis Karl die Stille durchbrach und sagte: „Armer Walter! Dich hat wohl der Schlag getroffen, oder? Wir sind doch längst nicht mehr im Kindergarten!" Aber Walter fuhr fort: „Es gibt außer uns keine Gruppe in der Gemeinde, die so schnell und effizient ein Krippenspiel auf die Beine stellen könnte. Wir sind doch alle echte Profis! Wie viele Krippenspiele haben wir in unserem Leben schon gesehen? Es ist Zeit, ein Stück von dem zurückzugeben, was wir all diese Jahre von den Kindern geschenkt bekommen haben."

Seine Argumente trafen ins Schwarze und jetzt drehten sich die Gespräche um die guten Erinnerungen, die nach und nach hervorgekramt wurden. „Ach! Die Kinder! Jedes Mal geht bei der Weihnachtsvorstellung etwas schief und genau dieser Moment ist immer mein Lieblingsmoment! Ich bin auf alle Fälle dabei!" Emmas Begeisterung war ansteckend und auf einmal herrschte im ganzen Raum eine Atmosphäre voller Vorfreude.

„Also, keine Frage, ich bin auf alle Fälle dabei!" Hannahs Begeisterung war ansteckend und auf einmal herrschte im ganzen Raum eine lustige Atmosphäre voller Vorfreude.

Frau Lieblich kündigte gleich an, dass sie sich um alle Kostüme kümmern würde. Die ehemalige Hauswirtschaftsleiterin leitete einen „Junge Mamis nähen gerne"-Treff und würde die Teilnehmerinnen dafür einspannen. Klar wussten alle, dass Frau Lieblichs Augen nicht mehr so gut waren und dass ihre Finger oft von

Arthritis schmerzten, aber keiner wollte ihr diese Freude nehmen.

Auch die Kulissen für die Bühne waren schon vorhanden. Der Mesner würde sie zusammen mit Peter, dem ehemaligen Schreiner, rechtzeitig aufstellen.

Und Walter würde die Regie übernehmen. Alle waren begeistert. Jetzt mussten nur noch die Rollen verteilt und die Texte besprochen werden.

Lina war immer für ein Späßchen bereit. Sie schlug vor: „Als Esel hätten wir den Oskar, der ist doch immer so stur." Alle lachten und sogar Oskar fand es lustig.

Lisa, die immer sehr viel Wert auf die modernste Kleidung und Frisur legte, meldete sich zu Wort und meinte: „Ich bin für die Bühne gemacht. Meine Dauerwelle sitzt wieder so schön! Meine Haare werden die ganze Bude, äh Krippe, rocken." Worauf Karl meinte: „Also mit der Frisur kannst du gleich die Diskokugel für die Engel spielen. Das wird sicher ein wunderbares Spektakel!" Alle schwiegen betreten, bis Lisa selbst anfing zu lachen und einen eigenen Vorschlag machte: „Und du, Karl, solltest an die Rolle von Jesus denken: Mit deiner Glatze siehst du schon aus wie ein Baby!"

Albert übernahm die Rolle des Hirten und der Schafherde. Die Räder seines Rollis wurden hinter Schäfchen aus Pappe versteckt. Egal, wo er war – seine Herde war immer um ihn herum.

Die Liste der Schauspieler wurde immer länger, die Texte wurden besprochen und alles lief bestens. Walter schaute hin und wieder zu seiner Frau. Die hielt den schlafenden Amin im Arm und hatte sich deshalb zurückgehalten. Sie wollte das Baby nicht wecken. Nasrin, die neue Nachbarin, hatte sich angeboten, beim Servieren und Spülen zu helfen. Sie war froh, dass jemand sich um ihr Baby kümmerte. Walter und Trude waren ein Stück Heimat für sie geworden und ein bisschen wie eine Oma und ein Opa für ihren Sohn.

Fast alle Rollen waren besetzt. Jetzt fehlte nur noch das Baby Jesus. Trude schaute den kleinen Amin an und flüsterte: „Ein kleines Kind, geboren auf der Flucht, nicht wirklich von hier und nicht wirklich von dort … Ein kleines Kind, das schläft, doch ganz von hier und ganz von dort!" Sie drehte sich um und sagte: „Walter, ich denke, dass ich das Baby Jesus für unser Krippenspiel gefunden habe." Der Junge lächelte im Schlaf und Walter nickte: „Ja, das hast du wohl, meine liebe Frau. Das hast du wohl!"

Alles war bereit für das Seniorenkrippenspiel. Und es war wirklich ein besonderes Erlebnis für alle Beteiligten. Maria alias Trude saß mit dem Baby auf dem Arm mitten auf der Bühne. Der kleine Amin war wach und machte große Augen. Trude schaute ihn an und musste an Jesus denken.

Mitten im Krippenspiel bückte sie sich sanft und versteckte für ein paar Sekunden ihr Gesicht in Amins Nacken. Dann atmete sie tief ein und betete leise: „So ein kleines Baby, so ein großer Gott und so kleine Hände für so eine große Liebe: ganz Mensch und doch ganz Gott!"

Auch Walter kam aus dem Staunen nicht heraus und flüsterte Pfarrer Müller zu: „Das hätte ich nie gedacht" Der antwortete lachend: „Ich wusste von Anfang an, dass ihr die Bühne rocken würdet." Alle waren sich einig: Das Seniorenkrippenspiel hatte dieses Weihnachtsfest zu etwas ganz Besonderem gemacht.

Petra Hahn-Lütjen (Hrsg)

24+2
Weihnachtslichtgeschichten

128 Seiten. Hardcover
ISBN 978-3-7655-0767-0

Auch als Hörbuch erhältlich: ISBN 978-3-7655-8720-7

26 Glanz- und Hoffnungs-Lichter sind diese kleinen in sich abgeschlossenen Geschichten über das Licht von Weihnachten. Fein und unaufdringlich, voller Helligkeit, Glanz und Hoffnung, mit viel Humor erzählt.

Eine Mischung von stark nachgefragten Geschichten-Perlen, ergänzt mit neuen Highlights.
Die Erzählungen sind verfasst von so wunderbaren Autorinnen und Autoren wie Johannes Warth, Willi Näf, Schwester Teresa Zukic, Susanne Ospelkaus, Titus Reinmuth und Ursula Schröder.

Mit dieser einzigartigen Sammlung werden 24 + 2 Hoffnungs-Lichter entzündet. Ein außergewöhnliches Buch, das wahre Advents- und Weihnachtsfreude vermittelt und dafür sorgt, dass die Leser gut in dieser wundervollen Zeit ankommen!

»Wo soll er ihn hier auch kühlstellen, hm?«

»Aber dein Bier ist kalt.«

»Ja, das stimmt.« Prüfend drehte er sein Glas, an dem außen zwischen winzigen Wasserperlen schmale Streifen herabliefen.

»Vielleicht hat er irgendwo einen Keller.«

»Nein«, sagte Lydia, »aber er stellt die Bierkästen in den Schatten unter die Bäume, dort drüben, und legt Eisblöcke dazwischen ... sie sind in Tücher gewickelt, siehst du ... und Wein und Limonade hat er an der Bar.«

»... und Salzstangen und Brezeln und wunderbar von der Hitze aufgeweichte belegte Brötchen.«

»Es ist eine Glasglocke drüber!«

»Seit wann hält Glas die Hitze ab?«

»Trotzdem ... ich hätte Lust, eines zu essen.«

»Von den zermatschten Brötchen? Du bist doch nicht etwa schwanger?« Es lag soviel ehrliches Entsetzen in seinem Blick, daß sie lachen mußte.

»Nein, ich glaube nicht. Ich hätte eben nur gern eines.«

»Na gut«, er schnalzte mit den Fingern. »Ein Brötchen, Herr Wirt! Wetten«, meinte er dann hinter vorgehaltener Hand, »daß er die Ratten, die er erschießt, anschließend verwurstet und auf die Brötchen legt.« Sie trat ihm unter dem Tisch gegen das Bein. »Er kommt«, sagte sie.

Der Kleine war inzwischen so angesäuselt, daß er sich nur noch im Zickzack zwischen den Tischen bewegte, trotzdem brachte er es fertig, nichts zu verschütten.

»Ein Brötchen und ein Glas Wein, bitte.«

»Von Wein hat niemand was gesagt«, protestierte Jonas.

»Ein Geschenk des Hauses, für die Dame.« Er kümmerte sich nicht weiter um Jonas, zog einen Kugelschreiber aus der Tasche und hielt ihn Lydia hin. »Sehen Sie?«

Hinter einem winzigen Fenster aus durchsichtigem Plastik hielt eine üppige Schönheit im knappen Bikini die Arme über dem Kopf verschränkt und lächelte sanft.

»Und jetzt passen Sie auf.« Er hieb den Kugelschreiber auf den Tisch, und als er ihn wieder zeigte, war die Dame hüllenlos. »Phantastisch, was?«

»Ja … ja«, murmelte Lydia, sie preßte die Lippen zusammen und blinzelte unter halbgesenkten Lidern zu Jonas hinüber, dessen Gesicht immer röter wurde.

Es wäre noch alles gutgegangen, hätte Jonas nicht das Brötchen hochgehoben und sachte hin und her geschwenkt, daß ein Stück ausgetrocknete Wursthaut, das an der Seite baumelte, sich tatsächlich bewegte wie ein Rattenschwanz: Sie prustete los.

»Laß das, Jonas.«

»Jonas, Jonas«, äffte der Kleine sie nach. Er war beleidigt einen Schritt zurückgetreten und stemmte einen Arm in die Hüfte. »Schon die ganze Zeit«, sagte er, »bin ich am Überlegen. Aber jetzt ist es mir klar. Damals hat der Walfisch nicht ihn verschluckt, sondern er hat den Wal verschluckt. Seht ihn euch doch einmal an, Leute.«

Er blickte sich beifallheischend um. An den Tischen stieg Gelächter auf. Die Pächter der Schrebergärten saßen hier, neben Besuchern der in der Nähe liegenden Badeanstalt, die lieber in der kleinen Wirtschaft zwischen den Gärten ihr Bier tranken, weil es billiger kam – Spaziergänger und Mütter mit kleinen Kindern, denen bei dieser Hitze der Weg in den Park zu weit gewesen war.

Viele spitze Bemerkungen hatte Jonas schon hören müssen, und er hatte sie von sich abgeschüttelt, wie ein großer, zottiger Hund Kinderpfeile abschütteln mag, die nicht einmal in seinem Fell steckenbleiben – aber das ging zu weit. Ohne aufzustehen, umfaßte er von beiden Seiten den Blechtisch und bog die runde Platte nach oben, die Gläser fielen um, Bier und Wein flossen ins Gras.

»Komm her, du Fliege«, flüsterte er.

Das Lachen war verstummt. Lydia fühlte, wie ihre Handflächen naß wurden, die dunkelgrünen Kuppeln der Bäume, die den Weg zwischen Badeanstalt und Gartenwirtschaft säumten, schrumpften vor ihren Augen zu kleinen, flimmernden Kugeln, die die Farbe des zertretenen Rasens annahmen. Sie zog sich am Tisch hoch und merkte zu ihrem Schrecken, daß sie schwankte. Einen Kopf größer als der Wirt, hielt sie sich an ihm fest und versuchte zu sprechen.

»Ich ...«, sagte sie leise, »ich ...«, und als sie sich ein paarmal mit der Zunge über die trockenen Lippen gefahren war, mit festerer Stimme, »... tut mir leid, es war alles meine Schuld.« Sie legte dem Kleinen den Arm um die Schultern und wiederholte, was sie gesagt hatte, und einen Augenblick sahen sich die beiden fast ähnlich, mit ihren roten, erschrockenen und gleichzeitig beschämten Gesichtern.

Auf dem Weg nach Hause sprach Lydia kein Wort. Sie nahmen die Abkürzung durch die Gärten – bis zum Einbruch der Dunkelheit waren die Türen in dem das ganze Gelände umfassenden Gatter offen, und jedermann konnte herein. Nie waren die Gärten schöner als um diese Zeit. Es war Ende Mai – die Apfelbäume, von Bienen umschwärmt, hatten ihre Blüten weit geöffnet und die Wege mit rosa und weißen Blättern bestreut, die so leicht waren, daß jeder Windstoß sie aufheben und weitertreiben konnte. Die kleinen Häuschen hinter den Beeten waren frisch gestrichen, und in den Rabatten längs der Zäune zeigten zwischen verblühten Tulpen und Narzissen Pfingstrosen die roten Knospen. Immer noch schweigend, verließen sie die Kolonie, überquerten eine breite, asphaltierte Straße und schlenderten am Fuß der Gefängnismauer entlang in Richtung der Bahnüberführung. Lydia wohnte in einem alleinstehenden Haus, das auf der anderen Seite des Bahndamms lag. Auf der hölzernen Brücke über die Geleisen blieben sie einen Moment stehen und blickten von oben die Schienen entlang, auf denen den ganzen Tag und auch noch die halbe Nacht Züge mit frischem Koks zum städtischen Gaswerk hin- oder Waggons mit ausgebrannten Schlacken von dort zurückfuhren.

Das Haus, als einziges in der Straße vom Krieg übriggeblieben, umgeben von unkrautüberwucherten Mauerresten und Kellergewölben – die abzureißen und einzuebnen anscheinend niemand lohnend fand –, zugerußt vom Gaswerk, mit Ausblick auf die langen Fensterreihen des Gefängnisses, gehörte einem alten Mann. Lydia war nicht mit ihm verwandt; er hatte im Erdgeschoß einen kleinen Laden für Haushaltsartikel, und sie war seine Verkäuferin. Nicht mehr

und nicht weniger. Sie kochte nicht einmal für ihn. Manchmal, wenn sie für sich Lebensmittel einkaufen ging, brachte sie ihm mit, was er ihr auf einen Zettel geschrieben hatte ... Milch, Brot, ab und zu ein Päckchen Salz. Fast alles, was er brauchte, zog er sich in dem an der Rückseite des Hauses gelegenen Garten. Im Frühjahr fing er an zu hacken und abzustecken, säte Radieschen und Rettiche und setzte Salatpflanzen, die er im Haus vortrieb. Er hatte Erdbeeren, Himbeerbüsche, Johannisbeersträucher und den Keller voll mit Eingemachtem, manches vielleicht noch von seiner Frau, die vor Jahren gestorben war. Er hatte Lydia die Mansarde vermietet und zog ihr dafür nur eine geringe Summe vom Lohn ab. Öffnete sie an warmen Abenden ihr Fenster, konnte sie ihn unten in seinem Garten umhergehen sehen, er beugte sich über ein Beet, sprühte Wasser, jätete, band eine hängende Ranke hoch, und ohne daß sie jemals darüber gesprochen hatten, wußte sie, daß er es mochte, wenn sie ihm zusah. Bis es dämmrig wurde, stand sie, die Hände auf das Fensterbrett gestützt, regungslos, und wenn sein Gesicht sich nach oben wandte, schließlich nur noch ein heller Fleck inmitten dunklerer Flecken, spürte sie, woran er dachte – sie erinnerte ihn an seine Frau.

Die Tür zum Hof war nur angelehnt, als sie sich dem Haus näherten, und Jonas blickte Lydia von der Seite fragend an – würde sie ihn mit hinaufnehmen? Vor der staubigen Schaufensterscheibe blieb sie stehen; er drückte rechts und links von ihren Schultern seine Hände gegen das Glas, das in dem hölzernen Rahmen leise knisterte.

»Bist du immer noch böse?« fragte er.

Sie schüttelte den Kopf.

»Was ist dann?«

»Nichts.«

Die fünf jämmerlichen Hühner, die Herr Mandel – so hieß der Hausbesitzer – sich hielt, hatten die günstige Gelegenheit benutzt und waren durch das offene Hoftor auf die Straße spaziert. Sie nahmen ein Bad in dem warmen Sand oder scharrten in dem dichten Unkraut unterhalb des Bahn-

damms nach Würmern. Jonas spähte mit zusammengekniffenen Augen über Lydias Kopf hinweg in den Laden.

»Wer kauft das Zeug eigentlich noch?«

»Nur wenige«, sagte sie einsilbig.

»Ist doch alles überholt«, meinte er, »Emaille und Blech, wer nimmt das schon, wenn er Plastik dafür kriegen kann.«

»Das verstehst du nicht«, sagte sie, »er kauft nie was Neues, alles ist noch so, wie es seine Frau gemacht hat; Schubladen, Regale … nichts darf ich verändern. Früher hatten wir noch Schulhefte, Konfetti für Fasching, Kinderspielzeug. Jetzt ist nichts mehr davon da. Und wenn er abends in den Laden kommt und mich fragt, ob ich etwas verkauft habe, denke ich …«

»Ja?«

»… also lach nicht, ich denke: er rechnet sich an den übriggebliebenen Sachen aus, wieviel Zeit ihm noch bleibt.«

»Zeit? Wozu?«

»Zeit zu leben.« Sie sah sein ungläubiges Gesicht. »Ich wußte, daß du es nicht verstehst. Früher, als seine Frau noch lebte, war es so, daß alle Sachen aus dem Laden einmal in der Wohnung waren – oder umgekehrt, vieles aus der Wohnung im Laden. Sie schleppte einfach, was ihr gefiel oder nicht mehr gefiel, hin und her. Es kam vor, daß er in den ersten Stock rennen und ihr einen Teller vom Tisch nehmen mußte, um ein Service, für das sich jemand interessierte, wieder vollständig zu machen. Alles hängt mit ihr zusammen, das ist es.«

»So sehr hat er sie geliebt«, sagte Jonas, »daß seine Erinnerung an sie nur mit diesem Trödel lebendig bleibt. Wahrhaftig, das nenn ich eine Liebe. Und wie lange bitte ich dich schon, ihn seinen Kram allein machen zu lassen und zu mir zu kommen? Ich würde dich sogar heiraten: Weißt du, was das heißt? Kannst du dir auch nur im geringsten vorstellen, was es bedeutet, wenn ich zu einem Mädchen sage, ich möchte es heiraten?«

»Ungefähr schon.«

Innen im Laden ging das Licht an. Herr Mandel schlurfte die Theke entlang und strich über Schachteln und Dosen,

die dort aufgestapelt lagen. Lydia drehte sich um und schnippte mit dem gekrümmten Zeigefinger gegen das Glas. Es gab einen hellen, trockenen Ton, der die Scheibe in Schwingung versetzte, Herr Mandel hob den Kopf und lächelte ihr zu.

»Weißt du, was du hast«, sagte Jonas, »du hast einen *Alte-Männer-Tick*.«

»Mag sein«, sagte sie gleichgültig. Sie fuhr weiter fort, ein nur ihr und dem alten Mann verständliches, geheimnisvolles Morsealphabet gegen die Scheibe zu klopfen. Jonas seufzte.

»Kannst du nicht die Tür aufmachen und ordentlich mit ihm reden?«

»Ich hab es dir schon einmal gesagt, er ist ein bißchen taub.«

»Aber das Klopfen versteht er?«

»Er sieht auf die Hände.« Sie wandte sich ihm wieder zu. »Hör zu, Jonas, vielleicht ziehen wir zusammen, wenn er mich, wenn er ...« Sie zögerte und sagte dann entschlossen: »... wenn er mich nicht mehr nötig hat.«

»Aber er kann das Zeug doch auch selbst verkaufen oder den verdammten Laden zumachen.«

»Nein«, sagte sie. Es hatte keinen Sinn, ihm zu erklären, wie sehr Herr Mandel sie brauchte. Er würde keinen Ersatz finden, niemanden, der ihn verstand wie sie. Er würde sich selbst hinter die Theke stellen und verkaufen, obwohl jedes Stück, das wegkam, ein Verlust für ihn war. Wenn sie es tat, war es etwas anderes. Für ihn bedeutete es, weggeben zu müssen, was seine Frau in den Händen gehalten, begutachtet und eingeräumt hatte; für ihn war es zu schwer. Trotzdem würde er den Laden nicht schließen.

»Er braucht mich, wie seine Radieschen das Wasser«, sagte sie laut.

»Lieber Himmel, ja. Aber was ist das schon, ein Radieschen.«

Das Licht hinter der Schaufensterscheibe war erloschen. Die Hühner, erschöpft von dem langen, sonnendurchwärmten

Tag, entschlossen sich, freiwillig in den Hof zurückzukehren und ihren Schlafplatz aufzusuchen. Über dem Gaswerk stieg ein großer weißer Dampfstrahl auf, der sich, in Wölkchen aufgelöst, über den Himmel zu verteilen begann.

»Eigentlich hast du recht«, flüsterte sie und verschränkte ihre Arme hinter Jonas' Hals, »was ist das schon, ein Radieschen.« In dem nun dunklen Fenster zeichnete sich ihr Spiegelbild vor dem jetzt mit vielen kleinen Wolken besprenkelten Himmel ab, ein Güterzug rollte vorbei, noch lange, nachdem er nicht mehr zu hören war, blieben die roten Lichter des letzten Wagens sichtbar – kleine, losgelöste Punkte in dem blassen Dunst eines nur zögernd vergehenden Tages.

In der Nacht hatte ein Ostwind Wolken gebracht, und als Lydia morgens erwachte, pladderte Regen auf das Dach. Auch gut, dachte sie, dann brauche ich keine Fenster zu putzen. Sie nahm sich einen Becher heißen Kaffee mit hinunter in den Laden, schloß die Tür auf und lehnte sich, immer noch schläfrig, an den hölzernen Rahmen. Langsam trank sie ihren Kaffee und atmete zwischen den einzelnen Schlucken tief die feuchte frische Luft ein. »Wie auf dem Lande«, murmelte sie, als eines von Herrn Mandels Hühnern im Hof zu gackern begann. Den Bahndamm entlang kam ein Junge, der aus dem nassen Gras Schnecken in eine Tüte sammelte. Sie lachte ihm zu, als er in ihrer Höhe war, und er schwenkte die Tüte, um zu zeigen, daß er schon Erfolg gehabt hatte. Das Haar klebte an seiner Stirn, aber der Regen schien ihm nichts auszumachen. Lydia holte sich ein Buch aus dem Hinterzimmer, stellte einen Stuhl in die Nähe der Tür und begann zu lesen. Niemand störte sie, ab und zu hörte sie die Schritte über ihrem Kopf, wenn Herr Mandel in seiner Wohnung umherging, und sie wußte dann genau, wo er war, in seinem Schlafzimmer, in der Küche, oder im vorderen Zimmer, am Fenster stehend, um in den Regen hinauszublicken, wie sie es zwischendurch auch immer wieder tat. Am späten Vormittag klappte sie, verstohlen gähnend, das Buch zu und beschloß, einkaufen zu

gehen. Ein Lastwagen fuhr schnell am Haus vorbei, und das Wasser aus den Pfützen spritzte so weit, daß sie auch etwas abbekam. Sie stand auf und trat unter die Tür. Weiter unten auf der Straße hielt der Wagen, ein junger Mann in Jeans mit einer gelben Sportmütze stieg aus und kam auf sie zu. Sie kannte ihn nicht. Einer, der vielleicht Streichhölzer braucht, dachte sie, aber warum hält er dann nicht vor dem Laden? Er trug Turnschuhe und sprang, die Hände in den Hosentaschen, über die Wasserlachen, die fast die ganze Straße ausfüllten. Als er wie ein Kaninchen bis zu ihr gehüpft war, nahm er lässig eine Hand aus der Hosentasche und legte grüßend den Zeigefinger an die Mütze.

»Tut gut, der Regen, was?«

»Ja«, meinte Lydia. Er starrte sie an und grinste, und sie trat einen Schritt zurück, um ihm den Eingang freizumachen. »Möchten Sie etwas kaufen?«

»Aber sicher«, sagte er, »das ist doch ein Laden, oder nicht?«

Sein herausfordernder Ton ärgerte sie, und schärfer, als sie es eigentlich wollte, fragte sie: »Also?«

Er schob sich an ihr vorbei und trat an die Theke. »Das da«, sagte er und machte sich kaum die Mühe, die Hand zu heben, um ihr zu zeigen, was er wollte. Es war eine Schachtel mit kleinen Blechsieben, und sie nahm eines heraus und wickelte es ein.

»Macht eine Mark.«

»Ich möchte aber alle.«

»Den ganzen Karton? Das sind an die zwanzig Siebe. Was wollen Sie mit soviel Sieben?«

»Was ich damit mache, ist doch meine Sache, oder?«

Sie zählte die Siebe nach und schob ihm den Karton hin.

»Es sind neunzehn«, sagte sie. »Sonst noch etwas?«

»Aber ja.« Er schob sich die Mütze so weit ins Gesicht, daß nur noch die Nasenspitze und das vorgeschobene Kinn herausschauten. »Das«, sagte er, »und das ... und das.« Das Kinn ruckte einmal hier- und einmal dorthin, und als sie nicht gleich begriff, ihn nur fassungslos ansah, sprang er mit einem Satz – die Hände aufgestützt – seitwärts über die

Theke und fing an – ohne überhaupt darauf zu achten, was er nahm –, die Regale auszuräumen. »Halt«, rief Lydia, die erst zu sich zu kommen schien, als eine Tasse krachend auf dem Boden zerbarst, »Sie sind ja verrückt, Schluß jetzt!«

Sie klammerte sich an seinen Arm, und er blickte, einen Moment innehaltend, in ihr Gesicht. »Ich habe Geld«, sagte er, »und ich kaufe alles, kapiert? Alles!« Er schüttelte sie ab und machte weiter. Sie kniff die Lippen zusammen, nahm kurz entschlossen eine Porzellankaffeekanne und hieb sie ihm über den Kopf. Die Kanne zerbrach – durch die Mütze konnte er nicht viel abbekommen haben, aber immerhin hörte er auf, Sachen aus den Regalen zu fegen, und wandte sich ihr zu.

»Was soll das, Mädchen«, sagte er böse.

»Ich verkaufe Ihnen nichts. Das ist mein gutes Recht, ich muß nicht verkaufen, wenn ich nicht will, und ich will nicht.« Er nahm die Mütze ab und betastete seinen Kopf. »Das lassen Sie doch lieber ihn entscheiden«, meinte er. Lydia drehte sich um. Unter der Tür zum Hinterzimmer stand Herr Mandel. Wie lange war er schon da? Er war blaß, trotzdem hatte sie einen irrsinnigen Augenblick lang das Gefühl, daß er fast erlöst aussah.

»Laß ihn, Lydia«, sagte er leise, »er kann alles haben.«

»Na also.« Der junge Mann zog ein mit einem roten Gummi zusammengehaltenes Bündel Geld aus der Hosentasche, streifte das Gummiband ab und blätterte die Scheine auf die Theke. »Reicht das?«

Herr Mandel hielt den Kopf gesenkt und betrachtete seine Schuhe. »Ja«, sagte er.

»Gut, dann kann ich ja jetzt aufladen.« Er setzte die Mütze wieder auf und musterte Lydia anerkennend. »Sie sind mir eine«, sagte er, bevor er dann auf die Straße hinaustrat und gellend durch die Finger pfiff.

Als der Lastwagen vor dem Laden hielt, sah sie, daß Jonas hinter dem Lenkrad saß. Er blieb sitzen – wartete mit angelassenem Motor, bis sein Freund alles eingeladen und zu ihm gestiegen war, und fuhr dann, eine gewaltige Wasserfontäne hinter sich lassend, schnell davon.

Acht Tage hatte Jonas sich nun schon nicht mehr bei ihr blicken lassen. Es war so öde in dem leeren Laden und dem stillen Haus; sie wagte nicht, Herrn Mandel zu fragen, ob er sie noch brauche, schließlich wußte sie ja nicht, wie er den Verlust verkraften würde. Aber Herr Mandel starb nicht, im Gegenteil, es schien ihm immer besser zu gehen, er begann zaghafte Pläne zu machen und trug sich sogar mit dem Gedanken, in dem leeren Laden so eine Art Kakteenzucht anzufangen. Eines Abends ging sie einfach fort, Jonas zu suchen. In seiner Wohnung war er nicht, aber ein kleines Mädchen, das im Hof Hüpfball spielte und das sie fragte, erzählte ihr, daß er erst ins Schwimmbad und dann in die Gartenwirtschaft gegangen sei. Ins Schwimmbad habe er sie mitgenommen, in der Wirtschaft ihr nur eine Limonade spendiert und sie dann nach Hause geschickt. Ob sie mitkommen dürfe, Lydia den Weg zeigen?

»Ich kenne ihn, und außerdem wird es schon dunkel, siehst du? Deine Mutter wird dich bald hereinrufen.«

»Na gut«, meinte das kleine Mädchen und nahm sein Ballspiel wieder auf, schließlich war der Tag erlebnisreich genug gewesen.

Lydia nahm den Weg die Badeanstalt entlang – die Türen in dem Gatter um die Gärten waren bereits geschlossen. In der Gartenwirtschaft schwankten kleine Glühbirnen, zu bunten Ketten aufgereiht zwischen den Bäumen. Alle Tische waren voll besetzt, bis auf einen, an dem Jonas und der Wirt saßen und eine bei beiden sehr unterschiedlich klingende Melodie sangen, die aber ohnehin zum größten Teil im Stimmengewirr der übrigen Gäste unterging.

Der Kleine erhob sich, als er sie sah, und bot ihr seinen noch warmen Platz an. Sie setzte sich neben Jonas, der den Arm um sie legte und weitersang. Der Wirt tauchte wieder auf und brachte ein Glas, so voll, daß der Wein beim Abstellen überschwappte und eine Lache auf dem Tisch bildete.

»Macht nichts«, sagte er, »es ist noch mehr davon da.«

Sie nickte und legte ihr Ohr an Jonas' Brust, und als sie ihn so gewaltig und selbstvergessen orgeln hörte, dachte sie, man kann ihm wirklich nicht böse sein.

»… trotzdem«, sagte sie später, als sie irgendwo hinter den Gärten im Gras unter einem Baum lagen, denn es hatte damals nur einen Tag geregnet und inzwischen war das Gras wieder trocken und warm, »trotzdem werde ich dich nie heiraten, Jonas.«

»Und warum nicht?« Er wälzte sich auf die Seite, stützte einen Arm auf und versuchte im Dunkeln ihr Gesicht zu erkennen.

»Weil du eine Grille bist.«

»Eine Grille …« Er ließ sich wieder auf den Rücken fallen und lachte, daß man es weithin hören mußte.

»Pscht.«

»Eine Grille … Das hat noch keiner zu mir gesagt.«

»Ich meine es anders, die Grille und die Ameise, kennst du das nicht?«

»Doch«, er beruhigte sich langsam, »natürlich, aus der Schule.«

»Du bist eine Grille«, sagte sie nachdenklich, »du lebst vor dich hin und denkst nicht an morgen. Es hätte mit Herrn Mandel auch schiefgehen können.«

»Ist es aber nicht.«

»Nein, und darum werde ich auch einen Sommer lang glücklich mit dir sein.«

»Und im Winter?« fragte er.

»Im Winter?« Sie verschränkte die Arme unter dem Kopf und blickte auf das winzige Stück Himmel, das im dichten Laub über ihnen sichtbar war.

»Im Winter werde ich eine Ameise heiraten und von der Grille träumen.«

Livvie

Solomon entführte Livvie dreißig Kilometer von ihrem Wohnort, als er sie heiratete. Er brachte sie in sein Haus auf der Alten-Natchez-Fähre, tief im Hinterland. Sie war damals erst sechzehn Jahre alt – noch ein junges Mädchen. Die Leute sagten einmal, er dächte wohl, daß hier kein Mensch je vorbeikommen würde. Er sagte ihr selbst, daß es schon lange her sei – eine Zeit, von der sie nichts wußte –, als diese Straße befahren war und *Leute* kamen und gingen. Er war gut zu ihr, aber er band sie an das Haus. Sie hatte nicht gedacht, daß sie nie mehr zurück könnte. Dort, wo sie herkam, sagte man, ein alter Mann wolle nicht, daß irgendein Mensch auf der Welt seine Frau fände, weil er Angst habe, man könnte sie ihm wegnehmen. Solomon fragte sie, bevor er sie nahm, ob sie glücklich sein würde – sehr würdevoll, denn er war ein Farbiger, der seinen eigenen, auf dem Gericht schriftlich bescheinigten Grund besaß; und sie hatte gesagt: »Ja«, denn er war ein alter Mann, und sie war jung und hörte einfach zu und gab Antwort. Er fragte sie, ob sie sich nach dem Frühling sehnen würde, wenn sie den Winter erwählte, und sie antwortete: »Ach nein.« Was immer sie auch sagte, sie sagte es deshalb, weil er ein alter Mann war … Unterdessen vergingen neun Jahre. Die ganze Zeit über wurde er älter, und er wurde schließlich so alt, daß er nicht mehr konnte. Zum Schluß schlief er den ganzen Tag in seinem Bett, und sie war immer noch jung.

Es war ein schmuckes Haus, sowohl von innen wie von außen. Vor allem hatte es drei Zimmer. Das Vorderzimmer war mit Stechpalmentapete dekoriert, und an den Wänden prangten, in genauen Abständen befestigt, grüne Fächerpalmen aus dem Moor. Auf dem Kaminsims lag eine frische Zeitung mit kunstvoll ausgeschnittenem Rand, worauf Photographien von alten oder sehr jugendlichen Männern auf leicht vergilbtem Papier standen – Solomons Angehöri-

ge. Solomon besaß ein Haus voll Möbel. Im Vorderzimmer befanden sich ein zweisitziges Sofa, ein großer, kunstvoll gedrechselter Schaukelstuhl und ein Harmonium, und diese Möbelstücke waren um einen dreibeinigen Tisch mit rosa Marmorplatte angeordnet, auf dem eine Lampe mit drei goldenen Füßen neben einem Marmeladenglas stand, in dem hübsche Hühnerfedern steckten. Hinter dem Vorderzimmer war das andere Zimmer mit dem hellen Eisenbett mit den blankpolierten Knöpfen wie auf einem Thron, in dem Solomon den ganzen Tag schlief. Am Fenster hingen schneeweiße Vorhänge aus drahtiger Spitze, und auf das Bett gehörte eine Spitzenüberdecke. Aber das Stück, unter dem der alte Solomon so fest schlummerte, war eine große, mit Federstich verzierte Steppdecke aus Flicken nach dem Muster »Reise um die Welt«, bestehend aus einundzwanzig verschiedenen Farben, vierhundertvierzig Flicken und fast tausend Meter Garn, die Solomons Mutter während ihres Lebens und später in ihrem Alter angefertigt hatte. Außerdem gab es noch einen Tisch mit einer Bibel darauf und einen Schrankkoffer mit einem Schlüssel. An der Wand hingen zwei Kalender und ein Diplom irgendeines Mitglieds von Solomons Familie, und darunter war Livvies einziger Besitz angenagelt, ein Bild des kleinen weißen Babys der Familie, bei der sie in Natchez vor ihrer Heirat gearbeitet hatte. Wenn man durch dieses Zimmer in die Küche weiterging, fand man dort einen großen Holzofen und einen großen runden Tisch, der immer feucht war und auf dem ein Marmeladenglas mit Messern und Gabeln und ein anderes mit Löffeln stand, dazwischen eine Essigflasche aus geschliffenem Glas und daneben zahlreiche flache Schüsseln mit eingemachten Pfirsichen, Feigenkompott, eingemachten Wassermelonen und Brombeermarmelade, die immer dort standen. Das Butterfaß stand in der Sonne, die zwei Türflügel der Vorratskammer waren stets geschlossen, und in der Küche waren vier Mausefallen mit Köder aufgestellt, eine in jeder Ecke.

Auch von außen sah Solomons Haus nett aus. Es hatte keinen Anstrich, aber die Einrichtung der Veranda war

gleichmäßig verteilt. Auf jeder Seite schaute ein Lehnstuhl mit hoher Polsterung hervor, darüber hing jeweils ein Korb mit Farnen von der Decke, und zu Füßen des Stuhls stand eine Spülschüssel, in der Zinnienschößlinge wuchsen. Neben der Tür war auf der einen Wand ein Pflugrad angebracht, bloß ein hübscher Eisenring, und auf der anderen ein viereckiger Spiegel, in dessen Rahmen ein türkisfarbener Kamm steckte, und darunter war das Waschbecken. An der Tür befand sich ein hölzerner Knauf mit einer Perle am Ende, und daran hing Solomons schwarzer Hut, wenn er zu Hause war.

Vorne gab es einen sauberen Hof, von dessen nackter Erde jede Spur von Gras geduldig entfernt worden war, und den Boden durchzogen tiefe Furchen von Livvies Besen. Je drei Rosenbüsche mit winzigen, blutroten Rosen, die jeden Monat blühten, wuchsen zu beiden Seiten der Stufen. Auf der einen Seite stand ein Pfirsichbaum, auf der anderen ein Granatapfelbaum. Entlang des Weges, der von dem unterhalb gelegenen tiefen Einschnitt der Natchez-Fährte aufwärts führte, stand eine Reihe kahler Bäume von indischem Flieder, und jeder Zweig steckte in einer bunten, entweder grünen oder blauen Flasche. Von Solomons Lippen kam kein Wort, welchem Zweck sie dienten, aber Livvie wußte, daß in den Bäumen oft ein Zauber wohnte, und seit ihrer Geburt war sie vertraut mit der Art und Weise, wie Flaschenbäume die bösen Geister daran hinderten, ins Haus zu dringen – indem man sie in die bunten Flaschen lockte, aus denen sie nicht wieder herauskonnten. Solomon hatte die Flaschenbäume im Lauf der neun Jahre mit seinen eigenen Händen hergestellt, bei einem Arbeitsaufwand von etwa einem Jahr pro Baum, ohne ein Zeichen irgendeiner Besorgnis im Herzen, denn er war so stolz auf seine Vorsichtsmaßnahme gegen das Eindringen der Geister in sein Haus wie auf das Haus selbst, und manchmal sahen die Flaschenbäume in der Sonne sogar noch hübscher aus als das Haus.

Es war ein nettes Haus. Es befand sich an einem Ort, wo die Tage fast unmerklich verstrichen und jeden in Erstau-

nen setzten, daß sie vorübergingen. Das Licht der Lampe und des Feuers schien im Dunkel durch die Tür ins Freie, über die stille, atmende Landschaft hin, und beleuchtete die Rosen und die Flaschenbäume, und alles war still.

Aber es war niemand da, keine Menschenseele, nicht einmal ein Weißer. Und wenn jemand dagewesen wäre, hätte Solomon Livvie nicht erlaubt, diese Person anzusehen, so wie er nicht erlaubte, daß sie einen Feldarbeiter oder daß ein Feldarbeiter sie ansah. Es war kein Haus in der Nähe außer den Hütten der Pächter, die ihr verboten waren, und so weit sie in der Umgebung vorgedrungen war, gab es kein Haus, das sich die stille, tiefe Fährte hinabduckte. Ihr war, als watete sie in einem Fluß, wenn sie hinaustrat, denn das tote Laub auf dem Boden reichte ihr bis ans Knie, und als sie ganz zerkratzt und blutig war, sagte sie, dies sei keine Straße, die irgendwohin führte. Eines Tages, als sie die hohe Böschung hinaufgeklettert war, fand sie einen Friedhof ohne eine Kirche, und um den Fuß eines Engels wuchs Bandgras (sie war hinaufgeklettert, weil sie meinte, sie hätte Engelflügel gesehen), und in der Sonne schienen die Bäume wie lodernde Flammen durch die großen Raupennetze, die sie umgaben. Hohe Disteln standen ehrfurchtgebietend da wie die Propheten aus der Bibel in Solomons Haus. Über ihrem Kopf wuchs Kastillea, und die Trauertaube war das einzige Geräusch in der Welt. Ach, wenn die Blätter sich doch bewegen, wenn die Netze doch zerreißen wollten! Aber nicht durch ein Gespenst, betete Livvie und sprang die Böschung hinunter. Nachdem Solomon bettlägerig geworden war, ging sie nie mehr hinaus, außer ein einziges Mal.

Livvie wußte, daß sie jeden auf nette Weise zu bedienen verstand. Sie richtete das Essen auf dem Tablett wie eine kleine Überraschung her. Sie konnte ihre Lust zu singen unterdrücken, wenn sie bügelte, an einem Bett sitzen und die Fliegen wegfächeln und so still sein, daß sie ihren eigenen Atem nicht hörte. Sie konnte das Haus aufräumen, ohne irgend etwas fallen zu lassen, und sie ging hinaus, wenn sie butterte, denn das Buttern klang ihr so traurig wie

ein Schluchzen in den Ohren, und wenn nur sie selbst es war, die Heimweh bekam, und nicht Solomon, so wurde sie dessen nicht gewahr.

Aber Solomon öffnete kaum noch die Augen, um sie anzusehen, und kostete kaum von seinem Essen. Er war nicht krank oder gelähmt und erwähnte auch nicht, daß er irgendwelche Schmerzen hatte, aber sein Körper verfiel immer mehr, das war gewiß, und wenn Livvie ihm auch noch so leckere heiße Sachen zum Kosten brachte, warf er nur einen Blick darauf, als hätte er die Hoffnung aufgegeben, daß er noch etwas zusetzen könne. Bevor sie ihn bitten konnte, war er schon fest eingeschlafen. Sie konnte ihm keine Überraschung mehr bereiten, wenn er nichts mehr kosten wollte, und sie befürchtete, daß er nie mehr im Leben etwas kosten würde, was sie ihm brachte – und was sollte dann aus ihm werden?

Doch eines Morgens kochte sie ihm zum Frühstück seine Eier mit Maisgrütze, brachte alles auf einem Tablett hinein und rief seinen Namen. Er schlief fest. Er lag würdevoll, die Uhr neben sich, auf dem Rücken in der Mitte seines Bettes. Mit einer Hand hatte er die Steppdecke hochgezogen, obwohl es der erste Frühlingstag war. Durch die weißen Spitzenvorhänge kam wie aus vollen Backen pustend ein leichter Windstoß. Die ganze Nacht hindurch hatten die Frösche in den Sümpfen gequakt, als gäbe es einen Tumult mitten im Zimmer, aber er hatte sich nicht gerührt, während sie hellwach dalag und »Pst, Frösche!« flüsterte, aus Angst, daß sie ihn belästigen könnten.

Er sah aus, als würde er gerne noch ein Weilchen schlafen, und so stellte sie das Tablett zurück und wartete. Während sie auf Zehenspitzen umherging und sich ruhig verhielt, gab sie sich einer kleinen Träumerei hin, und manchmal, wenn sie so still und leise war, kam es ihr vor, daß sie diese Stille für ein schlafendes Kind bewahrte und daß sie selbst ein Kind hatte und seine Mutter war. Wenn sie an Solomons Bett stand und auf ihn hinabsah, dachte sie: »Er schläft so gut«, und weckte ihn ungern auf. Und sie

fürchtete sich noch aus einem anderen Grund, ihn aufzu-
wecken, denn er schien sogar in seinem Schlaf ein so strenger Mann zu sein.

Freilich gab es von ihm ein Bild, als er noch jung war – es
war über dem Bett an die Wand genagelt –, nur vergaß sie
immer, wer es war. Damals trug er einen Kranz von Haaren
über seiner Stirn wie eine Königskrone. Aber nun lag sein
Haar glatt an seinem Kopf, es bauschte sich nicht mehr.
Solomon besaß ein eher hellhäutiges Gesicht, mit Augenbrauen, die in schuppigen Büscheln wuchsen wie Liguster,
mit scharfen Augen, die hellsichtig waren, einem strengen
Mund und einem leichten, vergoldeten Lächeln. So sah er in
seinen Kleidern aus, aber im Bett untertags war er ein anderer, ein kleinerer Mann, auch wenn er hellwach war und
eine Bibel in den Händen hielt. Er sah aus wie jemand, der
mit ihm verwandt war. Und manchmal, wenn er schlief,
und sie bei ihm stand und die Fliegen fortfächelte, und das
Licht hereinkam, war sein Gesicht wie neu, so glatt und
klar, wie wenn man ein Marmeladenglas gegen das Fenster
hält, und sie konnte beinahe durch seine Stirne schauen und
sehen, was er dachte.

Sie fächelte ihn, und schließlich öffnete er die Augen und
sagte ihren Namen, aber er wollte die guten Eier nicht
kosten, die sie unter einer Pfanne warm gehalten hatte.

Als sie wieder in der Küche war, aß sie herzhaft, sein
Frühstück und ihr eigenes, und sah durch die offene Tür,
was draußen vor sich ging. Den ganzen Tag und die ganze
vergangene Nacht hatte sie gespürt, wie der Frühling sich in
ihrer Nähe regte. Er war so gegenwärtig im Haus wie ein
junger Mann. Der Mond stand im letzten Quartal, und
draußen wurden die Schollen umgegraben, wurden Erbsen
und Bohnen gepflanzt. Die roten Felder auf und ab, über denen vom Verbrennen des Gestrüpps eine Rauchschwade
hing, als hätte der Himmel ein Röcklein an, zogen ein weißes
Pferd und ein weißes Maultier den Pflug. In Abständen
drangen heisere Schreie durch die Luft und rüttelten sie
wach, als hätte sie müßig im Schatten gedöst, und riefen ihr
zu: »Spring auf!« Sie konnte sehen, wie über jeden Feldstrei-

fen Männer und Mädchen zogen, zu Fuß oder auf Maultie-
ren, mit Hüten auf dem Kopf, glänzend mit ihren langen
Hacken und Forken, als ob sie Wimpel trügen und zu irgendeiner Fahrt aufgebrochen wären – und wie sie dann
und wann auf ein Signal alle auf einmal anfingen, zu rufen,
zu brüllen, zu betteln, hin und her zu schreien, zu laufen,
sich gegenseitig anzuspringen und sich loszureißen, sich mit
einem Schrei auf den Boden zu werfen und im Taumel des
hohen Mittags bewegungslos liegenzubleiben. Die alten
Frauen kamen aus den Hütten und brachten ihnen das Essen, das sie vorbereitet hatten, und dann arbeiteten sie alle
zusammen, gleichmäßig verteilt. Auch die kleinen Kinder
kamen heraus, wie ein hüpfender Strom sich über die Felder
ergießt, und stürzten sich auf die Männer, die Frauen, die
Hunde, die flatternden Vögel und die wellengleichen Erd-
furchen, und ihre hellen Stimmen klangen so hoch, daß man
sie fast nicht hören konnte. In mittlerer Entfernung standen
die Heugarben wie weißgoldene Türme, und schwarze
Kühe kamen daher und fraßen das Heu an den Rändern
weg. Hoch über allem, über dem Rad der Felder, des Hauses
und der Hütten und der tiefen Straße, die sie wie ein Graben
umschloß und alles zusammenhielt, stand der wechselhafte
Himmel, blau, mit langgestreckten Federwolken, heiter und
still wie lodernde Flammen. In seinen tiefen Schlaf versunken, während all dies rund um seinen Besitz sich abspielte,
lag Solomon wie ein kleiner ruhender Punkt in der Mitte.

Sogar im Haus hing der süße Duft der Erde. Solomon
hatte Livvie nie erlaubt, weiter zu gehen als bis zum Hüh-
nerstall und zum Brunnen. Aber wie wäre es, wenn sie mitten in die Felder hinauslaufen und eine Hacke nehmen und
arbeiten würde, bis sie ausgestreckt hinfiel, triefend vor
Anstrengung wie die anderen Mädchen, und ihre Wange
gegen die aufgerissene Erde pressen und den alten Mann
mit ihrer Demut und ihrem Entzücken beschämen würde?
Ihn beschämen! Ein grausamer Wunsch konnte ungebeten
und so schnell daherkommen, während sie zur Hintertür
hinaussah. Sie wusch das Geschirr und schrubbte den Tisch.
Sie konnte das Blöken der jungen Lämmer hören. Ihre Mut-

ter, die sie seit ihrem Hochzeitstag nicht mehr gesehen hatte, hatte einmal gesagt: »Besser ein noch so schlechter Mann, als eine gemeine Frau.«

Also probierte sie den ganzen Morgen lang die Hühnerbrühe auf dem Herd, und als sie recht war, goß sie eine schöne Tasse voll. Die trug sie zu Solomon hinein, und da lag er und träumte. Wovon träumte er wohl? Denn sie sah ihn leise seufzen, als wollte er vermeiden, etwas zu stören, etwas Ganzes, das er im Gemüt umfangen hielt wie ein frisches Ei. So konnte sogar ein alter Mann von etwas Schönem träumen. Träumte er vielleicht von ihr, während seine Augen geschlossen in ihren Höhlen lagen und seine kleine Hand mit dem Ehering sich im Schlaf um die Steppdecke kräuselte? Vielleicht träumte er davon, wieviel Uhr es war, denn sogar im Schlaf maß er die Zeit wie eine Uhr und wußte, wieviel Zeit vergangen war, und wenn er aufwachte, wußte er, wo die Zeiger standen, bevor er noch auf die silberne Uhr gesehen hatte, die er nie von sich ließ. Er schlief mit der Uhr in seiner Hand und legte sie sogar an seine Wange wie ein Kind sein geliebtes Spielzeug. Oder vielleicht träumte er von Reisen und Dampferfahrten nach Natchez. Dennoch dachte sie, daß er von ihr träumte. Doch während sie ihn noch forschend ansah, schienen die Stäbe am Fußende des Bettes sich wie ein Geländer zwischen ihnen aufzurichten, und sie begriff, daß zwei Menschen sich nie einer Sache sicher sein können, solange der eine schläft und der andere wacht. Es machte ihr ein wenig Angst, ihn so zu sehen, wie er von ihr träumte, während er doch sterben konnte, als wollte er sie auf diese Weise mitnehmen, und sie wäre am liebsten aus dem Zimmer gelaufen. Sie faßte das Bett und hielt sich daran fest, und Solomon öffnete die Augen und rief ihren Namen, aber er hatte keinen Wunsch. Er wollte die gute Brühe nicht kosten.

Kurz darauf, als sie zum letzten Mal im Jahr die Asche aus dem Vorderzimmer entfernte, vernahm sie ein Geräusch. Jemand näherte sich. Sie zog die Vorhänge zu und sah durch den Schlitz.

Unter den Flaschenbäumen kam eine weiße Dame den Weg herauf. Zuerst sah sie jung, doch dann sah sie alt aus. Wunderbarerweise stand ein kleines Auto, dampfend wie ein Wasserkessel, draußen auf dem Fuhrweg – es war ohne Straße gekommen.

Livvie blieb stehen und lauschte dem langen, wiederholten Klopfen an der Tür, und nach einer Weile öffnete sie sie ein wenig. Die Dame trat durch den Türspalt ein, obwohl sie mehr als mittelstark war und einen großen Hut trug.

»Ich heiße Miss Baby Marie«, sagte sie.

Livvie sah die Dame und den kleinen Koffer, den sie bis zum geeigneten Augenblick dicht bei sich am Griff hielt, respektvoll mit großen Augen an. Die Dame ließ ihren Blick im Raum umherschweifen, von einer Fächerpalme zur anderen, und erklärte dann: »Ich wohne zu Hause ... über Natchez hinaus ... und fahre herum und zeige diese hübschen Kosmetiksachen den weißen wie den farbigen Damen ... überall ... Jahr für Jahr ... Alle Schattierungen von Puder und Rouge ... Diese Arbeit kann eine Frau machen, ohne daß sie ganz von zu Hause weggehen muß ...« Und je schärfer ihr Blick wurde, desto mehr redete sie. Plötzlich rümpfte sie die Nase und sagte: »Es ist unchristlich und unhygienisch, Federn in eine Vase zu tun«, und dann nahm sie einen goldenen Schlüssel aus dem Ausschnitt ihres Kleides und begann, die Schlösser ihres Koffers aufzusperren. Ihr Gesicht, das bedeckt war von intensivem Weiß und Rot und einer kleinen weißen Kruste zwischen den Runzeln ihrer Oberlippe, zog das Licht an. Kleine Quasten von rotem Haar wippten unter den rostigen Drähten ihres breitkrempigen Hutes, während sie nun mit einer Gebärde heimlichen Triumphs ihren kleinen Koffer öffnete und ihm ein Fläschchen nach dem anderen, einen Tiegel nach dem anderen entnahm und auf dem Tisch, dem Kaminsims, dem Sofa und dem Harmonium aufreihte.

»Haben Sie jemals so viele Kosmetika in Ihrem Leben gesehen?« rief Miss Baby Marie.

»Nein«, versuchte Livvie zu sagen, aber es verschlug ihr die Rede.

»Haben Sie je Kosmetika angewendet?« fragte Miss Baby Marie sodann.

»Nein«, stammelte Livvie.

»Dann sehen Sie her!« sagte sie und brachte einen letzten Gegenstand zum Vorschein. »Probieren Sie mal!« sagte sie. Und ihrer Hand entwand sich ein goldener Lippenstift, der wie ein Wunderding aufsprang. Ein Duft wie von Weihrauch entströmte ihm, und Livvie rief plötzlich: »Seifenbaumblüten!«

Ihre Hand ergriff den Lippenstift, und unversehens fühlte sie sich durch die Lüfte in den Frühling hinausgetragen, und als sie träumerisch lächelnd von einer purpurroten Wolke heruntersah, erblickte sie aus der Höhe einen Seifenblütenbaum, dunkel, glatt und hübsch belaubt, so zierlich wie ein Perlhuhn im Vorgarten, und hier war auch ihr Zuhause, das sie verlassen hatte. Auf der einen Seite des Baumes stand ihre Mama und hielt ihre schwerbeladene Schürze auf, und sie konnte sehen, daß sie voll reifer Feigen war, und auf der anderen Seite stand ihr Papa und hielt eine Fischangel über den Teich, der durchsichtig war, so daß sie die kleinen Fische klar bis an den Rand des Wassers emporschwimmen sah.

»O nein, nicht Seifenbaumblüten – geheime Ingredienzen«, sagte Miss Baby Marie. »Meine Kosmetika enthalten geheime Ingredienzen – nicht Seifenbaumblüten.«

»Er ist purpurrot«, hauchte Livvie, und Miss Baby Marie ermunterte sie: »Bedienen Sie sich nur! Tragen Sie ihn auf.«

Livvie ging auf Zehenspitzen zu dem Waschbecken auf der vorderen Veranda und strich sich vor dem Spiegel die Lippen an. Auf der welligen Oberfläche tanzte ihr Gesicht vor ihren Augen wie eine Flamme. Miss Baby Marie folgte ihr hinaus, warf einen Blick auf das Resultat und sagte: »So ist's richtig.«

Livvie wollte »Danke schön« sagen, ohne ihre geöffneten Lippen zu bewegen, auf denen die frisch aufgetragene Farbe lag.

Miss Baby Marie war hinter Livvie getreten und sah über ihre Schulter in den Spiegel, wobei sie ihre Haarpinsel

hochdrehte. »Den Lippenstift können Sie für nur zwei Dollar haben«, sagte sie, nahe an Livvies Nacken.

»Meine Dame, ich habe aber kein Geld, hab nie welches gehabt«, sagte Livvie.

»Ach, Sie brauchen nicht gleich zu bezahlen. Ich komme wieder vorbei – so mach ich's. Ich komme wieder – später.«

»Ach so«, sagte Livvie und tat, als würde sie alles verstehen, um der Dame gefällig zu sein.

»Wenn Sie ihn aber nicht jetzt nehmen, habe ich vielleicht zum letzten Mal einen Besuch hier gemacht«, sagte Miss Baby Marie scharf. »Dieses Haus ist sehr entlegen, das kann ich Ihnen sagen. In der Nähe von euch gibt's überhaupt nichts.«

»Ja. Mein Mann, der hat das *Geld*«, sagte Livvie zitternd. »Er ist aber sehr streng. Er weiß nicht, daß *Sie* hier hereingekommen sind, Miss Baby Marie!«

»Wo ist er?«

»Dort drüben, er schläft jetzt, er ist ein alter Mann. Ich würde ihn nie um irgend etwas bitten.«

Miss Baby Marie nahm den Lippenstift zurück und packte ihn ein. Sie sammelte ihre Tiegel für die farbigen und die weißen Damen ein und verstaute sie alle in ihrem Koffer mit demselben triumphierenden Gehabe, mit dem sie alles ausgepackt hatte. Sie wandte sich zum Gehen.

»Auf Wiedersehen«, sagte sie, bemüht, sich von hinten ein großartiges Aussehen zu geben, doch im letzten Augenblick drehte sie sich in der Tür um. Ihr alter Hut schwankte, während sie flüsterte: »Kann ich Ihren Mann sehen?«

Livvie ging auf Zehenspitzen und öffnete gehorsam die Tür ins andere Zimmer. Miss Baby Marie trat hinter sie und stellte sich auf die Zehen und spähte hinein.

»Meine Güte, was für ein winziges Männchen und so alt, so alt!« wisperte sie und schlug kopfschüttelnd die Hände zusammen. »Was für eine schöne Daunendecke! Nein, so ein winziges, uraltes Männchen!«

»So kann er den ganzen Tag schlafen«, flüsterte Livvie stolz.

Sie sahen ihm eine Weile zu, während er fest schlief, und

dann sahen sie einander plötzlich an. Irgendwie war es, als teilten sie ein Geheimnis, denn er hatte sich nicht gerührt. Dann schloß Livvie höflich, aber unvermittelt die Türe.

»Na, ich würde Ihnen wirklich gerne den Lippenstift dalassen!« sagte Miss Baby Marie lebhaft. Sie lächelte in der Tür.

»Aber ich habe Ihnen doch schon gesagt, meine Dame, daß ich kein Geld habe und nie welches hatte.«

»Und werden Sie auch nie welches haben?« In der Luft und überall, wie ein heller Schein um den nickenden Kopf der weißen Dame, war es ein wahrer Frühlingstag.

»Würden Sie Eier dafür annehmen?« fragte Livvie leise.

»Nein, ich habe massenhaft Eier – massenhaft«, sagte Miss Baby Marie.

»Ich hab aber trotzdem kein Geld«, sagte Livvie, und Miss Baby Marie nahm ihren Koffer und ging fort.

Livvie sah ihr nach, und die ganze Zeit, während sie so dastand, spürte sie, wie ihr das Herz in der linken Seite pochte. Sie berührte die Stelle mit der Hand. Es war, als ob ihr Herzklopfen und die flammende Röte in ihrem Gesicht von der pulsierenden Farbe ihrer Lippen ausgingen. Sie ging hinein und setzte sich an Solomons Bett, und als er die Augen öffnete, bemerkte er keine Veränderung an ihr. »Jetzt geht es zu Ende«, sagte sie sich innerlich. Das war das Geheimnis. Dann ging sie aus dem Haus, um etwas Luft zu schöpfen.

Sie ging den Pfad hinunter und ein Stück die Natchez-Fährte entlang, und sie wußte nicht, wie weit sie gegangen war, aber es war nicht weit, als sich ihr plötzlich ein Anblick darbot. Es war ein Mann, der wie eine Erscheinung aussah – sie stand auf der einen Seite der Alten-Natchez-Fährte, und er stand auf der anderen.

Sobald dieser Mann ihrer ansichtig wurde, ließ er die Augen über seine Gestalt schweifen. Er begann unten bei den spitzen Schuhen, und weiter aufwärts blickend, zog er seine Hose hinauf, die weit um die Hüften war und unten eng zulief, damit er seine hellen Socken zur Gänze sehen konnte. Seinen langen, weiten, blattgrünen Rock öffnete er

wie die Flügel einer Tür, damit er seine hochgezogene gelblichbraune Hose sehen konnte. Er strich die Hose von den Enden seines Kragens glatt nach unten; er trug ein Hemd aus leuchtend rosafarbenem Satin. Zum Schluß griff er leicht über seinen weiten, tellerförmigen Hut von der Farbe einer Pflaume und berührte mit einem Finger die smaragdgrüne Feder, die im Frühlingswind wehte.

Wie immer sie auch aussehen mochte, nie konnte sie so fein aussehen wie er, und das tat ihr nicht leid, es freute sie vielmehr.

Mit drei Sätzen, einem hinunter und zweien hinauf, war er an ihrer Seite.

»Ich heiße Cash«, sagte er.

Er hatte ein Meerschweinchen in seiner Rocktasche. Sie gingen nebeneinander her. Sie starrte ihn immer noch an, als ob er irgendeine kühne, spektakuläre Tat vollbrächte, anstatt nur neben ihr herzugehen. Es war nicht einfach seine städtische Kleidung, die ihren Blick auf sich lenkte und ihr eine Hoffnung zeigte, die frech daraus hervorlugte: Es war nicht nur sein Gang, wie er die Blumen zertrat, als könnte er jedes Hindernis auf dem Weg über den Haufen rennen und alles in der Welt zerstören, was ihre Augen zum Glänzen brachte. Vielleicht, wenn er nicht *an diesem Tag* erschienen wäre, hätte sie ihn nie so genau angesehen, aber es macht eben viel aus, zu welcher Zeit einer daherkommt.

Sie gingen durch das stille Laub der Natchez-Fährte, Licht und Schatten fielen durch die Bäume um sie herum, die weißen Iris leuchteten wie Kerzen auf den Böschungen, und die jungen Farne schimmerten wie grüne Sterne im Geäst der Eichen. Sie langten bei Solomons Haus an mit den Flaschenbäumen und allem Drum und Dran. Livvie blieb stehen und ließ ihren Kopf hängen.

Cash begann, ein Liedchen zu pfeifen. Sie wußte nicht, wie es hieß, aber sie hatte es schon früher aus der Ferne gehört, und dann kam ihr die Erleuchtung. Cash war ein Feldarbeiter. Er war ein verwandelter Feldarbeiter. Cash gehörte Solomon. Aber er hatte die Latzhose ausgezogen und dieses Gewand angelegt. Da, vor Solomons Haus, lach-

te er. Er hatte einen runden Kopf, ein rundes Gesicht, alles an ihm war jung, und er warf den Kopf in den Nacken und ließ ihn gegen den Himmel mit den Federwolken rollen und konnte einfach nur lachen, weil er Solomons Haus da stehen sah. Livvie sah hin, und da hing Solomons schwarzer Hut auf dem Knopf an der Tür, das schwärzeste Ding auf der Welt.

»Bin in Natchez gewesen«, sagte Cash und schüttelte den Kopf, den Himmel hinter sich. »Hab einen Ausflug gemacht, mir ist schon nach Ostern!«

Wie war es nur möglich, sich vor der Ernte so fein herauszuputzen? Cash muß das Geld gestohlen, von Solomon gestohlen haben. Er stand auf dem Weg und hob seine ausgebreitete Hand und ließ sie lachend immer wieder fallen. Er sprang in die Luft. Ein kleiner Schauer erfaßte sie. Es war, als ob Cash diese starke Hand fallen ließ, um eine Trommel zu schlagen oder um jemandem Prügel zu versetzen, so ausgelassen und drohend war sein Lachen. Stirnrunzelnd ging sie näher zu ihm hin, und da faßte sie schon sein schwingender Arm, und der Schrecken wurde aus ihrem Körper gepreßt, wie eine Streichholzflamme von dem erstickt wird, was sie entzündete. Sie raffte die Falten seines Rockes hinter ihm zusammen und heftete ihre roten Lippen an seinen Mund, und da war sie geblendet von sich, so wie auch er anfangs von sich selbst geblendet war.

In diesem Augenblick empfand sie etwas Unaussprechliches – daß Solomons Tod nahe war und daß er ihr so viel bedeutete, als wäre er schon tot. Sie stieß einen Schrei aus, drehte sich um und lief schreiend auf das Haus zu.

Auf der Stelle kam Cash ihr nach, er folgte ihr und rannte hinter ihr her. Er kam näher, und auf halbem Weg lachte er und überholte sie. Er hob sogar einen Stein auf und warf ihn im Bogen in die Flaschenbäume. Sie hielt sich die Hände über den Kopf, und ein Geklirr ging durch die Flaschenbäume wie Schreie der Empörung. Cash stampfte auf und stürzte zickzack die Treppe hinauf und zur Tür hinein.

Als sie ankam, hatte er die Hände in die Taschen gesteckt und schritt langsam im Vorderzimmer auf und ab. Das klei-

ne Meerschweinchen guckte hervor. Die festgenagelten Fächerpalmen um Cash herum sahen aus, als wären träge, grüne Affen die Wände auf und ab und rundherum spaziert und hätten grüne Hand- und Fußspuren hinterlassen.

Sie durchquerte das Zimmer. Seine Hände waren noch immer in den Taschen, und sie fiel gegen die geschlossene Tür des Nebenzimmers und stieß sie auf. Sie lief zu Solomons Bett und rief: »Solomon! Solomon!« Die kleine Gestalt des alten Mannes, in die Steppdecke gehüllt, als ob es noch Winter wäre, regte sich nicht.

»Solomon!« Sie zog die Steppdecke fort, aber darunter war noch eine Decke, und sie fiel neben ihm auf die Knie. Er gab nichts von sich als einen Seufzer, und dann hörte sie in der Stille die leichten, federnden Schritte von Cash, der im Vorderzimmer auf und ab ging, und das Ticken von Solomons silberner Uhr, das vom Bett her kam. Der alte Solomon war weit entrückt in seinem Schlummer, sein Gesicht sah klein und unerbittlich und fromm aus, als ob er sich irgendwo ergänge, wo es ihrer Vorstellung nach vielleicht schneite.

Dann erklang ein Geräusch, als ob Hufe auf den Boden stampften, und die Tür kreischte, und Cash erschien neben ihr. Als sie aufsah, war das Gesicht von Cash so schwarz, daß es fast hell war, und so hell und bar jeden Mitleids, daß es ihr lieblich erschien. Sie stand auf und hob den Kopf. Cash war so stark, daß seine Anwesenheit ihr Kraft verlieh, auch wenn sie diese nicht brauchte.

Unter ihren Augen schlief Solomon. Auf dem Gesicht von Menschen spiegeln sich Dinge und Orte, die denjenigen unbekannt sind, die ihnen in ihrem Schlaf zusehen, und während Solomon unter den Augen von Livvie und Cash schlummerte, verriet sein Gesicht ihnen gleichsam wie eine mythische Erzählung, daß er sein ganzes Leben lang, Stück um Stück, Respekt aufgebaut hatte. Ein Käfer hätte nicht mühseliger oder erfindungsreicher die Aufgabe seines Schicksals erfüllen können. Als Solomon noch jung war wie auf dem Bild ihm zu Häupten, war Respekt für ihn etwas

Grenzenloses, und der Respekt, den er sich erwerben und in seinem Haus bewahren würde, schien ohne Ende. Er hatte ein einsames Haus gebaut, wie er einen Käfig gezimmert hätte, aber es wurde für ihn dasselbe wie eine große, monumentale Pyramide, und in seiner Hingabe an das zu Errichtende war er wie einer der Sklaven Ägyptens, die den Ursprung und die Bedeutung des Bauwerks, dem sie ihre ganze Körperkraft und alle ihre Tage opferten, vergessen oder nie gewußt hatten. Livvie und Cash sahen, daß er in seinem Bett lag wie ein Mann, der von der Mühsal seines Lebens ausruht, und sie hörten, wie er in seine Steppdecke gewickelt, im Schlaf einen Seufzer der Befriedigung tat, während er in seinen Träumen eine Ameise, ein Käfer, ein Vogel oder ein Ägypter hätte sein können, der zusammentrug und auf seinem Rücken schleppte und mit seinen Händen baute, oder er hätte ein alter Mann in Indien oder ein Kind in Windeln sein können, das mit seinem Lächeln alles hinwegfegt.

Dann riß Solomon ohne Warnung plötzlich seine Augen unter den buschigen Brauen weit auf. Er war hellwach.

Und augenblicklich hob Cash seinen schnellen Arm. Leuchtend stand ihm der Schweiß an den Schläfen. Aber er ließ den Arm nicht fallen – er blieb in der Luft stehen, als wäre er von etwas gehalten.

Es war nicht Livvie – sie bewegte sich nicht. Als ob etwas ihr befohlen hätte: »Warte!«, stand sie da und wartete. Ihre Augen brannten unter den reglosen Lidern, sie öffnete die Lippen in einer starren Grimasse, und mit steif an die Seiten geklemmten Armen stand sie über dem ausgestreckten alten und dem keuchenden jungen Mann, hochaufgerichtet und abseits.

Dann kam Bewegung in Solomons Gesicht. Es war ein altes und strenges Gesicht, ein hinfälliges Gesicht, aber dahinter, wie ein verdecktes Licht, rührte sich etwas Lebendiges, etwas, das Versteck spielen, das hin- und hersausen und fliehen konnte, das immer schon entflohen war. Das Geheimnis flackerte in ihm und lud durch seine Augen ein. Dieses Geheimnis war es, das Cash mit seinem schnellen

Arm hätte treffen müssen und das Livvie nicht beweinen konnte. Aber Cash stand nur da mit dem Arm in der Luft, obwohl der sanfteste Ruck seiner großen Kraft, fast ein Hauch seines Atems, genügt hätte, den alten Mann über die Hürde zu befördern, die ihn vom Tod trennte, wenn er es vermocht hätte.

»Junge Leute können nicht warten«, brachte Solomon hervor.

Livvie erschauerte heftig, und unter einem Strom von Tränen bückte sie sich, um ihm ein Glas Wasser zu reichen, aber er sah sie nicht.

»Da kommt also der Junge, auf den Livvie gewartet hat. War nicht zu verhindern. Nicht zu verhindern. Jetzt sehe ich den Jungen mit eigenen Augen, und es ist sogar einer, den ich schon immer gekannt habe, seit seiner Geburt in einem Baumwollbeet hab ich ihn gekannt, und ich habe gesehen, wie er groß wurde, Cash McCord, bis er erwachsen war und als Erwachsener schließlich in mein Haus kam – zerlumpt und barfüßig.«

Solomon hustete unwillig. Dann schloß er energisch seine Augen, und seine Lippen begannen sich wie die eines Psalmensängers zu bewegen.

»Als Livvie heiratete, stellte ihr Mann schon etwas dar. Er hatte einen hohen Preis für seinen Grund bezahlt. Er streute Platanenblätter auf den Boden vom Wagen bis zur Tür an dem Tag, als er sie in sein Haus brachte, damit ihr Fuß die Erde nicht zu berühren brauchte. Er trug sie über seine Schwelle. Dann wurde er alt und konnte sie nicht mehr heben, und sie war immer noch jung.«

Livvies Schluchzen folgte seinen Worten wie eine leise Melodie, die alles wiederholte, was er aussprach. Seine Lippen bewegten sich eine Weile ohne Ton, oder sie weinte zu heftig, und ohne daß ihn jemand hörte, erzählte er vielleicht sein ganzes Leben, und dann sagte er: »Gott vergebe Solomon für seine großen und kleinen Sünden. Gott vergebe Solomon, daß er sich ein zu junges Mädchen zur Frau nahm und sie von ihren Leuten und von allen jungen Leuten fernhielt, die sie hätten zurückverlangen können.«

Dann streckte er die rechte Hand zu Livvie empor, die an seinem Bett stand, und hielt ihr seine silberne Uhr hin. Er schwenkte sie vor ihren Augen, und sie hörte auf zu weinen; ihre Tränen flossen nicht mehr. Einen Augenblick lang konnte man die Uhr in seiner stolzen Hand ticken hören, genau, wie sie es immer getan hatte. Sie nahm die Uhr entgegen. Dann faßte er die Steppdecke, und im nächsten Augenblick war er tot.

Livvie ließ den toten Solomon liegen und ging aus dem Zimmer. Verstohlen, fast lautlos, ging Cash neben ihr. Er war wie ein Schatten, aber seine glänzenden Schuhe bewegten sich über den Boden wie glitzernder Schmuck, und die grüne, flaumige Feder funkelte wie ein Licht an seinem Hut. Als sie ins Vorderzimmer kamen, packte er sie behende um die Taille wie eine lange, schwarze Katze, und sich im Kreise drehend, schleifte er die herabhängende Gestalt rund herum, sein Gesicht auf das ihre hinabgebeugt. Im ersten Augenblick hielt sie den Arm und die Hand steif und still, in der sie Solomons Uhr hielt. Dann lockerten sich sachte ihre Finger, alles in ihr wurde schlaf, und die Uhr fiel irgendwo zu Boden. Sie tickte weiter in dem stillen Zimmer, und plötzlich begann draußen ein Vogel aus voller Kehle zu singen.

Sie wirbelten durch das Zimmer und in die Helle der offenen Tür, dann hielt er inne und schüttelte sie. Sie ruhte schweigend in seinen zitternden Armen, ohne Widerspruch wie ein Vogel im Nest. Draußen flogen rote Kardinäle hin und her, die Sonne blitzte in den Flaschen der eingeschlossenen Bäume, und der junge Pfirsichbaum leuchtete in ihrer Mitte im berstenden Licht des Frühlings.

Ein überraschender Ausflug nach Hause im Frühling

I

Sarah verließ langsam den Tennisplatz und fuhr sich mit den Fingern durch das kräftige dunkle Haar am Hinterkopf. Sie war beliebt. Während sie auf dem Pfad nach Talfinger Hall ging, scharten sich ihre Freundinnen um sie. Sechs warmherzige, ausgelassene Mädchen. Sarah sah, da sie größer war als die anderen, den Boten zuerst.

»Miss Davis«, sagte er und blieb stehen, bis sie ihn erreicht hatten, »ich hab'n Telegramm für Sie.« Brian war Ire und immer sehr respektvoll. Er stand mit der Mütze in der Hand da, bis Sarah ihm das Telegramm abnahm. Dann nickte er den jungen Damen zu und drehte sich um. Er war jung und sah gut aus, war aber schrecklich unterwürfig, und Sarahs Freundinnen kicherten. »Na los, mach es auf!« rief eine, denn Sarah stand da, starrte auf den gelben Briefumschlag und drehte ihn immer wieder um.

»Schau sie an!« sagte eins der Mädchen. »Ist sie nicht schön? Was für Augen, Haare, was für eine *Haut*!«

Sarahs kurzgeschnittenes Haar umrahmte ein eckiges zartbraunes Gesicht mit hohen Backenknochen und großen dunklen Augen. Ihre Augen verzauberten ihre Freunde, weil sie immer etwas mehr zu wissen und das Leben trauriger oder lustiger zu finden schienen, als Sarah sagen wollte.

Ihre Freundinnen zogen sie oft mit ihrer Schönheit auf; sie schleiften sie gern aus ihrem Zimmer, damit ihre Freunde, naive junge Männer von Welt aus Princeton und Yale, sie sehen konnten. Sie wären nie auf die Idee gekommen, sie könnte das geschmacklos finden. Sie war nachsichtig mit ihren Freundinnen und ließ sich den Ärger über ihre Taktlosigkeit nicht anmerken. Sie bemitleidete sie mehr, dabei trieb die Verlegenheit sie manchmal zu verlogenen Gesten.

Jetzt lächelte sie, verdrehte die Augen und hob die Arme zum Himmel. Sie nahm die unverdiente Neugier hin wie eine Mutter die vorlaute Ungeduld ihres Kindes. Ihre Freundinnen strahlten vor Liebe und Neid, als sie das Telegramm aufriß.

»Er ist tot«, sagte sie.

Ihre Freundinnen griffen nach dem Telegramm, die Augen auf Sarah gerichtet.

»Es ist ihr Vater«, sagte die eine leise. »Er ist gestern gestorben. Oh, Sarah«, wimmerte das Mädchen, »es tut mir ja so leid.«

»Mir auch.« »Arme Sarah!« »Können wir irgend etwas tun?«

Aber Sarah war weggegangen, mit hocherhobenem Kopf und steifem Nacken.

»Wie eine stolze Gazelle«, sagte eine andere. Dann marschierten sie auf ihre Zimmer, um sich fürs Abendessen umzuziehen.

Talfinger Hall war ein angenehmes Wohnheim. Der Gemeinschaftsraum gleich neben dem Eingang war zu einer modernen, kleinen Kunstgalerie geworden, mit ein paar sehr guten Gemälden, Lithographien und Collagen. Ständig wurden Arbeiten gestohlen. Manche Mädchen konnten einem waschechten, auf der Platte eigenhändig signierten Chagall nicht widerstehen, auch wenn sie das Geld hatten, sich in der Galerie der Stadt einen zu kaufen. Sarah Davis' Zimmer lag gleich neben der Galerie, aber ihre Wände waren mit billigen Gauguinreproduktionen, einem Rubens (»Kopf eines Negers«), einem Modigliani und einem Picasso geschmückt. Eine Wand hing voll mit ihren eigenen Bildern, alle von schwarzen Frauen. Sie fand es unmöglich, schwarze Männer zu malen oder zu zeichnen; sie konnte es nicht ertragen, deren Niederlage auf einem leeren Blatt festzuhalten. Ihre Frauengestalten waren Matronen mit massigen Armen, aus deren Augen Erschöpfung und Sieg sprachen. Ein rotes SNCC-Poster, von Sarahs Bildern umrahmt, zeigte einen Mann mit einem kleinen Mädchen auf dem Arm, das sein Gesicht in seiner Schulter

vergrub. Sarah hatte oft das Gefühl, sie sei das kleine Mädchen, dessen Gesicht niemand sehen konnte.

Talfinger zu verlassen, wenn auch nur für wenige Tage, erfüllte Sarah mit Angst. Talfinger war jetzt ihr Zuhause; es entsprach ihr mehr als jedes andere, das sie gehabt hatte. Vielleicht liebte sie es so, weil es im Winter ein wohlriechendes Feuer im Kamin gab und Schnee vor ihrem Fenster. Immer schon hatte sie von Kaminen geträumt, die richtig wärmten, und von Schnee, dessen Kälte fast angenehm war. Georgia schien weit weg, als sie packte; sie wollte New York nicht verlassen, wo, wie ihr Großvater gerne gesagt hatte, »sich der Teufel rumtreibt und jungen Dingern unter den Rock faßt«. Für ihn war der Süden zum Leben immer der beste Platz der Welt (ungeachtet der Tatsache, daß dort unweigerlich ein bestimmter Menschenschlag auf der Bildfläche erschien), und er hatte geschworen, daß er nicht weiter als ein paar Meilen von dem Platz, wo er geboren war, zu sterben gedächte. Eine gewisse Zähigkeit kennzeichnete selbst das graue Holzhaus, in dem er lebte und die knochigen Tiere auf seiner Farm, die sich in regelmäßigen Abständen vermehrten. Ihn wollte Sarah zuallererst sehen, wenn sie nach Hause kam.

Es klopfte an der Tür des gemeinsamen Badezimmers, und Sarahs Mitbewohnerin trat ein; hinter ihr ging gerade ein lautes Bachkonzert zu Ende. Zuerst steckte sie nur den Kopf ins Zimmer, als sie aber Sarah voll angezogen sah, trottete sie herein und ließ sich aufs Bett fallen. Sie war ein dickes blondes Mädchen mit langen milchweißen Beinen. Ihre Augen waren klein, und der Hals starrte meistens vor Schmutz.

»Mann o Mann, du siehst toll aus!« sagte sie.

»Ach, Pam«, sagte Sarah und machte eine angewiderte Handbewegung. In Georgia, das wußte sie, wäre sie auch für Pam nur eines von vielen gewöhnlichen, attraktiven *farbigen* Mädchen. In Georgia gab es Millionen von Mädchen, die besser aussahen. Pam konnte das natürlich nicht wissen, sie war noch nie in Georgia gewesen; sie hatte nicht mal einen schwarzen Menschen gesehen, mit dem sie hätte spre-

chen können, das heißt, ehe sie Sarah kennenlernte. Eine ihrer ersten poetischen Bemerkungen über Sarah war, sie sei »eine Mohnblume in einem Beet von Winterrosen«. Sie hatte es komisch gefunden, daß Sarah nur einen Mantel besaß.

»Sag mal, Sarah«, meinte Pam. »Ich hab das mit deinem Vater gehört. Es tut mir leid. Ehrlich.«

»Danke«, sagte Sarah.

»Können wir irgendwas für dich tun? Ich dachte nur, vielleicht willst du, daß mein Vater jemanden besorgt, der dich runterfliegt. Er würde es ja selber tun, aber er fliegt Mutter diese Woche nach Madeira. Du bräuchtest dich dann nicht um Züge und so was zu kümmern.«

Pamelas Vater war einer der reichsten Männer der Welt, obwohl keiner es je erwähnte. Pam bezog sich nur in Krisensituationen darauf, wenn eine Freundin Nutzen aus einem privaten Flugzeug, Schiff oder Zug ziehen konnte; oder wenn jemand die Besonderheiten eines total abgelegenen Dorfes, einer einsamen Insel oder Berges studieren wollte, bot sie ihm vielleicht eines aus ihrem Familienbesitz an. Sarah konnte diesen Reichtum nicht begreifen und ärgerte sich immer, weil Pam nicht wie die Tochter eines Millionärs aussah. Die Tochter eines Millionärs, fand Sarah, sollte wirklich weniger plump sein und sich öfter die Zähne putzen.

»Willst du mir verraten, worüber du nachgrübelst?« fragte Pam.

Sarah stand vor der Heizung, die Finger ruhten auf der Fensterbank. Unten kamen die Mädchen vom Abendessen den Hügel herauf.

»Ich denke an die Pflicht der Kinder ihren Eltern gegenüber, wenn sie tot sind«, sagte sie.

»Ist das alles?«

»Hast du je von Richard Wright und seinem Vater gehört?« fragte Sarah.

Pamela runzelte die Stirn. Sarah sah auf sie herab.

»Oh, habe ich vergessen«, sagte sie und seufzte. »Wright wird ja hier nicht gelesen. Die nobelste Schule der Vereinigten Staaten, aber die Mädchen kommen ignorant raus.« Sie

schaute auf die Uhr, sah, daß sie noch zwanzig Minuten bis zur Abfahrt des Zuges hatte. »Also wirklich«, sagte sie fast unhörbar, »warum Tears Eliot, Ezratic Pound und sogar Sara Teacake, aber nicht Wright?« Sie und Pamela fanden e. e. cummings mit seiner scharfsinnigen Schreibweise großer literarischer Namen sehr geistreich.

»Ist er denn ein Poet?« fragte Pam. Sie schwärmte für Poesie, für jede Poesie. Die Hälfte der amerikanischen Dichtung hatte sie natürlich nicht gelesen, ganz einfach, weil sie nie davon gehört hatte.

»Nein«, sagte Sarah, »er war kein Poet.« Sie fühlte sich erschöpft. »Er war ein Mann, der schrieb, ein Mann, der Probleme mit seinem Vater hatte.« Sie lief im Zimmer auf und ab und blieb neben dem Bild mit dem alten Mann und dem kleinen Mädchen stehen.

»Als er noch ein Kind war«, fuhr sie fort, »brannte sein Vater mit einer anderen Frau durch, und eines Tages, als Richard und seine Mutter zu ihm gingen und um etwas Geld für Essen baten, wies er sie lachend ab. Richard, der noch sehr jung war, hielt seinen Vater für eine Art Gott. Groß, allmächtig, unberechenbar, unzuverlässig und grausam. Der sein Universum völlig unter Kontrolle hatte. Genau wie ein Gott. Aber viele Jahre später, als Wright ein bekannter Schriftsteller war, fuhr er runter nach Mississippi, um seinen Vater zu besuchen. Er fand, statt Gott, nur einen alten Feldarbeiter mit tränenden Augen, vom Pflügen gebeugt, zahnlos, nach Mist stinkend. Richard erkannte, das Gewagteste, was sein ›Gott‹ je getan hatte, war mit dieser anderen Frau durchzubrennen.«

»Und?« fragte Pam. »Was glaubte er dem alten Mann schuldig zu sein?«

»Tja«, antwortete Sarah. »Genau das fragte sich Wright auch, als er in dieses gerissene, alte Mississippi-Negergesicht starrte. Was ist die Pflicht eines Sohnes gegenüber einem gebrochenen Mann? Der Sohn eines Mannes, dessen Phantasie nicht weiter reichte als bis zum Rand der Felder, und das waren nicht mal seine eigenen. Wer war Wright ohne seinen Vater? War er Wright, der große Schriftsteller?

Wright, der Kommunist? Wright, der französische Bauer? Wright, dessen weiße Frau ihn nie nach Mississippi begleiten konnte? War er tatsächlich noch seines Vaters Sohn? Oder war er durch seines Vaters böswilliges Verlassen frei, der Sohn von niemand, sein eigener Vater? Konnte er seinen Vater verleugnen und leben? Und wenn ja, leben als was? Als wer? Und mit welchem Ziel?«

»Nun«, sagte Pam, warf die Haare über die Schultern und kniff die kleinen Augen zusammen, »wenn sein Vater ihn abgelehnt hat, sehe ich nicht ein, wieso Wright sich überhaupt die Mühe gemacht hat, ihn zu besuchen. Nach dem, was du gesagt hast, hat Wright die Freiheit verdient, zu sein, wer immer er sein wollte. Für einen starken Mann ist der Vater nicht das Entscheidende.«

»Vielleicht nicht«, sagte Sarah, »aber Wrights Vater war eine schadhafte Tür in einem Haus mit vielen Zimmern aus uralter Zeit. Sollte diese eine schadhafte Tür ihn für immer vom Rest des Hauses aussperren? Das war die Frage. Und obwohl er diese Frage in seinem Werk gekonnt beantwortete, muß man sich fragen, ob er in seinem Leben, wo es wirklich zählte, eine befriedigende Antwort darauf fand.«

»Du siehst in seinem Vater mehr ein Symbol für etwas, oder?« fragte Pam.

»Wahrscheinlich«, sagte Sarah und schaute sich ein letztes Mal in ihrem Zimmer um. »Ich sehe ihn als Tür, die nicht geöffnet werden wollte, eine Hand, die immer geschlossen blieb. Eine Faust.«

Pamela begleitete sie zu einem der schuleigenen Wagen mit Chauffeur, und nach wenigen Minuten war sie am Bahnhof. Der Zug in die Stadt fuhr gerade ein.

»Angenehme Reise!« wünschte der ältere Fahrer höflich, als sie ihm den Koffer abnahm. Aber etwa zum tausendsten Mal, seit sie ihn gesehen hatte, blinzelte er ihr zu.

Von ihren Freundinnen fürs erste getrennt, vermißte sie sie nicht. Alles, was sie gemeinsam hatten, war die Schule. Wie können sie mich je verstehen, wenn man ihnen nicht mal die Lektüre Wrights ermöglicht, fragte sie sich. Sie war interessant, »schön«, nur weil sie »fremd« für sie war; char-

mant, nur weil sie nichts über ihre Herkunft wußten. Und die Welt, aus der sie kamen, würde sie nie betreten, obwohl sie durch ihre Freundinnen und F. Scott Fitzgerald einen flüchtigen Einblick hatte. Dazu hatte Sarah keine Lust und auch nicht die entsprechende Eintrittskarte.

II

Die Leiche ihres Vaters war in Sarahs altem Zimmer aufgebahrt. Man hatte das Bett nach unten gebracht, um Platz zu schaffen für die Blumen und die Stühle und den Sarg. Sarah schaute lange Zeit in das Gesicht, als stände dort die Antwort auf ihre Fragen geschrieben. Es war das Gesicht, das sie kannte, ein dunkler Shakespeare-Kopf, umrahmt von grauem, wolligem Haar und fast in zwei Hälften geteilt durch einen kurzen grauen Schnurrbart. Es war ein vollkommen stilles Gesicht, ein verschlossenes Gesicht. Aber das Gesicht ihres Vaters wirkte auch aufgedunsen, ausgestopft, als würde es jeden Moment platzen. Er trug einen marineblauen Anzug, ein weißes Hemd und eine schwarze Krawatte. Sarah beugte sich über ihn und lockerte den Knoten. Sie spürte einen Kloß im Hals, unterdrückte jedoch ihre Tränen.

»Da ist eine Ratte unter dem Sarg«, rief sie ihrem Bruder zu, der sie offensichtlich nicht hörte, da er nicht hereinkam. Sie war allein mit ihrem Vater, wie sie es selten gewesen war, als er noch lebte. Als er noch lebte, war sie ihm aus dem Weg gegangen.

»Was geht in diesem Mädchen vor?« fragte der Vater immer. »Hat sich schon wieder in ihrem Zimmer eingeschlossen«, antwortete er sich dann selber.

Denn Sarahs Mutter war eines Nachts im Schlaf gestorben. War einfach müde ins Bett gegangen und nie wieder aufgewacht. Und Sarah hatte ihrem Vater die Schuld gegeben.

Starr die Ratte nieder! dachte Sarah, das wird helfen. *Vielleicht ist es ja egal, ob ich ihn falsch verstanden oder gar nicht verstanden habe.*

»Wir sind so oft rumgezogen auf der Suche nach Land, nach einem Platz zum Wohnen«, hatte ihr Vater gestöhnt, und Sarah hatte eisig geschwiegen. »Das Rumziehen hat sie umgebracht. Und jetzt haben wir ein richtiges Haus, mit *vier* Zimmern und einen Briefkasten auf der *Veranda,* und es ist zu spät. Sie ist weg. *Sie* ist nicht mehr da, um es zu sehen.« An ganz schlechten Tagen aß ihr Vater keinen Bissen. Nachts schlief er nicht.

Wie konnte sie nur glauben, sie wüßte, was Liebe ist und was nicht?

Hier war sie, Sarah Davis, versunken in Camus' Philosophie, versiert in vielen Sprachen, eine Mohnblume, ausgerechnet, unter Winterrosen. Doch ehe sie eine Mohnblume wurde, war sie eine echte Georgia-Sonnenblume gewesen, hatte aber trotzdem keine gemeinsame Sprache mit ihm gehabt. Mit ihm nicht.

Starr die Ratte nieder! dachte sie, und sie tat es. Das kleine Mistvieh schlug die frechen Augen nieder und schlich sich davon. Sarah hatte das Gefühl, wenigstens etwas erreicht zu haben.

Warum fühlte sie sich vom Foto ihrer Mutter magisch angezogen, das auf dem Kaminsims zwischen all dem frommen Nippes stand; es war, als würde sie wieder lebendig. Ihre Mutter hatte sich beherzt gegen das Alter gewehrt – die sauberen grauen Zöpfe schimmernd um den Kopf gewunden, ihr Blick zupackend und beschützend. Wie sie ihrem Vater Bescheid gesagt hatte.

»Der hat dich beleidigt, wir ziehen weg, heute noch. Nicht morgen. Das wär zu spät. Heute!« Ihre Mutter war unschlagbar, wenn es darum ging, schnelle Entscheidungen zu treffen.

»Und was wird aus deinem Garten, den Kindern, der Schule?« Ihr Vater hatte wahrscheinlich die breite Krempe seines Hutes zwischen den nervös zuckenden Fingern gedreht.

»Er hat dich beleidigt, wir gehen!«

Und sie gingen tatsächlich. Wer wußte schon wohin, bevor sie aufbrachen? Noch ein Nirgendwo, morsche Wän-

de, kaputte Dächer, noch ein Gesicht, dem man schöntun mußte, ohne daß zu viel von ihres Vaters Stolz zum Teufel ging. Damals aber hat Sarah, egal, wie bereitwillig ihr Vater gegangen war, nur das Marschieren gesehen.

Das Rumziehen hat sie umgebracht, hatte ihr Vater gesagt, *aber das Rumziehen war auch Liebe.*

Spielte es jetzt noch eine Rolle, daß er das Leben seiner Familie oft mit der Wut seiner Verzweiflung bedroht hatte? Daß er das weinende Baby einmal heftig geschlagen hatte und es später an etwas ganz anderem gestorben war … und daß sie am nächsten Tag umgezogen waren?

»Nein«, sagte Sarah laut. »Ich glaube nicht, daß das eine Rolle spielt.«

»Hä?« Es war ihr Bruder, groß, drahtig, schwarz, verdächtig ruhig. Als Kind hatte er ein unbändiges Temperament gehabt. Als erwachsener Mann war er angespannt friedlich, wie ein Fluß, der eines Tages über die Ufer treten würde.

Er hatte einen düsteren grauen Sarg ausgesucht. Sarah hätte lieber einen roten gehabt. War es Dylan Thomas, der etwas Großartiges gesagt hatte, von den Toten, die »tiefen, dunklen Widerstand« leisteten? Es spielte keine Rolle; es gab andere Möglichkeiten, Widerstand zu leisten, als mit einem roten Sarg.

»Ich dachte daran«, sagte Sarah, »daß Mama und Daddy uns gegenüber das Wort NEIN immer mit Großbuchstaben ausgesprochen haben.«

»Versteh ich nicht«, meinte ihr Bruder. Er war schon immer der Handelnde in der Familie gewesen. Er richtete seine ruhige Wut einfach gegen alle Hindernisse, die es geben mochte, und erwartete die Konsequenzen mit derselben gelassenen Heiterkeit wie die Antwort seiner Schwester. War nichts für ihn, diese philosophischen Verwirrungen und poetischen Beobachtungen, denen seine Schwester nachhing.

»Weil du ein radikaler Prediger bist«, sagte Sarah und lächelte zu ihm auf. »Du überbringst deine Botschaften höchstpersönlich, mit deinem eigenen Körper.« Es erregte

sie, daß ihr Bruder endlich die Sonntagspredigten ihrer Kindheit in die Tat umsetzte und für Veränderung kämpfte. Und daß diese Sache, egal, wie sie sie betrachtete, wichtiger zu sein schien als die Kunst des Mittelalters, Kurs 230, machte sie traurig.

III

»Ja, Großmutter«, antwortete Sarah. »Cresselton ist nur für Mädchen, und nein, Großmutter, ich bin nicht schwanger.«

Ihre Großmutter stand da und umklammerte den breiten Holzbügel ihrer schwarzen Tasche, die sie mit gebeugten Ellenbogen an ihren Bauch preßte. Ihre Augen funkelten hinter der runden Nickelbrille. Sie spuckte draußen vor dem Klo ins Gras. Sie hatte darauf bestanden, daß Sarah sie zur Toilette begleitete, während man die Leiche in die Kirche trug. Sie hatte sich schwer auf Sarahs Arm gestützt, ihr eigener Arm war dünn, das Fleisch wie Seidenkrepp.

»Wahrscheinlich bringen sie dir bei, wie man wirklich mit der Welt umgeht«, sagte sie. »Und wer weiß, der Herr ist überall. Ich hätte doch so gern einen Urgroßenkel. Man muß übrigens nicht unbedingt verheiratet sein. Deshalb habe ich mir erlaubt zu fragen.« Sie griff in ihre Tasche und kramte eine Flasche Three Sixes heraus, aus der sie trank, große, schnelle Schlucke, den Kopf nach hinten gelehnt.

»Es gibt nur sehr wenige schwarze Jungs in der Nähe von Cresselton«, erklärte Sarah und schaute zu, wie der Maisschnaps sprudelnd und gurgelnd aus der Flasche floß. »Außerdem hab ich jetzt alle Hände voll zu tun mit meinen Bildern und Skulpturen …« Sollte sie erwähnen, wie sehr sie Giacomettis Werk bewunderte? Nein, beschloß sie. Selbst wenn ihre Großmutter von ihm gehört hatte, und Sarah war sich sicher, daß das nicht der Fall war, hätte sie seine Statuen bestimmt für viel zu dünn gehalten. Darüber mußte Sarah lächeln, und sie erinnerte sich daran, wie schwer es gewesen war, ihre Großmutter davon zu überzeugen, daß sie es auch geschafft hätte, nach Cresselton zu

kommen, wenn man ihr kein Stipendium gegeben hätte. Warum? Weil sie wollte, daß jemand ihr Malen und Bildhauen beibrachte und Cresselton die besten Lehrer hatte. Ihre Großmutter hatte eine andere Vorstellung von einer erfolgreichen Enkelin; sie müßte verheiratet sein und im ersten Jahr schwanger.

»Nun«, sagte ihre Großmutter, steckte würdevoll die Flasche in die Tasche zurück und starrte Sarah beschwörend ins Gesicht. »Also, ich täte mich freuen über einen Urenkel.« Als sie das Lächeln ihrer Enkelin sah, seufzte sie tief auf und ging, recht gravitätisch über Steine und Gras stolzierend, auf die Kirchentreppe zu.

Als sie durch das Mittelschiff kamen, fiel Sarahs Blick auf den Hinterkopf ihres Großvaters. Er saß ganz vorn in der Mitte, vor dem Sarg, das Haar außergewöhnlich lang und weiß und leicht gekräuselt. Als sie neben ihm Platz nahm, ihre Großmutter saß auf seiner anderen Seite, wandte er sich zu ihr um und nahm sanft ihre Hand in die seine. Sarah lehnte kurz ihre Wange an seine Schulter und fühlte sich wieder wie ein Kind.

IV

Sie waren zwanzig Meilen aus der Stadt gekommen, auf einer staubigen Straße, und die heiße Frühlingssonne hatte den Holunderbüschen entlang des Weges einen stetigen, süßen Duft entlockt. Die Kirche war ein kahles, verwittertes Geisterhaus mit leeren Fensterhöhlen und einer schief hängenden Tür. Brandstifter hatten sie einmal völlig abgebrannt, indem sie das trockene Holz der Wände mit den brennenden Kerzen entzündet hatten, die sie bei sich trugen. Die große, breitwipfelige rote Eiche, unter der Sarah als Kind gespielt hatte, beherrschte noch immer den Platz vor der Kirche, mit weit ausladenden Ästen, die vom Dach bis zur gegenüberliegenden Straßenseite reichten.

Nach einer kurzen und außerordentlich würdevollen Feier, nur Sarah und ihr Großvater weinten nicht, wurde

der Sarg ihres Vaters auf den wartenden Leichenwagen geschoben und die kurze Strecke zum Friedhof hinübergefahren, einer überwucherten Wildnis, deren strenge weiße Grabsteine wie kleine Ruinen aus einer alten Zivilisation anmuteten. Dort beobachtete Sarah ihren Großvater aus den Augenwinkeln. Er schien nicht gebeugt von der Trauer, einen Sohn zu beerdigen. Sein Rücken war aufrecht, die Augen trocken und klar. Er war auf einfache und feierliche Art ein Held, ein Mann, der mit Stolz das Vertrauen seiner Familie und seine eigene Trauer trug. *Es ist merkwürdig,* dachte Sarah, *aber ich habe nie daran gedacht, ihn so zu malen, einfach wie er so dasteht, ohne eine anonyme, bedeutungslose Menschenmasse hinter seinem Profil; das Gesicht stolz und braun dem Licht zugewandt.* Die Niederlage, die ihr in den Gesichtern schwarzer Männer Angst eingejagt hatte, war die Niederlage der Schwarzen, die für immer von Weißen definiert sind. Von dieser Niederlage war keine Spur im Gesicht ihres Großvaters. Er stand da wie ein Fels, äußerlich ruhig, der Trost und die Stütze der Davis-Familie. Nur die Familie definierte ihn, und er hatte nicht vor, sie im Stich zu lassen.

»Eines Tages werde ich dich malen, Großvater«, sagte sie, als sie sich umdrehten und weggingen. »Einfach so, wie du jetzt hier stehst, nur mit …« – sie kam näher und berührte sein Gesicht mit den Händen – »dieser gerade richtigen eigensinnigen Spannung in deinem Gesicht. Nur mit diesem Ja und Nein in deinen Augen.«

»Wozu willst du einen alten Mann wie mich malen«, sagte er und schaute ihr tief in die Augen, von wo auch immer er in Gedanken gewesen sein mochte. »Wenn du mich verewigen willst, dann mach eine Skulptur.«

Das fertige Grab war ansehnlich und rot. Die Blumenkränze lehnten alle auf einer Seite, so daß es von der Straße so aussah, als gäbe es nur einen riesigen Haufen von Blumen. Aber schon zerrte der Wind an den Rosenblättern, und der Regen tupfte die grünen Schaumstoffgestecke mit Flecken aus verblichener Farbe. In einer Woche würden die vertriebenen Holunderbüsche, die wilden Rosen, der wilde

Wein, das Gras wieder da sein. Nichts würde darauf hindeuten, daß sich etwas verändert hatte.

V

»Was meinst du mit nach Hause kommen?« Ihr Bruder schien wirklich belustigt. »Wir sind alle stolz auf dich. Wie viele schwarze Mädchen sind auf dieser Schule? Nur *du*? Aha, noch eine außer dir, und die kommt aus dem Norden. Das will schon was heißen!«

»Ich bin froh, daß du zufrieden bist«, sagte Sarah. »Zufrieden! Mann, es ist das, was Mama gewollt hätte, eine gute Ausbildung für die kleine Sarah; und was Dad auch gewollt hätte, wenn er nach Mamas Tod überhaupt noch was gewollt hätte. Du bist immer klug gewesen. Als du zwei warst und ich fünf, hast du mir beigebracht, wie man Eis ißt, ohne sich von oben bis unten zu bekleckern. Zuerst, hast du gesagt, muß man mit den Zähnen die untere Spitze der Waffel abbeißen und das Eis nach unten saugen. Ich habe nie begriffen, wie man das Zeug essen sollte, wenn es erst einmal angefangen hatte zu schmelzen.«

»Ich weiß nicht«, sagte sie, »manchmal willst du etwas ganz stark, und später stellt sich dann heraus, daß es überhaupt nicht das war, was du *gebraucht* hast.« Sarah schüttelte den Kopf, eine Falte bildete sich zwischen ihren Augen. »Ich verbringe manchmal Wochen damit, ein Gesicht zu skizzieren oder zu malen, das sich von allen Gesichtern in meiner Umgebung unterscheidet, außer vielleicht vage von einem. Muß ich mich nicht fragen, ob ich dort richtig bin?«

Ihr Bruder lächelte. »Du willst sagen, daß du *Wochen* damit verbringst, ein Gesicht zu malen und dich trotzdem fragst, ob du dort richtig bist? Das soll wohl ein Witz sein!« Er streichelte ihr Gesicht und lachte laut. »Du lernst, das Gesicht zu malen«, sagte er, »dann lernst du mich zu malen und Großvater in Stein zu hauen. Dann kannst du nach Hause zurückkommen oder nach Paris ziehen. Das kommt aufs selbe heraus.«

Es war die gar nicht salbaderhafte Fröhlichkeit seiner Liebe, die sie zum Weinen brachte. Sie kuschelte sich friedlich in die Arme ihres Bruders. Sie fragte sich, ob Richard Wright einen Bruder gehabt hatte.

»Du bist meine Tür zu allen Räumen«, sagte sie. »Mach sie nie zu.«

Und er antwortete: »Mach ich nicht«, als hätte er verstanden, was sie meinte.

VI

»Wann sehen wir dich wieder, junge Frau?« fragte er später, als er sie zur Bushaltestelle brachte.

»Ich schleiche mich eines Tages her und überrasche dich«, sagte sie.

An der Bushaltestelle, vor einer winzigen Tankstelle, umarmte Sarah ihren Bruder mit aller Kraft. Der weiße Tankwart unterbrach seine Arbeit, um sie anzustarren, dreist und unbekümmert.

»Hast du je darüber nachgedacht, daß wir ein sehr altes Volk in einem sehr jungen Land sind?«

Sie beobachtete ihren Bruder aus dem Busfenster; ihre Augen hielten sein Gesicht fest, bis sich die kleine Tankstelle verlor und der mächtige Greyhound schlingernd den Weg nach Atlanta einschlug. Von dort aus würde sie nach New York fliegen.

VII

Sie nahm den Zug zum College Campus.

»Meine Güte«, sagte eine ihrer Freundinnen. »Du siehst großartig aus. Dein Zuhause scheint dir gut zu bekommen.«

»Sarah war zu Hause?« fragte eine, die es nicht mitbekommen hatte. »Toll, wie war's denn?«

»Ja, wie war's?« hallte es in Sarahs Kopf. Der Krach des Echos machte sie fast schwindelig.

»Ja, wie war's?« fragte sie laut, um ihr Gleichgewicht wiederzufinden.

»Wie war's?« Sie beobachtete ihr Spiegelbild in einem Paar lächelnder haselnußbrauner Augen.

»Es war gut«, sagte sie langsam, lächelte zurück und dachte an ihren Großvater. »Ganz gut.«

Das Lächeln des Mädchens vertiefte sich. Sarah schaute zu, wie sie zum hinteren Tennisplatz marschierte, der Wind blies ihr durchs Haar.

Starr die Ratte nieder, dachte Sarah, und ganz egal, ob sie verschwindet oder nicht, ich bin eine Frau und ich lebe. Ich habe meinen Vater begraben und werde bald wissen, wie ich meinen Großvater in Stein haue.

ANTON TSCHECHOV

Die Braut

I

Es war schon gegen zehn Uhr abends, über dem Garten stand der Vollmond. Im Haus der Schumins war gerade der Abendgottesdienst zu Ende, den die Großmutter, Marfa Michailowna, hatte abhalten lassen. Nadja – sie war für eine Minute in den Garten hinausgegangen – konnte jetzt sehen, wie im Saal der Tisch zu einem Imbiß gedeckt wurde und wie sich die Großmutter in ihrem prächtigen Seidenkleid eilig hin und her bewegte; Vater Andrej, der Oberpriester der Kathedrale, sprach mit Nadjas Mutter, Nina Iwanowna, und bei der abendlichen Beleuchtung erschien ihr die Mutter hinter dem Fenster in diesem Augenblick sehr jung; neben ihr stand Andrej Andrejitsch, Vater Andrejs Sohn, und hörte aufmerksam zu.

Im Garten war es still und kühl; dunkle, ruhige Schatten lagen über der Erde. Und weit, sehr weit entfernt, wahrscheinlich außerhalb der Stadt, quakten die Frösche. Man spürte den Mai, den lieben Mai! Es atmete sich so tief, und es schien, als regte sich irgendwo unter dem Himmel, über den Bäumen, weit hinter der Stadt, in Feldern und Wäldern ein anderes Frühlingsleben, geheimnisvoll, herrlich, reich und heilig, ein Leben, dessen Erkenntnis dem schwachen, sündigen Menschen unzugänglich ist. Und man hätte weinen mögen.

Nadja war schon dreiundzwanzig; seit ihrem sechzehnten Lebensjahr hatte sie sich leidenschaftlich gewünscht zu heiraten, und jetzt war sie endlich die Braut von Andrej Andrejitsch, demselben, der dort hinter dem Fenster stand; er gefiel ihr, die Hochzeit war schon auf den 7. Juli festgesetzt, doch sie konnte sich nicht freuen und schlief schlecht, und ihr Frohsinn war vergangen …

Aus dem Kellergeschoß, wo sich die Küche befand,

drang durch das offene Fenster Messerklappern, eiliges Laufen und Türenschlagen; es roch nach Putenbraten und eingelegten Kirschen. Und irgendwie schien es, so wie jetzt würde es das ganze Leben lang sein, ohne Veränderung, ohne Ende!

Da trat jemand aus dem Haus und blieb auf der Freitreppe stehen; das war Alexander Timofejitsch oder einfach Sascha, der Besuch aus Moskau, der vor etwa zehn Tagen gekommen war. Vor sehr langer Zeit kam zur Großmutter immer eine entfernte Verwandte, eine verarmte adlige Witwe, die kleine, magere und kranke Marja Petrowna, die Almosen erhielt. Sie hatte einen Sohn, Sascha. Es war nicht ersichtlich, warum, jedenfalls sagte man von ihm, er sei künstlerisch sehr begabt, und als seine Mutter gestorben war, schickte ihn die Großmutter, besorgt um das Heil ihrer Seele, nach Moskau auf die Kommissarowsche Schule; nach etwa zwei Jahren wechselte er zur Kunstschule über, wo er wohl an die fünfzehn Jahre studierte und mit Ach und Krach die Prüfung im Architekturfach bestand. Er arbeitete trotzdem nicht als Architekt. Fast jeden Sommer kam er, gewöhnlich sehr krank, zur Großmutter, um auszuruhen und sich zu erholen.

Er hatte jetzt einen hochgeschlossenen Rock an und abgetragene Beinkleider aus Segeltuch, die unten geflickt waren. Sein Hemd war nicht gebügelt, und der ganze Mensch machte einen ungepflegten Eindruck. Er war sehr mager, bärtig, dunkel, hatte große Augen, lange, dünne Finger und war doch schön. An die Schumins hatte er sich gewöhnt wie an die eigene Familie und fühlte sich bei ihnen zu Hause. Sogar das Zimmer, in dem er hier wohnte, hieß Saschas Zimmer.

Auf der Treppe stehend, erblickte er Nadja und ging zu ihr.

»Schön ist es hier bei Ihnen«, sagte er.

»Natürlich ist es schön. Sie müßten bis zum Herbst hierbleiben.«

»Ja, das werde ich wohl tun müssen. Wahrscheinlich bleibe ich bis September.«

Er lachte ganz ohne Grund und setzte sich neben sie.

»Und ich sitze da und sehe mir von hier Mama an«, sagte Nadja. »Sie erscheint mir von hier so jung. Mama hat gewiß ihre Schwächen«, fügte sie nach einer Weile hinzu, »aber sie ist trotz allem eine außergewöhnliche Frau.«

»Ja, sie ist gut …«, stimmte Sascha zu. »In ihrer Art ist Ihre Mama natürlich eine sehr gute und liebe Frau, doch … wie soll ich es Ihnen sagen? Heute morgen, es war noch sehr zeitig, ging ich in Ihre Küche, dort schlafen vier Dienstboten auf dem nackten Fußboden, anstatt Bettzeug haben sie Lumpen; ein Gestank und diese Wanzen, diese Schaben … Genau wie vor zwanzig Jahren, nichts hat sich geändert. Die Großmutter … nun, Gott mit ihr, sie ist eben eine Großmutter; aber die Mama … sie spricht doch Französisch und tritt im Liebhabertheater auf. Die müßte das doch begreifen.«

Wenn Sascha sprach, dann hob er vor dem Zuhörer zwei seiner langen, dünnen Finger.

»Mir kommt das alles hier so roh vor, weil ich es nicht gewohnt bin«, fuhr er fort. »Weiß der Teufel, niemand tut hier etwas! Mamachen geht den ganzen Tag lang wie eine Herzogin spazieren, die Großmutter tut auch nichts. Sie ebenfalls nicht. Und der Bräutigam Andrej Andrejitsch tut auch nichts.«

Nadja hatte dies schon im vorigen Jahr zu hören bekommen und, wie ihr schien, auch im vorvorigen. Sie wußte, daß Sascha nicht anders reden konnte, und früher hatte sie das lächerlich gefunden; jetzt ärgerte sie sich, hätte aber nicht sagen können, warum.

»Das ist alles alt, und ich habe es bis zum Überdruß gehört«, sagte sie und erhob sich. »Sie sollten sich etwas Neues ausdenken.«

Er lachte und stand ebenfalls auf, und beide gingen zum Haus. Hochgewachsen, schön und schlank, wie sie war, wirkte sie jetzt neben ihm ungemein gesund und elegant; sie fühlte das, und er tat ihr leid, es war ihr irgendwie peinlich.

»Sie reden auch viel Unsinn«, fuhr sie fort. »Da haben Sie

eben über meinen Andrej gesprochen, aber Sie kennen ihn doch gar nicht.«

»Meinen Andrej ... Gott mit ihm, Ihrem Andrej! Mir tut nur Ihre Jugend leid.«

Als sie den Saal betraten, setzte man sich gerade zum Abendessen an den Tisch. Die Großmutter, oder wie man sie im Haus nannte, »Babulja«, eine sehr dicke und häßliche Frau mit dichten Brauen und einem Bärtchen auf der Oberlippe, sprach laut, und schon an ihrer Stimme und ihrer Art zu sprechen konnte man erkennen, daß sie das Haupt der Familie war. Ihr gehörten die Kaufbuden auf dem Markt und das altertümliche Haus mit den Säulen und dem Garten, trotzdem betete sie jeden Morgen, Gott möge sie vor dem Ruin bewahren, und weinte dabei. Ihre Schwiegertochter, Nina Iwanowna, Nadjas Mutter, eine blonde, stark geschnürte Dame mit einem Pincenez und Brillanten an jedem Finger, und Vater Andrej, ein hagerer, zahnloser alter Mann, der immer aussah, als wollte er gleich etwas sehr Komisches zum besten geben, und sein Sohn Andrej Andrejitsch, Nadjas Bräutigam, ein stattlicher und schöner Mensch mit welligem Haar, der einem Künstler glich, sprachen über Hypnotismus.

»In einer Woche wirst du dich bei mir erholt haben«, sagte Babulja zu Sascha, »du mußt nur recht viel essen. Wie siehst du bloß aus!« Sie seufzte. »Zum Fürchten! Wirklich und wahrhaftig wie der verlorene Sohn.«

»Und er brachte sein Gut durch mit Prassen und fing an zu darben«, sprach Vater Andrej langsam, und seine Augen lachten, »da schickte man ihn auf den Acker, die Säue zu hüten ...«

»Ich kann meinen lieben Alten gut leiden«, sagte Andrej und berührte die Schulter des Vaters. »Ein prächtiger Alter. Ein guter Alter.«

Alle schwiegen. Sascha lachte plötzlich auf und preßte die Serviette an den Mund.

»Sie glauben also an Hypnotismus?« fragte Vater Andrej an Nina Iwanowna gewandt.

»Ich kann natürlich nicht behaupten, daß ich daran glau-

be«, antwortete Nina Iwanowna, wobei sie ihrem Gesicht einen ernsten, ja sogar strengen Ausdruck gab, »doch ich muß gestehen, daß es in der Natur viele unbegreifliche und geheimnisvolle Dinge gibt.«

»Ich stimme völlig mit Ihnen überein, obwohl ich von mir aus hinzufügen muß, daß der Glaube den Bereich des Geheimnisvollen für uns bedeutend verkleinert.«

Eine große, sehr fette Pute wurde aufgetragen. Vater Andrej und Nina Iwanowna setzten ihr Gespräch fort. Die Brillanten an Nina Iwanownas Fingern funkelten, und dann funkelten plötzlich Tränen in ihren Augen, sie war erregt.

»Ich wage zwar nicht, mit Ihnen zu streiten«, sagte sie, »doch geben Sie zu, das Leben gibt so viel unlösbare Rätsel auf!«

»Nicht eines, ich versichere Sie.«

Nach dem Abendessen spielte Andrej Andrejitsch Geige, Nina Iwanowna begleitete ihn am Flügel. Er hatte vor ungefähr zehn Jahren die philologische Fakultät der Universität absolviert, bekleidete jedoch kein Amt und hatte keine bestimmte Beschäftigung, nur hin und wieder beteiligte er sich an einem Wohltätigkeitskonzert, und in der Stadt nannte man ihn einen Künstler.

Andrej Andrejitsch spielte; alle hörten schweigend zu. Auf dem Tisch summte leise der Samowar, und Sascha trank als einziger Tee. Später, als es zwölf schlug, sprang plötzlich eine Saite auf der Geige; alle lachten, gerieten in Bewegung, und man begann sich zu verabschieden.

Nachdem Nadja ihren Verlobten hinausbegleitet hatte, ging sie nach oben, wo sie mit ihrer Mutter wohnte (die Großmutter bewohnte das untere Stockwerk). Unten im Saal wurden bereits die Lichter gelöscht, Sascha aber saß noch dort und trank Tee. Er trank immer lange Tee, nach Moskauer Gepflogenheit sieben Gläser hintereinander. Als Nadja schon ausgekleidet war und im Bett lag, hörte sie noch lange, wie die Dienstboten unten aufräumten und die Großmutter zankte. Endlich wurde es still, und nur von Zeit zu Zeit ertönte unten aus Saschas Zimmer sein tiefes Husten.

Als Nadja erwachte, war es wohl gegen zwei Uhr; es begann zu dämmern. Irgendwo in der Ferne ertönte das Klopfen des Nachtwächters. Sie hatte keine Lust mehr zu schlafen, sie lag sehr weich, und das störte sie. Wie in all den vorangegangenen Mainächten setzte sich Nadja im Bett auf und begann zu grübeln. Doch ihre Gedanken waren genauso eintönig, unnütz und aufdringlich wie in den Nächten zuvor. Sie dachte daran, wie Andrej Andrejitsch angefangen hatte, ihr den Hof zu machen; an seinen Heiratsantrag dachte sie und wie sie ihre Einwilligung gegeben und dann allmählich gelernt hatte, diesen guten, klugen Menschen zu schätzen. Warum aber empfand sie jetzt, wo bis zur Hochzeit nur noch ein knapper Monat blieb, Angst und Unruhe, als ob etwas Ungewisses, etwas Schweres sie erwartete?

»Tick-tock, tick-tock …«, klopfte träge der Wächter. »Tick-tock …«

Durch das große altmodische Fenster konnte man den Garten sehen und die üppig blühenden Fliederbüsche, die schläfrig und von der Kälte matt waren; ein dichter weißer Nebel schwebte sacht auf den Flieder zu, um ihn einzuhüllen. Auf den entfernt stehenden Bäumen schrien schläfrige Krähen.

»Mein Gott, warum ist mir so schwer, warum nur!« sagte sie zu sich.

Vielleicht fühlt jede Braut vor der Hochzeit dasselbe. Wer weiß! Oder war das Saschas Einfluß? Aber Sascha sagte doch schon so viele Jahre hintereinander immer dasselbe wie nach der Schablone, und wenn er sprach, kam er einem so naiv und so seltsam vor. Doch warum ging ihr Sascha trotz alledem nicht aus dem Kopf? Warum?

Der Wächter hatte längst aufgehört zu klopfen. Vor dem Fenster und im Garten lärmten die Vögel, der Nebel war verschwunden, ringsum erstrahlte alles im Frühlingslicht wie von einem Lächeln. Bald hatte die Sonne den ganzen Garten freundlich erwärmt, er belebte sich, und die Tau-

tropfen funkelten wie Diamanten auf den Blättern. Und der alte verwilderte Garten erschien an diesem Morgen so jung und schmuck.

Großmutter war schon aufgewacht. Saschas heiseres Husten ertönte wieder. Man hörte, wie unten der Samowar auf den Tisch gestellt und Stühle gerückt wurden.

Langsam vergingen die Stunden. Nadja war längst aufgestanden, lange schon ging sie im Garten spazieren, und noch immer nahm der Vormittag kein Ende.

Nina Iwanowna kam daher, verweint, mit einem Glas Mineralwasser. Sie beschäftigte sich mit Spiritismus, Homöopathie, las viel und liebte es, von den Zweifeln zu sprechen, die sie plagten; und all das, so schien es Nadja, hatte einen tiefen, geheimnisvollen Sinn. Jetzt küßte Nadja die Mutter und ging neben ihr her. »Worüber hast du geweint, Mama?« fragte sie.

»Ich habe gestern abend noch angefangen, eine Geschichte zu lesen, in der von einem alten Mann und seiner Tochter die Rede ist. Der Alte arbeitet irgendwo, na, und da verliebt sich der Vorgesetzte in seine Tochter. Ich habe nicht zu Ende gelesen, aber da ist so eine Stelle, wo es einem schwer wird, die Tränen zurückzuhalten«, sagte Nina Iwanowna und nahm einen Schluck aus ihrem Glas. »Heute morgen erinnerte ich mich daran und mußte wieder weinen.«

»Und ich bin all diese Tage schon nicht froh«, sagte Nadja nach kurzem Schweigen. »Warum kann ich nachts nicht schlafen?«

»Das weiß ich nicht, meine Liebe. Wenn ich nachts nicht schlafen kann, dann mache ich die Augen ganz fest zu, so – und stelle mir Anna Karenina vor, wie sie geht und spricht, oder ich denke an irgend etwas Historisches, aus dem Altertum …«

Nadja fühlte, daß die Mutter sie nicht verstand und auch nicht verstehen konnte. Sie fühlte das zum erstenmal in ihrem Leben, und ihr wurde sogar angst, sie hätte sich verstecken mögen – und sie ging hinauf in ihr Zimmer.

Um zwei Uhr wurde Mittag gegessen. Es war Mittwoch,

ein Fastentag, daher wurde der Großmutter Rübensuppe und Brei mit Grütze serviert.

Um die Großmutter zu necken, aß Sascha sowohl seine Fleischsuppe wie die Fastensuppe. Er scherzte die ganze Zeit, während sie aßen, doch seine Späße waren schwerfällig, leicht moralisierend, und es war gar nicht zum Lachen, wenn er vor einem Witz erst seine langen, dünnen Finger hob, die wie Totenfinger aussahen; und wenn man bedachte, daß er sehr krank war und vielleicht nicht mehr lange auf dieser Welt zu leben hatte, konnten einem vor Mitleid die Tränen kommen.

Nach dem Essen begab sich Großmutter in ihrem Zimmer zur Ruhe. Nina Iwanowna spielte noch ein Weilchen Klavier und ging dann auch fort.

»Ach, liebe Nadja«, begann Sascha sein übliches Nachmittagsgespräch, »wenn Sie doch auf mich hören wollten!«

Sie saß mit geschlossenen Augen in einem tiefen altmodischen Sessel, und er ging leise im Zimmer auf und ab, aus einer Ecke in die andere.

»Wenn Sie doch wegfahren wollten, um zu studieren!« sagte er. »Nur gebildete und erhabene Menschen sind interessant, sie allein werden gebraucht. Denn je mehr solche Menschen es gibt, um so eher bricht das Reich Gottes auf Erden an. Von ihrer Stadt wird einmal kein Stein auf dem anderen bleiben – das Oberste wird zuunterst gekehrt werden, alles wird wie durch einen Zauber verändert sein. Und hier werden dann riesige, wunderschöne Häuser stehen, herrliche Gärten mit Fontänen, und bemerkenswerte Menschen werden hier leben … Doch das ist nicht die Hauptsache. Die Hauptsache ist, daß es die ›Masse‹ in unserem Sinne, dieses Übel, nicht mehr geben wird. Denn jeder Mensch wird glauben, und jeder wird wissen, wozu er lebt, und keiner wird einen Halt in der Masse suchen. Meine Liebe, meine Gute, fahren Sie fort! Zeigen Sie allen, daß Sie dieses unbeweglichen, grauen, miserablen Lebens überdrüssig sind. Zeigen Sie es wenigstens sich selber!«

»Das geht nicht, Sascha. Ich heirate ja.«

»Ach, gehen Sie weg! Wozu ist das nütze?«

Sie traten hinaus in den Garten und gingen auf und ab.

»Und wie dem auch sei, meine Liebe, man muß sich da hineindenken, man muß begreifen, wie unsauber, wie unsittlich dieses müßige Leben ist«, fuhr Sascha fort. »Begreifen Sie doch: Wenn zum Beispiel Sie und Ihre Mutter und Ihre Großmutter nichts tun, so bedeutet dies, daß jemand anders für Sie arbeitet, daß Sie ein fremdes Leben aussaugen, und ist das etwa anständig, ist das nicht schmutzig?«

Nadja wollte sagen: Ja, es ist so; sie wollte sagen, sie habe begriffen: doch in ihre Augen traten Tränen, sie wurde plötzlich ganz still, duckte sich und lief schnell in ihr Zimmer hinauf.

Gegen Abend kam Andrej Andrejitsch und spielte wie gewöhnlich lange Geige. Er war nicht sehr gesprächig und liebte die Geige vielleicht deshalb, weil man während des Spiels schweigen konnte. Nach zehn Uhr, als er schon im Mantel war und gehen wollte, umarmte er Nadja und bedeckte ihr Gesicht, ihre Schultern und ihre Hände mit gierigen Küssen.

»Meine Liebe, meine Teure, meine Herrliche!« murmelte er. »Oh, wie bin ich glücklich. Ich bin wahnsinnig vor Seligkeit.«

Und ihr schien, als hätte sie das alles schon einmal vor langer, langer Zeit gehört oder als hätte sie es irgendwo gelesen ... in einem alten, zerlesenen, längst vergessenen Roman.

Im Saal saß Sascha am Tisch und trank Tee aus der Untertasse, die er auf seinen langen fünf Fingern balancierte. Die Großmutter legte eine Patience, Nina Iwanowna las. Die Flamme im Öllämpchen vor dem Heiligenbild knisterte, und alles schien ruhig und wohlgeordnet. Nadja sagte gute Nacht und ging hinauf in ihr Zimmer, legte sich nieder und schlief sofort ein. Aber kaum dämmerte der Morgen, da war sie wie in der vergangenen Nacht wieder wach. Sie konnte nicht weiterschlafen, ihr Herz war schwer und unruhig. Den Kopf auf die Knie gelegt, saß sie und dachte an den Verlobten, an die Hochzeit ... Sie erinnerte sich, daß die Mutter ihren verstorbenen Mann nicht geliebt hatte, daß sie

jetzt nichts besaß und in völliger Abhängigkeit von ihrer Schwiegermutter, der Babulja, lebte. Und soviel Nadja auch darüber nachdachte, sie konnte nicht begreifen, warum ihr die Mutter bis jetzt so ungewöhnlich vorgekommen war, warum sie nicht die einfache, alltägliche und unglückliche Frau in ihr bemerkt hatte.

Auch Sascha schlief nicht – man hörte ihn husten. Er ist ein merkwürdiger, naiver Mensch, dachte Nadja. In seinen Träumen, in all diesen märchenhaften Gärten und wunderbaren Fontänen spürte man etwas Ungereimtes; doch warum lag in all seiner Naivität, ja sogar in dieser Ungereimtheit so viel Schönheit, daß sie allein bei dem Gedanken, ob sie nicht doch wegfahren und studieren sollte, fühlte, wie ihr Herz von Freude und Begeisterung überflutet wurde, wie es ihre Brust durchschauerte.

»Aber lieber nicht daran denken, lieber nicht denken ...«, flüsterte sie. »Man muß nicht daran denken.«

»Tick-tock ...«, klopfte der Nachtwächter irgendwo in der Ferne. »Tick-tock ... tick-tock ...«

III

Mitte Juni fing Sascha plötzlich an, sich zu langweilen, und er machte Anstalten, nach Moskau zu fahren.

»Ich kann in dieser Stadt nicht leben«, sagte er düster. »Weder Wasserleitung noch Kanalisation! Mittags ekele ich mich vor dem Essen: in der Küche herrscht ein unmöglicher Schmutz ...«

»Nun warte doch noch etwas, du verlorener Sohn!« redete ihm die Großmutter zu; aus irgendeinem Grund flüsterte sie. »Am Siebenten ist die Hochzeit!«

»Ich will nicht.«

»Du wolltest doch bis September bei uns bleiben!«

»Aber ich will nicht mehr. Ich muß arbeiten!«

Der Sommer war in diesem Jahr feucht und kalt, die Bäume waren naß, im Garten sah alles so trostlos und traurig aus, daß man wirklich Lust zum Arbeiten bekam. In den

Zimmern oben und unten hörte man fremde weibliche Stimmen, Großmutters Nähmaschine ratterte: man beeilte sich mit der Aussteuer. Nadja bekam allein sechs Pelzmäntel, von denen der billigste, wie Großmutter sagte, dreihundert Rubel kostete! Die Geschäftigkeit im Haus machte Sascha nervös; er saß in seinem Zimmer und war böse. Trotzdem überredete man ihn zum Bleiben, und er gab sein Wort, nicht vor dem 1. Juli abzureisen.

Die Zeit ging schnell dahin. Am Peter-und-Pauls-Tag nach dem Mittagessen begab sich Andrej Andrejitsch mit Nadja in die Moskauer Straße, um noch einmal das Haus zu besichtigen, das schon lange für das junge Paar gemietet und in Ordnung gebracht worden war. Es war ein zweistöckiges Gebäude, man hatte aber einstweilen nur die obere Etage eingerichtet. Im Saal standen Wiener Rohrstühle, ein Flügel und ein Geigenpult, der parkettartig gestrichene Fußboden glänzte. Es roch nach Farbe. An der Wand hing in goldenem Rahmen ein großes Ölbild: eine nackte Dame und neben ihr eine lila Vase mit abgebrochenem Henkel.

»Ein wunderbares Bild«, sagte Andrej Andrejitsch und seufzte ehrfurchtsvoll. »Es ist von dem Kunstmaler Schischmatschewski.«

Dann kam der Salon mit einem runden Tisch, einem Sofa nebst Sesseln, die mit leuchtend blauem Stoff bezogen waren. Über dem Sofa hing eine große Fotografie von Vater Andrej in der hohen Kopfbedeckung der Weltgeistlichen und mit allen Orden. Danach betraten sie das Eßzimmer, das ein Büfett hatte, dann das Schlafzimmer; hier standen im Halbdunkel nebeneinander zwei Betten, und es schien, als ob man bei der Einrichtung dieses Raumes daran gedacht hätte, daß es hier immer angenehm und schön sein würde und gar nicht anders sein könnte. Während Andrej Andrejitsch Nadja durch die Zimmer führte, hielt er sie die ganze Zeit um die Taille gefaßt; sie jedoch fühlte sich schwach, schuldbewußt und haßte alle diese Zimmer, die Betten, die Sessel; die nackte Dame verursachte ihr Übelkeit. Ihr war jetzt klar, daß sie Andrej Andrejitsch nicht mehr liebte oder ihn vielleicht niemals geliebt hatte; doch wie sie das sagen

sollte, wem und wozu, das wußte sie nicht, und sie konnte es auch nicht ergründen, obwohl sie all die Tage und Nächte darüber nachgedacht hatte … Er hielt sie um die Taille gefaßt, sprach so liebevoll, so bescheiden und war so glücklich, während er durch diese seine Wohnung schritt; sie aber sah in all dem nichts als Banalität, alles kam ihr so dumm, naiv, so abgeschmackt vor, und sein Arm, der ihre Hüfte umschlang, erschien ihr hart und kalt wie ein Faßreifen. Sie hätte auf der Stelle davonlaufen, in Tränen ausbrechen, aus dem Fenster springen können. Andrej Andrejitsch führte sie in das Badezimmer, dort griff er an den Hahn in der Wand, und plötzlich floß Wasser heraus.

»Wie gefällt dir das?« sagte er und lachte. »Ich habe auf dem Dachboden ein Bassin für hundert Eimer anbringen lassen, und nun werden wir beide Wasser haben.«

Sie schritten über den Hof und traten dann auf die Straße, wo sie eine Droschke nahmen. Dichte Staubwolken trieben dahin, und es schien, als würde es gleich anfangen zu regnen.

»Ist dir kalt?« fragte Andrej Andrejitsch und kniff wegen des Staubs die Augen zusammen.

Sie schwieg.

»Weißt du noch, wie Sascha mir gestern zum Vorwurf gemacht hat, daß ich nichts tue«, sagte er nach einer Weile. »Er hat recht, vollkommen recht! Ich tue nichts und kann nichts tun. Meine Teure, wie kommt das? Warum ist mir sogar der Gedanke widerwärtig, ich könnte mir eines Tages eine Kokarde an die Mütze heften und eine Stellung annehmen? Warum ist mir nicht wohl zumute, wenn ich einen Advokaten, einen Lateinlehrer oder einen Stadtverordneten sehe? O Mütterchen Rußland, wieviel Müßiggänger und unnütze Menschen schleppst du mit dir herum! Wie viele gibt es, die so sind wie ich, du Leidgeprüfte!«

Die Tatsache, daß er nichts tat, verallgemeinerte er und sah darin ein Zeichen der Zeit.

»Wenn wir erst verheiratet sind«, fuhr er fort, »dann gehen wir zusammen aufs Land, meine Liebe, und arbeiten dort! Wir kaufen uns ein kleines Grundstück mit einem

Garten am Fluß, wir werden arbeiten und das Leben beobachten … Oh, wie schön wird das sein!«

Er nahm den Hut ab, und sein Haar flatterte im Wind, sie aber hörte ihm zu und dachte: Mein Gott! Ich möchte nach Haus! Kurz vor dem Haus fuhren sie an Vater Andrej vorüber.

»Da kommt ja auch der Vater!« rief Andrej Andrejitsch erfreut und schwenkte den Hut. »Ich kann meinen lieben Alten gut leiden, wirklich«, sagte er, während er den Droschkenkutscher bezahlte. »Ein prächtiger Alter. Ein guter Alter.«

Zornig und erschöpft trat Nadja ins Haus; sie dachte daran, daß sie den ganzen Abend Gäste haben würde, man mußte sich mit ihnen unterhalten, lächeln, dem Geigenspiel lauschen, allen möglichen Unsinn mit anhören und nur von der Hochzeit reden. Die Großmutter, majestätisch und prächtig in ihrem seidenen Kleid, hochmütig aussehend wie immer, wenn Besuch da war, saß vor dem Samowar. Mit seinem schlauen Lächeln um die Lippen kam Vater Andrej herein.

»Ich habe das Vergnügen und den gnadenreichen Trost, Sie bei guter Gesundheit anzutreffen«, sagte er zur Großmutter, und es war schwer zu erraten, ob er scherzte oder im Ernst sprach.

IV

Der Wind klopfte an die Fenster, aufs Dach, man hörte ihn pfeifen, und im Kamin sang der Hausgeist verdrießlich und klagend sein Liedchen. Es war in der Stunde nach Mitternacht. Im Haus waren alle zu Bett gegangen, doch niemand schlief, und Nadja kam es vor, als würde unten jemand Geige spielen.

Ein heftiges Poltern ertönte, wahrscheinlich hatte sich ein Fensterladen losgerissen.

Eine Minute später erschien Nina Iwanowna, nur im Hemd, mit einem Licht in der Hand.

»Was war das für ein Gepolter, Nadja?« fragte sie.

Mit den zu einem Zopf geflochtenen Haaren und ihrem schüchternen Lächeln erschien die Mutter in dieser stürmischen Nacht älter, häßlicher und kleiner. Nadja dachte daran, wie sie noch unlängst ihre Mutter für eine außergewöhnliche Frau gehalten und voll Stolz ihren Worten gelauscht hatte; jetzt konnte sie sich dieser Worte überhaupt nicht mehr erinnern; alles, was sie sich ins Gedächtnis zurückrufen konnte, war schwach und bedeutungslos.

Im Kamin brummten mehrere Bässe zugleich, und es hörte sich an wie: »Aach, mein Gooott!«

Nadja setzte sich im Bett auf, und plötzlich fuhr sie sich in die Haare und brach in Schluchzen aus.

»Mama, Mama«, rief sie, »wenn du wüßtest, wie mir zumute ist! Ich bitte dich, ich flehe dich an, laß mich wegfahren! Ich beschwöre dich!«

»Wohin?« fragte Nina Iwanowna verständnislos und setzte sich aufs Bett. »Wohin wegfahren?«

Nadja weinte lange und konnte kein Wort hervorbringen. »Laß mich fahren, fort aus der Stadt!« sagte sie schließlich. »Die Hochzeit soll nicht stattfinden – begreif doch! Ich liebe diesen Menschen nicht … Ich kann nicht einmal von ihm sprechen.«

»Nein, mein Liebstes, nein.« Nina Iwanowna sprach hastig, sie war aufs höchste erschreckt. »Beruhige dich – daran ist nur deine schlechte Stimmung schuld. Das vergeht. Das kommt vor. Wahrscheinlich hast du dich mit Andrej gezankt; aber was sich liebt, das neckt sich.«

»Ach, geh, Mama, geh!« schluchzte Nadja.

»Ja«, sagte Nina Iwanowna nach kurzem Schweigen. »Wie lang ist es her, da warst du ein Kind, ein kleines Mädchen, und jetzt bist du schon Braut. In der Natur geht ein ständiger Stoffwechsel vor sich. Und ehe du dich versiehst, wirst du selbst Mutter und eine alte Frau sein und wirst eine ebenso widerspenstige Tochter haben wie ich.«

»Meine Liebe, meine Gute, du bist doch klug und bist unglücklich«, sagte Nadja. »Du bist so unglücklich – warum sagst du so abgeschmackte Dinge? Um Gottes willen, warum?«

Nina Iwanowna wollte noch etwas sagen, konnte jedoch kein Wort hervorbringen, schluchzte und ging in ihr Zimmer. Wieder dröhnten die Bässe im Kamin, es war zum Fürchten. Nadja sprang aus dem Bett und ging schnell zur Mutter. Nina Iwanowna lag mit verweintem Gesicht im Bett unter einer hellblauen Decke und hielt ein Buch in der Hand.

»Mama, hör mich an!« sagte Nadja. »Ich beschwöre dich, überlege und begreife! Begreif doch nur, wie seicht und erniedrigend unser Leben ist. Mir sind die Augen aufgegangen, ich sehe jetzt alles. Und was ist denn dein Andrej Andrejitsch? Er ist doch nicht klug, Mama! Du lieber Gott! Begreifst du, Mama, er ist dumm!«

Nina Iwanowna richtete sich heftig auf.

»Du und deine Großmutter – ihr quält mich!« sagte Nadja schluchzend. »Ich will leben! leben!« wiederholte sie und schlug sich zweimal mit der Faust an die Brust. »Gebt mir doch Freiheit! Ich bin noch jung, ich will leben, und ihr habt eine alte Frau aus mir gemacht …!«

Sie weinte bitterlich, legte sich nieder und rollte sich unter der Decke zusammen, da lag sie und sah so kläglich, klein und töricht aus. Nadja kehrte in ihr Zimmer zurück, kleidete sich an und erwartete am Fenster sitzend den Morgen. Die ganze Nacht saß sie und grübelte, draußen schlug jemand unaufhörlich an die Läden und pfiff dazu.

Am Morgen klagte die Großmutter, der Wind habe in der Nacht im Garten alle Äpfel heruntergeschlagen und einen alten Pflaumenbaum abgebrochen. Es war grau, trübe, trostlos, man hätte die Lampe anzünden mögen; alle klagten über die Kälte, und der Regen klatschte an die Fenster. Nach dem Tee ging Nadja zu Sascha, ohne ein Wort zu sagen, kniete sie in der Ecke bei einem Sessel nieder und bedeckte das Gesicht mit den Händen.

»Was ist denn?« fragte Sascha.

»Ich kann nicht mehr …«, sagte sie. »Wie konnte ich hier früher leben, ich begreife es nicht, es ist mir unfaßlich! Meinen Verlobten verachte ich … ich verachte mich selbst, verachte dieses ganze müßige, sinnlose Dasein.«

»Nun, nun …«, meinte Sascha, der noch nicht begriff, worum es ging. »Das macht nichts … Das ist gut so.«

»Ich bin dieses Lebens überdrüssig«, fuhr Nadja fort, »ich halte es hier keinen Tag länger aus. Morgen fahre ich weg von hier. Nehmen Sie mich mit, um Himmels willen!«

Sascha schaute sie eine Minute lang erstaunt an; endlich hatte er verstanden, und er freute sich wie ein Kind. Er schwenkte die Arme und begann mit seinen Pantoffeln aufzustampfen, als wollte er einen Freudentanz aufführen.

»Großartig!« rief er und rieb sich die Hände. »Gott, wie ist das herrlich!«

Und sie blickte ihn unverwandt mit großen, verliebten Augen wie verzaubert an und meinte, daß er ihr sogleich etwas Bedeutsames, unermeßlich Wichtiges sagen würde; er hatte ihr noch nichts gesagt, doch ihr schien es bereits, als öffnete sich vor ihr etwas Neues und Weites, etwas, was sie früher nicht gekannt hatte, und sie schaute ihn jetzt voller Erwartung an, zu allem bereit, und sei es der Tod.

»Morgen reise ich«, sagte er nach kurzem Nachdenken, »Sie begleiten mich zum Bahnhof. Ich nehme Ihr Gepäck in meinen Koffer und löse Ihnen eine Fahrkarte; sobald das dritte Glockenzeichen ertönt, steigen Sie ein – und wir fahren los. Sie begleiten mich bis Moskau, von da fahren Sie allein weiter nach Petersburg. Haben Sie einen Paß?«

»Ja.«

»Ich schwöre Ihnen, Sie werden es nicht bedauern und nicht bereuen«, sagte Sascha hingerissen. »Sie fahren weg, Sie werden studieren, und weiter lassen Sie sich von Ihrem Schicksal führen. Sobald Sie Ihr Leben umgekrempelt haben, wird alles anders. Die Hauptsache ist das Leben umgestalten, alles andere ist unwichtig. Also, reisen wir morgen?«

»Ja, ja! Um Himmels willen!«

Nadja meinte, sie wäre sehr aufgeregt, ihr Herz wäre noch nie so schwer gewesen, sie müßte nun bis zur Abreise leiden und sich mit marternden Gedanken quälen; doch kaum war sie in ihr Zimmer zurückgekehrt und hatte sich auf ihr Bett gelegt, da schlummerte sie schon ein und lag

mit verweintem Gesicht und lächelnd bis zum Abend in festem Schlaf.

V

Man schickte nach einer Droschke. Nadja, schon in Hut und Mantel, ging hinauf, um noch einmal einen Blick auf ihre Mutter und auf all ihr Eigentum zu werfen, sie stand in ihrem Zimmer vor dem Bett, das noch warm war, und schaute sich um, dann ging sie leise zur Mutter. Nina Iwanowna schlief, es war still im Raum. Nadja küßte die Mutter und strich ihr übers Haar, sie blieb noch zwei Minuten stehen ... Dann kehrte sie langsam in das untere Stockwerk zurück.

Draußen regnete es stark. Die Droschke stand mit hochgeklapptem Verdeck und ganz naß vor der Haustür.

»Für dich bleibt kein Platz, Nadja«, sagte die Großmutter, als die Magd die Koffer hinstellte. »Und was treibt dich bloß bei diesem Wetter auf den Bahnhof! Du solltest zu Hause bleiben. Sieh doch nur, wie es regnet!«

Nadja wollte etwas sagen und konnte nicht. Sascha half ihr jetzt in den Wagen und bedeckte ihre Knie mit einem Plaid. Und da saß er auch schon neben ihr.

»Glückliche Reise! Der Herr segne dich!« rief die Großmutter von der Treppe her. »Schreib uns aus Moskau, Sascha!«

»Ist recht. Leben Sie wohl, Babulja!«

»Die Himmelskönigin behüte dich!«

»Ist das ein Wetterchen!« sagte Sascha.

Erst jetzt weinte Nadja. Erst jetzt war ihr klar, daß sie ganz gewiß wegfuhr; als sie vor ihrer Mutter gestanden und sich von der Großmutter verabschiedet hatte, da hatte sie es noch nicht glauben wollen. Leb wohl, meine Stadt! Und sie dachte plötzlich an alle: an Andrej und seinen Vater, an die neue Wohnung und an die nackte Dame mit der Vase; all das schreckte und bedrückte sie schon nicht mehr, es war alles so dumm und kleinlich und blieb immer weiter und

weiter hinter ihr zurück. Und als sie im Abteil saßen und der Zug sich in Bewegung setzte, da schrumpfte das Vergangene, das ihr so groß und ernst vorgekommen war, zu einem Klümpchen zusammen, und die unfaßbar große, weite Zukunft, die bis dahin kaum zu erkennen gewesen war, tat sich auf. Der Regen trommelte gegen die Wagenfenster, man sah nichts als grüne Felder, Telegrafenmasten flogen vorüber mit Vögeln auf den Drähten, und die Freude nahm ihr plötzlich den Atem: sie dachte daran, daß sie in die Freiheit fuhr, daß sie studieren würde, und das war eigentlich dasselbe, was man früher »zu den Kosaken gehen« nannte. Und sie lachte und weinte und betete.

»Macht nichts!« sagte Sascha schmunzelnd. »Macht nichts!«

VI

Der Herbst verging und der Winter auch. Nadja hatte schon heftiges Heimweh und dachte jeden Tag an die Mutter und an die Großmutter, sie dachte auch an Sascha. Die Briefe, die von daheim kamen, klangen beruhigend und liebevoll; es schien alles vergeben und vergessen zu sein. Im Mai, nach den Prüfungen, fuhr sie gesund und fröhlich nach Hause; unterwegs stieg sie in Moskau aus, um Sascha zu besuchen. Er war noch ganz der alte, wie im vergangenen Sommer: mit seinem dichten Bart, den zerzausten Haaren und den großen, schönen Augen, und er trug noch denselben Rock und dieselben Beinkleider aus Segeltuch; doch er sah krank, erschöpft, gealtert aus und war magerer geworden und hustete ständig. Und Nadja erschien er irgendwie unansehnlich und provinziell.

»Mein Gott, Nadja ist gekommen!« sagte er und lachte fröhlich. »Meine Liebe, mein Herzchen!«

Sie saßen in der lithographischen Werkstatt, wo es dunstig vom Tabakrauch war und zum Ersticken nach Tusche und Farben roch; dann gingen sie in sein Zimmer, auch das war vollgeraucht und vollgespuckt. Auf dem Tisch neben

dem erkalteten Samowar stand ein zerbrochener Teller mit einem dunklen Stück Papier darauf; auf dem Tisch und auf dem Fußboden lagen eine Unmenge toter Fliegen. An alledem konnte man erkennen, daß Sascha sein persönliches Leben vernachlässigte, er lebte, wie es gerade kam, voll Verachtung gegenüber allen Bequemlichkeiten, und hätte jemand mit ihm von seinem persönlichen Glück, seinem persönlichen Leben, von Liebe zu ihm gesprochen, dann hätte er nichts begriffen und nur gelacht.

»Es geht, es ist alles gutgegangen«, erzählte Nadja in Eile. »Im Herbst hat Mama mich in Petersburg besucht, sie sagte, die Großmutter sei mir nicht böse, sie gehe nur immer in mein Zimmer und bekreuze die Wände.«

Sascha blickte fröhlich drein, hustete aber und sprach mit brüchiger Stimme, und Nadja betrachtete ihn ständig und war sich nicht klar, ob er wirklich schwer krank war oder ob er ihr nur so schien.

»Sascha, mein Lieber«, sagte sie, »Sie sind doch krank.«

»Nein, es ist nicht schlimm. Ich bin krank, aber nicht sehr …«

»Ach, mein Gott!« Nadja wurde ganz aufgeregt. »Warum lassen Sie sich nicht behandeln, warum achten Sie nicht auf Ihre Gesundheit? Mein lieber, teurer Sascha«, sagte sie, und die Tränen stürzten ihr aus den Augen; und sie sah mit einemmal Andrej Andrejitsch vor sich und die nackte Dame mit der Vase und ihre ganze Vergangenheit, die wie ihre Kindheit in weite Ferne gerückt war; und sie weinte, weil Sascha ihr schon nicht mehr so neu, intelligent und interessant erschien wie im vergangenen Jahr.

»Lieber Sascha, Sie sind sehr, sehr krank. Ich würde wer weiß was tun, damit Sie nicht so blaß und schmal aussehen. Ich bin Ihnen so verpflichtet! Sie können sich gar nicht vorstellen, wieviel Sie für mich getan haben, mein guter Sascha! Eigentlich sind Sie für mich jetzt der allernächste, allerliebste Mensch.«

Sie saßen und sprachen miteinander; jetzt, nachdem Nadja einen Winter in Petersburg verbracht hatte, kamen ihr Sascha, seine Worte, sein Lächeln und seine ganze

Gestalt wie etwas Abgelebtes, Altmodisches, längst Vergangenes und vielleicht schon zu Grabe Getragenes vor.

»Übermorgen fahre ich an die Wolga«, sagte Sascha, »und von da zur Kumys-Kur. Ich will Kumys trinken. Zusammen mit mir fahren ein Freund und seine Frau. Die Frau ist ein wunderbarer Mensch; ich versuche ständig, sie zum Studium zu überreden. Ich möchte, daß sie ihr Leben umkrempelt.«

Als sie sich ausgesprochen hatten, fuhren sie zum Bahnhof. Sascha lud sie zum Tee ein und schenkte ihr Äpfel. Und als der Zug abfuhr und er lächelnd mit dem Taschentuch winkte, da sah man es sogar seinen Beinen an, daß er sehr krank war und wohl kaum mehr lange zu leben hatte.

Ihre Heimatstadt erreichte Nadja um die Mittagsstunde. Auf der Fahrt vom Bahnhof nach Hause erschienen ihr die Straßen sehr breit und die Häuser klein und geduckt; man sah keine Menschen, nur der deutsche Klavierstimmer in seinem rostfarbenen Mantel begegnete ihr. Und zu Hause war alles wie mit Staub bedeckt. Die Großmutter, schon ganz alt geworden, doch wie früher dick und häßlich, umarmte Nadja und weinte lange, das Gesicht an ihre Schulter geschmiegt; sie konnte sich gar nicht losreißen. Nina Iwanowna sah auch sehr viel älter und nicht mehr hübsch aus, sie schien zusammengeschrumpft zu sein, aber sie war wie früher geschnürt, und an ihren Fingern blitzten Brillanten.

»Meine Liebe!« sagte sie, am ganzen Leibe bebend. »Meine Liebe!«

Danach saßen sie beisammen und weinten leise. Sowohl die Großmutter wie die Mutter fühlten deutlich, daß das Vergangene für immer und unwiderruflich dahin war: verloren die Stellung in der Gesellschaft, das frühere Ansehen und das Recht, Gäste einzuladen; so ist es, wenn in das leichte, sorglose Leben einer Familie plötzlich nachts die Polizei eindringt, eine Haussuchung vornimmt, und es stellt sich heraus, der Hausherr hat Fälschungen und Veruntreuungen begangen – dann leb wohl, leichtes, sorgloses Leben!

Nadja ging hinauf und erblickte dasselbe Bett, dieselben

Fenster mit den schlichten weißen Vorhängen, und hinter den Scheiben denselben von der Sonne überfluteten, fröhlich rauschenden Garten. Sie berührte ihren Tisch und saß ein Weilchen nachdenklich da. Sie aß gut zu Mittag, trank Tee mit wohlschmeckender fetter Sahne, aber irgend etwas fehlte, sie fühlte eine innere Leere in den Räumen, und die Decken waren so niedrig. Am Abend legte sie sich schlafen, deckte sich zu, und es kam ihr komisch vor, daß sie in diesem warmen, sehr weichen Bett lag.

Nina Iwanowna kam für einen Augenblick und setzte sich schüchtern und vorsichtig zu ihr, als wäre sie sich einer Schuld bewußt.

»Nun, wie ist es, Nadja?« fragte sie nach kurzem Schweigen. »Bist du zufrieden? Sehr zufrieden?«

»Ja, Mama.«

Nina Iwanowna erhob sich und machte das Zeichen des Kreuzes über Nadja und über die Fenster.

»Und ich bin, wie du siehst, religiös geworden«, sagte sie. »Weißt du, ich beschäftige mich jetzt mit Philosophie und denke immerzu nach ... Und vieles ist mir jetzt klar wie der Tag geworden. Vor allen Dingen, so scheint es mir, sollte man das Leben wie durch ein Prisma sehen.«

»Sag, Mama, wie steht es mit Großmutters Gesundheit?«

»Sie scheint sich nicht schlecht zu fühlen. Als du damals mit Sascha fortgefahren warst und als dein Telegramm kam, da fiel Großmutter einfach um, nachdem sie es gelesen hatte; drei Tage lag sie da, ohne sich zu rühren. Dann betete und weinte sie viel. Aber jetzt geht es wieder.«

Sie stand auf und ging im Zimmer hin und her.

»Tick-tock ...«, ertönte das Klopfen des Wächters. »Tick-tock, tick-tock ...«

»Vor allen Dingen sollte man das Leben wie durch ein Prisma sehen«, sagte sie, »das heißt mit anderen Worten, man sollte es im Bewußtsein in die einfachsten Elemente zerlegen, etwa wie in die sieben Grundfarben, und jedes Element müßte einzeln untersucht werden.«

Was Nina Iwanowna noch sagte und wann sie ging, hörte Nadja nicht mehr, denn sie schlief sehr bald ein.

Der Mai verging, es kam der Juni. Nadja hatte sich zu Hause schon eingewöhnt. Die Großmutter beschäftigte sich ständig mit dem Samowar und seufzte tief; Nina Iwanowna erzählte abends von ihrer Philosophie; sie aß noch immer das Gnadenbrot im Hause und mußte sich wegen jeden Groschens an die Großmutter wenden. Es gab viele Fliegen, und die Decken in den Zimmern schienen immer niedriger und niedriger zu werden.

Babulja und Nina Iwanowna vermieden es, auf die Straße zu gehen, aus Angst, sie könnten Vater Andrej oder Andrej Andrejitsch begegnen. Nadja ging immer wieder durch den Garten, durch die Straßen, schaute auf die Häuser, die grauen Zäune, und ihr schien, als ob alles in der Stadt schon lange alt geworden und abgelebt wäre und nur noch wartete: auf das Ende oder einen neuen, frischen Anfang. Oh, wenn es doch bald käme, dieses neue, lichte Leben, wo man gerade und kühn seinem Schicksal ins Auge sehen, ein Recht fühlen, fröhlich und frei sein wird! Früher oder später wird dieses Leben kommen! Es wird eine Zeit geben, in der von Großmutters Haus, wo alles so eingerichtet ist, daß vier Dienstboten nicht anders als im Kellergeschoß, in einem Raum, in Unsauberkeit leben können, keine Spur mehr übrigbleibt, eine Zeit, in der man es vergessen haben und niemand sich seiner mehr erinnern wird. Nadja amüsierte sich nur über die Jungen vom Nachbarhof, die, wenn sie im Garten spazierenging, an den Zaun schlugen, lachten und sie neckten.

»Die Braut! Da geht die Braut!«

Aus Saratow kam ein Brief von Sascha. In seiner fröhlichen, tanzenden Handschrift schrieb er, daß die Fahrt auf der Volga sehr schön gewesen, daß er jedoch in Saratow ein bißchen krank geworden sei, die Stimme verloren habe und schon zwei Wochen im Krankenhaus liege. Sie begriff, was das bedeutete, und ein Vorgefühl, fast wie eine Gewißheit, bemächtigte sich ihrer. Es war ihr unangenehm, daß dieses Vorgefühl und die Gedanken an Sascha sie nicht mehr so erregten wie früher. Sie hatte den leidenschaftlichen Wunsch zu leben, sie wollte nach Petersburg, und ihre Bekanntschaft

mit Sascha erschien ihr nur noch als eine liebe Erinnerung aus ferner, ferner Vergangenheit. Sie schlief die ganze Nacht nicht und saß am nächsten Morgen lauschend am Fenster. Und wirklich, unten ertönten Stimmen; aufgeregt und hastig fragte die Großmutter. Darauf schluchzte jemand … Als Nadja herunterkam, stand Großmutter in der Ecke und betete, und ihr Gesicht war verweint. Auf dem Tisch lag ein Telegramm.

Lange ging Nadja im Zimmer auf und ab und horchte, wie Großmutter weinte, dann nahm sie das Telegramm und las. Darin stand, daß Alexander Timofejitsch, oder einfach Sascha, gestern morgen in Saratow an der Schwindsucht gestorben sei.

Großmutter und Nina Iwanowna gingen in die Kirche, um eine Seelenmesse zu bestellen; Nadja schritt noch lange durch die Zimmer und grübelte. Deutlich erkannte sie, daß ihr Leben umgekrempelt war, wie Sascha es gewollt hatte, daß sie hier einsam, fremd und überflüssig war, daß sie das alles hier nicht brauchte, daß alles Vergangene von ihr losgerissen und entschwunden war, als ob es verbrannt und die Asche in alle Winde verstreut worden wäre. Sie ging in Saschas Zimmer und stand dort eine Weile.

Leb wohl, lieber Sascha! dachte sie, und vor ihrem inneren Auge sah sie ein neues, weites, kühnes Leben, und dieses Leben, noch unklar und voller Geheimnisse, lockte sie und riß sie mit sich fort.

Sie stieg hinauf in ihr Zimmer, um zu packen; am anderen Morgen nahm sie lebhaft und fröhlich Abschied von den Ihren und verließ die Stadt – wie sie annahm, für immer.

Fatale Heiraten

Natürlich war alles von Anfang an ein kapitaler Schwindel gewesen, nur er, Alexander, hatte nichts bemerkt, obwohl er die Sache doch eher ziemlich mißmutig angegangen war. Jetzt stand er da, die Maiensonne schien, Champagner sollte hübsch und munter in den Gläsern perlen, aber er hätte sich schon schwer täuschen müssen, wenn das nicht Limonade war. Abgestandene Limonade, die einen faden süßlichen Geruch in die Welt schickte; eine Welt, die gut und gern darauf verzichten konnte. Angewidert wandte er das Gesicht vom Glas ab, doch es gab nichts zu sehen, denn er war allein in dem Saal, in dem sich eigentlich schon längst die Hochzeitsfeierlichkeiten für seinen besten Freund Wolf-Georg und, logisch, für die Frau von Wolf-Georg abspielen sollten. Frau Wolf-Georg hatte Alexander noch nie gesehen, weil Wolf-Georg und er schon lange in verschiedenen Städten lebten und sich nur ein- oder zweimal im Jahr für einige Tage trafen, selbstverständlich ohne Frauen oder überhaupt jemand anders.

Ihr letztes Treffen lag fast ein Jahr zurück, ja, es war im Sommer gewesen, gemeinsam hatten sie ein paar Spiele der Fußballweltmeisterschaft im Fernsehen verfolgt, doch hatte Alexander schon damals den Eindruck gehabt, daß sein Freund nicht völlig bei der Sache gewesen war. In jenen Tagen ließ sich die deutliche innere Absenz des alten Kumpels noch auf das jämmerliche Versagen der deutschen Elf schieben, doch inzwischen wußte Alexander das Verhängnis besser zu benennen: Käthe hieß das Unglück, Käthe, Käthe, Käthe. Nie hatte er sich träumen lassen, daß Wolf-Georg einmal heiraten würde, irgendeine blöde Frau heiraten, wo es doch auch ohne ganz gut ging, klar, nicht ohne Frauen, aber ohne Heiraten. Sicherlich, man war nicht mehr zwanzig, aber das allein war kein guter Grund, fand Alexander. Bislang hatten sie sich, von wenigen pubertären Ver-

wicklungen abgesehen, noch nicht einmal über Frauen unterhalten müssen. Geschweige denn, irgendeine heiraten. Nein, das war nicht richtig, und jetzt auch noch, nach einer dem genügsameren Alexander schier endlos erscheinenden Serie von vergänglichen Yvonnes und Sylvias, die an Wolf-Georgs Hals herumgehangen hatten und deren genaue Namen er nie hatte behalten können (er war auch etwas schusselig), jetzt also Käthe.

Alexander versuchte, darüber nachzudenken, ob die Katastrophe mit dem Namen zusammenhängen könnte dem hoffnungslos altmodischen, ob Käthes ausschließlich zum Heiraten geboren wurden, ob Käthe eine Koseform von Klette sein könnte, oder doch nur von Katharina, und wenn ja, warum sie dann nicht Tina oder Kathi gerufen würde, denn dann hätte Wolf-Georg sie sicherlich nicht heiraten müssen, sie wäre für immer mit Sylvia und Yvonne auf dem Müllhaufen der Liebschaftsgeschichte abgelegt worden. Jetzt polterte es aber im Gasthausflur, und in Erwartung einer munteren Hochzeitsgesellschaft, die, vom Standesamt endlich auf die Welt losgelassen, sich nun gnadenlos betrinken wollte, rückte Alexander sich gerade und bemühte sich, wenn schon nicht fröhlich, so doch wenigstens neutral aus seinem überaus festlichen Hemde zu gucken.

Die Tür flog auf, Wolf-Georg eilte herein. Es sah nicht so aus, als ob ihn die Hochzeit glücklich gemacht hätte: Sein dunkler Anzug irgendwie derangiert, das kleine Bäuchlein unangenehm sichtbar, vor allem aber sein gehetzter Gesichtsausdruck, der ihn Jahre älter erscheinen ließ, störten das Gesamtbild des glücklichen Bräutigams. Alexander spürte einen ganz leichten Triumph in den Tiefen seiner Mördergrube, den er aber heldenhaft unterdrückte. »Um Gottes willen, was ist los?«

»Alexander, du mußt mir helfen, bitte!« Atemlos stützte Wolf-Georg sich auf den Freund, die Krawatte gelockert, das Jackett schief, ein Trauerspiel von einem Mann. »Oje, sie kommen!« zischte er Alexander an, ließ ihn los, flankte über den Tresen, stieß dabei Biergläser auf den Boden und ver-

schwand zwischen den Scherben im Unsichtbaren, noch ehe die Tür wieder aufgegangen war. Anscheinend gab es eine Art Schrank unter dem Zapfhahn, oder der alte Freund hatte sich vor Angst einfach aufgelöst. Hereingestürzt kam jetzt eine pummelige junge Dame im weißen Kleid, rot im Gesicht vor Anstrengung oder vor Aufregung, mit lächerlich toupierten blonden Haaren. Das, so war Alexander sofort klar, mußte Käthe sein. Sonst allerdings überblickte er die Lage noch nicht völlig.

»Äh – hallo«, sagte er zögerlich; mehr wollte er nicht riskieren, ehe er nicht wußte, was gespielt wurde. Einen Moment lang schien die Frau lächeln zu wollen, dann aber zogen sich ihre Mundwinkel nach unten, und sie sah weinerlich aus. »Wo ist er?« jammerte sie, und: »Sind Sie Alexander?« fragte sie gleich hinterher, so daß Alexanders etwas verspätetes »Ich weiß nicht« irgendwie lächerlich wirkte. Noch alberner würde er aussehen, falls sich Wolf-Georg gleich aus den Scherben wieder erhob. Ich weiß nicht, ich weiß nicht, wie doof, dachte Alexander, wenn es einen Freund zu retten gilt, könnte ich ruhig etwas … »Wo ist er?« kreischte die Frau wieder, »stehenlassen hat er mich – vor dem Amt – mitten vor dem Amt«, die Örtlichkeit schien sie besonders zu deprimieren, »vor dem Amt hat er mich« – der Rest des Satzes ging in einem Geräusch unter, das sich am ehesten als Buäähuhu! wiedergeben läßt.

Nun wähnte Alexander sich im Bilde, doch noch ehe er die verhinderte Braut aus dem Saal katapultieren konnte, brach ein junger Mann in den Saal ein mit einer Gewalt, die Alexander um das Mobiliar des ja eigentlich unbeteiligten Gastwirtes fürchten ließ. Kaum war er jedoch drinnen, schien all sein Elan verschwunden. Hilflos stand ein pummeliger blonder Herr in auserlesener Festkleidung am Saaleingang und verknotete seine Finger miteinander, während er, eher zu sich als zu dem bräutlichen Elend oder dem Gast, sprach: »Gibt's doch nicht – hab ihn doch gesehen – genau gesehen – kann er doch nicht machen – die Zwillinge, o Gott, die Zwillinge!«

Besonders diese letzte Volte überraschte, ja, schockierte

Alexander. Natürlich würde das die Hochzeit erklären, wenn Wolf-Georg im Übermut Fräulein Käthe geschwängert hätte und sie bereits mit Zwillingen niedergekommen wäre, während Wolf-Georg seinem Verantwortungsbewußtsein folgend ihr die Ehe angetragen, aber in letzter Minute von Zweifeln zerfressen panisch sich davongemacht hätte, Zwillinge und Mutter ihrem ungewissen Schicksal überlassend, um auch alle künftigen Fußballweltmeisterschaften mit ihm, Alexander, unbelästigt von familiärem Gekrähe ...
»Ich bin der Bruder«, sagte der – na ja, der Bruder offensichtlich, wessen Bruder? Meiner ist es nicht, dachte Alexander blöde und erwog einen Augenblick, daß ein verschollener Bruder des vermeintlichen Einzelkinds Wolf-Georg just heute aus dem unklaren Quell einer hochnotpeinlichen Seitensprunggeschichte von Wolf-Georgs nur angeblich sittenstrengen Eltern aufgetaucht wäre, um ihn vor dem fatalen Schritt zu bewahren, »Mach keinen Fehler, Bruder!« hatte er gerufen, sich auf die Freitreppe des Standesamts geschmissen und gedroht sich zu erschießen, dann die Zwillinge zu erstechen und aufzuhängen, weil er ja die Käthe kannte, ein völlig durchtriebenes Biest, die hatte es bloß auf Wolf-Georgs Kröten abgesehen und wollte ihn umbringen, jedes Jahr fünfmal. Alexander fiel jetzt aber ein, daß Wolf-Georg gar nicht einmal reich zu nennen war, als nächstes dann fiel ihm allmählich eine unbestimmte Ähnlichkeit zwischen dem jungen Mann und der jungen Dame auf – *ihr* Bruder könnte das natürlich auch sein, klar. Einen Augenblick lang erwog Alexander, ob vielleicht Wolf-Georg die Käthe nur wegen ihres Geldes hatte nehmen wollen und Käthes Bruder dieses zu verhindern gewußt hätte – allerdings wäre der Bruder dann freiwillig zum heldenhaften Onkel eines vaterlosen Zwillingspärchens mutiert, und das war kaum jemandem zuzutrauen, selbst diesem schafsköpfig dreinsehenden jungen Mann nicht.

Etwas zögerlich betrat nun eine ältere Dame im weinroten Abendkleid den Saal. Auch sie war sorgfältig zurechtgemacht, aber ihre Züge wirkten nicht übermäßig glücklich, nein, etwas verkrampft eher schon, die Farbe des Kleides

harmonierte unselig mit den hektischen Flecken am Hals – ohne Frage die Mutter des unseligen Geschwisterpaars. »Ich bin die Tante Luise«, sagte sie, um Contenance bemüht, zugleich aber so vertraulich, wie ältere Verwandte auf Hochzeitsfeierlichkeiten sogar mit Kellnern tun, zum Verdruß der jungen Generation.

»Ich wollte gerne eine Rede halten, aber jetzt weiß ich nicht genau«, setzte sie erklärend hinzu. Ohne Frage war sie nicht die Mutter, aber sonst wußte auch Alexander nicht genau. Der Bruder flüsterte inzwischen mit der Braut, die sich allmählich beruhigte, während Tante Luise, wie ältere Verwandte das zu tun pflegen, zur Unzeit und sehr laut die Konversation aufnahm. »Ich habe eine Stirnhöhlenvereiterung, das ist mir grad genug«, brüllte sie Alexander an, den sie möglicherweise mit Wolf-Georg verwechselte, wie sie ja auch offenbar sich jetzt im Wartezimmer wähnte oder jedenfalls die Hochzeit, die doch allem Anschein nach gar nicht stattgefunden hatte, bereits als abgehakt betrachtete angesichts ihres grad genug entzündeten Kopfes. »Das tut mir leid«, sagte Alexander höflich und überlegte, ob Wolf-Georg vielleicht unter dem Tresen an der Bierleitung entlang unbemerkt in den Keller rutschen konnte, so daß auch er den Saal verlassen könnte, ohne sich zu schämen. Tante Luise starrte ihn konsterniert an. »Natürlich ist das mein Kleid«, sagte sie verächtlich, wurde jetzt aber grob beiseite gestoßen.

Braut und Bruder hatten sie ohne Pardon aus der Bahn geräumt und umstellten Alexander, der sich keinen ehrenhaften Weg mehr aus der Affäre denken konnte, weder für Wolf-Georg noch für sich selbst. Tante Luise rieb sich überrascht den Ellbogen, schien aber die brutale Behandlung sonst nicht weiter übelzunehmen. »Es ist nämlich so«, sagte der Bruder, um Verbindlichkeit bemüht; »Liebes Brautpaar«, murmelte Tante Luise im Hintergrund; »Niemand weiß, daß Sie nicht Wolf-Georg sind«, fiel die Braut leicht weinerlich ein. »Wir sind heute hier zusammengekommen«, memorierte Tante Luise leise, und das war ohne Zweifel richtig. »Sie sind bestimmt ein Gentleman«, legte die Braut Alexander

nahe, und: »Es ist ja eigentlich eine Dreifachhochzeit«, bemühte sich zugleich der Bruder zu erklären.

»Kaum zu glauben, aber wahr, Käthe sagt heut endlich ja!« trompetete eine sonore, nur ganz leicht schwankende Stimme dazwischen. Ein älterer, nur ganz leicht schwankender Herr im Frack war unbemerkt in den Saal gelangt, die Fliege keck ein wenig schief. Die Braut, derart daran erinnert, daß es mit dem Ja-Sagen nicht recht hatte klappen wollen, weil man sie einfach nicht ließ, brach erneut in Tränen aus. Tante Luise flüsterte, wie erwachend, »Onkel Otto«, obwohl der eintretende Herr bestimmt jünger war als sie, folglich kaum ihr Onkel sein konnte. »Sie nimmt sich den Wolf-Georg fein, das kann ja wohl nicht möglich sein!« brüllte der vielleicht doch ein wenig angetrunkene Verwandte und kniff die Braut in den Oberarm. Nein, es war ja nicht möglich, der Bruder fiel wieder zurück in seine anfängliche Überforderungsstarre. »*Sie* müssen mich heiraten!« stieß die Braut zwischen zwei Schluchzern aus; ganz offensichtlich meinte sie damit Alexander, da alle anderen Anwesenden wegen Verwandtschaft, zum Teil auch wegen des Geschlechts wohl kaum in Frage kamen. Alexander bekam Ohrensausen, während in den Bruder allmählich die Konfusion, also das Leben, zurückkehrte: »Die Zwillinge! Denken Sie doch auch an die Zwillinge!« glaubte Alexander gehört zu haben.

»Da platzt so manche Frau vor Neid, und viele haben Herzeleid!« krakeelte Onkel Otto, der inzwischen auf einem Stuhl vor dem Spirituosenschrank stand und mehrere Flaschen in den Arm genommen hatte. »Als Stellvertreter!«, die Braut rüttelte an Alexanders Arm, »doch nur als Stellvertreter!« – »Liebe Käthe«, probierte Tante Luise inzwischen im Bühnentonfall, »als du ein kleines Mädchen warst …« – »Es ist nämlich so«, versuchte der Bruder wieder zu erklären. In den folgenden zehn Minuten erfuhr Alexander gleichzeitig:

1. Käthe war ein ganz reizendes kleines Mädchen, von dem man nie geglaubt hatte, daß es einmal so groß werden würde, sowie praktisch erwachsen.

2. Er mußte Käthe heiraten, als Stellvertreter.

3. Alle Frauen auf der Welt beneideten Käthe glühend und in Reimen.

4. Was gerade dabei war zu platzen, waren nicht Käthes Nebenbuhlerinnen, vielmehr eine veritable Dreifach-Hochzeit, Käthe hatte nämlich den schönsten Tag ihres Lebens mit ihren Freundinnen, dem Zwillingspaar Yvonne und Sylvia teilen wollen, die ebenfalls heiraten wollten, kurioserweise ein – naturgemäß männliches – Zwillingspaar. Selbstlos hatte Käthe sozusagen die Sensation des Tages ihren Freundinnen überlassen wollen, sowie deren Bräutigamen Wolf und Georg, während es, interpretierte Alexander im stillen, ihrem übergroßen Glück vollauf genügte, nicht derart begafft zu werden wie das doppelte Lottchen im Vordergrund.

5. erfuhr Alexander noch einmal, daß man heute hier zusammengekommen sei.

6. daß er ein Gentleman bestimmt doch sei und der Standesbeamte, der eine bloße Urlaubsvertretung für den regulären Standesbeamten darstelle, Wolf-Georg ja gar nicht von Angesicht zu Angesicht kenne und somit keine Umstände machen werde.

7. daß: Horch! da klappert schon der Storch!

8. und endlich: daß Wolf-Georg beim Anblick der Freundinnen Käthes, die diese ihm zuvor nicht vorgestellt hatte, da sie ja in einer anderen Stadt lebten und sich mit Käthe nur ein-, zweimal im Jahr trafen, natürlich ohne Männer, daß Wolf-Georg also beim Anblick dieses Doppelkopfs von einem Zwillingspärchen regelrecht zusammengebrochen sei, dann panisch die Flucht ergriffen habe, (man wisse aber nicht genau, warum); nicht jedoch, ohne die verzwillingten Bräutigame recht höhnisch gefragt zu haben, ob sie ihre Frauen eigentlich auseinanderhalten könnten. Das habe prompt zu starkem Erröten bei den Damen geführt und einem Zwist bei den spiegelbildlichen Herren. Einen Augenblick lang stellte sich Alexander beinahe zufrieden ein aufeinander einprügelndes Zwillingspärchen vor, und wie es sein mochte, sich quasi selbst mit berechtigtem Zorn auf die Augen zu hauen.

»Das wird 'ne bumsfidele Nacht!« dröhnte Onkel Otto, setzte eine Schnapsflasche an den Mund, fiel vom Stuhl und vergaß den Reim. Alexander sollte jetzt, ehe das ganze Fest den Bach hinunterging, mit zum Standesamt kommen, für Wolf-Georg einspringen, der sich schon wieder beruhigen werde, und dessen Pflichten übernehmen. Das verlangten die Geschwister im Chor und im Wechselgesang, und das Ohrensausen kehrte zu Alexander zurück. Was aber, wenn Wolf-Georg nicht zurückkehrte? »Otto wird das Kind schon schaukeln!« lachte Onkel Otto breit.

Alexander bat, ihn kurz zu entschuldigen, und die ganze gräßliche Sippschaft sah ein, daß ein Minimum an Bedenkzeit selbst in dieser prekären Situation gegeben werden müsse. Unser Held floh auf die Toilette, wo er unvermutet mit Wolf-Georg zusammenstieß, der das Durcheinander offenbar zur Flucht benutzt hatte. »Du ahnst es nicht!« stöhnte der Bräutigam, »es ist unglaublich! Ich weiß nicht, mit welcher von beiden ich – ich hatte mal mit einer – wir waren miteinander – na, du weißt schon. Ist das zu fassen?« Alexander schloß richtig, daß Wolf-Georg jedenfalls mit einer der beiden Zwillingsschwestern näher bekannt war. Da er die eigene Haut gern retten wollte, packte er den Freund bei den Schultern und redete ihm gut zu. Wolf-Georg erfuhr so, daß es völlig gleichgültig sei, mit welchem Zwilling er näher bekannt sei, da er ja Käthe heiraten solle (äh, wolle, wie sich Alexander hastig verbesserte), und keins der Zwillingsmädchen. Nein, nein, rief Wolf-Georg in einer Art hysterischem Flüsterton, das sei es nicht, er, er persönlich müsse das wissen, das habe er immer so gehalten, daß er das wisse, mit wem er zusammengewesen, er habe sich das sogar gelegentlich notiert – Alexander unterbrach ihn, plötzlich erfindungsreich geworden, na, ha, solle Wolf-Georg sich doch einfach vorstellen, daß er mit beiden Damen zu tun gehabt hätte, dann sei es ja doch in Ordnung, sage er mal. Nein, winselte jetzt Wolf-Georg, sei es eben nicht, das sei ja noch viel wichtiger, ob es nur eine, oder beide, man würde doch zu gern wissen, wie das bei Zwillingen – das wollte Alexander nicht, und er wollte auch nicht,

daß sein Freund wahnsinnig würde, denn so sah es jetzt beinahe aus. Alexander hatte den Freund, der zusehends in sich zusammensackte, immer noch fest an den Schultern zu fassen und sagte noch einmal ganz ruhig, daß Wolf-Georg jetzt Käthe heiraten würde und den ganzen anderen Quatsch vergessen, und zwar sofort. Er wolle ja heiraten, gab Wolf-Georg zurück, aber die Zwillinge, und zwar alle beide, da gäbe es nichts. Er liebe sie zwar nicht, aber Bescheid wissen müsse er nun einmal, und mit den Bräutigamen werde er schon fertig.

Es klopfte vorsichtig an der Toilettentür, Käthes Bruder war offenbar zu zartfühlend, um Alexander in seiner vermeintlichen Bedenkzeit allzu grob zu stören. Alexander fragte sich, ob es Sinn hätte, Wolf-Georg zu raten sich vorzustellen, daß Käthe ein ausgekochtes Zwillingspärchen sei, das mit ihm Verstecken spiele, um so seiner erotischen Obsession gerecht zu werden. Wahrscheinlich nicht. Alexander überlegte, ob er selbst vielleicht einen Zwillingsbruder habe, der Käthe an seiner Stelle, als Stellvertreter des Stellvertreters, heiraten könnte, und ob Käthe vielleicht auch eine Stellvertreterin schickte, sicherheitshalber, damit sie notfalls die Ehe anfechten könnte. Wolf-Georg brüllte immerzu in sein Ohr: »Was machst du denn hier? Was machst du denn hier?« und zog dabei an seinem Kragen. Jetzt war er endgültig verrückt und –.

Jemand zog seinen Kopf vom Tresen hoch. Es war Wolf-Georg, der wieder sagte: »Was machst du denn hier?« Alexander stammelte hilflos etwas vor sich hin. Wolf-Georg warf einen Blick auf die halbleere Schnapsflasche vor Alexander. »Ah ja«, sagte er, »so ist es richtig. Wir warten alle auf dich, mein Freund, und du sitzt im Gasthaus und schnasselst einen nach dem anderen. Nun aber Hopp! Die Braut wartet nicht!« Und noch ehe Alexander fragen konnte, wessen Braut?!, wurde er aus dem Saal geführt.

Die Probe aufs Exempel

Der Lenz richtete ein gläsernes Auge auf Mr. Westbrook, den Herausgeber der Zeitschrift *Minerva*, und lockte ihn von seinem Wege ab. Er hatte in seiner Lieblingsecke in einem Broadway-Hotel geluncht und kehrte eben zu seinem Büro zurück, als sich seine Füße in den Fallstricken des Frühlings verfingen: Mit anderen Worten: er bog nach Osten in die Sechsundzwanzigste Straße ein, durchwatete sicher die Hochwasserfluten des Verkehrs auf der Fifth Avenue und erging sich sodann auf den verschlungenen Pfaden des knospenden Madison Square.

Die linde Luft und die Anlagen des kleinen Parks bildeten fast ein ländliches Idyll, ganz in Grün gehalten – der Farbe, die schon bei der Erschaffung des Menschen und der Vegetation dominierte.

Das kahle, dürre Gras zwischen den Wegen hatte die Farbe des Grünspans, ein giftiges Grün, und ließ an die Horde gottverlassener menschlicher Wesen denken, die während Sommer und Herbst auf diesem Boden geatmet hatten. Die aufbrechenden Knospen der Bäume mußten allen jenen, die einmal in einem Vierzig-Cent-Restaurant die Beilagen eines Fischgerichts botanisch erforscht hatten, sonderbar vertraut vorkommen. Der Himmel darüber war von dem blassen Aquamarin, das Asphalt-Poeten gern auf »Au«, »Tau« und »Frau« reimen. Die einzige sichtbare natürliche Farbe war das angebliche Grün der frischgestrichenen Bänke – ein Farbton zwischen dem einer eingelegten Gurke und dem eines im Vorjahr als tiefschwarz erworbenen imprägnierten Regenmantels. Aber auf das stadterzogene Auge des Herausgebers Westbrook wirkte die Landschaft wie ein Meisterwerk.

Und nun müssen Sie mir, ganz gleich ob Sie zu den Draufgängern gehören oder zu den zarten Träumern, die sich scheuen, einen Fuß vor den anderen zu setzen, zu ei-

ner kurzen Invasion in das Gemütsleben des Herausgebers folgen.

Mr. Westbrooks Geist war zufrieden und heiter. Die April-Nummer der *Minerva* hatte sich bereits am zehnten Tag des Monats vollständig verkauft – ein Zeitungshändler in Keokuk schrieb, es wäre ihm ein leichtes gewesen, noch fünfzig Exemplare mehr zu verkaufen, wenn er sie gehabt hätte. Die Besitzer des Magazins hatten sein (des Herausgebers) Gehalt erhöht; zu Hause hatte er just eine wahre Perle von Köchin in Dienst genommen, die – frisch importiert – vor Polizisten bange war; und die Morgenzeitungen hatten in voller Länge eine Rede abgedruckt, die er auf einem Verleger-Bankett gehalten hatte. Außerdem klangen in seinem Geist die Jubeltöne eines herrlichen Liedes wider, das seine charmante junge Frau ihm vorgesungen hatte, ehe er an diesem Morgen seine Vorstadt-Villa verließ. Sie widmete sich ihrer Musik in letzter Zeit mit wahrer Begeisterung und übte fleißig den ganzen Tag. Als er sie zu den Fortschritten ihrer Stimme beglückwünscht, hatte sie ihn vor Freude über sein Lob spontan umarmt. Zudem fühlte er die wohltätige, kräftigende Heilwirkung der wohlgeübten Pflegerin Frühling, die sanft dahintrippelte durch die Krankensäle der genesenden Stadt.

Als Herausgeber Westbrook noch zwischen den Reihen der Parkbänke (die sich bereits mit Vagabunden und den Hüterinnen gesetzloser Kindheit füllten) dahinschlenderte, fühlte er sich auf einmal am Ärmel ergriffen und festgehalten. Voller Argwohn, daß er vielleicht angebettelt werden sollte, machte er ein kaltes und unwohlhabendes Gesicht, wandte sich um und sah, wer ihn gekapert hatte: es war Dawe, Shackleford Dawe, schmutzig, fast zerlumpt, die Eleganz kaum sichtbar noch hinter den tieferen Furchen der Schäbigkeit.

Während der Herausgeber sich langsam von seiner Überraschung erholt, bekommen Sie rasch ein paar Blitzlichtaufnahmen von Dawes Biographie vorgelegt.

Er war Schriftsteller und einer von Westbrooks alten Bekannten. Zu einer bestimmten Zeit hätten sie sich mögli-

cherweise sogar als alte Freunde bezeichnet. Dawe besaß damals etwas Geld und wohnte in einem anständigen Mietshaus in der Nähe des Westbrookschen Anwesens. Die beiden Familien gingen oft zusammen ins Theater und zu Banketten. Mrs. Dawe und Mrs. Westbrook wurden »dicke« Freundinnen. Dann schluckte eines schönen Tages der große Krake, nur um sich zu amüsieren, Dawes kleines Kapital, und so zog er in die Nähe des Gramercy Parkes, wo man, für ein paar Groschen die Woche, unter achtarmigen Kandelabern und vor Kaminen aus carrarischem Marmor auf seinem Koffer sitzen und zuschauen kann, wie die Mäuse auf dem Boden spielen. Dawe gedachte nun von der Schriftstellerei zu leben. Hin und wieder verkaufte er eine Geschichte. Viele legte er Westbrook vor. Die *Minerva* druckte ein paar wenige davon; der Rest wurde zurückgeschickt: Westbrook legte jedem abgewiesenen Manuskript einen sorgfältigen und gewissenhaften persönlichen Begleitbrief bei, in dem er ausführlich erläuterte, warum er es für unverwendbar hielt. Herausgeber Westbrook hatte seine ganz eigene, fest umrissene Vorstellung von dem, was gute Prosa sei. Dawe allerdings auch. Mrs. Dawes Vorstellungen kreisten dagegen hauptsächlich um die Bestandteile der mageren Mahlzeiten, die sie auf irgendeine Art zusammenbringen mußte. Eines Tages hatte Dawe ihr einen großen Vortrag über die Qualitäten gewisser französischer Schriftsteller gehalten. Beim Essen saßen sie dann vor einer Mahlzeit, die ein hungriger Schuljunge leicht auf einen Sitz heruntergeschlungen hätte. Dawe gab seinen Senf dazu.

»Es ist Maupassant-Ragout«, sagte Mrs. Dawe. »Ein großes Kunstwerk mag's vielleicht nicht sein, aber ich wünschte, du würdest mal eine fünfgängige Marion-Crawford-Serie schaffen – mit einem Ella-Wheeler-Wilcox-Sonett als Nachtisch. Ich habe Hunger.«

Etwa so weit vom Erfolg entfernt war Shackleford Dawe, als er Herausgeber Westbrook im Madison Square am Ärmel zupfte. Es war seit verschiedenen Monaten das erste Mal wieder, daß der Herausgeber Dawe zu Gesicht bekam.

»Was, Shack, sind Sie das?« sagte Westbrook – ein wenig

befangen, da ihm alsbald bewußt wurde, daß sein Satz als Anspielung auf des anderen sehr veränderte Erscheinung aufgefaßt werden konnte.

»Nehmen Sie einen Moment Platz«, sagte Dawe und zerrte an seinem Ärmel. »Das ist hier mein Büro. In Ihres kann ich leider nicht kommen, so wie ich aussehe. Also, setzen Sie sich – Sie werden sich schon nichts vergeben. Diese halbgerupften Vögel da auf den anderen Bänken werden Sie für einen lackierten Fassadenkletterer halten. Kein Mensch wird merken, daß Sie bloß Herausgeber sind.«

»Rauchen Sie, Shack?« fragte Herausgeber Westbrook, während er sich vorsichtig auf der giftgrünen Bank niederließ. Er gab stets mit Würde nach, wenn er nachgab.

Dawe schnappte nach der Zigarre, wie ein Eisvogel auf einen Sonnenfisch niederstößt oder ein Mädchen sich auf eine Praline stürzt.

»Ich habe nur …«, begann der Herausgeber.

»Oh, ich weiß; reden Sie nicht weiter«, sagte Dawe. »Geben Sie mir ein Streichholz. Sie haben nur zehn Minuten Zeit. Wie haben Sie es nur fertiggebracht, an meinem Bürojungen vorbeizukommen und in mein Allerheiligstes vorzudringen? Da drüben geht er jetzt – der Kleine, der grad seinen Stock nach dem Hund wirft, der das Verbotsschild auf dem Rasen nicht beachtet hat.«

»Was macht die Schriftstellerei?« fragte der Herausgeber.

»Sehn Sie mich an«, sagte Dawe, »dann wissen Sie's. Aber nun setzen Sie ja nicht das bekannte ratlose, freundliche-aber-ehrliche Gesicht auf und fragen Sie nicht, warum ich mir keinen Job als Weinreisender oder Droschkenkutscher suche. Ich gebe nicht klein bei; ich halte meinen Kopf durch bis ins Finish. Daß ich gute Prosa schreiben kann, weiß ich genau, und ich werde euch Burschen noch zwingen, das zuzugeben. Ihr werdet eure Kondolenzschreiben noch in Schecks verwandeln, ehe ich mit euch fertig bin.«

Herausgeber Westbrook blickte mit einem liebreich besorgten, allwissenden, mitfühlenden, skeptischen Ausdruck durch seinen Kneifer – jenem gesetzlich geschützten

Spezialausdruck des Herausgebers, der von einem unverwendbaren Beiträger belagert wird.

»Haben Sie die letzte Geschichte gelesen, die ich Ihnen schickte – ›Alarm der Seele‹?« fragte Dawe.

»Sehr sorgfältig. Ich habe lange gezögert darüber, Shack, wirklich, das habe ich. Sie hatte ein paar gute Pointen. Ich habe Ihnen auch einen Brief dazu geschrieben, der beigelegt werden soll, wenn die Sache zurückgeht. Zu meinem größten Bedauern …«

»Sparen Sie sich Ihr Bedauern«, sagte Dawe grimmig. »Das ist mir längst alles schnuppe geworden. Was ich wissen will, sind die Gründe. Also kommen Sie schon heraus damit – zuerst die guten Pointen.«

»Die Geschichte«, sagte Westbrook bedachtsam, nachdem er ein Seufzen unterdrückt hatte, »hat ein fast originales Konzept. Die Figurenzeichnung – das Beste, was Sie bisher gemacht haben. Die Konstruktion – beinahe ebenso gut, bis auf ein paar schwache Versatzstücke, die sich aber vielleicht mit ein paar kleinen Änderungen und Retuschen hinbiegen ließen. Die Geschichte war, wie gesagt, durchaus gut, außer …«

»Ich kann doch Englisch, oder?« unterbrach ihn Dawe.

»Ich habe nie ein Hehl daraus gemacht«, sagte der Herausgeber, »daß Sie Stil hätten.«

»Dann liegt also der Haken wo?«

»Immer dieselbe alte Sache«, sagte Herausgeber Westbrook. »Sie bauen die Steigerung wie ein richtiger Künstler auf. Aber dann auf einmal verwandeln Sie sich in einen Fotografen. Ich weiß nicht, welcher Teufel Sie da reitet, Shack, aber Sie machen das jedenfalls bei allem, was Sie schreiben. Nein, Moment. Den Vergleich mit dem Fotografen nehme ich zurück. Hin und wieder kann die Fotografie, trotz ihrer unmöglichen Perspektive, durchaus einen flüchtigen Schimmer von Wahrheit vermitteln. Aber Sie zerstören jede Lösung durch jene platten, grauen, alles verschmierenden Striche Ihres Pinsels, über die ich mich schon so oft beklagt habe. Wenn Sie Ihre dramatischen Szenen zu wirklicher literarischer Höhe erheben und sie in den leuch-

tenden Farben ausmalen könnten, die die Kunst verlangt, dann würde der Postbote an Ihrer Tür längst nicht so viele dicke, selbstadressierte Umschläge mehr abgeben.«

»Ach, Quatsch mit Soße!« rief Dawe höhnisch. »Sie haben bloß immer noch die alte Schmieren-Tragödie in den Knochen. Wenn der Mann mit dem schwarzen Schnurrbart die goldlockige Bessie kidnappt, dann muß die Mutter bei Ihnen unbedingt auf die Knie sinken, die Hände ins Rampenlicht ringen und stöhnen: ›Sei der hohe Himmel mein Zeuge, daß ich nimmer rasten will, nicht bei Tag noch bei Nacht, bis der herzlose Schurke, der mir mein Kind geraubt, die Rache einer beleidigten Mutter gefühlt hat!‹«

Herausgeber Westbrook bewilligte ein Lächeln undurchdringlichen Wohlgefallens. »Ich bin allerdings der Meinung«, sagte er, »daß die Frau sich im wirklichen Leben so oder in ganz ähnlichen Worten ausdrücken würde.«

»Auf der Bühne, ja, aber nirgendwo sonst auf der ganzen Welt« sagte Dawe hitzig. »Ich will Ihnen erzählen, was sie im wirklichen Leben sagen würde. Sie würde sagen: ›Was? Bessie von einem fremden Mann entführt? Ach du lieber Gott! Man hat doch nie seine Ruhe! Gebt mir mal meinen anderen Hut, ich muß sofort auf die Polizei. Warum hat denn auch keiner auf sie aufgepaßt, möchte ich wissen! Um Himmels willen, geht mir aus dem Weg, sonst werde ich nie fertig! Aber den Hut doch nicht – den braunen mit der Samtschleife! Bessie muß den Verstand verloren haben; sie ist doch sonst immer so schüchtern gewesen bei Fremden. Hab ich auch nicht zuviel Puder aufgetragen? Herrje, was bin ich aufgeregt!‹ – So etwa würde sie reden«, fuhr Dawe fort. »Im wirklichen Leben flüchten die Leute nicht in pathetische Jamben und Blankverse, wenn ihre Emotionen einen Stoß bekommen. Dazu sind sie gar nicht imstande. Wenn sie überhaupt reden bei solchen Gelegenheiten, dann mit demselben Wortschatz, den sie jeden Tag anwenden, höchstens noch etwas konfuser und verworrener, das ist alles.«

»Shack«, sagte Herausgeber Westbrook eindringlich, »haben Sie schon einmal den zerfetzten und leblosen Kör-

per eines Kindes unter der Stoßstange eines Omnibusses hervorgezogen und ihn auf Ihren Armen getragen und vor der rasenden Mutter niedergelegt? Haben Sie das schon einmal gemacht und die Worte des Kummers und der Verzweiflung vernommen, die dann spontan von ihren Lippen strömen?«

»Nein, noch nie«, sagte Dawe. »Sie etwa?«

»Nun, ich auch noch nicht«, sagte Herausgeber Westbrook mit leichtem Stirnrunzeln. »Aber ich kann mir sehr gut vorstellen, was sie sagen würde.«

»Ich ebenfalls«, sagte Dawe.

Und nun war für Herausgeber Westbrook der Zeitpunkt gekommen, wo er das Orakel spielen und seinen hartnäckigen Beiträger zum Schweigen bringen mußte. Es stand einem nicht-arrivierten Prosaschreiber wahrhaftig nicht zu, den Helden und Heldinnen der Zeitschrift *Minerva* ihre Worte vorzuschreiben, schon gar nicht wenn diese im Gegensatz zu den Theorien des Herausgebers selber standen.

»Mein lieber Shack«, sagte er, »wenn ich auch nur etwas vom Leben weiß, dann weiß ich, daß jede plötzliche, tiefe und tragische Gemütsbewegung im menschlichen Herzen einen entsprechenden, völlig konformen und proportionalen Gefühlsausdruck hervorruft. Wieweit man diese unausweichliche Übereinstimmung zwischen Ausdruck und Gefühl der Natur zuschreiben darf und wieweit dem Einfluß der Kunst, läßt sich wohl schwer sagen. Das erhaben schreckliche Gebrüll der Löwin, die man ihrer Kinder beraubt hat, steht dramatisch so hoch über ihrem gewöhnlichen Winseln und Schnurren, wie die königlichen transzendenten Äußerungen Lears sich über das Niveau seiner senilen Prahlereien erheben. Aber ebenso ist es auch wahr, daß alle Menschen, Männer und Frauen, das besitzen, was man einen unbewußten Sinn für Dramatik nennen darf, einen Sinn, der anläßlich einer tiefen und mächtigen Gemütsbewegung ganz plötzlich erwacht, nachdem er sich unbewußt durch den Einfluß von Literatur und Bühne gebildet hatte, und sie in den Stand setzt, der genannten Gemütsbewegung in einer Sprache Ausdruck zu verleihen, die ihrer

Bedeutung und ihrem theatralischen Wert angemessen ist.«

»Und wo im Namen der sieben geheiligten Satteldecken des Sagittarius haben Bühne und Literatur diese tolle Sache her?« fragte Dawe.

»Aus dem Leben«, antwortete der Herausgeber triumphierend.

Der Schriftsteller erhob sich von der Bank und gestikulierte beredt, doch stumm. Ihm mangelten die Worte, das Abweichende seiner Meinung adäquat zu formulieren.

Auf einer Bank in der Nähe öffnete ein schmutziger Landstreicher die roten Augen und erkannte, daß ein niedergetretener Bruder seiner moralischen Unterstützung bedurfte.

»Hau ihm eins in die Fresse, Jack!« brüllte er Dawe mit rauher Stimme zu. »Unerhört so was, hier einen Krach zu machen wie auf einem Rummelplatz, während Leute dasitzen, um nachzudenken!«

Herausgeber Westbrook schaute mit geheuchelter Lässigkeit auf die Uhr.

»Sagen Sie mir«, verlangte Dawe in ängstlicher Widerborstigkeit, »welche speziellen Fehler im ›Alarm der Seele‹ Sie veranlaßten, das Stück zu verwerfen.«

»Als Gabriel Murray«, sagte Westbrook, »ans Telefon geht und erfährt, daß seine Verlobte von einem Einbrecher erschossen worden ist, sagt er – ich erinnere mich nicht der genauen Worte, aber …«

»Aber ich«, unterbrach ihn Dawe. »Er sagt: ›Diese verdammte Zentrale; ewig wird man unterbrochen.‹ (Und dann zu seinem Freund): ›Sag mal, Tommy, macht eine Zweiunddreißiger-Kugel ein großes Loch? Wirklich Pech so was, nicht? Kannst du mir mal was zu trinken holen, Tommy, da vom Büffet? Nein, pur; jetzt kann ich was vertragen.‹«

»Und weiter«, fuhr der Herausgeber fort, ohne sich mit näherer Beweisführung abzugeben, »als Berenice den Brief ihres Mannes öffnet, der ihr mitteilt, daß er mit dem Maniür-Mädchen auf und davon ist, da sind ihre Worte – warten Sie …«

»Ihre Worte sind«, ergänzte der Autor: »»Mensch, also was sagt man *dazu!*‹«

»Absurd unangemessene Worte«, sagte Westbrook. »Die ganze Pointe ist verdorben, und die Geschichte versinkt in hoffnungsloser Lächerlichkeit. Ja, schlimmer noch: das Leben selbst erscheint dadurch wie im Zerrspiegel. Kein Mensch hat jemals banale Redewendungen gebraucht, wenn er so plötzlich einer Tragödie gegenüberstand.«

»Falsch!« sagte Dawe und schloß verbissen die unrasierten Kinnbacken. »Ich sage: Kein Mensch, weder Mann noch Frau, redet jemals Schwulst, wenn ihm etwas an die Nieren geht. Er redet ganz natürlich, wie ihm der Schnabel gewachsen ist, allenfalls noch ein bißchen schlimmer als sonst.«

Der Herausgeber erhob sich mit einer Miene der Nachsicht und Überlegenheit von der Bank.

»Hören Sie, Westbrook«, sagte Dawe und hielt ihn am Rockaufschlag fest, »hätten Sie ›Alarm der Seele‹ akzeptiert, wenn Sie der Überzeugung gewesen wären, daß die Worte und Handlungsweisen der Figuren in den Partien der Geschichte, über die wir sprachen, lebensecht sind?«

»Das ist sehr wahrscheinlich – wenn ich der Überzeugung gewesen wäre«, sagte der Herausgeber. »Aber ich habe Ihnen schon erklärt, daß ich's nicht bin.«

»Und wenn ich Ihnen beweisen könnte, daß ich recht habe?«

»Tut mir leid, Shack, aber ich fürchte, zu weiteren Debatten fehlt mir jetzt einfach die Zeit.«

»Ich will gar nicht debattieren«, sagte Dawe. »Ich will Ihnen aus dem Leben selbst demonstrieren, daß mein Gesichtspunkt der richtige ist.«

»Wie wollen Sie das denn anfangen?« fragte Westbrook in überraschtem Ton.

»Hören Sie zu«, sagte der Schriftsteller ernsthaft. »Ich habe mir etwas ausgedacht. Es ist wichtig für mich, daß meine Theorie lebensechter Prosa von den Zeitschriften als richtig anerkannt wird. Ich habe drei Jahre lang darum gekämpft, und jetzt bin ich auf meinen letzten Dollar herun-

tergekommen und mit der Miete zwei Monate im Rück-stand.«

»Ich bin stets vom genauen Gegenteil Ihrer Theorie aus-gegangen«, sagte der Herausgeber, »wenn ich Prosa-Arbei-ten für die *Minerva* auswählte. Und die Auflage ist stetig gestiegen, von neunzigtausend auf jetzt …«

»Vierhunderttausend«, sagte Dawe. »Und sie hätte leicht auf eine Million hochschießen können.«

»Sie sagten eben, Sie wollten mir Ihre Lieblingstheorie direkt demonstrieren.«

»Das will ich. Wenn Sie mir etwa eine halbe Stunde von Ihrer kostbaren Zeit schenken, werde ich Ihnen beweisen, daß ich im Recht bin. Ich werde es durch Louise beweisen.«

»Ihre Frau?« rief Westbrook aus. »Wie denn das?«

»Nun, nicht eigentlich durch sie, aber *mit* ihr«, sagte Dawe. »Sie wissen doch, wie liebe- und hingebungsvoll Louise immer gewesen ist. Sie glaubt, ich bin das einzige echte Präparat auf dem Markt, das die Unterschrift des alten Doktors trägt. Und seit mir die Rolle des verkannten Genies zugefallen ist, kennt ihre Liebe und Treue schier kei-ne Grenzen.«

»In der Tat, sie ist eine bezaubernde und bewunderungs-würdige Lebenskameradin«, stimmte der Herausgeber zu. »Ich entsinne mich, welche unzertrennliche Freundschaft sie und Mrs. Westbrook einst verband. Wir sind beide rech-te Glückspilze, Shack, daß wir solche Frauen haben. Sie müssen bald einmal mit Mrs. Dawe auf einen Abend zu uns kommen, zu einem zwanglosen Beisammensein, wie es uns früher soviel Freude bereitet hat.«

»Später«, sagte Dawe. »Wenn ich mir ein neues Hemd kaufen kann. Und nun werde ich Ihnen meinen Plan mittei-len. Als ich heute nach dem Frühstück – falls man Tee und Hafergrütze so bezeichnen kann – das Haus verließ, sagte mir Louise, daß sie ihrer Tante in der Neunundachtzigsten Straße einen Besuch machen wolle. Sie sagte, sie werde um drei Uhr zurück sein. Sie ist immer auf die Minute pünkt-lich. Es ist jetzt …« Dawe schielte nach des Herausgebers Uhrentasche.

»Siebenundzwanzig Minuten vor drei«, sagte Westbrook, nachdem er seinen Chronometer befragt hatte.

»Dann bleibt uns grad noch Zeit genug«, sagte Dawe. »Wir werden sofort zu meiner Wohnung gehen. Dort werde ich einen Brief schreiben, an sie adressieren und auf den Tisch legen, wo sie ihn sehen wird, wenn sie zur Tür hereintritt. Wir beide, Sie und ich, werden uns dabei im Eßzimmer hinter der Portiere verstecken. In dem Brief werde ich schreiben, daß ich sie verlassen habe – mit einer verwandten Seele, die Verständnis für die Nöte eines Künstlers hat, ein Verständnis, das ich bei ihr nie gefunden hätte. Wenn sie das liest, werden wir ihr Verhalten beobachten und hören, was sie sagt. Dann wissen wir, welche Theorie die richtige ist, Ihre oder meine.«

»Nein, niemals!« rief der Herausgeber aus und schüttelte den Kopf. »Das wäre unverantwortlich grausam. Nie und nimmer könnte ich meine Zustimmung dazu geben, derart mit Mrs. Dawes Gefühlen zu spielen!«

»Nun fassen Sie sich schon«, sagte der Schriftsteller. »Ich denke doch, daß ich nicht weniger von ihr halte als Sie. Aber das Ganze dient zu ihrem Vorteil wie zu meinem. Ich muß zusehen, daß ich für meine Geschichten einen Markt finde, auf irgendeine Weise. Louise wird das schon verkraften. Sie ist kerngesund. Ihr Herz schlägt so kräftig und sicher wie eine Achtundneunzig-Cent-Uhr. Außerdem dauert es ja bloß eine Minute, dann trete ich heraus und erkläre ihr alles. Sie sind es mir einfach schuldig, Westbrook, mir diese Chance zu geben.«

Herausgeber Westbrook fügte sich schließlich, wenn auch nur halb freiwillig. Und in der Hälfte seines Wesens, die zustimmte, lauerte der Vivisekteur, der in uns allen ist. Möge der aufstehen und den ersten Stein werfen, der noch nie das Skalpell benutzt hat! Schade ist nur, daß es nicht genügend Kaninchen und Meerschweinchen gibt, um den Bedarf zu decken.

Die beiden experimentellen Künstler verließen den Square und eilten nach Osten und dann nach Süden, bis sie in der Gramercy-Gegend ankamen. In seinen hohen Eisenzäu-

nen hatte der kleine Park sein hübsches frühlingsgrünes Gewand angelegt und bewunderte sich im Wasserspiegel seines Springbrunnens. Außerhalb der Umzäunung ragte das hohle Viereck der verfallenden Häuser auf, leere Gehäuse vergangenen Wohlstands, und es war, als steckten sie die Dächer zusammen wie Köpfe, zu geisterhaftem Schwatz über die vergessenen Ereignisse der verschwundenen Zeit. *Sic transit gloria urbis.*

Einen Block oder zwei im Norden des Parks steuerte Dawe den Herausgeber wieder in östliche Richtung und sodann, nachdem sie noch ein kurzes Stück Weg zurückgelegt hatten, in ein hochragendes, doch schmales Wohnhaus, das eine mit Schmuck und Stuck überladene Fassade hatte. Sie schleppten sich bis in den fünften Stock hinauf, und Dawe steckte keuchend den Schlüssel in die Tür einer der nach vorn heraus gelegenen Wohnungen.

Als die Tür aufging, sah Herausgeber Westbrook mit einem Gefühl des Mitleids, wie schäbig und dürftig die Räume ausgestattet waren.

»Suchen Sie sich einen Stuhl, wenn Sie einen finden«, sagte Dawe; »ich sehe derweil zu, daß ich Feder und Tinte auftreibe. Hallo, was ist das? Da liegt ja ein Brief von Louise! Sie muß ihn hingelegt haben, als sie wegging heute morgen.«

Er nahm den Umschlag, der auf dem Mitteltisch lag, und riß ihn auf. Er zog den Brief heraus und las, und da er das laut begonnen hatte, las er ihn auch laut bis zu Ende. Und dies waren die Worte, die Herausgeber Westbrook vernahm:

»Lieber Shackleford,

Wenn Du diesen Brief in Händen hältst, werde ich schon etwa hundert Meilen von Dir fort sein und immer noch weiter fahren. Ich habe eine Stelle im Chor der Occidental Opera Co. bekommen, und um zwölf heute mittag geht die Reise los. Ich habe keine Lust, mich zu Tode zu hungern, und darum den Entschluß gefaßt, selbst für meinen Lebensunterhalt zu sorgen. Ich werde nicht zurückkommen. Mrs.

Westbrook geht mit mir. Sie sagt, sie hat es satt, mit einem Mann zu leben, der eine Kombination aus Phonograph, Eisberg und Lexikon ist, und sie kommt ebenfalls nicht zurück. Die Lieder und Tänze haben wir seit zwei Monaten heimlich eingeübt. Ich hoffe, Du hast Erfolg und kommst gut voran. Lebe wohl.

Louise.«

Dawe ließ den Brief fallen, bedeckte sein Gesicht mit zitternden Händen und stöhnte mit tiefer, vibrierender Stimme auf:

»O mein Gott, warum hast du mir diesen Kelch zu trinken gegeben! Ist sie eine Falsche, so laß deines Himmels herrlichste Gaben, Treue und Liebe, zum Hohn und Gespött der Verräter und Feinde werden!«

Herausgeber Westbrooks Brille fiel zu Boden. Die Finger seiner einen Hand zerrten an einem Knopf seines Rockes, und zwischen seinen bleichen Lippen platzten die Worte hervor:

»Also ist denn das zu fassen, Shack? Das haut einen doch glatt von den Socken! Was sagen Sie dazu, Shack – hat man da noch Töne?«

Beim Blutspenden

Die Maples waren jetzt schon neun Jahre lang verheiratet, also schon fast zu lange. »Verdammter Mist«, sagte Richard zu Joan, als sie nach Boston fuhren, um Blut zu spenden, »fünfmal in der Woche fahre ich diese Strecke hin und zurück, und jetzt fahre ich sie wieder. Das ist ja wie ein Alptraum. Ich bin erschöpft. Ich bin nervlich, geistig und physisch erschöpft, und dabei ist sie gar keine Tante von mir. Sie ist nicht mal eine Tante von *dir*.«

»Aber so eine Art Cousine«, erwiderte Joan.

»Mein Gott, jeder Mensch in Neuengland ist irgendwie mit dir verwandt. Soll ich etwa den Rest meines Lebens damit verbringen, sie *alle* zu retten?«

»Sei still«, sagte Joan. »Sie muß vielleicht sterben. Ich schäme mich für dich. Wirklich, ich schäme mich.«

Das saß. Seine Stimme bekam vorübergehend eine reumütige Blässe. »Na ja, ich würde mich wohl nicht so gehenlassen, wenn ich letzte Nacht ein bißchen mehr Schlaf gehabt hätte. Fünf Tage in der Woche falle ich aus dem Bett und torkle am Milchmann vorbei zur Garage, und an dem einen Tag, an dem ich nicht einmal die lieben Kinderchen zur Sonntagsschule kutschieren muß, da vereinbarst du einen Termin, und ich darf dreißig Meilen fahren, nur um mir Blut abzapfen zu lassen.«

»Ich möchte nur wissen«, sagte Joan, »wer von uns beiden bis um zwei Uhr bleiben und mit Marlene Brossman Twist tanzen mußte.«

»Wir haben nicht Twist getanzt. Wir sind züchtig übers Parkett geglitten zu ›Schlager der vierziger Jahre‹. Und glaub ja nicht, daß mir dabei entgangen wäre, wie du hinter dem Klavier mit Harry Saxon geturtelt hast.«

»Wir waren nicht hinter dem Klavier, sondern saßen davor. Auf der Bank. Und er hat sich bloß mit mir unterhalten, weil ich ihm leid tat. Ich habe allen leid getan; du hät-

test wenigstens *einmal* einen anderen mit Marlene tanzen lassen können, wenn auch nur pro forma.«

»Pro forma«, höhnte Richard. »Das ist typisch für deine Einstellung.«

»Die armen Matthewsens, oder wie sie heißen, haben ganz entsetzte Gesichter gemacht.«

»Matthiessons«, verbesserte er sie. »Das ist auch so eine Sache. Warum werden solche idiotischen Leute eigentlich eingeladen? Wenn ich etwas hasse, dann Frauen, die dauernd die Hand auf ihre Perlen drücken und tief Luft holen. Ich dachte, ihr wäre was im Hals steckengeblieben.«

»Die beiden sind ein ganz reizendes junges Paar. Du ärgerst dich ja nur über sie, weil du an ihnen merkst, was aus uns geworden ist.«

»Wenn du dich so sehr zu kleinen Dicken wie Harry Saxon hingezogen fühlst, warum hast du dann keinen geheiratet?« fragte er.

»Hör mal«, sagte Joan ruhig und blickte von ihm fort auf die vorbeifliegenden Tankstellen, »du tust nicht nur so – du bist heute *wirklich* gemein.«

»Du tust nicht nur so! Herrgott, wem willst du denn was vorspielen? Wenn es nicht Harry Saxon ist, dann ist es Freddie Vetter – alle diese Liliputaner. Sooft ich gestern abend zu dir hinübergesehen habe, hast du dagestanden wie eine bleiche Taukönigin, umgeben von Gartenzwergen.«

»Ach, mach dich nicht lächerlich«, sagte sie. Ihre Hand, die Hand einer Dreißigerin, trocken, grün geädert und rauh von der Hausarbeit, drückte im Aschenbecher am Armaturenbrett die Zigarette aus. »Du bist so plump. Du möchtest mich ja nur mit einem anderen Mann verkuppeln, damit du dich ohne Gewissensbisse dieser Marlene widmen kannst.«

Daß sie seine Strategie so genau durchschaut hatte, trieb ihm das Blut ins Gesicht; er fühlte wieder das Kitzeln von Mrs. Brossmans Haar, als er seine Wange an die ihre preßte und den Parfumduft hinter ihrem Ohr einatmete. »Du hast ganz recht«, erwiderte er. »Aber ich lege Wert darauf, dir einen Mann von deiner Größe zu beschaffen; ich bin da sehr für Gerechtigkeit.«

»Ach, laß uns nicht weiterreden«, sagte sie.

Sein Versuch, die Wahrheit als einen Scherz auszugeben, war fehlgeschlagen, und mit Joans stillschweigender Duldung konnte er nicht rechnen. »Es ist diese Selbstgefälligkeit«, erklärte er so gelassen, als handelte es sich um ein Phänomen, für das sie sich beide leidenschaftslos interessierten. »Sie ist das wirklich Unerträgliche an dir – diese Selbstgefälligkeit. Deine Dummheit stört mich nicht. Und damit, daß dir an Sex nichts liegt, habe ich mich inzwischen abgefunden. Nur diese herrliche Selbstgefälligkeit! Typisch Neuengland. Wahrscheinlich brauchten wir sie, um das Land erst mal auf die Beine zu stellen, aber im Zeitalter der Angst geht sie einem entsetzlich auf die Nerven.«

Er hatte sie angeblickt, während er sprach, und nun wandte sie ganz unerwartet den Kopf und sah ihn an, verblüfft, aber mit einem unheimlich kristallklaren Ausdruck, als wäre ihr Gesicht von einer Sekunde zur anderen zu Porzellan geworden, einschließlich der Wimpern.

»Ich hatte dich gebeten zu schweigen«, sagte sie. »Jetzt hast du Dinge ausgesprochen, die ich nie wieder vergessen kann.«

Klaftertief ins Unrecht getaucht, erhitzt und mit rotem Gesicht, konzentrierte er sich verdrossen auf die Straße. Der schwache Samstagsverkehr gestattete ihm eine Stundengeschwindigkeit von sechzig Meilen, aber er war diese Straße so oft gefahren, daß ihre Entfernungen sich ihm als Zeit darstellten und sich so langsam zu bewegen schienen wie ein Minutenzeiger von einem Strich zum anderen. Strategie und Würde hätten erfordert, daß er schwieg, doch er ließ sich von der Hoffnung hinreißen, ein paar Worte würden genügen, die empfindliche Waage ins Gleichgewicht zu bringen, deren eine Schale sich mit jeder wortlosen Meile tiefer senkte. Er fragte also: »Was hattest du für einen Eindruck von Bean?« Bean war ihr Töchterchen. Sie hatten das Kind, als sie am Vorabend zu der Party gingen, mit ziemlich hohem Fieber zurückgelassen.

Joan hatte sich fest vorgenommen, nichts mehr zu sagen, aber das Schuldgefühl war stärker als der Groll, und so ant-

wortete sie: »Das Fieber ist heruntergegangen. Ihre Nase läuft und läuft.«

»Schätzchen«, platzte Richard heraus, »wird es weh tun?« Er hatte seltsamerweise noch nie Blut gespendet. Als Asthmatiker mit Untergewicht war er nicht eingezogen worden, und auf dem College wie auch jetzt im Büro war er immer um das Blutspenden herumgekommen, was allerdings weniger auf Feigheit beruhte als auf einer gewissen Scheu seitens der Werber für eine solche Aktion. Man war einfach nie auf die Idee gekommen, von ihm eine so triviale Mutprobe zu verlangen.

Der Frühling hält recht behutsam Einzug in Boston. Um die Parkuhren waren noch schmutzgesprenkelte Eiskrusten zu sehen, und die Luft, unentschlossen grau zwischen den Jahreszeiten, verlieh den Gebäuden in der Longwood Avenue eine trübselige, homogene Tönung. Während sie auf das Portal des Krankenhauses zugingen, fragte Richard, um seine Nervosität zu kaschieren, ob sie wohl den König von Saudi-Arabien zu Gesicht bekommen würden.

»Der liegt in einer eigenen Abteilung«, sagte Joan. »Mit vier Ehefrauen.«

»Nur vier? Wie asketisch.« Er erkühnte sich, seiner Frau auf die Schulter zu klopfen. Es war nicht festzustellen, ob sie es durch den dicken Wintermantel fühlte.

Nachdem sie sich am Empfangsschalter gemeldet hatten, gingen sie durch einen langen, mit tabakbraunem Linoleum ausgelegten Korridor, der hinauf und hinunter führte, bald nach links, bald nach rechts, in jener geheimnisvollen, unvermittelten Art, wie sie charakteristisch für Krankenhäuser ist, die sich immer wieder durch Anbauten vergrößert haben. Richard kam sich wie Hänsel vor, der mit Gretel durch den Wald irrte; Vögel pickten die Brotkrumen hinter ihnen auf, und endlich klopften sie schüchtern an die Tür der Hexe, eine Tür, auf der BLUTSPENDESTATION stand. Ein junger Mann in weißem Kittel öffnete die Tür eine Handbreit. Über seine Schulter hinweg erspähte Richard – o Grausen! – zwei unbeschuhte weibliche Beine, die lang

ausgestreckt auf einem Bett lagen. Ein Geglitzer von Nadeln und Flaschen traf seine Augen. Der junge Mann reichte ihnen durch den Türspalt zwei große Formulare heraus. Während Mr. und Mrs. Maple nebeneinander auf der Wartebank saßen und sich ihrer zweiten Vornamen und ihrer Kinderkrankheiten zu erinnern suchten, mußten sie sich gewissermaßen neu definieren. Richard unterdrückte jenen Drang zum Grinsen, Witzereißen und Lügen, der ihn stets überkam, wenn er aufgefordert wurde – wie ein Pflichtverteidiger, der in einem hoffnungslosen Fall das Plädoyer halten sollte –, seine Personalien sozusagen der Ewigkeit vorzulegen. Als mildernder Umstand konnte in seinem Fall vielleicht die Tatsache gewertet werden, daß einige dieser Angaben (derzeitige Anschrift, Datum der Eheschließung) auch auf die gekränkte Seele zutrafen, die neben ihm mit seinem Kugelschreiber ihr Formular ausfüllte. Er sah ihr über die Schulter: »Ich wußte gar nicht, daß du Keuchhusten gehabt hast.«

»Meine Mutter sagt es. Ich selbst kann mich nicht daran erinnern.«

Irgendwo fiel ein Topf scheppernd zu Boden. Irgendwo knarrte ein Aufzug. Eine Frau in mittleren Jahren, oberlastig von Schminke und Pelz, trat aus der Bluttür und schwankte einen Augenblick auf Beinen, die Richard bekannt vorkamen. Sie waren jetzt wieder mit Schuhen bekleidet. Die Absätze dieser Schuhe klickten energisch, als sich die Frau nach einem trotzig arroganten Blick auf die Maples umwandte, den Korridor entlangstöckelte und hinter einer Biegung verschwand. Der junge Mann kam heraus, eine Chirurgenzange in der Hand. Der bemerkenswert frische Haarschnitt gab ihm das Aussehen eines Friseurlehrlings. Er klapperte mit der Zange und fragte lächelnd: »Soll ich Sie zusammen verarzten?«

»Natürlich.« Die Tatsache, daß dieses Bürschchen, dem sie ihren Lebenssaft anvertrauen sollten, so offenkundig jünger war als sie, ärgerte Richard. Kaum aber stand er in dem Zimmer, da schmolz seine Empörung, und er bekam weiche Knie. Die Entnahme der Blutprobe aus seinem Mittelfinger

erschien ihm als der unangenehmste und unnötigerweise in die Länge gezogene physische Zusammenstoß, den er je mit einem anderen Menschen gehabt hatte. Gute Zahnärzte, Mechaniker und Friseure haben, wie man so sagt, den Dreh heraus, aber bei diesem Jünger der Medizin war das nicht der Fall: er fummelte zu vorsichtig und eben deshalb schmerzhaft an seinem Opfer herum. Immer wieder, gleich einem gräßlich ungeschickten Vampir, zerrte und drückte er an dem purpurrot gewordenen Finger. Vergebens. Die winzige gläserne Kapillarröhre blieb durchsichtig.

»Er blutet nicht gern, wie?« sagte der Assistenzarzt zu Joan, die unbeteiligt wie eine Krankenschwester neben einem Tisch mit glitzernden Instrumenten saß.

»Ich glaube, sein Blut kommt erst nach Mitternacht in Wallung«, erwiderte sie.

Über diese Bemerkung mußte Richard trotz seiner Angst und Not laut lachen, und das Lachen schien dem verklemmten Blut einen Stoß zu versetzen. Rot stieg es endlich in dem durstigen Röhrchen empor wie in einem Thermometer.

Der junge Arzt brummte erleichtert. Während er die Blutproben auf die Testplatte strich, erklärte er lässig: »Wir müßten hier unten warmes Wasser haben. Sie kommen gerade von draußen aus der Kälte. Wenn man die Hand ein Weilchen in warmes Wasser hält, schießt das Blut nur so raus.«

»Ein bezaubernder Gedanke«, sagte Richard.

Aber der Arzt hatte ihn bereits als harmlosen Witzbold abgeschrieben und sprach, zu Joan gewandt, ruhig weiter: »Wir brauchten nur eine von diesen kleinen Heizplatten, die etwa sechs Dollar kosten, dann könnten wir hier auch Kaffee machen. Jetzt müssen wir, wenn ein Spender hinterher Kaffee braucht, welchen von oben holen lassen und ihm inzwischen den Kopf zwischen die Knie drücken. Glauben Sie, daß Sie Kaffee brauchen werden?«

»*Nein*«, warf Richard ein. Es wurmte ihn, daß sich die beiden so gut zu verstehen schienen.

»Sie sind Null«, sagte der Arzt zu Joan.

»Ich weiß.«

»Und er ist A positiv.«

»Oh, das ist gut, Dick!« rief sie zu ihm hinüber.

»Bin ich ein seltener Fall?« fragte er.

Der Jüngling drehte sich um und erklärte: »Null positiv und A positiv sind die am häufigsten vorkommenden Blutgruppen.« Etwas an der geduldigen Neigung des Kopfes mit dem kurzgeschnittenen Haar, dessen seitlicher Schimmer sich mit dem träge ins Zimmer fallenden Tageslicht vermischte, erinnerte Richard an die längst vergangenen Jahre, als er sich in einem Raum von etwa dieser Größe um eine Batterie von Fernschreibern gekümmert hatte. Um diese Zeit, so gegen zehn Uhr morgens, waren die ellenlangen Streifen mit Nachrichten, die um fünf Uhr aus den Maschinen herauszuticken begannen und die in großen, geringelten Haufen auf dem Boden lagen, wenn er um sieben eintraf, schon eingesammelt, geordnet, aneinandergeklebt und in der Redaktion abgeliefert, und es gab nichts weiter zu tun, als mit dem Stakkatohämmern der später eingehenden Meldungen Schritt zu halten und an so simple Dinge wie Kaffee zu denken. Jetzt wurde ihm wieder bewußt, wie angenehm und voller Geborgenheit diese Stunden gewesen waren, als er, ein junger König in einem kleinen Reich, sich seiner neuen Verantwortung erfreut hatte.

Der Arzt fragte: »Wen soll ich zuerst drannehmen?«

»Mich«, sagte Joan. »Er hat es nämlich noch nie gemacht.«

»Sie heißt Joan, weil sie die amerikanische Ausgabe von Jeanne d'Arc ist«, erklärte Richard, wütend über diesen untadelig selbstlosen und dabei so selbstgefälligen Verrat.

Der in seinem Element bedrohte Arzt blickte zwischen ihnen hindurch auf den Boden und sagte: »Ziehen Sie die Schuhe aus, und legen Sie sich jeder auf ein Bett.« Er fügte »bitte« hinzu, und alle drei lachten, einer nach dem anderen, der Arzt als letzter.

Die Betten standen rechtwinklig zueinander an den Wänden. Joan legte sich hin und wirkte aus dem Blickwinkel ihres Mannes ungewöhnlich verkürzt. Er hatte sie noch nie

aus dieser Perspektive gesehen: ihr sorgsam gescheiteltes Haar so ergreifend, ihr entblößter Arm so silbern und lang, ihre Zehen in den Strümpfen so kindlich, so fügsam gekrümmt. Die Betten hatten keine Kissen, und da er ganz flach lag, schien ihm, sein Kopf hänge nach unten; die Illusion des Schwebens bestärkte ihn in der Hoffnung, daß sich dieses unwirkliche Abenteuer bald auflösen würde wie ein Traum. »Alles in Ordnung?«

»Ja – bei dir auch?« Ihre Stimme drang leise aus der Haarfülle heraus. Der Scheitel war so gerade gezogen, als hätte ihre Mutter sie gekämmt. Er beobachtete, wie sich eine lange Nadel in ihre Armbeuge senkte und ein feuchter Wattebausch ungeschickt die Stelle betupfte. Er hatte geglaubt, das Blut werde in Büchsen oder Flaschen geleitet, aber der Arzt, dessen Atemzüge jetzt das einzige Geräusch im Zimmer waren, näherte sich Joans Bett mit einem Ding, das aussah wie ein kleiner Tornister aus Plastik, aufgerollt und umwunden. Sein Körper verdeckte, was weiter geschah. Als er zurücktrat, steckte eine Plastikschnur, ein durchsichtiger dünner Schlauch, in der Beuge von Joans ausgestrecktem Arm, wo die Haut so durchscheinend war, daß sich die Adern darunter als blaßblaue Nebenflüsse abzeichneten. Es war eine zarte, verletzliche Stelle, an der sie sich in den frühen Tagen ihrer Liebe gern hatte streicheln lassen. Jetzt wurde die dort eingepflanzte bleiche Ranke ohne jeden Übergang plötzlich dunkelrot. Richard hätte aufschreien mögen.

Die sofortige Bereitschaft ihres Blutes, den Körper zu verlassen, traf ihn wie ein Stoß. Obwohl er nicht einmal geblinzelt hatte, war das Hervorschießen für sein Auge zu schnell vor sich gegangen. Er hatte ein sichtbares Zeichen des Fließens erwartet, aber der dünne gewundene Schlauch hätte, wenn man ihn so sah, ohne weiteres auch Blut in sie *hinein*pumpen oder ein nachträglich an einem Gemälde angebrachter Schnörkel sein können, irrelevant wie ein Schnurrbart. Die erzwungene Unbeweglichkeit seines Kopfes verlieh dem, was Richard sah, eine gewisse Flachheit.

Nun wandte sich der Arzt ihm zu, und er fühlte das feine, scharfe Pieken der Novocainspritze, dann das weniger deutlich empfundene Eindringen eines Gegenstandes, der ein Nagel von mittlerer Dicke zu sein schien. Zweimal wühlte der Äskulapjünger vergebens nach der Vene, und beim drittenmal klebte er die erfolgreich hergestellte Verbindung mit Leukoplast fest. Unterdessen bewegten sich Richards Gedanken vage zwischen den Konstellationen an der fleckigen, rissigen Zimmerdecke hin und her. Was hier mit ihm geschah, war zu gräßlich, als daß er es hätte mit ansehen mögen. Während der Arzt am Instrumententisch hantierte und dabei leise vor sich hin summte, reckte Joan den Hals, um Richard ihr Gesicht zu zeigen, dessen Lächeln, von ihm aus gesehen, also verkehrt herum, grotesk verzerrt war.

Sie lagen nicht sehr lange im rechten Winkel zueinander, aber die Zeit verrann wie etwas, was jenseits der Wände war, wie etwas, was mit dem fernen Geklapper von Schüsseln, dem Näherkommen und Verhalten von Schritten, dem Auf- und Zugehen ungesehener Türen zu tun hatte. Richard war sich eines spitzen, schmerzlosen Pulsierens in der Armbeuge bewußt, empfand jedoch nicht den Wunsch, zu sehen, was da vorging. Er schien zu schweben und stellte sich vor, wie seine Seele frei schweben würde, wenn all sein Blut unter das Bett geflossen war. Sein Blut und Joans Blut vermischten sich auf dem Fußboden, und gemeinsam glitten ihre Geister an der Decke von Riß zu Riß, von Stern zu Stern. Einmal räusperte sie sich, und das hörte sich an wie das Knirschen eines Steins, der sich unter dem Stiefel eines Bergsteigers gelöst hat.

Die Tür wurde geöffnet. Richard wandte den Kopf und sah, wie ein kahlköpfiger alter Mann mit fahler Gesichtsfarbe hereinkam und sich auf einem Stuhl niederließ. Er war einer jener alten Männer, die innerhalb eines Gemeinwesens einen schwer definierbaren, aber geheiligten Platz einnehmen. Der junge Arzt kannte ihn offenbar gut, und die beiden unterhielten sich leise, als wollten sie die mystische Vereinigung

des zu einem Opferritus hingebetteten Paares nicht stören. Sie sprachen von Personen und Ereignissen, die Richard nichts bedeuteten – von Iris, von Dr. Greenstein, von der Station D, wieder von Iris, die dem alten Herrn einen unverdienten Rüffel erteilt habe, von dem bedauerlichen Fehlen einer Heizplatte zum Kaffeekochen, von den schwarzen Leibwächtern, die angeblich mit Krummsäbeln neben dem Bett des an einem Glaukom leidenden Königs postiert seien. Diese Themen schwebten durch Richards halbe Trance wie schillernde, massige Wolken von Eindrücken: Dr. Greenstein – spitze Nase, efeufarbene Mandelaugen, Iris – fünfundzwanzig Meter hoch und sterilisierte Zornesblitze schleudernd. So wie in gewissen theologischen Systemen die fruchtbaren Gottheiten angeblich als Kräuselwellen auf dem gesichtslosen Grund des großen Gottes existieren, so überrieselten diese wechselnden Bilder sein stetes Bewußtsein des Umstands, daß Joans Blut ebenso wie das seine verströmte. Durch einen gemeinsamen Verlust wurden sie auf keusche Weise eins; er hatte das deutliche Empfinden, daß sich die an sie beide angeschlossenen Schläuche irgendwo trafen. Um dies nachzuprüfen, blickte er nach unten: Die Plastikranke an seiner Armbeuge war tatsächlich genauso dunkelrot wie die von Joan. Er starrte zur Decke hinauf, um ein Gefühl der Schwäche zu verscheuchen.

Der junge Arzt brach das Gespräch unvermittelt ab und ging zu Joan hinüber. Man hörte das Knipsen von Klemmen. Dann trat er zurück, und sie hielt ihren nackten Arm in die Höhe, auf den sie mit der anderen Hand einen Wattebausch drückte. Der Arzt kam nun zu Richard, und wieder knipsten die Klemmen. »Na, so was«, sagte er zu dem Alten. »Ich habe bei ihm zwei Minuten später angefangen als bei ihr, und trotzdem ist er zur selben Zeit fertig.«

»War es ein Wettrennen?« fragte Richard.

Der junge Arzt preßte Richards Finger unbeholfen, aber energisch auf einen Wattebausch über der Einstichwunde und hob ihm den Arm hoch. »Bitte fünf Minuten so festhalten«, sagte er.

»Was passiert sonst?«

»Sie versauen sich das Hemd.« Und zu dem alten Mann gewandt: »Neulich hatte ich eine Frau hier, die war gerade im Begriff zu gehen; und auf einmal – platsch! – spritzte alles über ihr schönes Kleid. Sie wollte ins Konzert.«

»Und dann versuchen sie dem Krankenhaus die Rechnung von der Reinigung anzuhängen«, murmelte der Alte.

»Warum war ich langsamer als er?« fragte Joan. Ihr aufrechter Arm schwankte, als würde er schwach werden.

»Das ist bei Frauen meistens so«, erklärte der Arzt. »In neun von zehn Fällen geht es beim Mann schneller. Er hat ein kräftigeres Herz.«

»Wirklich?«

»Ja, ja«, sagte Richard. »Du kannst der medizinischen Wissenschaft ruhig glauben.«

»Oben auf der Station C liegt eine Frau«, erzählte der alte Mann, »die haben sie nach einem Autounfall mühsam wieder zusammengeflickt, und jetzt höre ich, daß sie auf Schadenersatz klagt, weil ihr Gebiß nicht gefunden wurde.«

Unter solchem Plaudergeplätscher rannen die fünf Minuten dahin. Richards hochgereckter Arm begann weh zu tun. Ihm war, als hätte man Joan und ihn in ein Klassenzimmer gesperrt, in dem niemand sie je erkennen würde, oder als wirkten sie bei einer Scharade mit, die kein Mensch erraten konnte und deren Lösung »Zwei Silberbirken auf einer Wiese« lautete.

»Wenn Sie wollen, können Sie sich jetzt aufsetzen«, sagte der Assistenzarzt. »Aber lassen Sie den Wattebausch nicht los.«

Sie richteten sich beide auf und saßen mit schwerfällig baumelnden Beinen auf dem Bettrand. Joan fragte ihren Mann: »Ist dir schwindlig?«

»Bei meinem kräftigen Herzen? Nicht anmaßend werden, bitte.«

»Meinen Sie, daß er Kaffee braucht?« erkundigte sich der Arzt bei Joan. »Dann muß ich nämlich jetzt welchen holen lassen.«

Der alte Mann rutschte auf seinem Stuhl nach vorn und machte Miene aufzustehen.

»Ich brauche *keinen* Kaffee.« Richard sprach so laut, daß er sich, eine zweite Iris, an das Firmament der gekränkten Tratschereien des alten Mannes versetzt sah. *So ein blöder Kerl da unten im Blutspendezimmer, ich will aufstehen und Kaffee holen, weil ihm schwindlig ist, und da schreit er mich doch an wie ein Feldwebel.* Um sowohl seine im Grunde humorvolle Natur wie auch seine völlig intakte geistige Verfassung zu beweisen, deutete Richard auf das Blut, das sie gespendet hatten – zwei prall gefüllte viereckige Plastikbeutel –, und sagte: »Bei uns zu Hause in West Virginia bringen die Hunde manchmal Zecken mit nach Hause, die genauso aussehen.« Die Männer starrten ihn entgeistert an. Hatte er vielleicht nicht ganz das gesagt, was er hatte sagen wollen? Oder waren sie noch nie einem Menschen aus West Virginia begegnet?

Auch Joan deutete auf das Blut. »Ist das von uns? Diese kleinen Puppenkissen?«

»Vielleicht können wir eines für Bean mitnehmen«, meinte Richard.

Der junge Arzt schien sich nicht ganz im klaren zu sein, ob das ein Witz war. »Ihr Blut wird Mrs. Henrysons Konto gutgeschrieben«, stellte er in dienstlichem Ton fest.

»Wissen Sie, wie es ihr geht?« fragte Joan. »Wann wird sie … für wann ist die Operation angesetzt?«

»Ich glaube, für morgen. Heute nachmittag sind nur ein oder zwei offene Herzen dran, dazu brauchen wir etwa acht Liter.«

»Oh …« Joan war erschüttert. »Acht Liter … das ist das ganze Blut eines Menschen, nicht wahr?«

»Mehr«, antwortete der Arzt mit jener majestätischen Handbewegung, die großzügig Gaben verteilt und bescheiden Komplimente zurückweist.

»Dürfen wir sie besuchen?« fragte Richard, um Joans willen. (»Ich schäme mich für dich«, hatte sie gesagt und ihn damit tief getroffen.) Er war überzeugt, daß die Antwort nein lauten würde.

»Nun, Sie können ja vorn fragen, aber vor einer größeren Operation erlaubt man es im allgemeinen nur den nächsten

Angehörigen. Ich glaube, jetzt wird nichts mehr passieren.«
Er meinte die Einstiche. Richards Arm wies eine kleine rote
Schwellung auf; der Arzt bedeckte sie mit einem jener
gepolsterten, bereitwillig klebenden lachsfarbenen Pflaster,
wie man sie in Krankenhäusern verwendet. Das ist ihre
Spezialität, dachte Richard – Verpacken. Sie verpacken
alles, machen menschliche Absonderungen versandfertig.
Acht Liter Blut blubbern aus hübschen, einheitlich dunkel-
roten Puppenkissen in ein offenes Herz hinein – diese Vorstellung befriedigte für den Augenblick sein Verlangen nach
kosmischer Ordnung.

Er rollte den Hemdsärmel herunter. In dem Sekunden-
bruchteil, bevor seine Füße den Boden berührten, stellte er
verblüfft fest, daß drei Augenpaare ihn fasziniert und sen-
sationslüstern beobachteten. Nun stand er hoch aufgerichtet, überragte sie alle. Er balancierte auf dem linken Bein,
um in den rechten Schuh, dann auf dem rechten Bein, um
in den linken Schuh hineinzuschlüpfen, und vollführte den
kleinen Schieberschritt, das einzige, was er von dem Tanz-
unterricht behalten hatte, zu dem er als Siebenjähriger jeden Samstag nach dem zwölf Meilen entfernten Morgan-
town gefahren war. Er machte eine leichte Verbeugung vor
seiner Frau, lächelte den alten Mann an und sagte zu dem
Assistenzarzt: »Komisch, von mir erwartet man immer,
daß ich umkippe. Keine Ahnung, warum. Ich werde nie
ohnmächtig.«

Sein Jackett und der Mantel fühlten sich irgendwie seltsam an, leicht und ein bißchen glitschig, aber als er den Korridor entlangging, schienen sich die räumlichen Proportio-
nen in beruhigender Weise ihm anzupassen. Neben ihm
wahrte Joan ein fragendes, in die Schranken gewiesenes
Schweigen. Sie stießen die große Glastür auf. Eine ausge-
zehrte Sonne nagte sich durch den Wolkenschleier. Über
und hinter ihnen träumte der König von Saudi-Arabien im
Dämmerschlaf von Sanddünen, und Mrs. Henryson auf
ihrem Krankenbett empfing wie die komatöse Mutter von
Zwillingen ihrer beider Blutspenden, die sich aufs Haar glichen. Richard drückte die wattierten Schultern seiner Frau

an sich und flüsterte ihr, während sie eng aneinanderge-
schmiegt weitergingen, ins Ohr: »Kindchen, ich liebe dich.
Liebe liebe *liebe* dich.«

Was reizt, erregt; das ist, ganz simpel gesagt, das Neue,
Ungekostete, und für die Maples war es etwas Ungewöhnliches, um elf Uhr morgens zusammen im Auto zu sitzen. Im
allgemeinen kam das bei ihnen nur abends vor, also im
Dunkeln. Das Oval von Joans Gesicht leuchtete hell in
Richards Augenwinkeln. Sie beobachtete ihn, bereit, das
Steuer zu übernehmen, falls er plötzlich das Bewußtsein
verlor. In dem eierschalenfarbenen Licht fühlte er sich ihr
zärtlich zugetan, war gewissermaßen auf sich selbst neugierig und fragte sich, wie tief unter seiner Denkebene die
schwarze Grube wohl lag. Er kam sich in keiner Weise verändert vor, aber vielleicht ließ die Eigenart des Bewußtseins
keine Introspektion zu. Fest stand jedenfalls, daß man ihm
etwas genommen hatte – er war einen halben Liter weniger
als vorher, und es schien nicht unmöglich, daß er, ähnlich
einem Trapezkünstler, den das Netz vor dem Absturz
bewahrt, in der Welt des Lichtes und der Reflexion durch
eine einzige Schicht miteinander verwobener Zellen in der
Schwebe gehalten wurde. Dennoch blieb die Erde mit ihren
Signalen und Gebäuden und Autos und Backsteinen gegenwärtig wie ein Grundton.

Als Boston hinter ihnen lag, fragte er: »Wo wollen wir
essen?«

»Du meinst, wir sollen auswärts essen?«

»Ach bitte, ja. Laß dich von mir zum Lunch einladen. Wie
eine Sekretärin.«

»Ich komme mir vor wie auf Abwegen. Als ob ich etwas
gestohlen hätte.«

»Du auch? Was haben wir denn nur gestohlen?«

»Ich weiß es nicht. Diesen Vormittag vielleicht? Meinst
du, Eve ist imstande, ihnen ihr Essen zu geben?« Eve war
ihr Babysitter, ein kleines rotblondes Mädchen, das in der
Nachbarschaft wohnte und, wie Richard schätzte, in genau
einem Jahr ein schmerzhaft reizvolles Wesen sein würde.

Babysitter hielten im allgemeinen drei Jahre vor; man bekam sie, wenn sie im zehnten Schuljahr waren, erlebte ihr Aufblühen mit, und dann, nach dem Schulabschluß, entschwanden sie wie Mitreisende, die am Ziel angelangt waren, wurden Kindergärtnerinnen oder heirateten. Und der Zug fuhr weiter, nahm andere Fahrgäste auf, wurde älter und länger. Die Maples hatten vier Kinder: Judith, Richard junior, den armen übergroßen John mit dem Engelsgesicht und Bean.

»Sie wird's schon schaffen. Worauf hättest du Appetit? Durch dieses viele Gerede von Kaffee bin ich ganz gierig darauf geworden.«

»Im Pfannkuchenhaus kriegst du Kaffee, bevor du noch welchen bestellt hast.«

»Pfannkuchen? Jetzt? Na, du machst mir Spaß. Meinst du nicht, daß uns dann schlecht wird?«

»Hast du das Gefühl, dir könnte schlecht werden?«

»Nein, eigentlich nicht. Ich komme mir irgendwie leicht und empfindlich vor, aber das ist wahrscheinlich psychosomatisch. Ich hab's noch nicht ganz verkraftet, daß man etwas fortgibt und es trotzdem irgendwie noch hat. Was ist das – Melancholie?«

»Ich weiß nicht. Ist ein Melancholiker dasselbe wie ein Sanguiniker?«

»Mein Gott, die Temperamente habe ich total vergessen. Wie heißen doch gleich die anderen – Phlegmatiker und Choleriker?«

»Gelbe Galle und schwarze Galle spielen dabei jedenfalls eine Rolle.«

»Eines muß man dir lassen, Joan – du bist gebildet. Neuenglands Frauen sind gebildet.«

»Aber dafür an Sex nicht interessiert.«

»So ist's recht; zuerst wird man leergepumpt und dann fertiggemacht.« In seinen Worten schwang jedoch kein Zorn mit; er hatte sie an ihr früheres Gespräch erinnert, damit seine Vorwürfe auf diese Weise wieder Gestalt gewönnen und dann verdünnt und ausgelöscht würden. Es schien zu funktionieren. Das Restaurant, in dem es nur Pfannkuchen gab,

war um diese frühe Stunde leer und still. Joan und Richard fühlten sich befangen; ihr Zusammensein war zu einer Begegnung zweier Menschen geworden, zwischen denen es noch wenig Gemeinsamkeit gab, die aber immerhin so vertraut miteinander waren, daß sie die Tatsache ohne langes Hin und Her akzeptierten. Durch den Anblick der blauen Färbung gerührt, den die Heidelbeerpfannkuchen an Joans Zähnen hinterlassen hatten, sagte Richard, während er ein Streichholz an ihre Zigarette hielt: »Du, ich habe dich richtig geliebt, vorhin im Blutspendezimmer.«

»Ich möchte nur wissen, warum.«

»Weil du so tapfer warst.«

»Du doch auch.«

»Ach, bei mir wird das ja vorausgesetzt. Tapferkeit ist der Preis, den ich dafür bezahlen muß, daß ich einen Penis habe.«

»Pst.«

»Weißt du, ich hab's gar nicht ernst gemeint, als ich gesagt hab, dir läge nichts an Sex.«

Die Kellnerin schenkte ihnen noch einmal Kaffee ein und legte die Rechnung auf den Tisch.

»Und ich verspreche dir, daß ich mit Marlene Brossman keinen Twist, keinen Cha-Cha-Cha und keinen Schottischen mehr tanze.«

»Unsinn. Das ist mir doch egal.«

Sie war also zu stillschweigender Duldung bereit, aber perverserweise ärgerte ihn das. Diese verdammte Selbstgefälligkeit – warum *kämpfte* sie nicht? Angestrengt bemüht, ihrer beider Frieden wiederherzustellen, griff er nach der Rechnung und sagte im protzigen Ton eines unerfahrenen, naiven Kavaliers, der seine Angebetete ausführt: »Ich bezahle.«

Als er jedoch in seine Brieftasche blickte, fand er nur einen einzigen zerknitterten Dollarschein. Er wußte nicht, warum ihn das so wütend machte – vielleicht weil es eben nur *einer* war. »So was Dummes«, sagte er. »Sieh dir das an.« Er schwenkte den Schein vor ihrem Gesicht. »Da rackere ich mich die ganze Woche für dich und diese unersättli-

chen Bälger ab, und was bleibt mir, wenn sie herum ist? Ein armseliger, zerknitterter Dollar.«

Joans Hände griffen nach dem Täschchen, das neben ihr auf der Sitzbank lag, aber sie wandte keinen Blick von Richard. Ihr Gesicht hatte sich wieder in jene porzellanene Schale unheimlicher Beherrschtheit zurückgezogen. »Wir bezahlen beide«, sagte sie.

Die Postbotin

I

Ich bin wieder aufgewacht in unserem Schlafzimmer – ein weiterer geschenkter Tag. Möge ich ihn nutzen zu Deinem größeren Ruhm. Im Dämmerlicht zeigt sich ein zitternder Streifen Sonnenlicht am unteren Rand der Jalousie und sticht mir ins Auge. Also hat es endlich aufgehört zu regnen. (Verschont geblieben das Gedächtnis, verschont geblieben auch, so scheint es, der Verstand.) Wenn ich mich abwende, ist meine Sicht einen Augenblick lang geschwärzt, und ich bin mir nicht sicher, ob ich Wylies Gesicht auf der Fotografie auf dem Nachttisch wirklich sehe oder ob ich mich nur daran erinnere. Ich schließe die Augen wieder, und im Nachbild erscheint wieder das wilde Licht.

Das Radio unten ist an, und ich höre dieses liebliche Lied, wie um alles in der Welt heißt es doch gleich? Dieses schöne wunderschöne Lied. Unser Sender kommt ganz von Boston her und scheint überhaupt die einzige sichere Zuflucht auf der Skala zu sein. Manchmal versuchen wir es noch mit dem klassischen Sender – früher in Woburn sind wir dem WCRB nie untreu gewesen –, aber inzwischen finden wir die Musik furchtbar ermüdend. (Ich hab's: »Edelweiß«.) Jetzt höre ich das Rascheln von Bettlaken. Alice ist im Zimmer und macht ihr Bett. Und sieht nach mir. Ich mache die Augen nicht auf. Ein Klaps auf ihr Kopfkissen, und schon ist sie wieder draußen.

In den ersten Wochen nach meinem Schlaganfall habe ich vierzehn, sechzehn Stunden am Tag geschlafen, sagt man mir. Das Gehirn, so erklärt man es, macht dicht, um sich selbst zu reparieren. Das ist nun wirklich eine verrückte Vorstellung: der eigene Körper schiebt einen schlicht beiseite. Neuerdings bin ich runter auf acht, neun Stunden Schlaf (mein Nachmittagsschläfchen nicht mitgerechnet), so daß

ich annehme, daß vieles von dem, was repariert werden konnte, inzwischen geschehen ist. Jetzt heißt es, dankbar zu sein für das, was wiedergekommen ist. Ich will mir ja auch alle Mühe geben, aber es nagt an mir: Ich war, für mein Alter, noch sehr aktiv. Achtete darauf, daß, was zu tun war in jeder Jahreszeit, auch getan wurde. Daß Bäume und Sträucher im Frühjahr beschnitten wurden und im Herbst das Laub zusammengeharkt und verbrannt. Ich schlief meine sechs Stunden in der Nacht, selten mehr, und wachte auf – wenn nicht erfrischt, so doch zumindest bereit für das, was erforderlich war. Jetzt bin ich, im Endeffekt, wieder ein Kind, das früh zu Bett gebracht wird und durch eine geschlossene Tür die Erwachsenen hört. Wie ein Kind auch mit diesen mich plötzlich überfallenden Weinkrämpfen. Man hat mir gesagt, ich bekäme sie vielleicht noch unter Kontrolle.

Schlag: ein Peitschenschlag, Strafe und Züchtigung. Doch kann das Wort auch etwas Freundliches haben: Flügelschlag.

Das nächste, was ich höre, sind Geräusche von Alice unten in der Küche, also muß ich wieder eingedöst sein. Oder, Gott helfe mir, mein Zustand hat sich verschlimmert. Ich höre, wie der Herd dieses schnappende Geräusch macht, es klingt gefährlich. Dann wird er wieder still oder beinahe still, wenn die Flamme angesprungen ist. Ich sage: beinahe still, weil ich das Gefühl habe, das unaufhörliche Ausströmen von Gas und das Brausen einer brennenden blauen Flamme zu hören. Gleich nach meinem Schlaganfall wurde mein Gehörsinn seltsam scharf (sofern ich mir das nicht einbildete), wie zum Ausgleich für das, was ich nur als die kubistische Art, wie ich die Dinge sah, beschreiben kann. Doch obwohl mein Sehvermögen zurückgekehrt und wieder normal ist (Ich danke Dir, HERR), scheint der verschärfte Gehörsinn mir nicht wieder weggenommen worden zu sein. Also wird vielleicht etwas anderes damit ausgeglichen. Ich bete, daß es nicht irgendeine Erkenntnisfunktion ist, deren Beschädigung ich nicht wahrnehme, weil ich zu sehr beschädigt bin.

Trotzdem, wie scharf mein Gehörsinn auch sein mag – es ist doch ausgeschlossen, oder etwa nicht, daß ich über die ganze Entfernung bis runter in die Küche einen Gasherd brennen höre. Oder – schrecklicher Gedanke – ist das, was ich höre (oder zu hören meine), das Zischen von Gas, das unangezündet aus den Düsen der Brenner strömt, sich ausbreitet, ausdehnt, das ganze Haus erfüllt? Und wenn ja, was dann? Würde ich nach Alice rufen – die, da sie unten ist, wahrscheinlich längst überwältigt worden wäre? Würde ich mich mühselig vom Bett erheben und die Treppe hinunterschleppen nach meiner neuen Methode, indem ich den schlechten Fuß hinter dem guten Fuß und dem Stock herziehe? Oder würde ich nur hier liegen und atmen?

Keine sehr fröhliche Überlegung, um den Tag zu beginnen.

Und guten Mutes zu sein – nicht nur ergeben –, wird von uns verlangt. *Unglücklich sein heißt, in Sünde zu leben* – ich bin mir sicher, daß ich das irgendwo gelesen habe, obwohl es vielleicht auch genau umgekehrt war. Andersherum ist es mit Sicherheit leichter hinzunehmen – in Sünde leben heißt, unglücklich zu sein –, doch das macht den Ausspruch so platt, daß ich nicht wußte, warum er mir Eindruck gemacht haben sollte. Worauf wollte ich doch gleich hinaus? Auf den guten Mut. Ich hatte sagen wollen, der gute Mut steht uns zur Verfügung. Er steht uns zu Gebote. Wir müssen nur wissen, wohin wir den Blick richten wollen, das ist alles. Und wohin nicht. Früher, als Wylie noch ein kleines Mädchen war und Alice und ich unsere schweren Probleme hatten (ich wünschte, ich könnte glauben, wir hätten nie zugelassen, daß sie ihre Kindheit verdüsterten), da sagte ich mir immer: *Aber andererseits hast du Wylie.* Obwohl es Zeiten gab, in denen selbst das nicht bedeutet hat, was es hätte bedeuten sollen, und in solchen Zeiten mußte ich dann streng mit mir sein und mir sagen: *Du mußt an Wylie denken.* Das war in der Zeit, ehe der HERR in mein Leben trat.

Es ist lange Jahre her, natürlich, daß Wylie zu Hause gelebt hat. Und lange Jahre auch, daß Alice und ich gestritten haben. Alles geschieht so, wie es geschehen soll, und zu

der Zeit, da der HERR es für richtig hält. Obwohl ich manchmal fürchte, daß mein Leben vergeht, ehe ich mit meinem ganzen Herzen weiß, daß dies die Wahrheit ist. Während ich in einer hoffnungsvolleren Geistesverfassung denke, der HERR würde das nie zulassen und daß sein Plan für mich noch weitere Offenbarungen vorsieht.

Bestimmt hat Alice nicht gewagt, die göttliche Fügung (in meiner Hörweite) in Frage zu stellen, die sie jetzt an eine ihrem Ehemann nur ähnliche Statue bindet. (Aber das, ich muß es leider sagen, schmeckt nun doch zu sehr nach Selbstmitleid.) *In kranken und gesunden Tagen* – das muß sie sich tagtäglich sagen. Sie hat sich nie darüber beklagt, daß sie mich nie allein lassen kann. Auch nicht darüber, daß unsere Freunde uns nicht mehr besuchen. (Wir haben die Petersons *ein einziges Mal* zu Gesicht bekommen!) Alices Stärke beschämt mich, wie gern ich mir auch einrede, daß die letzten Monate Scham zu einer Luxusregung gemacht haben. (Ich bin sogar, Gott helfe mir, unfähig gewesen, das Wasser zu halten.) Und nebensächlichen Bemerkungen, die ich mitbekomme, entnehme ich, daß sie in Ruhe ihre Pläne für hinterher macht. Ich fürchte mich davor, nach den Einzelheiten zu fragen, und schäme mich, daß ich mich fürchte. Hätte sie es denn nicht verdient – eine Gelegenheit, mit ihrem Mann über das zu sprechen, was ihr doch ständig im Kopf herumgehen muß? Und was mag ihr all die Jahre durch den Kopf gegangen sein, zumal doch schon vor meiner Krankheit (wie sie es nennt) die Zahlen der Versicherungsmathematiker auf ihrer Seite waren. Auch wenn wir uns immer etwas darauf zugute gehalten haben (was verwerflich ist, ich weiß), nicht so zu sein wie die Mehrzahl der Leute.

Natürlich hat meine Bekehrung mich über viele meiner Arbeitsjahre hin zu einem Sonderling gemacht. Chemiker, die in der Forschung arbeiten, sind ohnehin meist ein skeptisches Völkchen, und unsere Firma war besonders vorausschauend. (Wir waren unter den ersten, tatsächlich, die in das neue Industrieviertel an der Route 128 übersiedelten.) Irgendwann kam ich zu dem Schluß, daß es das beste war, bestimmte Diskussionen einfach zu umgehen: *Ist es möglich,*

soviel an euch ist, sagt uns der Apostel Paulus, *so habt mit allen Menschen Frieden.* Die arme Alice hat einiges durchgemacht! Von der Ehefrau eines hitzköpfigen Trinkers zur Ehefrau eines frommen Verrückten, sozusagen. Ich weiß noch, wie ich eines Tages, kurz nachdem mein Leben durch meine Bekehrung verwandelt worden war, bei ihr reinspazierte. Sie bügelte gerade einen von Wylies Schulröcken, den Telefonhörer zwischen Ohr und Schulter geklemmt. »Weißt du was, June«, sagte sie in diesem Augenblick, »ich kapiere es ja nicht ganz, aber einem geschenkten Gaul sehe ich nicht ins Maul.« Dann bemerkte sie mich in der offenen Tür und japste nach Luft, während ihre Ellenbogen sich in ihre Rippen preßten und der Hörer klirrend auf den Fußboden fiel.

Hier oben haben wir festgestellt, daß unsere Nachbarn politisch mehr mit uns auf einer Linie sind als früher die Arbeitskollegen, wenn auch nicht so gut informiert. Die Postbotin hat Alice erzählt, daß niemand im Ort so viele Zeitschriften abonniert hat. Die Leute, die wir hier kennen, hauptsächlich andere Ruheständler, beziehen *Modern Maturity* und *Reader's Digest.* Die jüngeren Leute, stelle ich mir vor, lesen kaum die Zeitung. Alice war entsetzt, als sie hörte, daß nur zwei Familien im Ort die *Time* lesen. Aber natürlich kann sie mit jedermann Konversation machen, bis runter zur Nachbarsfrau, dieser Mrs. Paquette, deren Reden sich selbst im Hochsommer hauptsächlich darum drehen, daß sie die langen Wintermonate in New Hampshire nicht mehr aushalten kann. Gestern morgen – oder war es heute morgen in der Frühe? – ist sie wieder zum Kaffeeklatsch hier gewesen. Ihr Leben besteht aus nichts anderem, soweit ich sehe. Andererseits – wie mag mein Leben in ihren Augen aussehen? Ich konnte die beiden da unten deutlich reden hören.

»Also, falls Lew irgend etwas zustoßen sollte«, sagte Alice, »Florida ist das *letzte,* wohin ich gehen würde. Und bestimmt würde ich nicht von hier fortgehen und Wylie und Jeff zur Last fallen.«

Ich dachte über das *irgend etwas* nach.

Ich dachte über das *falls* nach.

»Ich nehme an, ich würde versuchen, in eines von diesen neuen kleinen Apartments in Concord zu ziehen«, sagte sie. »Bist du schon mal dort gewesen?«

Ich kannte die Gegend, die sie meinte. Brauner Ziegelstein und braun getönte Fensterscheiben. Ich hatte nicht geahnt, wie wichtig das alles für sie war.

Ich wache wieder auf, als Alice hereinkommt und mein Tablett auf die Kommode stellt. Wie lange habe ich diesmal geschlafen? Ich setze mich mühsam auf – immerhin, vor einer Weile hätte ich das noch nicht wieder gekonnt! –, und Alice drückt mir das dreieckige Kissen hinter den Rücken, und ich lasse mich erschöpft zurücksinken. Sie hat sich angewöhnt zu sagen, ich führte das Leben eines Millionärs, sogar das Frühstück bekäme ich ans Bett gebracht. Kann es sein, daß sie denkt, ich begriffe nicht (und begriffe nicht, daß *sie* begreift), was mir da eigentlich zugestoßen ist? Worauf Mut noch immer die einzige angemessene Antwort ist – aber wahrer Mut, nicht dieser Quatsch vom Millionärsleben. Sie gibt mir meine Brille, dann geht sie rüber und zieht an dem Band mit dem spitzenbesetzten Ring am Ende. Die Jalousie geht hoch, und da sitze ich blinzelnd wie eine häßliche alte Eule – ich kann mir vorstellen, wie ich aussehe –, und die weißen Haare auf meiner knotigen Brust ringeln sich zwischen den Aufschlägen meiner Pyjamajacke hervor. Wie kann sie das ertragen, es sei denn, sie blickt mit den Augen der Liebe? Oder sie sieht nicht mehr wirklich hin. Sie setzt das Tablett quer auf meine Schenkel, den lebenden und den toten. Orangensaft, Postum-Kaffeeersatz, Kleieflocken und eine halbe rosa Grapefruit, deren Segmente schon von den Seiten getrennt sind – fertig zum Essen. Und heute morgen schwimmt eine protzige Blüte – von einer ihrer Gloxynien? – in einem Saftglas.

»Karges Mahl«, sage ich. Gestern war der Eier-mit-Schinkenspeck-Tag; zwei hintereinander sind mir nicht erlaubt.

»Henkersmahl?« fragt sie.

»Karg. Kar-ges Mahl«, sage ich wütend. Und zeige auf das Tablett. »Karges Frühstück«, sage ich.

»Ah«, sagt sie und nickt eine Spur zu energisch mit dem Kopf. Keine Ahnung, ob sie's kapiert hat oder nicht.

»Los in der Welt«, sage ich. Es ist eine Frage.

»Die Welt?« sagt sie. »Die Nachrichten, meinst du? Oh, sie haben was Furchtbares gebracht heute morgen.«

»Fernseher gehört«, sage ich und meine: *Ich habe ihn nicht gehört.*

»Den Fernseher?« sagt sie. »Ja, sie haben noch mehr über dieses Flugzeug gesagt.«

»Jet mit Bombe«, sage ich. Wir hatten den Bericht gestern abend gesehen.

»Ja, und jetzt sagen sie, daß die Leute, die aus dem Loch gesogen worden sind, verstehst du?« Sie macht eine Handbewegung in der Luft, um ein Loch von drei Fuß im Durchmesser anzudeuten. »Sie sagen, daß die Leute anscheinend nicht gleich tot waren, als die Bombe explodierte. Sie haben herausgefunden, daß sie noch lebendig waren, den ganzen Weg abwärts.«

»Schöne Bescherung, daß du noch lebendig bist«, sage ich. Und wollte sagen: *Schöne Bescherung, auf diese Art herauszufinden, daß du noch lebendig bist.* Ich machte mich lustig über ihr ewiges *sie … sie …* Was vermutlich herzlos war. Doch wen könnte es wirklich verletzen? Und wer, was das betrifft, hätte es verstehen können?

Alice hält den Kopf schief und kneift die Augen zusammen, dann plappert sie einfach weiter. »Und die arme Frau war schwanger«, sagt sie.

Genug und mehr als genug von den Neuigkeiten aus der weiten Welt. Ich möchte, daß sie jetzt rausgeht. Damit ich mir in Frieden mein Essen über das Gesicht schmieren kann.

»Ich gehe jetzt und lasse dich dein Frühstück essen, bevor es kalt wird«, sagt sie, obwohl da gar nichts ist, was kalt werden könnte außer dem Postum-Kaffeeersatz. »Brauchst du sonst noch irgend etwas, Liebes?«

Ich mache mir nicht die Mühe zu antworten. Aber als ich sie zur Tür hinausgehen, von mir weggehen sehe, ertappe ich mich dabei, daß ich weine. Es gehört zu den Besonder-

heiten dieser Sache: mein Körper hebt und senkt sich unter Schluchzern, die Tränen kullern mir über die Wangen und tropfen mir vom Kinn, doch in Wirklichkeit fühle ich nichts. So jedenfalls kommt es mir vor. Ich befehle dem Weinen aufzuhören: zwecklos. Etwas Unbeschädigtes in mir beobachtet all dies, kommt aber nicht raus aus seinem eigenen stummen Raum, um einzugreifen. Würde eine hübsche Studie ergeben, wenn ich es jemandem vermitteln könnte.

Als der Anfall vorüber ist, esse ich in aller Ruhe. Aus naheliegenden Gründen. (Das ist jetzt ein Scherz auf *meine* Kosten!) Was ich meine: Ich trödle absichtlich, um die komplizierte Prozedur hinauszuschieben, die es bedeutet, mich anzuziehen und mich die Treppe hinunterzuschleppen. Dr. Ngo (wird ausgesprochen wie der Name des Burschen bei James Bond) hatte Alice vorgeschlagen, daß sie das Eßzimmer in ein Krankenzimmer umwandelt, aber ich wollte nichts davon wissen. Und Mrs. Midgely hat mich kräftig unterstützt. (Diese Therapeuten reden einen immer gleich mit dem Vornamen an, aber sobald ich in der Lage war, mich verständlich zu machen, ließ ich sie wissen, daß es bei *Mr. Coley* und *Mrs. Midgely* bleiben muß.) »Wenn er es *einmal* schafft«, sagte Mrs. Midgely, »kann er es jeden Tag.« Daß du lernst, die Treppe rauf- und runterzugehen und dich selbst an- und auszuziehen, darauf sind sie immer am schärfsten.

An den meisten Tagen scheint es jedoch kaum der Mühe wert – ich muß dagegen angehen, so zu denken. Ich werde im Wohnzimmer sitzen und auf den Bildschirm starren, oder in einer Zeitschrift lesen, oder ein Kreuzworträtsel lösen. Es ist eine große Gnade, daß mein Sehvermögen sich wieder normalisiert hat: zuerst sah ich nur Teile von Dingen, und Buchstaben und Wörter weigerten sich, in ihrer richtigen Reihenfolge zu verharren. Eine Gnade auch, daß ich damals genügend verwirrt war, daß mich diese Defekte nicht beunruhigt haben. Heute bin ich in der Lage, alles zu lesen, von der *National Review* bis zu unserem Lokalblättchen. Ich lese sogar die »Unsere Nachbarn«-Seite, über Leute, die wir nicht kennen, die Besuch von ihren erwachsenen

Kindern von außerhalb von Massachusetts haben, und die Hinweise auf Abendmahlsfeiern in der Kirche und auf Bingo-Spiele, an denen wir nicht mehr teilnehmen können. Daß wir in einer Kleinstadt gelandet sind, wo unsere nächsten Nachbarn in einem (durchaus sauber und ordentlich gehaltenen) Trailer wohnen, mit einer Jungfrau Maria im Schutz einer halb eingegrabenen Badewanne – ist nicht ganz das, was wir vom Leben erwartet hatten.

Nun mach aber mal einen Punkt, und hör dir gut zu: Wirst du dir je der Segnungen bewußt werden, die dir so reichlich zuteil geworden sind? Die dir *noch immer* reichlich zuteil werden? Das, so habe ich gelernt zu glauben, ist Teil dessen, was der HERR mir sagen will. Mein Schlaganfall ist Teil unseres langen Gesprächs.

Ich sitze auf dem Bett und versuche mir einhändig meine Socken anzuziehen, als ich draußen ein Auto langsam vorfahren höre. Ich greife mit meiner guten Hand nach dem vierfüßigen Aluminiumstock, rucke ein bißchen vor und zurück, um mich in Schwung zu bringen, raffe mich bebend in eine stehende Position auf und gehe *rums-schraps, rums-schraps* zum Fenster hinüber. Als ich endlich dort ankomme, sehe ich, wie die Postbotin in ihrem großen Lieferwagen mit den dicken Reifen von unserem Briefkasten fortfährt. Der Werkzeugkasten auf dem Verdeck ist so groß wie ein Kindersarg. Irgendwann im Winter, ich weiß nicht mehr genau wann, jedenfalls als ich noch im Krankenhaus war, hat Alice mir erzählt, wie die Postbotin den Wagen von dem Grobian Bobby Paquette an der Lily Pond Road aus dem Schnee gezogen hat. (Er ist der Neffe unserer Nachbarsfrau.) Ihr Lieferwagen, sagt Alice, ist mit einer Winde und ich weiß nicht was sonst noch allem ausgerüstet. Eine Frau, die ihren Mann steht, in der Tat. Sehr männlich. Mrs. Laffond sieht aus wie ein Film-Cowboy, sonnenverbrannt und mit zugekniffenen Augen. Und das kurze Haar macht sie auch nicht gerade weiblicher. Wylie war, als sie heranwuchs, auch ein halber Junge, aber sie sah immer weiblich aus. Ein Wildfang, sollte ich vielleicht besser sagen. Sie fuhr immer gern Fahrrad, spielte Softball in der Mädchenmannschaft. Hätte

es damals schon die Aufregung gegeben, die wir heute wegen der Little League erleben (und jetzt in manchen Orten sogar bis in die Oberschulen hinein), hätte Wylie, da bin ich mir sicher, immer in der ersten Reihe gestanden. Aber nur, weil sie modern sein wollte, nicht um männlich zu sein. Diese Mrs. Laffond dagegen ... Nicht daß es mich stört, sie in ihrem Autoschlosseraufzug zu sehen: grünes Gabardinehemd und dazu passende Hose. Es gab auch einmal einen Mr. Laffond, aber der hat sich mit unbekanntem Ziel davongemacht. Vermutlich trank er. (Kein Wunder – wolltest du das nicht sagen?) Natürlich wäre es ihrer beider eigene Angelegenheit, wenn keine Kinder betroffen wären. Zwei kleine Mädchen und ein Junge, sagt Alice. Das einzige, wozu diese Leute fähig sind, ist, Kinder zu zeugen, sofern das nicht eine unchristliche Bemerkung ist.

»Die Post ist da«, ruft Alice von unten in der Küche herauf, die Musik übertönend. »Bist du fertig mit deinem Tablett?«

Wenn sie wieder raufkommt, wird sie ja sehen, ob ich *fertig bin mit meinem Tablett,* wie sie es ausdrückt, oder nicht. Das ist früh genug. Ich habe nicht gern dieses ewige Gebrüll im Haus.

II

Als ich mich endlich runtergeschleppt habe ins Wohnzimmer, ist Alice dort gerade dabei, die Pflanzen zu sprühen.

»Siehst *du* aber schmuck aus heut morgen«, sagt sie. Ich habe ein rosa gestreiftes Oberhemd an und meine graue Wollhose, weder schmuck noch sonst was. »Weißt du«, sagt sie, »ich habe nachgedacht. Du bist jetzt tagelang hier drinnen eingesperrt gewesen, wegen dem Regen und allem. Warum packen wir dich nicht schön warm ein und gehen zusammen runter an die Straße und holen die Post? Ich glaube, die frische Luft würde dir guttun.«

»Schlamm ein Meer«, sage ich. Man sehe sich nur die Auffahrt an. Sie hätten im letzten Herbst eine Ladung Teer-

schotter bringen sollen, aber sie kamen und kamen nicht. Was hier oben nichts Ungewöhnliches zu sein scheint. Und dann ist der Boden gefroren, und dann hatte ich meinen Schlaganfall.

»Was für ein wunderschöner Tag.«

Es ist einer dieser frühen Frühlingstage, wo man auf einmal die Erde wieder riecht. Ein schmerzhaft heller blauer Himmel, und die Sonne gibt eine trügerische Wärme. Die Zweige der kahlen Bäume sehen aus, als wären sie aus Silber. Ich wanke die Stufen vorm Haus hinunter. Dann bleibe ich stehen und zerre die Knöpfe meines Überziehers auf, um Luft an meinen Körper zu lassen, obwohl das, was nicht in Ordnung ist, nichts mit dem Körper zu tun hat. Auf halbem Weg bleibe ich wieder stehen, um auszuruhen. Ich greife nach Alices Arm, um sicher zu stehen, und bohre eines der mit Gummispitzen versehenen Spinnenbeine meines Gehstocks in die matschige Wagenspur.

»Hier rauskommen«, sage ich und meine: *Das wirst du nie schaffen.* »Mondgefährt braucht das Mondgefährt.«

»Mondgefährt?« sagt Alice. »Warum sprichst du von einem Mondgefährt, Liebes?«

»Lieferwagen den Lieferwagen«, sage ich. Was ich die ganze Zeit klarmachen will, ist: der Lieferwagen der Postbotin. Ich bewege meine gute Hand durch die Luft, um die großen Reifen anzudeuten. Vergeblich. Oh, wie ich das hasse, wenn Alice denkt, ich rede sinnloses Zeug, wenn es doch einen Sinn *hat.* Aber das ist jetzt eine ernste Angelegenheit, die Situation hier mit der Auffahrt. Um sich aus dem Schlamm herauszuhalten, ist Alice an der Graskante entlanggefahren, was den Rasen aufreißt, und jetzt haben wir das Problem am Hals, daß wir jemanden finden müssen, der neu einsät und walzt. Oder vielmehr *sie* hat es am Hals, will ich vermutlich sagen.

Die Postbotin hat die Telefonrechnung gebracht, einen Brief von Wylie und das neue *Smithsonian*-Magazin. Gut, was den Nachmittag betrifft, ist für Beschäftigung gesorgt. Alice schiebt die Briefumschläge in das Magazin, und wir machen uns auf den Rückweg. Wir haben uns angewöhnt,

mit dem Öffnen der Post zu warten, bis wir wieder im Haus sind.

»Oh, ich glaube, das ist ein Rotkehlchen«, sagt Alice, als wir uns gerade wieder in Gang gesetzt haben. »Siehst du es? Da, in dem Ahornbaum! Nein, da drüben – das ist eine Eiche.« Irgend etwas, ich weiß nicht was, fliegt in die Richtung der Paquettes.

»Ich bin mir ganz sicher, daß es ein Rotkehlchen war«, sagt Alice.

»So ist es«, sage ich. Aber so, wie mein Mund jetzt funktioniert, klingt es, als sagte ich *Sowjet*. Dieser Spaziergang ist wahrlich genug, und mehr als genug. Ich veranlasse sie, auf dem Rückweg dreimal stehenzubleiben, damit ich mich ausruhen kann.

Als wir mich schließlich ausgepellt haben – mit dem Überzieher komme ich zurecht, aber die Überschuhe erweisen sich als zu schwierig –, gehen wir ins Wohnzimmer, damit wir es bequem haben, wenn wir uns die Post ansehen. Ich öffne die Telefonrechnung, und sie öffnet Wylies Brief. Unsere alte Aufteilung der Verantwortlichkeiten: Sie ist für die menschliche Seite zuständig. Meine Seite allerdings ist jetzt nur noch eine Formsache. Die Telefonrechnung beläuft sich auf achtundsechzig Dollar!

Ich studiere sie immer wieder. Das meiste sind die Anrufe bei Wylie. Einer in Phoenix – das muß Alices Schwester Sylvia sein. Framingham (ihre Freundin June Latham), Taunton (ihr Bruder Herb), noch einmal Taunton. Oh, ich nehme an, es ist alles in Ordnung. Ich habe es längst aufgegeben, all die Seiten der Telefonrechnung verstehen zu wollen. Ich lege sie auf den Tisch und sehe aus dem Fenster.

»Was Wylie?« frage ich Alice. Sieht aus, als wär's ein weiter Weg bis zum Briefkasten unten an der Straße. Wie habe ich das nur geschafft? Die Bäume stehen regungslos, wie tot, selbst die kleinsten Zweige rühren sich nicht, aber hinter ihnen, im reinen Blau, segelt eine von blauen Lücken durchbrochene kleine Wolke stetig von links nach rechts. Ihre Gestalt verändert sich langsam, während sie sich bewegt. Auf einem hohen Ast unseres Apfelbaums hockt

ein Vogel – ein Rotkehlchen, sofern es Alice gefällt, ihn für ein Rotkehlchen zu halten –; er hebt seine Kehle und öffnet seinen Schnabel. Anscheinend singt er. Ein winziges Kügelchen Kot fällt in gerader Linie, schnell und lautlos von seinem Schwanz herab. Dieser schlichte Vorgang ist kein Anlaß zu Scham. Jedenfalls nicht unter denen SEINER Kreaturen, die nicht verantwortlich sind.

Alice hat mir nicht geantwortet. Ich wende mich vom Fenster ab, und sie hält mir den Brief hin mit einer Miene, mit der ich nichts anfangen kann. Es ist der Gesichtsausdruck, den sie hatte, als sie sich, von Mrs. Midgely ermuntert, das erste Mal ansah, wie ich die Treppe hinaufkroch. Ich nehme den Brief mit der guten Hand. Wie alle Briefe von Wylie ist er mit blauem Filzstift auf blau liniertem Notizpapier geschrieben. Da die Lehrer an ihrer Schule den Kindern nie Schönschreiben beigebracht haben – ich war nahe daran, sie deswegen von der Schule zu nehmen –, besteht ihre Handschrift teils aus Schreibschrift und teils aus Druckbuchstaben und sieht noch immer aus wie die eines Kindes. Fast so schlimm, wie meine jetzt aussieht. Was ihren Stil betrifft, wenn man es so nennen will, sind wir ebenfalls der fortschrittlichen Erziehung zu Dank verpflichtet.

Liebe Mama & lieber Papa,
ich dachte, ich sollte Euch dies in einem Brief mitteilen statt am Telefon, weil ich dachte, Ihr möchtet diesen Brief vielleicht gern aufheben. Um Euch nicht länger in Spannung zu halten: Ihr werdet Großeltern! Ich kriege ein Baby irgendwann Anfang Dezember. Wir haben es heute erfahren und sind total aufgeregt. Eigentlich wollte ich Euch sofort anrufen und es Euch sagen, dachte aber, so ist es am besten. Bitte ruft jedoch gleich an, wenn Ihr dies erhaltet, aber ich kam zu dem Schluß, daß Ihr gern diesen Brief haben wollt, um ihn aufzuheben. Jeffrey grüßt Euch herzlich.
Ich liebe Euch,
Wylie

Also, meine erste Reaktion ist, wozu all der Schnickschnack um sentimentale Andenken, wenn die schlichte Wahrheit dahinter lautet, daß Wylie es nicht mehr ertragen kann, mit mir am Telefon zu sprechen. Und natürlich ist es eine Neuigkeit, die mich noch – was wollen wir sagen? – unberechenbarer als üblich hätte machen können.

Ich versuchte, angemessenere Gefühle aufzubringen. Ich denke: Gütiger Himmel, ein Enkelkind!

»Oh, ich bin so froh«, sagt Alice. »Ich dachte schon, sie *wollte* keine Kinder.«

»Trend der Trend jetzt der Trend«, sage ich.

»Der Trend?« sagt sie. »Es gefällt mir nicht, von Wylie als Teil irgendeines Trends zu denken.«

Ich wedele mit der guten Hand und sage: »Rein individuell«, aber ich meine: *Fein. Wie's dir gefällt.* Alice nickt: Sie will nicht versuchen müssen, noch mehr Gebabbel zu entschlüsseln. Sie sieht auf ihre Armbanduhr.

»Fast Mittag«, sagt sie. »Dann ist es bei ihr jetzt ungefähr neun.« Sie nimmt den Telefonhörer auf.

Es ist so still in unserem Haus, daß ich das Schnurren höre, als am anderen Ende der Leitung das Telefon klingelt. Diesen Brief aufbewahren! Aufbewahren für *wann*, um Himmels willen? Solche Dinge machen einem klar, daß Wylie uns immer noch so sieht, wie wir waren, als sie noch ein Kind war.

Denk zum Beispiel an die Zeit vor ein paar Jahren, als sie noch in New York lebte und wir runterfuhren, um sie zu besuchen, und sie Alice dazu brachte, daß sie sich vor lauter Einkaufen die Hacken ablief. Um zum Kern der Sache zu kommen, denk an ihre Entscheidung, einen Kontinent weit von uns wegzuziehen. Das Tempo sei dort weniger hektisch, sagte sie. Die Luft sei besser. Die Luft sei besser! Teilweise gebe ich Jeffrey die Schuld. Natürlich war das vor meinem Schlaganfall; ob sie die gleiche Entscheidung heute wieder treffen würde? Ich weiß es nicht. Und ich nehme nicht an, daß ich es wissen möchte.

Während Alice auf das Klingelzeichen am anderen Ende der Leitung horcht, wird ihr Lächeln immer weniger strah-

lend und ist schließlich überhaupt kein Lächeln mehr. Sie legt den Hörer auf. Da sitzen wir nun.

III

Ich gebe mir Mühe, aber – wie sehr ich mir auch zurede, wie sehr ich auch bete, daß ich es verstehen möge – manchmal vermag ich keinerlei spirituelle Bedeutung in meinem Verfall zu erkennen. Und laß uns um Himmels willen nichts beschönigen: Ich bin ruiniert für dieses Leben. Kein Gnadengesuch, kein Weg zurück. Ich schleppe einen halb toten Körper von Zimmer zu Zimmer, taube Lippen und eine steakdicke Zunge verweigern mir den Gehorsam. Ich bin zu nichts mehr nutze, kann nur noch als Beispiel für geduldig ertragenes Leiden dienen. Oder vielleicht eher als Beispiel für die Gefahren des Cholesterins. Da ich weder Raucher war noch Trinker (wenigstens nicht in den letzten Jahren), läuft es doch am Ende darauf hinaus, oder etwa nicht? Anscheinend habe ich mein Geburtsrecht weggeworfen – das tägliche Wunder eines funktionierenden menschlichen Körpers – um zweier Eier willen, jeden Morgen, über vierzig zerronnene Jahre hin. Um zweier Streifen Speck willen, triefend von Fett, die parallel neben den Eiern lagen. Und das Ganze mir vorgesetzt wie die »vierundzwanzig Amseln im Auflauf versteckt« (sie haben den schmausenden König erschreckt). Anfangs in Liebe und Ahnungslosigkeit, später dann, als die ersten Zeitschriftenartikel erschienen, in Liebe allein.

»Er sagt, einem alten Hund kann man keine neuen Tricks beibringen«, sagte Alice zu Dr. Ngo, indem sie für mich dolmetschte. »Er haßt das Frühstück.«

»Aha«, sagte Dr. Ngo, der eindeutig nicht genügend Englisch konnte, um auch nur unsere geläufigsten idiomatischen Redewendungen zu verstehen. Ich saß da, versteinert vor Scham.

»Er ist seine Eier mit Speck so gewohnt gewesen«, sagte sie.

»Aha«, sagte Dr. Ngo. »Zweimal in der Woche schadet ihm nicht. Sie verstehen?«

Ich verstand. Es bedeutete: Warum nicht ein bißchen früher abkratzen, mit ein paar vertrauten Annehmlichkeiten, wenn ich sowieso abkratzen muß?

»Ich bin mehr wert als mein Vergnügen«, sagte ich, oder versuchte ich zu sagen. An den trunkenen Brei von Vokalen, der dabei herauskam, mag ich mich nicht erinnern. Ich wollte damit zum Ausdruck bringen, daß ich wichtig war und weiterexistieren mußte.

»Sagst du es noch einmal, Liebes?« bat Alice.

Ich schüttelte den Kopf und schlug die Luft mit meiner guten Hand. *Geh weg geh weg.* Was ich zu sagen versucht hatte, grenzte an Blasphemie: Lief es nicht darauf hinaus, ohne daß ich es aussprach, daß ich ein ewiges Leben haben würde?

IV

Aber da mein Erwerb *dieses* Lebens (auch wenn niemand das so sagen wird) eine wacklige Angelegenheit zu sein scheint, ist beschlossen worden, daß wir uns unverzüglich aufmachen, um in eigener Person Wylie Glück zu wünschen. Beschlossen – überflüssig, es noch zu erwähnen – von Alice und Wylie. In diesen Tagen kann ich schon zufrieden sein, wenn ich ein *Was meinst du, Liebes?* zu hören bekomme. Und da Wylie nicht reisen darf – tatsächlich soll sie sogar möglichst viel liegen –, wird erwartet, daß wir zu ihnen kommen. Also denn: auf nach Seattle. Was meinst du, Liebes?

Was ich meine, ist dies: Ich will tun, worum man mich bittet. Und wenn ich mit einem Rollstuhl ins Flugzeug gebracht werden kann – die sechs Stunden Sitzen halte ich aus. Und was sonst noch? Diese Terroristen können mich nicht schrecken, nicht weil ich mit meinem Glauben auf besondere Weise gerüstet wäre – ich wünschte, ich könnte sagen, ich wäre es –, sondern weil heutzutage kein Ort mehr sicherer ist als irgendein anderer. Damals, als wir von

Woburn fortzogen, siedelten sich dort üble Elemente an. In Florida hast du die Drogenlords und Leute, die von den Überführungen über der Interstate 295 auf dich schießen. Unser Problem hier oben sind die Randalierer, die mit ihren dröhnenden Wagen über die kleineren Straßen fahren. Sie hören diesen Heavy Metal.

Alice fragt dauernd, ob ich mich denn nicht darauf freue, Wylie wiederzusehen. Die Absicht ist, meine Vorfreude in Gang zu halten. Natürlich, was kann ich anderes sagen als ja. Aber wie sehr ich sie auch liebe – und ich freue mich tatsächlich –, ich muß sagen, daß Wylie sehr anstrengend sein kann. Sie gehört zu diesen Leuten, die Aufkleber an die Stoßstangen ihrer Autos heften – einmal, ich erinnere mich noch daran, hatte sie *Frieden anvisieren* durch *Frieden lehren* ersetzt, immerhin ein kleiner Schritt fort von der Täuschung, wie ich fand –, und die glauben, wir könnten mit den Pflanzen und den Delphinen kommunizieren. Dafür gebe ich dem Bard College die Schuld. Und ich stelle mir vor, daß Jeffrey sie darin bestärkt. Ich habe immer zu ihr gesagt: *Du tätest besser daran, die Delphine in Ruhe zu lassen und zu lernen, zu unserem Erlöser zu sprechen.* Ich habe mich damit abgefunden, daß solche Ermahnungen nur einsinken, wenn und wann ER will, daß sie einsinken; deshalb versuche ich es auf die sanfte Tour. Allerdings gibt es Christen – unser Geistlicher hier oben gehört dazu –, die uns erzählen wollen, daß das Ganze, was sie New Age nennen, vom Teufel sei. Eines Tages werden wir es wissen: *Eines jeglichen Werk wird offenbar werden.* Aber wir können heute schon sicher sein, daß es eine Zerstreuung und eine Zeitverschwendung ist – spirituelle Gefahren gibt es genug, so scheint mir. *Es kommt die Nacht, da niemand wirken kann.* Alice sagt, daß Wylie sagt, sie hätte schon angefangen, mit dem Baby in ihr zu sprechen. Ich hoffe, es nimmt das, was es da zu hören bekommt, mit einer gesunden Portion Skepsis zur Kenntnis! Ich nehme an, Wylie stellt sich vor, daß unser Besuch ihrem Kind zumindest diese Art tiefer Bekanntschaft mit seinem Großvater vermitteln wird. Sie macht sich etwas vor, siehst du das nicht?

Es geniert mich, aber ich gestehe, ich denke auch daran. Als klammerte ich mich an einen fahrenden Zug und riefe: *Erinnere dich wenigstens an mich!* (Lehre mich bedenken, daß mir eine andere Wohnung bereitet ist und daß ich einen neuen, unvergänglichen Leib haben werde.) Ich erinnere mich an meinen eigenen Großvater. Oder zumindest erinnere ich mich daran, wie ich mich an ihn erinnerte. Er erzählte oft vom Bürgerkrieg; er war zwölf, glaube ich, als der Krieg aufhörte. *Sein* Vater wiederum war Abolitionist gewesen – Unitarier, der er war –, und als die Nachricht kam, daß Präsident Lincoln tot sei, hatte er alle Kinder Trauer tragen lassen. Und mein Großvater hatte einen Faustkampf mit einem Nachbarsjungen, dessen Familie die Farbigen haßte. Die Coleys lebten damals in Westerly. Und sie lebten dort noch, in dem alten Haus, bis mein Vater 1941 starb; und nach wie vor gingen sie in die unitarische Kirche. Du kennst die Redensart, daß die Unitarier höchstens an einen einzigen Gott glauben. Es soll ein Scherz sein. Aber mich fröstelt, wenn ich mich heute an das schöne weiße Kirchengebäude erinnere, von dem der Heilige Geist so deutlich hörbar abwesend war. Damals liebte ich natürlich das Choralsingen – und das war's dann auch.

Ich mußte neulich an meines Großvaters Geschichten über Präsident Lincoln denken, als wir eines Abends Aretha Franklin im Fernsehen sahen: sie sang ein Lied, von der Straße der Liebe, glaube ich, und hob dabei ihre fleischigen Arme über den Kopf. Eine Frau in ihrem Alter und von ihrer Fülle sollte sich nicht in ärmellosen Kleidern sehen lassen. Es schien ganz ausgeschlossen, daß ich so lange gelebt haben sollte, daß ich noch jemanden gekannt hatte, der schon am Leben gewesen war, als Abraham Lincoln die Sklaven befreite. Ich erinnere mich nicht mehr, wie es kam, daß wir uns so etwas ansahen; Alice und ich haben früher gern Mahalia Jackson gehört, aber dies war zu schrill. Manchmal wollen wir uns eine bestimmte Sendung ansehen, und dann ertappen wir uns dabei, daß wir uns auch noch die nächste Sendung ansehen, und die übernächste, ohne daß wir es eigentlich wollten. Hier oben kriegen wir

natürlich alle drei großen Sender. Und PBS – wenn man deren politischen Einschlag ertragen kann. Aber diese Leute von den lokalen Nachrichtensendungen! So jung, und so gewöhnliche Gesichter. Und so armselig in ihrer Ausdrucksweise, als hätten sie alle gerade erst eine Schmalspurausbildung hinter sich gebracht. Das ist unchristlich von mir, nehme ich an. Meine eigene ruinierte Sprache ist die angemessene Bestrafung.

So wie die Tatsache, daß ich keinen Sohn habe – das habe ich oft gedacht –, die Strafe für meinen Familienstolz gewesen sein mag. (Es gibt nämlich nur eine einzige Familie: die Familie Seiner Heiligen.) Doch ist das vielleicht nur eine andere, üblere Form von Stolz, wenn ich mich zu einer Bestrafung auserwählt wähne. Aber aus welchem Grund auch immer, ich bin der letzte der Coleys. Es gibt andere Leute, die Coley heißen, das wohl, aber von unseren Coleys bin ich der letzte. Wir sind ein Zweig des Familienstammbaums von Leuten namens Gunderson geworden. Wir werden oft gefragt – oder *wurden* oft gefragt, als wir noch gesellschaftlichen Umgang hatten –, ob Wylie ein Familienname ist. Ich sagte dann immer: *Wie sind Sie darauf gekommen?*, um der Unüblichkeit das Gewicht zu nehmen. Die Wylies sind die Familie meiner Mutter. (Alice ist, natürlich, eine Stannard.) Wir wußten, daß der Name in Zusammenhang mit Coley vielleicht ein bißchen schwerfällig klingen würde, deshalb gaben wir ihr den Mittelnamen Jane als eine Art Puffer. Als Junge kannte ich eine Mary Carey, die sich Mary Jane nannte – obwohl sie nicht so getauft worden war –, also dachten wir, Wylie Jane Coley würde gut und vernünftig klingen. Natürlich konnten wir nicht voraussehen, daß die anderen Kinder sie Wylie Coyote rufen und sie aufziehen würden: Sie brüllten »Biep, biep!« und liefen vor ihr davon. (Das hatte mit irgendeiner Fernsehserie zu tun.) Ich fürchte, es hat sie nicht besänftigt, als ich ihr erzählte, daß einer ihrer Wylie-Vorfahren einer der frühen Verfassungsväter gewesen ist! Von ihrem siebten oder achten Lebensjahr an bis zu der Zeit, als sie fortging, ans College, nannte sie sich Jane; doch dann muß sie zu dem Schluß

gekommen sein, daß »Wylie« sie eins raufsetzte gegenüber all den Wendys und Jennifers.

Obwohl sie kaum solcher Hilfe bedurfte: Schon als kleines Mädchen war sie immer die hübscheste. So hat ihr Vater jedenfalls immer geglaubt. Sie war ein bißchen pummelig in der Grundschule. Als ich das erste Mal zu den Paquettes rüberging – und wenn es etwas gibt, das mir diese ganze Angelegenheit vergoldet, dann die Tatsache, daß ich nicht mehr in der Lage bin, zu den Paquettes rüberzugehen –, fühlte ich mich durch den hölzernen Buddha, oder was immer sie da auf ihrem Fernseher stehen haben, an ihr Bäuchlein erinnert. (Ein Buddha in einem angeblich christlichen Heim! Natürlich sind sie römisch-katholisch.) Als sie etwa zwölf war, fing sie an zu hungern, um dünner zu werden, damit hat sie bis heute nicht wieder aufgehört. Also, ich glaube nicht, daß sie je in Gefahr war, den Weg dieser anderen Sängerin, Karen Sowieso, zu gehen. (Alice und ich haben die arme Seele kurz vor ihrem Ende im Fernsehen gesehen, und beide haben wir ihr angesehen, daß es ihr nicht gutging.) Aber noch im Sommer vor zwei Jahren, als Wylie an die Ostküste kam, sah ich deutlich die Rippen unter ihrem T-Shirt, als sie sich bückte, um sich ihre Laufschuhe zuzubinden. (Carpenter, natürlich. Wie konnte ich als Christ den Namen Carpenter vergessen!) Tatsächlich ist Alice deswegen etwas besorgt um das Baby. Ein weiterer Grund für unsere Reise, obwohl sie davon natürlich nichts zu Wylie sagt.

Die Geschichte von Wylie, die ich immer erzähle (oder immer erzählt habe), hat sich abgespielt, als wir Alices Bruder über Weihnachten in seinem Haus unten in Taunton besuchten. Herb hatte ein römisch-katholisches Mädchen geheiratet, und es half alles nichts, wir mußten am Heiligen Abend mit ihnen zu ihrer Christmette gehen. Und als wir in die Kirche kamen, da hatten sie dort doch das größte verflixte Kruzifix, das ich je über einem Altar hängen gesehen habe. Der Christus war nicht gerade lebensgroß, aber er muß gut seine drei oder vier Fuß lang gewesen sein, mit einem Körper von der Farbe einer elastischen Binde und einem weiß-

gemalten Lendenschurz. Die Augen weit geöffnet. Ehrlich, Wylies Augen öffneten sich auch ganz schön weit! Wir hatten selbstverständlich nur das schlichte goldene Kreuz in unserer Kirche. »Mami?« sagte sie, so laut, daß jeder in der Kirche es hören konnte. »Wie kommt es, daß er Windeln anhat?« Bis zum heutigen Tag kann Wylie es überhaupt nicht ertragen, wenn man ihr gegenüber davon spricht, obwohl es doch die harmloseste Geschichte von der Welt ist.

Ich trage jetzt eine Windel.

Jetzt die Geschichte von Wylie, die ich nie erzähle: Eines Nachmittags überraschte ich sie und ihre kleine Freundin dabei, wie sie hinter der Garage spielten, beide mit heruntergezogener Unterhose. (Das war noch in unserem Haus in Woburn.) Ich kann mich noch daran erinnern, daß das kleine Mädchen Myra Meyers hieß. Was Namen betrifft, so sollten manche Leute lieber zweimal darüber nachdenken. Ich schickte das Mädchen nach Hause und packte Wylie beim Arm, zog sie ins Haus hinein und verprügelte sie nach Strich und Faden. Heute heißt es natürlich, daß man nicht verantwortlich dafür ist, daß man ist, was man ist, und nicht das, was man sich vornimmt, was man gern wär. Daß alles genetisch bedingt ist: auch Trinker, wie der Ehemann der Postbotin. Daß man hilflos ist, nicht aus seiner Haut herauskann und bestimmt nichts für irgend jemand anders tun kann, und kümmere dich nicht darum, was Gottes Wort uns sagt. Oh, ich glaube, daß ich Wylie an dem Tag damals geändert habe. Oder daß ich ihr zumindest auf den Weg geholfen habe zu dem Leben, das sie jetzt hat, mit einem Ehemann (wenn auch nicht mit dem, den wir ihr ausgesucht hätten) und im Begriff, eine Familie zu gründen (wenn auch spät). Und weg von den *Greueln*, wie das altmodische Wort lautet, aber ich will lieber *Abnormitäten* sagen. (Meine eigene Theorie ist, daß es das ist, was mit der Postbotin nicht stimmt, ob sie Kinder hat oder keine Kinder.) Ich stelle mir nicht vor, daß Wylie inzwischen erkannt hat – falls sie je noch daran denkt –, daß jeder Schlag von meiner Liebe zu ihr brannte. Aber der Tag kommt, da alles, was verborgen ist, offenbart werden soll.

Wenn ich zurückdenke an den ersten großen Eingriff in mein Leben (den Schlaganfall rechne ich als den zweiten), schäme ich mich, weil mir dann wieder klar wird, wie lange ich auszuhalten versuchte. Ich wählte zuerst das konventionelle Hilfsmittel für einen Mann meiner Herkunft und meiner Ausbildung (Brown University Examensjahrgang 1939). Man geht mit seinem Kind ins Kino, um sich *Fantasia* anzusehen, man träumt in der Nacht vom Teufel, der eigene Schrecken läßt auch am folgenden Morgen nicht nach, noch am nächsten, noch am übernächsten. Nach zwei Wochen Panik hastet man zu einem Psychiater. Bei dem man sich, wie es einem nahegelegt wird, über die eigene Kindheit beklagt. Man wird beschwatzt, sich einzubilden, man habe diese und jene Gefühle gegenüber seinem Vater und seiner Mutter gehabt: die sogenannte Familienromanze. (O ja, ich kenne den Jargon.) Man wird darauf aufmerksam gemacht, daß das Wort *nachlassen* für sich genommen schon eine nicht unbedeutsame Wortwahl ist. Der Schrecken läßt noch immer nicht nach.

Dann hat man eine in Anführungszeichen zufällige Begegnung mit einem Freund, der sich in Anführungszeichen zufällig als Christ entpuppt.

Das war ein Mann, der John Milliken hieß. Ich hatte ihn kennengelernt, als wir uns beide in Stanford auf die Promotion vorbereiteten. Er machte tatsächlich seinen Dr. phil.; ich mußte abbrechen und nach Neuengland zurückkehren, als mein Vater starb. Das bißchen Geld, das Alice in der Bibliothek verdiente, reichte knapp für uns zwei, und nun mußten wir an meine Mutter denken. Schließlich hatte ich das Glück, bei einer damals mühsam auf die Beine gestellten und noch ganz neuen Firma unterzukommen (wahrlich ein halsbrecherisches Unternehmen in jenen Zeiten, unmittelbar nach dem Krieg), wo man bereit war, einen jungen Chemiker ohne Doktorgrad anzuheuern. Nun, Milliken, um eine lange Geschichte kurz zu machen, landete bei einer Firma, mit der wir hin und wieder Geschäfte machten, und

wohnte gleich drüben in Arlington. So kamen er und ich zwei- oder dreimal im Jahr zusammen. Wir hätten uns vielleicht auch öfter getroffen, aber ich war inzwischen Vater geworden, und er war Junggeselle geblieben. Und Alice wurde nie warm mit ihm, weder vorher *noch* danach.

Eines Samstagabends, wahrscheinlich einen Monat nachdem ich in Schwierigkeiten geraten war, saßen Milliken und ich spät an der Bar des alten Parker House, und ich vertraute mich ihm an. Alice hatte zu der Zeit schon das Baby mitgenommen und wohnte bei Herb und Evelyn in Taunton; wir wollten es nicht Trennung nennen. Verzweifelt, wie ich war, hätte ich Milliken wohl kaum davon erzählt, wenn ich nicht getrunken hätte. Tatsächlich hoffte ich, er würde sich nun bald verabschieden, damit ich zum Scollay Square rüberwechseln konnte, wo ich eine gewisse Bar entdeckt hatte, über die ich mehr wissen wollte. (Der Gedanke daran erschreckt mich bis zum heutigen Tag.) Aber Milliken blieb stur sitzen, nippte hin und wieder an seinem Manhattan, nickte, warf ein Wort ein oder auch zwei. Mehr oder weniger, wie ich wahrheitsgemäß sagen muß, in der Art des Doktors, den ich aufgesucht hatte. Und dazu freundlich.

»Nun ja, Lew«, sagte er, als ich ihm von meinem Traum erzählte und dem Schrecken, der nicht weichen wollte, »ist es dir in den Sinn gekommen, diese Sache ernst zu nehmen?«

»Mein Gott, was glaubst du, was ich tue?« sagte ich.

Er schüttelte den Kopf. »Ich glaube, ich sollte morgen früh bei dir vorbeikommen«, sagte er. »Ich kenne die Katerkur, die allen Katerkuren ein Ende macht. Nebenbei: Bist du okay, kannst du fahren?«

Ich war es nicht. Der Raum legte sich schief, und alles schien zu verstummen. Ich war nicht okay, ich konnte nicht fahren, nicht leben.

»Ich nehme an, es ist das beste, ich bringe dich«, sagte er. »Deinen Wagen können wir morgen abholen. Es sei denn, du hast Angst, bei dir zu Hause allein zu sein. In dem Falle hätte ich ein ausklappbares Sofa, das ich dir gern anbieten kann.«

253

Jahre später, als ich endlich C. S. Lewis las – er war mir so oft eine Hilfe, und ich wünschte, ich besäße die Geistesstärke, ihn jetzt zu lesen –, war ich tief beeindruckt von dem, was er über seine Bekehrung sagte. Ich glaube, ich kann es immer noch auswendig. *Als wir aufbrachen* – er war unterwegs zum Londoner Zoo, im Seitenwagen von irgend jemandes Motorrad –, *glaubte ich nicht, daß Jesus Christus Gottes Sohn sei, und als wir am Zoo ankamen, glaubte ich es.* Genau so war es, als wir zu John Millikens Haus fuhren: es war, als führen wir zu John Millikens Haus. Und wahrhaftig, er fing laut zu beten an, als wir über die Longfellow Bridge fuhren, mit ihren steinernen Türmen, die sich da wie eine Festung erhoben. Aber rings um mich her war Stille, und die ferne Melodie seiner Stimme schien sich mit irgendeinem anderen Geschehen zu vermischen. Wir rasten aus der Main Street und auf die Massachusetts Avenue, und die Menschen auf den Bürgersteigen schienen freundschaftlich aneinander vorbeizugehen, so wie die Engel in Jakobs Traum – an den ich, bestimmt, seit ich als Junge in die Sonntagsschule ging, nicht mehr gedacht hatte – auf der Leiter, die von der Erde bis in den Himmel reichte, hinauf- und hinabstiegen. Sie waren auf einmal von einem zitternden Glanz umgeben, und mir war, als sähe ich sie durcheinander hindurchgehen. Es kam mir nicht einmal wie etwas Außergewöhnliches vor. Ich sah zu John Milliken hinüber; sein Profil glühte am Rand, vom Haaransatz bis zum Adamsapfel; die widerborstigen Augenbrauen schimmerten wie mit Reif bedeckt. Seine Lippen bewegten sich. Ich betrachtete seine Hände, die das Lenkrad umklammert hielten, die hervortretenden Knöchel, die unvollkommen die Höcker an der Unterseite des Lenkrads spiegelten, ein Büschel Haare auf jedem Finger. Ich schloß die Augen, und Geräusche stürmten wieder auf mich ein: das gummiartige Schnellfeuer aufs Pflaster klatschender Reifenprofile, John Millikens Stimme, die gerade sagte: *Und in Jesu Christi Namen bitten wir* und so weiter, und so weiter, eine lieblich tönende Autohupe irgendwo weit weg. Wieder öffnete ich die Augen, und da waren wir: Einfach nur zwei Kumpel in

einem Auto, das die Massachusetts Avenue hinausjagte.

Aber das Entscheidende an Jakobs Traum, so wie ich ihn jetzt verstehe, ist, daß es ein *Traum* ist. Die Tür zwischen dieser Welt und der spirituellen Welt hat sich geschlossen, glaube ich heute, und sie wird geschlossen bleiben, bis der Himmel und die Erde neu geschaffen sein werden. Das ist es, wo ich anderer Meinung bin und mich trenne, nicht nur von den Wylies dieser Welt, sondern auch von den John Millikens. Ich scheute bald zurück vor der sogenannten geisterfüllten Kirche, die er mir an jenem Morgen nahebrachte, wo erwachsene Männer und Frauen blinzelnd und babbelnd, in keiner richtigen Sprache redeten, und er und ich verloren den Kontakt. Er muß inzwischen ein alter Mann sein. Ich landete bei den Baptisten – wenn ich mir vorstelle, was Urgroßvater Coley *dazu* sagen würde! – und habe mich dort meistens zu Hause gefühlt. Mit der Lehre jedenfalls, wenn auch nicht immer mit den Leuten.

Natürlich gibt es Baptisten und Baptisten. Der Bursche hier oben, zum Beispiel, entpuppte sich – nicht unbedingt als Neuerer, aber mehr als Missionar denn als Pastor. Lebensmittelkonserven sammeln ist ja schön und gut, aber müssen wir uns selber beglückwünschen, indem wir die Kartons im heiligen Raum der Kirche stapeln? Und wo bleibt unterdessen die himmlische Speise? Alice und ich brauchen wohl kaum Predigten gegen Heavy Metal. Ich habe es ihm rundheraus gesagt, ich sagte, eher würde ich mich zu Hause hinsetzen und Gottes Wort lesen. Seine Antwort darauf war, daß diese Welt nun einmal im Wandel sei. Na, da haben Sie's, sagte ich. Ich sagte: Ist das nicht ein Grund mehr? Als ob man gegen eine Wand anredet. Er ist ein junger Mann, er hat den gleichen Haarschnitt wie die Fernsehleute und einen Anzug, der zu eng sitzt. Er rasiert sich so stark, daß seine Wangen glühen. Er wäre wahrscheinlich froh, wenn ich ihm den Rücken kehrte. Ich nehme an, er hat sich auch gesagt: *Als ob man gegen eine Wand anredet*.

Das war dann mehr oder weniger das Ende unserer Kirchenbesuche, ausgenommen den Ostersonntag, an dem

man noch eine Aussicht hat, eine wirkliche Predigt zu hören statt einer Mitteilung zur Versorgungslage. Ostern liegt in diesem Jahr früh; wir werden noch in Seattle sein. (So Gott will.) Ich überlege, ob Wylie sich nicht dazu überreden ließe, mit uns zum Gottesdienst zu gehen. Wie flehte sie uns an, als sie noch ein Teenager war, daß sie zu Hause bleiben dürfe: Was, wenn ihre Freundinnen sie sähen! Ich mußte manchmal den niederen Impuls niederkämpfen, ihr zu sagen, es sei nicht anders, als ginge man in eine Bar, wo Seeleute und Geschäftsleute zusammentreffen: Jeder, der dich dort sieht, hat selbst etwas zu verbergen.

Aber dieses Geheimnis gehörte mir, und ich mußte damit leben, so gut es ging. Sie werden mich nie überzeugen, daß es Unrecht war, Alice nicht mit Details der Gefahr, in der ich schwebte, belastet zu haben. *Bringe es im Gebet zum Herrn*, heißt es im Lied. Es heißt nicht: Bringe es in Schuld zu deinem Weib. Sehr aus der Mode. Ich weiß. Die Vorstellung, daß gewisse Dinge zwischen dir und dem Herrn bleiben, Punkt. Und ja: an jenem Morgen, in Everest, Massachusetts, in jener schäbigen holzgetäfelten Kirche – schon rieche ich wieder den Kirchengeruch, den Geruch von Möbelpolitur, von verstaubten Gesangbüchern – habe ich die Beichte abgelegt. Aber vor einer Versammlung von Fremden, deren Sorge einer Seele galt, die eines jeden Seele hätte sein können.

VI

Es ist Mittwoch morgen, und wir sind mehr oder weniger bereit, uns auf den Weg zu machen. Alice hat die Kellertür und den Werkzeugschuppen abgeschlossen, sie hat ihre Gloxynien zur Badewanne geschleppt, die Leselampe an die Zeitschaltuhr angeschlossen und die Thermostaten (außer im Badezimmer) runtergestellt. Und ich habe den Morgen mit dem Versuch verbracht, einen Brief zu verfassen. Es mag das letzte Geschäft sein, das ich erledige, indem ich meiner Tochter formal übergebe, was übrigbleibt, und

ich ziehe es vor, dies ohne Alices Hilfe zu tun. Es mag auch eine Torheit sein – unser Flugzeug wird wahrscheinlich nicht abstürzen, ich werde wahrscheinlich weiterleben, bis die Kosten für meine Pflege all unser Geld aufgezehrt haben –, aber ich empfand das Bedürfnis.

Liebste Wylie,
Flugzeuge sind, denke ich, nicht so Gefahren, aber ich stecke ein heute dies, was Du wissen mußt, und übersende es gesondert. Unser Rechtsanwalt Mr. Plankey, er kann erklären. Er ist unser Testament, und seine Karte, leg sie weg, wenn Du sie brauchst. Ein Tag geht vorbei mit Dir und meinen Gebeten. Wenn Du nach Deinem eigenen Kind siehst, erinnere Dich, Er starb und sieht noch immer nach.
Dein Dich liebender Vater,
Lewis Coley

Oh, alles falsch, und ich predige wieder, obwohl ich mir hundertmal geschworen habe, es nicht zu tun. Aber jetzt ist keine Zeit: Laß es laufen, wie es ist. Ich lecke den Briefumschlag – einen Umschlag über die Zunge zu ziehen (und gleichzeitig den Kopf in die entgegengesetzte Richtung zu bewegen), sogar das erfordert analytisches Denken – und tue ihn zu den Dingen, die in den Briefkasten zu legen sind.

In unseren vierzig Ehejahren hat immer Alice das Packen besorgt, aber nie zuvor hat sie die Gepäckstücke getragen. Ich sitze am Küchentisch und sehe ihr durch das Fenster zu, wie sie sich abmüht, das rechte Bein in Einklang mit dem an die Wade gepreßten avokadogrünen Samsonite-Koffer bewegt, den Kopf gebeugt, um den Zweigen des kleinen Kirschbaums auszuweichen. Ich hätte ihn letztes Jahr beschneiden sollen. Ich muß wohl angenommen haben, es sei noch Zeit genug.

Und wieder ertappe ich mich dabei, daß ich weine. Es ist der Anblick, wie sie von mir fortgeht. Ich höre, wie der Deckel des Kofferraums zuschlägt. Ich muß das stoppen, ehe sie zurückkommt, um mich zu holen, obwohl ich nicht

weiß, wie ich es stoppen soll. Nicht gerade ein fröhlicher Beginn unserer Reise.

Sie fährt den Wagen zurück auf das Gras an der hinteren Tür, läßt mich aber die Stufen allein hinuntergehen. Es sind mehr Stufen als am Vordereingang, aber die hier sind leichter: vor ein paar Jahren habe ich jemanden kommen und ein Geländer anbringen lassen. Nichts Modisches, einfach nur zwei mal vier Zoll starke Preßholzleisten. Damals, als ein Sturz bei Glatteis, bei dem ich mir die Hüfte brechen würde, das Schlimmste war, was ich mir vorstellen konnte. Mit der guten Hand nach dem Geländer greifend, während der Gehstock mit der Krücke an meinem Arm hängt wie bei einem altmodischen Gentleman, gelange ich die Stufen heil hinunter. Aber als ich mich in den Wagen gehievt und die Tür geschlossen habe, bin ich völlig erledigt. Genug und mehr als genug. Und nun müssen wir noch die ganze Fahrt bis zum Logan Airport hinter uns bringen, und dann alles, was dazugehört, um einen alten Krüppel durch einen modernen Terminal zu schleusen und danach die Stunden in der Luft, und danach das unvorstellbare andere Ende der Reise.

Wir fahren den Weg hinunter. Alice hält das eine Rad auf dem Grasstreifen zwischen den Wagenspuren und das andere auf dem Rasen.

»Vergiß den Briefkasten«, sage ich und meine: *Vergiß nicht den Briefkasten.* Ich mache mich zur Witzfigur, wobei der Witz darin besteht, daß ich ein alter Nörgler bin.

Alice stößt nur einen Seufzer aus. Also seufze auch ich und sehe aus dem Fenster hinaus, während ich mit den Fingern meiner guten Hand auf mein gutes Knie klopfe – der Schlaganfallpatient, wie er im Buche steht. Obwohl ich es tief in mir nicht glauben kann, sage ich mir: Dies ist vielleicht das letzte Mal, daß ich den Rasen sehe, so wie er ist, mit seinen ungeschnittenen Büscheln und den Steinen, gegen die ich immer mit dem Rasenmäher stieß. Ich möchte ihn mit dem Blick bedenken, den er verdient. Und wie immer gelingt es mir nicht. All dies war es, worauf wir hingearbeitet hatten, und dann kamen wir zu spät, um es zu lieben.

»Laß mich doch einfach näher an den Briefkasten fahren«, sagt Alice, »dann kannst du dein Fenster öffnen und die Sachen reinlegen.«

»Bleibst stecken«, sage ich.

»Guter Gott«, sagt sie, »Mrs. Laffond fährt hier jeden Tag rein und raus.«

Sie steuert den Wagen hinüber, so daß der Spiegel an meiner Seite fast den Briefkasten streift, und ich merke, wie auf meiner ganzen Seite der Wagen einsinkt. Oh, verdammt! Ich kurbele mein Fenster hinunter, als ob alles in Ordnung wäre – versuche magische Kräfte zu entfalten, trotz allem, was ich weiß und glaube! –, ziehe den Briefkasten auf, schiebe die Umschläge hinein, stoße das Ding zu und klappe das Fähnchen hoch. Als ich das Fenster wieder nach oben kurbele, sehe ich zu Alice hinüber. Sie sieht auf ihre Armbanduhr und dann auf die Uhr am Armaturenbrett. Ihr Mund zuckt. Sie tritt aufs Gaspedal: die Räder jaulen und drehen sich nur. Sie wirft das Lenkrad hart nach links, gibt Gas, und wir sinken noch tiefer ein.

»Nein nein nein nein«, sage ich. Begreift die Frau denn nicht, daß du willst, daß sie deine Räder gerade hält?

Sie wuchtet den Schalthebel in den Rückwärtsgang, gibt wieder Gas, und die Hinterreifen drehen sich nur noch tiefer in den Schlamm.

»Schlag deine Räder ein!« rufe ich und meine: *Schlag sie nicht ein.* Also versucht sie es natürlich – nur daß es ihr nicht gelingt, weil wir schon so tief eingesunken sind. »Rucken, du mußt hin- und herrucken.« Verdammt, sie muß den verdammten Wagen anrucken, wenn er überhaupt noch ruckt.

»Ich weiß nicht, was du sagen willst«, sagt sie.

»Den Wagen rucken!« brülle ich. Sie schlägt den Hebel wieder in den Gang, die Räder drehen durch, und sie sieht mich mit funkelnden Augen an.

Ich sage: »Verdammter Scheiß.«

»Dann kannst *du* es ja mal probieren«, sagt sie. Und dann sagt sie: »Es tut mir leid, Lew, ich habe es nicht so gemeint.« Nun, der Schaden ist angerichtet: Prompt sitze ich da und kreische wie ein zorniges Riesenbaby.

»Lew«, sagt sie, »es tut mir so leid. Es ist wirklich meine Schuld.« Ich lasse mich auf den Gedanken ein, daß ich nur weine, um sie zu bestrafen. Das kann durchaus sein, aber jetzt kann ich es nicht mehr stoppen.

»Lew«, sagt sie. »Bitte, hör mir eine Minute zu. Versuche es, und hör mir zu. Ist es dir recht, daß du hier sitzen bleibst, während ich ins Haus gehe?«

»Was tun?« frage ich.

»Ich kann dich nicht verstehen, Liebes.«

Ich gebe mir alle Mühe: »Du was hast vor?« frage ich.

»Ich will sehen, ob ich irgend jemanden herbeitelefonieren kann«, sagt sie. »Vielleicht kommt einer von den Jungen von der Shell-Tankstelle rauf.«

Ich habe endlich das Plärren gestoppt. »Flugzeug erreichen das Flugzeug«, sage ich und meine: *Das Flugzeug erreichen wir nie.*

»Nun, Lew, *ich* weiß nicht, was ich sonst tun soll«, sagt sie. »Ich lasse den Motor lieber an, damit du die Heizung hast.«

Ich drehe mich nicht um, sehe ihr nicht nach, wie sie zum Haus hinaufgeht, aus Angst, daß es mich wieder zum Weinen bringt. Ich stelle das Radio an, gerade rechtzeitig, um das Ende einer schwungvollen Melodie von lang lang ist's her zu erwischen. Kann es »The Dipsy Doodle« gewesen sein? Aber dann kommt der Ansager und sagt, daß es zehn Uhr acht ist, und ich mache das Ding wieder aus: Das hat mir noch gefehlt, daß ich mir alle zwei Minuten anhören muß, wie spät es ist. Die Uhr am Armaturenbrett zeigt zehn Uhr sieben an. Was soll man nun glauben? Ich nehme einen Handschuh aus der Tasche, falte ihn halb und lege ihn über das Armaturenbrett, damit ich die Uhr nicht sehe. Ich starre durch die Windschutzscheibe hinaus auf die Straße, auf der wir jetzt unterwegs sein sollten, und höre den Motor vor sich hinsummen. Wir sind sehr glücklich gewesen mit dem Lumina.

Ein leerlaufender Motor verbraucht eine Gallone Benzin in der Stunde. So war's jedenfalls früher. (Es stand so in der Betriebsanleitung eines Wagens, den wir früher hatten, und

es ist mir aus irgendeinem Grund im Gedächtnis geblieben.) Eine Stunde. Es wird eine gute Stunde dauern, ehe jemand hier raufkommt, wenn er rennt und gut in Form ist. Oh, verdammt! Aber du kannst nichts daran ändern. Ich wende mich wieder dem Brummen des Motors zu.

Aber Moment mal. Eingesunken im Schlamm, bei laufendem Motor: könnte das nicht das Auspuffrohr verstopfen, bewirken, daß das Kohlenmonoxyd in den Wagen eindringt? Genau das machen sie doch immer, gescheiterte und gottlose Menschen, wenn sie mit dem Schlauch vom Staubsauger in die Garage gehen. Tatsächlich habe ich das Gefühl, daß ich plötzlich schläfrig werde, daß irgend etwas meine Gedanken benebelt. Du greifst besser rüber und stellst den Motor aus. Ich lasse ihn laufen.

Bevor ich die Augen schließe, will ich aber noch einen letzten Blick auf alles werfen. Und als ich den Kopf drehe, sehe ich Leute bei den Paquettes vorfahren. Ich sehe sie dort sitzen, einen Moment lang, dann fahren sie weiter und kommen direkt auf mich zu. Falls es ein Wagen voller Randalierer ist, bin ich hier draußen hilflos ausgeliefert. Ich halte Ausschau nach Alice, aber sie ist weit weg, sie steht auf der Stufe vor dem Eingang, sie öffnet die Tür. Sie kommen immer noch näher. Ich lange mit der guten Hand nach dem Lenkrad hinüber und hupe. Aber Alice ist im Haus. Sie sind schon halb da, kommen jetzt schnell näher. Und da sehe ich es: Dieses Ding ist doch viel zu hoch über dem Grund, um ein Auto zu sein. Oh, mir wären die Randalierer lieber als das, was jetzt passiert. Es ist die Postbotin in ihrem Mondgefährt. Und wir sind gerettet.

Agnes von Iowa

Ihre Mutter hatte ihr den Namen Agnes gegeben, in dem Glauben, dass eine gut aussehende Frau noch viel mehr Furore machen würde, wenn sie einen reizlosen Namen hätte. Ihre Mutter hieß Cyrena und war in passendem Maße hübsch, hatte sich ihr Leben aber immer interessanter vorgestellt und geglaubt, als Enid oder Hagar oder Maude hätte sie bestimmt eine dramatischere, fesselndere Wirkung auf die Welt gehabt und wäre nicht in Cassell, Iowa, gestrandet. Deshalb nannte sie ihre erste Tochter Agnes, und als sich herausstellte, dass Agnes ganz und gar nicht attraktiv war, sondern verquollen, häufig von Ausschlag zwischen den Augenbrauen geplagt und mit Haaren, deren stumpfe Farbe wie Galle aussah, ruderte ihre Mutter zurück und nannte ihre zweite Tochter Linnea Elise (die sich als ein wunderbares, schläfriges Kind mit hervorragendem Knochenbau, einem goldigen, vollen Mund und einem gummiartigen Leberfleck über der Oberlippe entpuppte, den man später bestimmt problemlos entfernen konnte, da waren sich alle sicher).

Agnes selbst hatte immer mit ihrem Namen gehadert. Während einer kurzen Phase ihres Lebens, mit Mitte zwanzig, hatte sie versucht, ihn als französisch auszugeben – einen *Accent grave* eingebaut und andere aufgefordert, sie »On-yes« zu nennen. Zu der Zeit wohnte sie in New York City und traf sich öfter mit ihrem Cousin, einem Maler, der sie auf Partys in die Lofts von Tribeca, in Strandhäuser oder in Landhäuser am See mitnahm. Dort begegnete sie einer Menge reicher junger Leute, die nicht besonders helle waren und die Aussprache ihres Namens faszinierend fanden. Was den Rest ihrer Person betraf, schwankten sie noch. »On-yes, meine Liebe, woher kommst du eigentlich?«, fragte eine schwarz behoste Frau mit glasierten Haaren, deren Haut wie sonnengegerbtes Pergament voller Melanome

aussah. »Ursprünglich.« Sie beäugte Agnes' Aufzug, als wäre er das, was er tatsächlich war: ein paar blaue Sachen aus einem Kaufhaus in Cedar Rapids.

»Wo ich herkomme?« Agnes sagte es leise. »Iowa.« Sie sprach meistens nicht laut und deutlich.

»*Woher?*« Irritiertes Stirnrunzeln.

»Iowa«, wiederholte Agnes vernehmlich.

Die Frau in Schwarz berührte Agnes am Handgelenk und beugte sich vertraulich zu ihr. Sie bewegte ihren Mund dringlich und übertrieben, als vollführte sie eine Gesichtsmuskelübung. »Nein, meine Liebe«, sagte sie. »*Hier* sprechen wir das *O-hi-o* aus.«

Das war in Agnes' Mischmasch-Jahrzehnt nach dem College. Ihr Leben war pure Improvisation, sie hatte diverse Jobs in Restaurants oder Büros, belegte ein, zwei Kurse, dachte nicht allzu weit voraus und arrangierte sich mit der Vorläufigkeit und der U-Bahn-Grippe und dem Knausern für eine gelegentliche Maniküre oder Theaterkarte. Ein solches Leben verlangte übertriebenes Selbstbewusstsein, und das nicht zu knapp. Es mobilisierte große Mengen Hoffnung und Verzweiflung und setzte sie schroff nebeneinander, wie in einem Drittweltland des Herzens. Ihre Tage versackten in lauter Widersprüchen. Wenn sie spazieren ging, für die Gesundheit, sammelten sich Ascheflöckchen auf ihren Wangen, Ruß setzte sich im zusammengerollten Laub ihrer Ohren fest. Ihre Schuhe wurden immer unsäglicher. Ein Windhauch, und ihre Blusen verschwanden unter einem schmutzigen Schleier, und eine Wolke Auspuffgase von einem Bus konnte stundenlang in ihrem Haar hängen. Schließlich kehrte ihr altes Asthma zurück, und als sie nur noch hustete und röchelte, gab sie auf. »Ich komme mir vor, als hätte ich höchstens noch fünf Jahre zu leben«, erzählte sie den Leuten, »also ziehe ich zurück nach Iowa, damit sie sich anfühlen wie fünfzig.«

Als sie ihre Sachen packte, wusste sie, dies war ein Abschied von etwas Wichtigem. So schlimm war das eigentlich gar nicht, fand sie, denn es bedeutete, man hatte sich zumindest mal damit bekannt gemacht, was die meis-

ten Leute in Cassell, Iowa, wohl kaum von sich behaupten konnten.

Anderthalb Jahre später heiratete sie Joe, einen jungenhaften, zwölf Jahre älteren Immobilienmakler aus Cassell, und sie kauften sich ein Haus in einer kleinen Straße namens Birch Court. Sie gab einen Abendkurs im Kulturzentrum und engagierte sich ehrenamtlich im Verkehrsausschuss der Stadt. Ein Leben wie ein Glas Wasser: halb leer, halb voll. Halb voll. Halb voll. Hoppla: halb leer. Jahrelang versuchten Joe und sie, ein Kind zu bekommen, aber eines Abends, als sie einsam über ihrem Falschen Hasen saßen, wurde ihnen klar, dass daraus wohl nie etwas werden würde. Trotzdem versuchten sie es auch nach sechs Jahren Ehe immer noch und ritten den letzten Rest Verliebtheit zwischen ihnen zuschanden.

»Schatz«, flüsterte sie manchmal abends, wenn er im Licht der Leselampe las. Sie hatte ihr Buch schon beiseite gelegt und sich an ihn gekuschelt, hätte am liebsten den roten Schal über die Lampe gelegt, ließ es dann aber bleiben, weil sie wusste, es hätte ihn geärgert. »Hast du Lust? Nach meinen Berechnungen wäre heute ein guter Tag.«

Joe stöhnte dann. Oder gähnte. Oder war schon eingeschlafen. Einmal, nach einem harten, langen Tag, sagte er: »Es tut mir Leid, Agnes. Ich glaube, ich bin einfach nicht in der Stimmung.« Sie wurde gereizt. »Denkst du, *ich* bin in der Stimmung?«, sagte sie. »Ich habe genauso wenig Lust dazu wie du«, und er betrachtete sie angewidert. Zwei Wochen danach war ihnen beim Falschen Hasen die traurige Erkenntnis gedämmert.

Im Kulturzentrum, früher auch Grange-Halle genannt, unterrichtete Agnes den Kurs »Großartige Bücher«, aber locker aufgezogen, mit Keksen. Sie ließ ihre Kursteilnehmer Gedichte und Theaterstücke und Geschichten abgeben, die sie geschrieben hatten; sie erlaubte ihnen, den Kurs als ihre eigene kleine Arena der Kreativität zu benutzen. Einmal brachte jemand sogar eine Skulptur mit: eine elektrische, mit Blinklichtern.

Nach dem Unterricht traf sie sich manchmal einzeln mit Kursteilnehmern. Sie empfahl ihnen, worüber sie schreiben, was sie lesen oder in ihrem nächsten Projekt behandeln könnten. Sie lächelte und erkundigte sich danach, ob alles gut gehe in ihrem Leben. Sie war interessiert.

»Sie sollten strenger sein«, sagte Willard Stauffbacher, der Leiter der Volkshochschule, ein kleiner Musiker mit Haarausfall; er klebte sich gern Bilder berühmter Leute an die Tür, denen er ähnlich zu sehen glaubte. Jeden dritten Montag hielt er die monatliche Lehrerkonferenz ab – treffend benannt, machte sich Agnes lustig, da sie nach Stauffbachers *leerer Konferenz* tatsächlich jedes Mal völlig ausgelaugt war. »Nur weil es ein Abendkurs ist, brauchen Sie nicht das Niveau zu senken«, mahnte Stauffbacher. »Wenn es Quark ist, nennen Sie es *Quark*. Wenn es unsinnig ist, schreiben Sie *unsinnig* quer über jede Seite.« Er hatte früher in einer Volksschule unterrichtet, einmal auch in einem Gefängnis. »Es kommt mir vor, als täte ich hier die ganze Arbeit allein«, fügte er hinzu. Neben seinem Büro befand sich ein Aushang mit der Überschrift REGELN FÜR DEN MUSIKRAUM:

Ich bleibe auf meinem Platz sitzen, es sei denn [sic!] Erlaubnis, ihn zu verlassen.
Ich sitze gerade.
Ich befolge Anweisungen.
Ich lasse meinen Nachbarn in Ruhe.
Ich bin still, wenn Mr. Stauffbacher spricht.
Ich bin höflich zu anderen.
Ich singe, so gut ich kann.

Eines Abends blieb Agnes nachher noch länger mit Christa sitzen, der einzigen schwarzen Kursteilnehmerin. Sie mochte Christa sehr – sie war clever und lustig, und manchmal hatte Agnes Lust, nachher mit ihr weiter zu plaudern. Agnes wollte Christa davon abbringen, ständig über Vampire zu schreiben.

»Warum schreiben Sie nicht über diese Sache, von der Sie mir damals erzählt haben?«, schlug Agnes vor.

Christa sah sie skeptisch an. »Welche Sache?«

»Damals, während Ihrer Kindheit, bei den Unruhen in Chicago, als Sie mit Ihrer Mutter durch die Polizeibarrikaden gegangen sind.«

»Mensch, das hab ich erlebt. Warum darüber schreiben?« Agnes seufzte. Vielleicht hatte Christa Recht. »Es ist nur so, ich kann Ihnen bei diesem Vampirzeug keine große Hilfe sein«, sagte sie. »Das ist formelhafte Genreliteratur.«

»Aber Sie wären mir eine größere Hilfe bei *meiner Kindheit?*«

»Nun ja, bei ernsthafteren Geschichten schon.«

Christa stand erregt auf. Sie schnappte sich ihre Vampirgeschichte zurück. »Sie mit Ihrer Alice Walker und Zora Hurston und all der schwarzen Erfahrungsliteratur. Das interessiert mich einfach nicht mehr. Das habe ich schon hinter mir. Diese Bücher habe ich vor Jahren gelesen.«

»Christa, bitte regen Sie sich doch nicht auf.« *Bitte seien Sie still, wenn Mr. Stauffbacher spricht.*

»Sie wissen wohl genau, was gut für mich ist, wie?«

»Nein, ehrlich, überhaupt nicht«, sagte Agnes. »Es ist nur so – wissen Sie, was es ist? Ich bin diese Vampire einfach leid. Die sind so weitschweifig und immer dasselbe.«

»Das, was Sie sagen, könnte einen anderen Dreh haben, wenn Sie schwarz wären. Aber das sind Sie nun mal nicht«, sagte Christa, griff nach ihrem Mantel und ging hinaus – allerdings steckte sie zehn Sekunden später fairerweise ihren Kopf wieder herein und sagte: »Bis nächste Woche.«

»Wir müssen eine Lesung mit einem schwarzen Schriftsteller machen«, sagte Agnes bei Stauffbachers nächster leerer Sitzung.

»Wir haben noch nie einen eingeladen.« Sie betrachteten ihr Budget, und dieses Jahr traten die Lesungen gegen die Tanzkurse an, einen Programmteil, der von einer Rothaarigen namens Evergreen geleitet wurde.

»Bei *Joffrey* gibt es nichts als Besetzungsprobleme«, sagte Evergreen aus heiterem Himmel. So, wie ein Staubsauger mit der Zeit die Fäden eines Teppichs aufribbeln kann, war

ihr Hirn durch zu viel Yoga vertrocknet. Keiner beachtete sie sonderlich.

»Vielleicht können wir Harold Raferson aus Chicago holen«, schlug Agnes vor.

»Wir haben schon jemanden für die Autorenlesungs-Schiene«, sagte Stauffbacher spröde. »Einen Afrikaans-Dichter aus Johannesburg.«

»Was?«, sagte Agnes. Meinte er das ernst? Selbst Evergreen bellte ein Lachen hervor.

»W. S. Beyerbach. Die Uni fliegt ihn ein. Wir zahlen unsere fünfhundert Dollar und kriegen ihn für anderthalb Tage.«

»Wen?«, fragte Evergreen.

»Das ist schon beschlossene Sache?«, fragte Agnes.

»Jawohl.« Stauffbacher musterte Agnes anklagend. »Ich habe eine Menge Arbeit da reingesteckt. *Ich* habe all die Arbeit gemacht!«

»Tun Sie einfach weniger«, sagte Evergreen.

Als Agnes Joe kennen gelernt hatte, waren sie übereinander hergefallen wie die Wilden. Sie hatten sich in Restaurants geküsst; unter ihren Mänteln im Kino herumgefummelt. In seinem kleinen Haus hatten sie sich auf der Veranda geliebt, auf dem Treppenabsatz im ersten Stock, an der Wand im Flur neben der Tür zum Dachboden – zu viel Begehren, um es bis in ein richtiges Zimmer zu schaffen.

Inzwischen rangen sie befangen um Atmosphäre, was sie früher nie gebraucht hatten. Sie bereitete das Schlafzimmer sorgfältig vor. Sie spielte ruhige Musik und konzentrierte sich. Sie entzündete Kerzen, als wäre sie in der Kirche und betete für die Verstorbenen. Sie warf ein durchsichtiges Fähnchen über. Sie nahm heiße Bäder und betrat das Schlafzimmer mit nichts als einem Handtuch bekleidet, ein wildes, fischähnliches Wesen aus feuchter, parfümierter Hitze. In der Nachttischschublade lag immer noch der Kalender, den zu führen ihr einst ein Arzt aufgetragen hatte, und sie kreuzte immer noch jedes Datum an, zu dem sie und Joe tatsächlich zum Sex kamen. Aber sie brachte es nicht fertig,

ihn ihrem Arzt zu zeigen; jetzt nicht mehr. Es tat Agnes weh, sie beide zu sehen. Sie und Joe sahen schlimmer aus als Blindgänger. Sie und Joe sahen aus wie Idioten. Sie und Joe sahen tot aus.

Panisches Kerzenlicht flackerte als Schatten an der Decke wie ein Puppenspiel. Während sie darauf wartete, dass Joe aus dem Badezimmer kam, legte sich Agnes aufs Bett und dachte an ihre Woche, die Scheiß-Politik hinter ihrer Arbeit, und dass sie darin nicht besonders gut war. Einmal, bevor er gewählt wurde, war sie zu einer Wahlveranstaltung für Bill Clinton gegangen, doch dann hatte er Verspätung und ließ die Menge über eine Stunde lang warten, und als die Sonne immer heißer wurde, allmählich die Bienen auf den Köpfen der Leute landeten, allen die Füße wehtaten, kleine Kinder anfingen zu brüllen und ein Mitglied des Bundes-staatsparlaments vortrat, um zu verkünden, dass Clinton in einem Dairy Queen in Des Moines eingekehrt sei und sich deshalb verspäte – weil er im Dairy Queen ein Eis aß, also wirklich! –, da war sie wütend geworden, nachtragend und unpolitisch in ihrem eigenen süß lechzenden Durst, und sie hatte eingestimmt, als ein paar Leute zu skandieren begannen: »Eis oder Torte, sag uns die Sorte.«

Auf dem College war sie Feministin gewesen – genauer gesagt: Sie rasierte sich zwar die Beine, *aber absichtlich nicht oft genug,* wie sie gern sagte. Sie unterschrieb Petitionen für Kindertagesstätten und Geburtenplanung. Und obwohl sie sich den Männern gegenüber nie besonders aggressiv ver-halten hatte, war sie fest davon überzeugt, den Unterschied zwischen Feminismus und Damenwahl zu kennen – was für einige Leute nicht zutraf, fand sie.

»Agnes, ist die Zahnpasta alle, oder ist das hier – ach so, ich verstehe.«

Und einmal, im Brooks-Atkinson-Theater in New York, hatte sie die Warteschlange vor den Damentoiletten organi-siert, geradezu quichottesk. Das Stück sollte jeden Augen-blick anfangen, die Schlange war noch zwanzig Frauen lang, und so hatte sie sechs Frauen rekrutiert, um gemein-sam quer durch das Foyer zu den Herrentoiletten zu mar-

schieren. »Keiner mehr da drin?«, rief sie schüchtern hinein und ließ die Männer erst mal fertig machen, was eine Weile dauerte, vor allem, weil andere Männer auftauchten und sich ungeduldig vordrängelten. Später, in der Pause, sah sie, wie so was ging. Zwei ältere schwarze Frauen mit mehr Erfahrung in Sachen Bürgerrechte betraten die Herrentoilette ganz selbstbewusst und riefen: »Achtet nicht auf uns, Jungs. Wir kommen jetzt rein. Achtet gar nicht auf uns.«

»Alles in Ordnung?«, fragte Joe lächelnd. Er war schon neben ihr. Er duftete süßlich, nach Seife und pfefferminzigen Zähnen, wie ein Kind.

»Glaub schon«, sagte sie und drehte sich zu ihm um, in der Bordellbeleuchtung ihres Zimmers. Sein Aussehen hatte nie die leidverankerte Reife bekommen, welche für die Patina auf den Gesichtern so vieler Männer sorgte. Seine eigene Lebenstraurigkeit – eine geprügelte Kindheit, eine sterbende Mutter – war wie Treibsand, und er musste sich gänzlich davon fern halten. In seiner Gegenwart durfte keine unglückliche Erinnerung angesprochen werden. Er blieb bei derselben milden Fröhlichkeit, die er als Junge erfolgreich glatt poliert hatte, und dadurch wirkte er etwas einfältig – selbst in seinen eigenen Augen, das wusste sie. Wahrscheinlich schadete das auch seinem Geschäft ein bisschen.

»Deine Gedanken schweifen ab«, sagte er und ließ die Augen zufallen.

»Ich weiß.« Sie gähnte, schob ihre Beine auf seine, um sich zu wärmen, und so, während die Kerzen bis auf ihre Blechuntersetzer herunterbrannten, schliefen sie und Joe ein.

Der Frühling kam, kühl und feucht. Blumenzwiebeln brachen auf und sprossen, schossen ihre grünen Periskope heraus, und am 1. April kündigte das Kulturzentrum einen Juxvortrag des Gastdozenten T. S. Eliot an, mit dem Titel »Der grausamste Monat«. »Finden Sie das nicht witzig?«, fragte Stauffbacher.

Am 4. April fand der Empfang für W. S. Beyerbach statt. Danach sollte ein Abendessen kommen, und dann war ein

Besuch des Dichters in Agnes' »Großartige Bücher«-Kurs geplant. Sie hatte den Kursteilnehmern seinen zweiten Band Sonette aufgegeben, das waren karge, elegante Gebilde mit seufzender und hauchdünner politischer Aussage. Am folgenden Nachmittag war eine Dichterlesung vorgesehen.

Agnes hatte keine Einladung zu dem Abendessen erhalten, und als sie sich etwas hilflos danach erkundigte, zuckte Stauffbacher die Achseln, als hätte er darauf keinerlei Einfluss. Ich bin eine *veröffentlichte Dichterin,* wollte Agnes sagen. Sie hatte tatsächlich einmal ein Gedicht veröffentlicht – zwar nur in *The Gizzard Review,* aber immerhin!

»Edie Canterton hat die Gästeliste gemacht«, sagte Stauffbacher. »Damit hatte ich nichts zu tun.«

Sie ging trotzdem zu dem Empfang, ärgerlich, und pflanzte sich wie ein schiefer, sturmzerzauster Baum neben den Käse. Als sie förmlich spürte, wie die Cracker, die sie aß, in ihrem Mund zu einer üblen Paste wurden, traute sie sich nicht mehr zu lächeln. Schließlich stellte sie sich W. S. Beyerbach vor, verhaspelte sich aber bei ihrem Namen und sprach ihn prompt »On-yes« aus.

»On-yes«, wiederholte Beyerbach mit einer leisen, irgendwie englischen Stimme. Von oben herab, wie sie fand. Er hatte blondes und weißes Haar, wie ein falbes Pferd, und seine Augen waren so blau und scharf wie Atemfrisch-Bonbons. Sie konnte sehen, was für ein zurückhaltender Mann er war; vielleicht fanden ihn andere *scheu,* aber sie entschied sich für *zurückhaltend:* mangelnde Großzügigkeit. Passivaggressiv. Die Menschen in seiner Umgebung wanden sich und stammelten nervös herum. Er nickte immer bloß, sein Lächeln schwach und irgendwie pharmazeutisch. Alles an ihm war verkrampft und unter Spannung wie ein automatischer Türschließer. Weil er in *so einem Land* lebt, dachte Agnes. Wie kann er bloß in so einem Land leben?

Stauffbacher versuchte sich an vollmundigen Sprüchen über den Bürgermeister. Irgendwas von seinen alten, progressiven Ideen und dem geplanten Konferenzzentrum. Agnes dachte an ihre Sitzungen im Verkehrsausschuss, an

das bürgermeisterliche Leinengesetz für Katzen und seine neuen Schwadronen aus Knöllchen-Polizistinnen und Fahrradpolizei, an einen Stadtrat, den der Bürgermeister mal in einer Bar zusammengeschlagen hatte. »Inzwischen ist der Bürgermeister natürlich längst ein Faschist geworden«, sagte Agnes, und ihre Stimme klang seltsam laut und hell vor Zorn.

Totenstille überall. Edie Canterton hörte auf, im Punsch herumzurühren. Agnes sah sich um. »Oh«, sagte sie. »Dürfen wir *dieses Wort* hier nicht benutzen?« Beyerbachs Gesichtsausdruck wurde leer. Agnes' Wangen brannten, sie war verwirrt.

Stauffbacher wirkte gequält, dann getroffen. »Irgendwer noch Käse?«, fragte er und hielt das Silbertablett hoch.

Nachdem alle zum Abendessen aufgebrochen waren, setzte sie sich in den *Dunk'n Dine* auf der anderen Straßenseite. Sie bestellte ein Roastbeef-Sandwich und einen Kaffee und schaute noch einmal Beyerbachs Werk durch: zu Dutzenden Bilder von geschundenen, verwesten Körpern, Bilder von Meuterei und Verrat des Körpers, Bilder von der seltsamen Haushaltung und den unzulässigen Haustierchen des Körpers. Vorn im Buch stand eine Widmung – *Für DFB (1970 bis 1989)*. Wer mochte das sein? Ein Politaktivist vielleicht. Vielleicht die junge Frau, die oft in seinen Gedichten vorkam, »eine Frau, die das unpassende Kleid der Hoffnung abgelegt hatte«, um sogleich »in den blutblühenden Büschen« wieder danach zu suchen. Falls sich die Gelegenheit bot, würde Agnes ihn danach fragen. Warum nicht? Ein Buch war etwas Öffentliches, und die Widmung gehörte dazu. Falls ihm die Frage zu persönlich war, Pech gehabt. Sie würde schon den richtigen Augenblick finden, entschied sie. Sie zahlte die Rechnung, zog ihre Jacke über und kehrte zum Kulturzentrum zurück, wo sie Beyerbach am Eingang treffen sollte. Sie würde den Augenblick abwarten und ihn dann ergreifen.

Er stand bereits an der Eingangstür, als sie dort ankam. Er begrüßte sie mit einem steifen Lächeln und einem leisen

»Hallo, Onyes«, in einem Akzent, der ihre eigene Stimme rau und nach Country and Western klingen ließ.

Sie lächelte und platzte dann heraus: »Ich möchte Sie gern was fragen.« Sie hörte sich jetzt selbst an wie Johnny Cash.

Beyerbach sagte nichts, hielt ihr nur die Tür auf und folgte ihr ins Gebäude.

Sie fuhr fort, während sie langsam die Treppe hochgingen. »Darf ich Sie fragen, wer das ist, dem Sie Ihr Buch gewidmet haben?«

Oben angekommen, wandten sie sich nach links in den langen Korridor. Sie spürte seine stählerne Reserviertheit, sein Lippenbeißen, seine unzweifelhaft mit Snobismus verhüllte und rationalisierte Scheu, aber er bot schon eine ganze Menge Snobismus auf, um diese große Scheu zu handhaben – da konnte er eigentlich kein bedeutender Kritiker seines Landes sein. Sie war wütend auf ihn. *Wie können Sie nur in so einem Land leben?*, wollte sie wieder sagen, obwohl ihr einfiel, dass jemand das mal zu ihr gesagt hatte – ein Däne auf Agnes' Auslandsschulreise nach Kopenhagen. Das war in den Zeiten des Vietnamkriegs gewesen, und der Mann hatte sie böse und aufrecht angestarrt. Agnes hatte die Schultern gezuckt. »Mich verbindet vieles damit«, sagte sie damals und spürte zum ersten Mal all die dunkle Liebe und Scham, die aus dem reinen Zufall der Heimat erwachsen, jenem tief sitzenden, willkürlichen Ort, der einem nun mal gehört.

»Es ist meinem Sohn gewidmet«, sagte Beyerbach schließlich. Er vermied es, sie anzusehen, und starrte stattdessen geradeaus über den Korridorboden. Jetzt waren Agnes' Schuhe sehr laut. »Sie haben einen Sohn verloren?«, sagte sie.

»Ja.« Er schaute weg, auf die vorüberziehende Wand, vorbei an Stauffbachers Schwarzem Brett, an der Herrentoilette, der Damentoilette, und irgendetwas Starres in ihm war zerbrochen. Als er sich ihr wieder zuwandte, sah sie, dass seine Augen schwammen, sein Gesicht war ein einziger Blutandrang, rot angelaufen unter unerträglichem Druck.

»Das tut mir so Leid«, sagte Agnes.

Ihre Schritte hallten nun nebeneinander über den Korridor, auf ihren Unterrichtsraum zu; all die Beklemmungen, die sie mit diesem trauernden, stillen Mann empfand, ähnelten plötzlich Beklemmungen der Liebe. Was sollte sie sagen? Es gibt wohl nichts Unerträglicheres, als sein Kind zu verlieren. Hätte er nicht irgend so etwas sagen sollen? Jetzt war er dran, etwas zu sagen.

Aber er wollte nicht. Und als sie endlich den Unterrichtsraum erreichten, wandte sie sich an der Tür zu ihm, nahm eine Packung aus ihrer Tasche und sagte schlicht, beruhigend: »Bei uns gibt es im Unterricht immer Kekse.«

Da strahlte er sie so erleichtert an, dass sie wusste, sie hatte das Richtige gesagt, dieses eine Mal. Das erfüllte sie mit Zuneigung für ihn. Vielleicht, dachte sie, entstand Zuneigung so: durch einen unwahrscheinlichen Satz, in einem Augenblick, wenn jemand gerade unerwartet, aber endlich das Richtige gesagt hat. *Bei uns gibt es im Unterricht immer Kekse.*

Sie stellte ihn mit höflichen Floskeln und biografischen Informationen vor. Ausgeübte Berufe, besuchte Universitäten. Die Kursteilnehmer meldeten sich und fragten ihn nach der Apartheid, den Shantytowns und Homelands, und er antwortete knapp, nach langen Schnaufern und Pausen. Nur einmal bezeichnete er eine Frage als »unbeantwortbar weltfremd«, sodass sich die Fragestellerin unbehaglich wand und in ihrer Handtasche nach irgendetwas wühlte, nach nichts, vielleicht nach einem Taschentuch. Beyerbach schien es nicht zu bemerken. Er fuhr fort, sprach von Zensur und wie sehr man sich bemühen müsse, um das Zensurprogramm einer Regierung nicht zu internalisieren, was der Regierung natürlich am liebsten wäre: dass man es einfach selbst erledigte, und er sei sich nicht sicher, ob er habe standhalten können. Nachher blieben ein paar Kursteilnehmer da, schüttelten ihm förmlich, unbeholfen die Hand und gingen. Christa war die Letzte. Auch sie schüttelte ihm die Hand und fing an, liebenswürdig zu plaudern. Sie hatten einen gemeinsamen Bekannten – Harold Raferson in Chica-

go! –, und während Agnes schnell die Kekskrümel vom Seminartisch wischte, versuchte sie mitzuhören, verstand aber eigentlich nichts. Sie machte ein kleines Häufchen aus den Krümeln und fegte sie in eine Hand.

»Gute Nacht«, flötete Christa, als sie ging.

»Gute Nacht, Christa«, sagte Agnes und klopfte die Krümel in den Abfalleimer.

Nun stand sie mit Beyerbach in dem leeren Unterrichtsraum. »Haben Sie herzlichen Dank«, sagte sie gedämpft. »Ich bin mir sicher, davon haben alle eine Menge gehabt. Wirklich.«

Er sagte nichts, lächelte sie nur freundlich an.

Sie verlagerte ihr Gewicht auf das andere Bein. »Haben Sie Lust, noch auf ein Glas irgendwo hinzugehen?«, fragte sie. Sie stand nahe bei ihm und sah zu seinem Gesicht auf. Er war groß, wie sie jetzt bemerkte. Keine breiten Schultern, aber eine jugendliche Gestrafftheit in der Haltung. Kurz berührte sie seinen Ärmel. Die Anzugjacke war aus Kord und duftete schwach nach Nelken. Es war das erste Mal in ihrem Leben, dass sie einen Mann zu einem Drink einlud.

Er machte keine Anstalten, Abstand von ihr zu halten, sondern schien sich sogar ein wenig in ihre Richtung zu lehnen. Sie konnte seinen trockenen Atem spüren, aus nächster Nähe die unterschiedlich getönten Speichen der Iris in beiden Augen erkennen, die Grau- und Gelbtöne in dem Blau. An seinem Haaransatz waren ein paar kleine Sommersprossen hingetüpfelt. Er lächelte und schaute dann zu der Uhr an der Wand. »Sehr gerne, wirklich, aber ich muss zurück ins Hotel und um Viertel nach zehn einen Anruf machen.« Er sah ein bisschen enttäuscht drein – nicht sehr, dachte Agnes, aber ein bisschen schon.

»Na ja«, meinte sie und knipste die Lichter aus, und in der Dunkelheit half er ihr in die Jacke. Sie traten aus dem Raum und gingen schweigend nebeneinander her, über den Korridor und die Treppe bis zum Haupteingang. Draußen war die Nacht weich und roch nach Regen. »Finden Sie den Weg zurück ins Hotel?«, fragte sie. »Oder …«

»O ja, danke sehr. Es ist gleich um die Ecke.«

»Stimmt. Stimmt ja. Also, mein Wagen steht irgendwo da hinten. Dann sehen wir uns wohl morgen Nachmittag nach Ihrer Lesung.«

»Ja«, sagte er. »Ich freue mich schon darauf.«

»Ja«, sagte sie. »Auch ich freue mich.«

Die Lesung fand in der großen Aula des Kulturzentrums statt. Er trug etwas aus den Sonetten vor, die Agnes bereits gelesen hatte, aber es war schön, die Gedichte noch einmal zu hören, mit seiner gedämpften, gequälten Tenorstimme. Sie saß in der letzten Reihe, ihren grünen Regenmantel unter sich auf dem Sitz ausgebreitet wie ein Blatt. Sie stützte sich auf die Lehne der Reihe vor ihr, ihr Rücken ein schiefer Stängel, ihr Kinn auf beiden Fäusten, und so lauschte sie ihm eine Zeit lang. Irgendwann schloss sie die Augen, aber sein Anblick, wie er vor ihr stand, aufrecht wie eine Kompassnadel, hatte sich unter ihren Lidern festgesetzt wie ein Brandmal, ein Stäubchen oder eine Botschaft vom Hirn.

Später, als Beyerbach das Rednerpult verließ, entdeckte er sie und winkte, aber Stauffbacher packte ihn am Arm, wie ein Schleppkahn mit einem Auftrag, und steuerte ihn woanders hin, auf einen Tisch an der Seite zu, wo kleine Plastikbecher mit warmer Pepsi standen. Wir sind beide Männer, schien die Geste zu sagen. Wir haben beide *bach* in unseren Namen. Agnes zog den grünen Mantel an. Sie ging zum Pepsi-Tisch und blieb dort stehen. Sie trank eine warme Pepsi und stellte den leeren Becher zurück. Schließlich wandte sich Beyerbach zu ihr und lächelte sie zutraulich an. Sie streckte die Hand aus. »Das war eine wunderbare Lesung«, sagte sie. »Ich freue mich sehr, dass ich Sie kennen lernen durfte.« Sie ergriff die lange, schmale Hand, ihre Daumen berührten sich. Sie konnte die Knochen in ihm erfühlen.

»Danke sehr«, sagte er und betrachtete ihren Mantel beunruhigt. »Brechen Sie schon auf?«

Sie schaute an ihrem Mantel herab. »Ich fürchte, ich muss langsam nach Hause.« Sie war gar nicht sicher, ob das wirklich zutraf. Aber sie hatte den Mantel angezogen, und jetzt kam es ihr ungeschickt vor, ihn wieder auszuziehen.

»Oh«, murmelte er und sah sie durchdringend an. »Na dann, alles, alles Gute, Onyes.«

»Wie bitte?« Irgendetwas bei dem Pult hatte geklappert.

»Alles Gute«, wiederholte er, und in seiner Miene war etwas auf dem Rückzug.

Stauffbacher tauchte plötzlich neben ihr auf und runzelte die Stirn, als er den grünen Mantel sah, so als wäre der unbegreiflich.

»Ja«, sagte Agnes und machte einen Schritt nach hinten, dann wieder nach vorn, um Beyerbachs Hand ein weiteres Mal zu schütteln; es war eine schöne Hand, wie ein altes, kostbares Stück Holz. »Gleichfalls«, fügte sie hinzu. Dann drehte sie sich um und floh.

Mehrere Nächte hintereinander konnte sie schlecht schlafen. Sie legte sich mit dem Gesicht direkt aufs Kissen, drehte den Kopf zur Seite, damit sie Luft kriegte, warf sich auf den Rücken und schlug die Augen auf, starrte in die äußerste Ecke des Zimmers, wo der spitze Winkel des Türrahmens einen winzigen, aus dem Bad kommenden Streifen Licht durchließ, eine schwache Beleuchtung des Flurs, als wäre gerade jemand dort gewesen.

Mehrere Tage lang dachte sie, er hätte ihr vielleicht eine Nachricht bei der Sekretärin hinterlassen oder von irgendeinem Flughafen geschickt. Sie dachte, das Ungenügende ihres Abschieds würde auch ihm keine Ruhe lassen, und vielleicht würde er ihr eine vertiefende Postkarte schicken.

Er tat es aber nicht. Kurz überlegte sie, ihm einen Brief zu schreiben, auf dem Briefpapier des Kulturzentrums, das aus Gründen der Sparsamkeit kein Briefpapier mehr war, sondern Fotokopien vom Briefpapier. Sie wusste, dass er an die Westküste geflogen war, dann nach Tokio und Sydney und schließlich zurück nach Johannesburg, und wenn sie den Brief jetzt abschickte, würde er ihn bei seiner Ankunft vorfinden. Sie könnte ihm noch einmal sagen, wie interessant es gewesen sei, ihn kennen zu lernen. Sie könnte ihr Gedicht aus *The Gizzard Review* beilegen. In der Zeitung hatte sie einen Artikel über Trauerarbeit gelesen – und wenn

sie ihre Mutter wäre, würde sie ihm den auch noch schicken.

Gott sei Dank, Gott sei Dank war sie nicht ihre Mutter.

Der Frühling setzte sich mit Wolkenbrüchen und Gewittern endgültig in Cassell fest. Die winterharten Pflanzen – Immergrün und Traubenhyazinthen – blühten überall in der Stadt in einer Art öffentlichem Blau, und die allmählich wärmer werdende Luft lockte ab und zu schon eine Mücke oder Fliege hervor. Die Sitzungen des Verkehrsausschusses waren trist und lang, allzu oft bis in den Abend hinein, und wenn Agnes nach Hause kam, spulte sie sie noch einmal für Joe ab und brach manchmal darüber in Tränen aus, etwa wenn es um die Radarkontrolle oder die Verbreiterung der Autobahn ging.

Wenn ihre Mutter anrief, war Agnes kurz angebunden. Wenn ihre Schwester wegen ihrer Mutter anrief, war sie noch kürzer angebunden. Joe massierte ihr die Schultern und erzählte ihr von Carports, von Bürgersteig-Charme und von asbestumhüllten Leitungen.

Im Kulturzentrum unterrichtete sie und schmollte und bekam die üblichen Notizen von der Sekretärin, wie immer auf Schmierpapier geschrieben – nur dass im Moment das Schmierpapier aus den Plakaten für die Beyerbach-Lesung bestand. So kriegte sie etwa eine lange Abhandlung über Vorgaben und Procedere bezüglich der Sommereinschreibungen, und wenn sie sie umdrehte, sah sie sein Gesicht – traurig und wichtigtuerisch auf dem Foto. Oder es kam eine kurze Telefonnotiz – »Ihr Mann hat angerufen. Bitte rufen Sie ihn im Büro zurück« –, und hintendrauf war Beyerbachs durchgerissene Nase, ein Bonbonauge, ein ellbogenhaftes Kinn. Irgendwann waren die Plakate alle, und das Schmierpapier ging über zu alten Wettbewerbsausschreibungen, Stipendienfristen und Einladungen zu Osterkonzerten.

Abends machten sie und Joe Yoga zu einer Yoga-Sendung im Fernsehen. Das war Teil ihres Bestrebens, nicht wie ihre

Eltern zu werden, obwohl die Ehe, wie sie wussten, diese Gefahr mit sich brachte. Die funktionale Entzauberung, die liebe Gewöhnung an den Partner, zog allmählich Falten um Agnes' Mund, Falten, die aussahen wie Anführungszeichen – als wäre alles, was sie sagte, schon einmal gesagt worden. Manchmal kam die alte Madeline, eine fette, verwöhnte, buntscheckige Katze, die das Leben mit einem kinderlosen Paar in den Jahren seiner Fortpflanzungsfähigkeit in vollen Zügen genoss, und legte sich zu ihnen, zwischen sie. Sie war an Kuscheln, Streicheln und tropfende Wasserhähne gewöhnt, aber manchmal verschwand sie auch nach draußen, und sie sahen sie tagelang nicht, erspähten sie erst später wieder im Garten, schmutzig und verfilzt, wie sie auf einem Maulwurf herumkaute oder alten Schnee fraß.

Am Memorial-Day-Wochenende flog Agnes mit Joe nach New York, damit er mal die Stadt kennen lernte. »Ein Ort«, sagte sie, »wo du nicht automatisch zum Großereignis wirst, wenn du weder weiß noch dort geboren bist.« Iowa ging ihr allmählich auf die Nerven, diese lächerliche Manier, sich aus dritter Hand mit den großen Fragen und Gesprächsthemen der Welt zu befassen, und die schiefe, müde Art und Weise, wie sich dort Geschichte ereignete – falls überhaupt. Sie sehnte sich danach, eine Weltbürgerin zu sein!

Sie fuhren auf Rollschuhen durch den Central Park. Sie bewunderten die Schaufenster von Lord & Taylor. Sie schauten sich *Joffrey* an. Sie gingen zu einem Friseur auf der 57. Straße, wo sie sich die Haare rot färben ließ. Sie saßen im Café am Fenster, ließen sich endlos Kaffee nachschenken und aßen Kuchen.

»So vieles sieht unverändert aus«, sagte sie zu Joe. »Als ich hier gewohnt habe, strampelten alle nur nach Geld. Die Reichen genauso wie die Armen. Aber alle gaben sich große Mühe, auch witzig zu sein. Egal, wo man hinkam – in einen Laden oder zur Maniküre –, irgendwer erzählte immer einen Witz. Und zwar einen guten.« Sie erinnerte sich, dass durch diese Neigung, einen Witz zu erzählen, sich einfach

jeder Tag erträglich angefühlt hatte. Der Humor hatte etwas Entschlossenes gehabt, eine Intensität, in der sich die Intensität der Stadt widerspiegelte, und es war, als umschlösse und erleichterte dieser Humor die gnadenlose Traurigkeit der Menschen, die einander dermaßen benutzt und die Erde dermaßen verschandelt hatten. »Es war wie Gruppensex zwischen lauter Gehirnen. So als ob jedes Gehirn ein Sexfex wäre.« Sie schaute auf ihren Kuchen hinab. »Die Leute haben sich richtig Mühe gegeben mit dem Lachen«, sagte sie. »Das braucht der Mensch, Lachen.«

»Ja, das braucht er«, sagte Joe. Er trank einen Schluck von seinem Kaffee, und seine über die Tasse gereckten Lippen sahen aus wie eine fleischige Blüte. Er hatte Angst, sie könnte gleich anfangen zu weinen – sie kriegte schon wieder dieses Gesicht –, und wenn sie das täte, würde er sich schuldig und verloren fühlen, voller Mitleid, dass ihr Leben nicht mehr hier stattfand, sondern an einem fernen, öden Ort und mit ihm. Er setzte die Tasse ab und versuchte zu lachen. »Das braucht er wirklich«, sagte er. Und er sah aus dem Fenster auf die klapprigen Taxis, den austernhaltigen Müll, die tuberkulöse Luft und sieben Pfund Hühnerinnereien, die einer vor dem Restaurant, in dem sie saßen, auf den Bürgersteig gekippt hatte. Er drehte sich wieder zu ihr und zog ein Clownsgesicht.

»Was tust du da?«, fragte sie.

»Das ist ein Clownsgesicht.«

»Was soll das heißen, ›ein Clownsgesicht‹?« Hinter ihr sang jemand »I Love New York«, und zum ersten Mal fiel ihr die seltsame Unentschlossenheit der Melodie auf.

»Ein ganz normales Clownsgesicht, das soll es heißen.«

»So sah es aber nicht aus.«

»Nein? Wie denn dann?«

»Soll ich das Gesicht nachmachen?«

»Ja, mach mal.«

Sie betrachtete Joe. Jeder Kompromiss im Leben brachte die Traurigkeit und den sentimentalen Schatten mit sich, die dadurch entstanden, dass er nicht etwas anderes, sondern einfach nur er selbst war: Sie versuchte das Gesicht

nachzumachen – eine Miene von solch monströser Leere und Dummheit, dass Joe in heulendes Gelächter ausbrach, wie ein Hund, und sie genauso, die Luft knallte schnaubend durch ihre Nase, der Kopf flog nach vorn, dann nach hinten, dann wieder nach vorn, was einen Hustenanfall auslöste.

»Alles in Ordnung?«, fragte Joe, und sie nickte. Aus Höflichkeit sah er weg, nach draußen, wo es plötzlich angefangen hatte zu regnen. Auf der gegenüberliegenden Straßenseite hatten sich zwei Menschen unter eine Markise gestellt, um das Ende des Schauers im Trockenen abzuwarten, und ihre Gestalten standen dunkel und vogelscheuchig vor dem hell erleuchteten Schaufenster. Als er sich wieder seiner Frau zuwandte – seiner traurigen jungen Frau –, um ihr die Szene zu zeigen, um ihr zu zeigen, was ein Mann, der fest im Griff der mittleren Jahre steckte, witzig fand, da saß sie immer noch seitwärts abgeknickt da, sodass ihr Gesicht unter der Tischplatte verschwunden war, und er konnte nur die Krümmung ihres bebenden Rückens erkennen, ihren flusig verschwommenen, dünnen Frühlingspulli und die grelle Draufsicht ihrer leuchtenden, neuen, scheußlichen Frisur.

Der Löwe am Morgen

Es war Morgen, strahlender Morgen, sprühende Morgen-
helle im Monat Mai, als James erwachte. Ein alter Mann in
dem geräumigen Zimmer eines großen Hauses in einer der
Siebziger Straßen östlich vom Central Park. Ein kleiner,
drahtiger, blankäugiger Mann in dem großen Herrenschlaf-
zimmer eines monströs-überladenen, aufdringlich-kost-
spieligen, mansardenüberdachten pseudo-französischen
Chateaus aus Kalkstein und Marmor, wie es alle reichen
Männer vor vierzig bis fünfzig Jahren für ihre Frauen bau-
ten. Jetzt aber schrieb man 1929, und es war strahlender
Morgen im Monat Mai, als James erwachte.

Er wachte so auf, wie er alles tat: sehr reinlich, kurz ent-
schlossen und aggressiv, mit einer Art grimmiger
Kampflust. Da gab es keine Flausen: wenn er ausgeschlafen
hatte, dann hatte er eben ausgeschlafen. Er legte Wert auf
Komfort und Qualität, aber er haßte jede Weichlichkeit,
Trägheit und schwächliche Unentschiedenheit. Ein jedes
Ding hatte seine Zeit und seinen Platz; die Arbeit zu ihrer
Zeit, Sport und Reisen, Vergnügen und Geselligkeit desglei-
chen; gutes Essen, ein Cognac und eine gute Zigarre und
schließlich auch der Schlaf – das alles hatte seine Zeit, und
James wußte, wann die Zeit für das eine oder andere ge-
kommen war.

Denn wenn etwas erledigt war, dann war es auch erledigt. Das galt für den Schlaf genauso wie für alle nützlichen
oder angenehmen Dinge des Lebens. Er hatte seine Schuld
an Schlaf und Dunkelheit mit acht Stunden seiner Zeit
abgegolten, und damit Schluß. Er entrichtete seinen Obolus
an den Schlaf so, wie er einen Scheck ausschrieb – reinlich,
scharf und energisch, mit einem abschließenden Feder-
schnörkel:

»Zu zahlen an ... Schlaf ... acht $^0/_{100}$ Std.
James Wyman sen.«

So, mein Herr! Alles zu Ihrer Zufriedenheit erledigt? Gut! Dann ist ja alles in Ordnung. Jetzt aber weiter! Keine Dummheiten, wenn ich bitten darf! Kein verschlafenes Gähnen, kein wohliges Gerekel! Nicht etwa sich noch einmal im Bett herumdrehen und »Bloß noch fünf Minuten!« brummeln oder derlei Blödsinn! Hier gibt's kein Spinnweb aus dem Gehirn zu pulen, keinen Schlaf aus den Augen zu reiben! Nur nicht dieses mühsam augenplinkernde Aufwachen, dieses langsam ringende Zur-Besinnung-Kommen! Nein! Wach mit einem Schlage auf, sei sofort munter, und laß den Schlaf in dem Augenblick, da du die Augen aufschlägst, hinter dir! Steh auf und geh an deine Arbeit – der Tag fängt an, die Nacht ist vorüber, jetzt ist keine Schlafenszeit!

So also wachte James auf – ein kleiner, drahtiger Mann von vierundsiebzig Jahren mit dem kalten Gesicht eines Kämpfers. Kein hartes Gesicht war es, keineswegs brutal, grausam oder zerrüttet. Nein, im ganzen war es eher liebenswürdig zu nennen, dieses gewiß sehr entschiedene und durchaus kämpferische Gesicht.

Seine Züge zeugten von Intelligenz, ihr Ausdruck war lebhaft, scharf und etwas frostig. Frostig blickende, blaue Augen, kalt und durchbohrend wie Stahl. Das weiße Haar – wie auch der Schnurrbart – knapp gestutzt. Die lange Nase wirkte kalt und energisch, die ganze Gesichtsform leicht konkav; um den geraden, verbissenen Mund spielte stets der Anflug eines Lächelns – eines gewiß launigen Lächelns, in dem aber auch eine durchdringende Kälte, eine natürliche, rücksichtslose Härte lagen. Es war das Gesicht eines Mannes, der die Furcht haßte und die Furchtsamen verachtete, der den anderen respektierte, wenn dieser seinen Blick erwiderte und »Nun gerade!« sagte, der aber für ein zitterndes Ausweichen vor seinem stahlkalten Blick Verachtung empfand. Ein Gesicht, das allem Hassenswerten und Verächtlichen mit grausam-unbarmherziger Rücksichtslosigkeit begegnete, aber dem, was ihm gefiel, echte Großmut, Treue und Anhänglichkeit versprach. Ein Gesicht, das unduldsam, hochmütig, gefühllos und manchmal auch

ungerecht sein konnte – aber ein Gesicht, das keiner Gemeinheit fähig war.

James blieb einen Augenblick ruhig liegen und starrte mit den hellwachen, kalt-blauen Augen an die Zimmerdecke. Dann sah er nach der Uhr: nur wenige Minuten vor acht, seiner unabänderlichen Aufstehzeit seit fünfzig Jahren, wenn er sich in der Stadt aufhielt. Auf dem Lande erhob er sich – mit Ausnahme der Sonntage – eine Stunde und fünfzehn Minuten früher. Er fuhr mit der Hand unter sein Nachthemd und kratzte sich nachdenklich die behaarte Brust. Er hatte sein Leben lang ein Nachthemd getragen, genau wie sein Vater und wie jeder vernünftige Mensch. Der Zwang, während des Geschäftstages vollbekleidet sein zu müssen, war schon unbequem genug. Sollte er etwa auch noch im Bett so ein lächerliches, grasgrüngestreiftes Affenjäckchen anziehen, sich den Bauch wie einen Mehlsack mit einem Strick einschnüren und die Beine in eine Hose zwängen? Nein! Hosen trug man auf der Straße und im Büro. Wenn er zu Bett ging, verlangten Beine und Bauch nach möglichst viel Platz und Bewegungsfreiheit.

Er schwang die Beine über den Bettrand, angelte sitzend mit den Zehen nach seinen Pantoffeln und stand auf; er ging durchs Zimmer, blieb am Fenster stehen und blickte auf die Straße hinunter. Einen Augenblick überkam ihn ein leichter Schwindel: ein kreisendes Gefühl in seinem klaren Kopf, eine Schwäche in den Knien. Er schüttelte ungeduldig den Kopf und atmete tief; er zog die schweren, gerippten Samtvorhänge so weit zurück, wie es irgend ging, und machte das Fenster weiter auf. Sein Herz pumpte mühsam, das dünne, verbissene Lächeln um den festen Mund vertiefte sich. Vierundsiebzig! Nun ja – und? Ein Weilchen blieb er, die geäderte, alte Hand noch an dem schweren Vorhang, am Fenster stehen und sah auf die Straße hinunter. Dort herrschte noch nicht viel Leben. Vor dem gegenüberliegenden großen Wohnhaus aus Kalkstein und Marmor, das dem seinen sehr ähnlich war, scheuerte ein Hausmädchen, auf den Knien liegend, die Marmorstufen. Ein klappriger Wagen mit einem zottigen Pferdchen ratterte vorüber. Sechs Häuser weiter

sauste ein Taxi die morgenfrische Fifth Avenue entlang, und dahinter konnte der alte James die mailich grünenden Bäume und Büsche des Central Parks erkennen. Auch hier in seiner Straße, vor den unschön überladenen Häusern standen ein paar Bäume, über und über mit jungem Grün betupft. Hellschimmerndes Morgenlicht fiel schräg auf die Straßenfront, und aus dem zart-lebendigen Grün der jungen Bäume erhob sich Vogelsang.

Ein schöner Morgen, dachte James, ein viel zu schöner Morgen für diese verdammt häßliche Straße, der Natur, Mai und Sonnenschein geradezu einen liebenswürdigen Anstrich verliehen. Es war eine der typischen Siebziger Straßen, in denen die reichen Leute wohnten – ein Mischmasch aus protzigen Baustilen. Zwischen der kahlen, soliden Häßlichkeit der braunen Sandsteinfronten hier und da ein überladenes, pseudo-französisches Chateau wie das seine, und in der Mitte des Blocks die blaß-lachsfarbene Backsteinfassade und der grüne Vorsprung eines eleganten, modernen Apartment-Hauses.

Er wandte sich, noch immer verbissen lächelnd, vom Fenster ab. Draußen in der morgendlich stillen Diele schlug die Großvateruhr mit tiefem Ton die achte Stunde, und mit dem letzten Schlag wurde die Klinke der großen Nußholztür niedergedrückt: Sein Kammerdiener trat ein.

Der Mann sagte leise: »Guten Morgen, Sir.« James erwiderte brummend »Morgen« und ging ohne ein weiteres Wort ins Badezimmer; nach einem Weilchen rauschte die Wasserspülung der Toilette, dann wusch er sich in dem alten Waschbecken aus geädertem Marmor die Hände, drehte den Wasserhahn über der großen, altmodischen, elfenbeinfarbenen Badewanne auf, und während die Wanne sich füllte, betrachtete er sich im Spiegel. Er reckte den Hals und rieb sich nachdenklich die borstigen, grauen Bartstoppeln; er nahm sein Rasierzeug aus dem Schränkchen und legte es griffbereit zurecht, zog das alte Rasiermesser mit energischen Strichen ab und befühlte mit befriedigter Miene die tödlich scharfe Klinge; dann legte er das Messer zu den übrigen Rasiersachen und drehte das Wasser ab; er zog

sich das Nachthemd über den Kopf, stieg in die Wanne und ließ sich behaglich grunzend behutsam ins Wasser.

Er brauchte vier Minuten zum Baden und Abtrocknen und genau sechs Minuten, um sich das Gesicht einzuseifen und unter vorsichtigem Halsrecken den spröden grauen Stoppelbart zu rasieren, bis die Haut sich so glatt anfühlte wie genarbtes Holz. Als er damit fertig war, reinigte er mit zärtlichem Stolz sein altes, abgenutztes Rasiermesser, und als er sein Rasierzeug wieder fortgeräumt hatte, war es acht Uhr zehn.

Als er, mit dem Morgenrock bekleidet, sein Schlafzimmer betrat, hatte der Diener die Garderobe bereits zurechtgelegt: er hatte dem alten, kommodenartigen Ankleidetisch frische Unterwäsche und Socken, ein sauberes Hemd, Manschettenknöpfe und Kragen entnommen, dem riesigen alten Nußholzschrank einen dunklen Anzug, eine schwarze Krawatte und ein Paar Schuhe. James duldete in seinem Zimmer keine »neumodischen« Möbel, worunter er sowohl die modernen Stilarten der letzten Jahre als auch den so leidenschaftlich wiederbelebten Kolonialstil verstand. Sein Schlafzimmer war mit massiven viktorianischen Möbeln ausgestattet, die er vor vielen Jahren aus dem Schlafzimmer seines Vaters übernommen hatte. Der scheußliche, hohe, kommodenartige Ankleidetisch wies einen hohen Spiegel in einem gewaltigen, mit füllhornartigem Schnitzwerk verzierten Holzrahmen und eine grau geäderte Marmorplatte auf, die zwischen schatullenartigen Schublädchen eingelassen war (Gott mochte wissen, wozu die da waren – vielleicht für Kragen-, Hemden- oder Manschettenknöpfe, für Kragen und alles das, was er »Kinkerlitzchen« nannte); darunter befanden sich mehrere schwere Nußholzschubladen mit Messinggriffen, in denen Hemden und Socken, Unterwäsche und Nachthemden verwahrt wurden. Der ungeheure Kleiderschrank aus Nußholz war gut und gerne drei Meter hoch; ein abscheulicher Nußholztisch mit dicken, gedrehten Beinen und einer ebenfalls häßlich grau geäderten Marmorplatte vervollständigte das Meublement.

James ging durchs Zimmer zu dem Stuhl, der an seinem

Bett stand, warf den Morgenrock ab und schob, leise grunzend und mit einer Hand auf den Diener gestützt, erst den einen, dann den anderen fleischigen Schenkel in die lange, mäßig-dicke Flanellunterhose; er knöpfte das leichte Flanellunterhemd über die behaarte Brust, legte das weißgestärkte Hemd an und knöpfte es zu und ließ sich die gestärkten Manschetten zusammenknöpfen; als er sich nach seiner Hose umsah, die der Mann ihm hinhielt, besann er sich plötzlich anders und sagte: »Augenblick! Wo ist der graue Anzug – den ich mir letztes Jahr habe machen lassen? Ich glaube, den werde ich heute anziehen.«

Der Blick des Kammerdieners war verdutzt, in seiner leisen Stimme schwang aber nur kaum merklich eine Spur von Überraschung: »Den *grauen*, Sir?«

»Ich sagte doch wohl grau, nicht wahr?« versetzte James grimmig, und die kalt-blauen Augen musterten den Mann mit unverhohlener Herausforderung.

»Sehr wohl, Sir«, antwortete der Diener leise; aber für eine Sekunde trafen sich ihre Blicke, und obwohl beide ernste Mienen bewahrten und in James' Gesicht eine Spur von grimmigem Trotz zu bemerken war, blitzte in beider Augen ein schnelles, scharfes Fünkchen auf, etwas gleichsam Spitzbübisches, das nicht ausgesprochen wurde, weil man ohnehin Bescheid wußte.

In unerschütterlichem Ernst trat der Mann an den großen Nußholzschrank, öffnete die Türen und nahm einen adretten, zweireihigen Anzug aus lichtgrauem Stoff heraus – für James, der sich gewöhnlich dunkel und gesetzt zu kleiden pflegte, ein ausgesprochen heller, leichtfertiger Anzug. Der Mann kam ebenso unerschütterlich zurück, legte das Jackett bereit und hielt seinem Herrn die Hose hin, in die James grunzend und behutsam hineinstieg.

Der Diener sprach erst wieder, als James die Hosenträger über den eckigen Schultern befestigt hatte und die schmucken Knöpfe seiner Weste schloß.

»Und die Krawatte, Sir?« fragte er. »Die schwarze werden Sie dazu wohl nicht nehmen.«

»Nein«, bestätigte James. Nach kurzem Zögern sah er

dem Mann trotzig in die Augen und sagte: »Geben Sie mir einen hellen Schlips – einen, der zu diesem Anzug paßt – irgendwas Farbiges.«

»Jawohl, Sir«, antwortete der Mann gelassen; wieder begegneten sich ihre Blicke: Die Gesichter blieben ernst und streng, aber in den Augen blitzte wieder das verstohlene Augurenfünkchen.

Erst als James die entschieden moderne Krawatte aus frühlingsgrauer, schwarz gestreifter Seide unter dem Eckenkragen knotete, fand der Mann Gelegenheit zu der geschmeidigen Bemerkung: »Ein schöner Morgen, nicht wahr, Sir?«

»Sehr richtig! Jawohl, Sir!« sagte James fest und grimmig und warf seinem Diener einen trotzigen Blick zu; aber wieder war das blitzende Fünkchen da, und der Mann lächelte hinter dem Rücken seines Herrn still vor sich hin, während James das Schlafzimmer lebhaften Schrittes verließ.

In der dunklen, mächtigen Diele war es noch still. Die weichen Teppiche erstickten jeden Schritt, nur das gemächliche Ticken der Uhr unterbrach das von nußbaumfarbenem Licht erfüllte, morgendlich-verschlafene Schweigen.

James warf einen Blick auf die Schlafzimmertür seiner Frau. Auch diese hohen Nußholzflügel mahnten beredt zur Stille, zur Achtung vor geheiligter Ruhe. Er lächelte verbissen und stieg die üppige Marmortreppe hinab. Auf der großartig geschwungenen Flucht drängten sich die Gespensterfüße der Erinnerungen an verrauschte Feste: das Rascheln von Seide und Atlas, das Knistern pompöser Balltoiletten, das Schimmern nackter Schultern, das Gefunkel stolzer Diademe, hart blitzender Brillantcolliers und matt glänzender Perlenschnüre.

James lächelte abfällig-verbissen vor sich hin. Dieser verdammte alte Kasten! Von der großen Empfangshalle im Erdgeschoß konnte er die verschwenderische Pracht des großen Salons überblicken: die samtweichen Teppiche, die üppigen roten Plüschsessel mit den goldenen Rücken- und Armlehnen, die dünnbeinig-steifen, grausam unbequemen

goldenen Stühlchen mit den verblichenen Seidenbezügen, die himmelhohen Spiegel in den ebenfalls ein wenig verblichenen Goldrahmen, die französische Uhr – ein Konglomerat aus vergoldeten, dicklichen Putten, Schnörkeleien und Kinkerlitzchen –, die abscheulichen Tische, Schränkchen und Vitrinen, die ebenfalls mit Schnörkeln und Kinkerlitzchen, mit Vasen, Porzellanfigürchen und dicken, vergoldeten Putten überladen waren.

Dieser Krempel!

Aber vor vierzig Jahren hatte man das schön gefunden oder zumindest *geglaubt,* daß man es schön fände. Die *Frauen* hatten es schön gefunden – *sie* hatte es schön gefunden, und er hatte ihr ihren Willen gelassen! Er hatte es immer verabscheut, und mehr als einmal hatte er bissig bemerkt, der einzig behagliche Raum in dem ganzen verdammten Haus sei sein Badezimmer, die einzig bequeme Sitzgelegenheit sein Schemel. Vor einem Jahr hatten sie auch *das* modernisieren wollen, aber er hatte es sich energisch verbeten.

Sonst gab es hier keinen Raum, in dem man sich zu Haus fühlte. Das war kein Heim, sondern ein eisgekühltes Mausoleum für die sogenannte Gesellschaft. Als solches war es vor vierzig Jahren erbaut worden, als man noch in solchen Dingen wetteiferte, als einer den anderen in Häßlichkeit, schlechtem Geschmack und großspuriger Angeberei zu übertrumpfen suchte – in auffallender Kostspieligkeit, blinder Protzerei und eitler Verschwendung.

Diesen Zweck hatte es zweifellos erfüllt! Eine Viertelmillion Dollar hatte es ihn gekostet, aber wenn er es morgen zum Verkauf ausschriebe, würde er wohl keine hunderttausend dafür bekommen. Der verdammte Kasten war nicht einmal warm zu kriegen! Und jetzt? Und in Zukunft? Nun ja, *sie* würde ihn überleben, die Parrotts waren langlebiger als die Wymans. Was sollte dann werden? Nun, das sollte nicht seine Sorge sein, wenn er erst tot und gen Himmel aufgefahren war! Ein Weilchen würde sie versuchen, im selben Stil weiterzuleben, und dann würde sie's schon merken! Dann war es nämlich *ihr* Geld, dann mußte sie für alles aufkommen – da würde sie's schon merken! Vielleicht gab

sie einen oder zwei Empfänge, vielleicht versuchte sie, das alte Gepränge mit seinem Brillantengefunkel noch einmal zu beleben – um zu merken, daß Gepränge und Brillantgefunkel unwiderruflich dahin waren!

Wer würde schon kommen? Ein paar alte Hexen, die faltigen Hälse und knochigen Arme mit Juwelen geschmückt; ein paar vertrottelte Tapergreise mit knarrenden Gelenken und schlechtsitzendem Gebiß. Sie alle würden sich bemühen, den gespenstischen Pomp einer Mrs. Astor zum Leben zu erwecken. Vielleicht kamen auch – auf Großmamas Befehl herbeizitiert – ein paar junge Leute; sie würden sich sterblich langweilen und nur darauf warten, daß diese gräßliche Angelegenheit mit Gottes Hilfe endlich überstanden wäre, damit sie sich mit Anstand aus diesem Leichenschauhaus verdrücken und ein Amüsierlokal aufsuchen könnten, wo es Musik und Tanz, Betrieb und Alkohol gab. Ja, dann würde sie's schon merken!

Er malte sich grimmig ihr entsetztes Gekreisch beim Empfang der ersten Rechnungen aus, wenn sie entdeckte, was das alles kostete, wenn ihr aufging, daß sie jetzt *ihr* Geld ausgab und daß dieses Geld nicht an den Bäumen wuchs – oder doch nur an *ihrem* Baum, dem *Parrott*-Baum!

Ja, *das* hörte sich anders an, nicht wahr? Die Parrotts nämlich – so sann er grimmig – waren für ihre zarte Rücksichtnahme bekannt, sobald es um *ihren* Baum ging – mochte sich's um ihren Stammbaum oder um ihren Geldbaum handeln. Ihr Vater – der alte Narr! – hatte die letzten zwanzig Jahre seines Lebens damit zugebracht, ein einziges Buch zu schreiben. Und was für ein Buch! *Aus Neuenglands Frühzeit – Die Geschichte der Familie Parrott*. Großer Gott, es war das eitelste Geschwätz aller Zeiten! Und er – James Wyman sen. – hatte einen Verleger aus seiner Bekanntschaft dazu überreden müssen, den verdammten Schmarren zu drucken; und dann hatte er sich die spöttischen Sticheleien und Witzchen seiner Klubfreunde gefallen lassen müssen – wenn er nicht das Gekreisch der geborenen Parrott vorzog. Er hatte notgedrungen das kleinere Übel gewählt und lieber eine kurze Lächerlichkeit als eine lange Tortur auf sich

genommen; ein dummes Buch ist schnell vergessen, hatte er sich gesagt, aber eine weibliche Zunge ist nie zum Schweigen zu bringen.

Nun ja, *sie* würde es schon merken, dachte er, während er aus der marmornen Empfangshalle grimmig in die verblichene Pracht des großen Salons starrte. Er glaubte die beängstigende Entwicklung vorauszusehen: das schmerzlich-erstaunte Kreischen beim ersten Blick auf die Rechnungen – allein die Kohlenrechnungen für die Zehntonnenladungen, Waggonladungen, Schiffsladungen, Bahnladungen schwarzer Kohle, die gebraucht wurden, um von Oktober bis Mai die feuchte Grabeskälte aus dieser verdammten Gruft zu bannen. Dann die Kosten für Hausmeister, Nachtwächter und sonstiges Hauspersonal – für dieses Regiment von dienstbaren Geistern, die das Haus hüten und bewachen, instand halten und abstauben mußten, wenn die Familie von Mai bis Oktober verreist war! Als ob jemand den verdammten Laden einstecken und mitnehmen könnte! Ach, wenn es nur einer täte! Wenn nur ein Parlament gemeinnütziger Fassadenkletterer, Einbrecher, Schwarzhändler, Gangster, zylinderbehüteter Gentlemanverbrecher und gewöhnlicher Taschendiebe in einer Geheimsitzung beschließen wollte, im Zeichen wahrer Herzensgüte hier einzubrechen, Haussuchung zu halten und alles Greifbare einzupacken und mitzunehmen! Wenn sie doch mit Fünftonnenlastern, Panzerwagen oder starken Limousinen – meinetwegen auch mit Handkarren, Möbelwagen oder Planwagen – zur Nachtzeit vorfahren und den ganzen Trödel wegschleppen wollten! All die verdammten Plüschsessel und vergoldeten französischen Uhren, alle Vasen, Statuetten und Figürchen; das handbemalte Porzellan, die roten Teppiche, die qualvoll unbequemen Stühle und häßlichen Tische; alle Nippsachen und Kinkerlitzchen, die imposanten Reihen ungelesener Bücher und die schlechten Ahnenbilder einschließlich des scheußlichen Porträts von Parrott sen., diesem alten Narren, dem Verfasser von *Aus Neuenglands Frühzeit!* Wie dankenswert wäre es, wenn sie dabei gleich alle Hausmeister, Dienstboten und Nachtwächter überwältigen, knebeln, chlorofor-

mieren und ins Reich der Vergessenheit befördern wollten; das ganze Gesindel einschließlich …

»Das Frühstück ist angerichtet, Sir!«

Der, ach so vornehme, piekfeine und zuckersüße Flüsterton ließ James zusammenschrecken. Er fuhr wie elektrisiert herum und starrte verbissen in die salbungsvoll-ölige Visage seines Butlers Mr. Warren.

… Ja richtig: wenn doch vor allem eine edelmütige Gangsterbande sich entschließen könnte, seine Ohren, seine Augen und sein Gedächtnis auf immer von der verhaßten Gegenwart dieses großspurigen Speichelleckers zu befreien …

»Komme schon«, sagte James barsch.

»Sehr wohl, Sir«, antwortete der Speichellecker mit aufreizender Sanftmut. Dann machte der Butler feierlich kehrt und entschritt durch die Halle mit seinen gravitätisch wackelnden fetten Hinterbacken, seinen schwellenden, unanständig sinnlichen Schenkeln – wie ein widerlich fettes altes Weib, das ölige Gesicht und die dicken Lippen triefend von affektierter Selbstgefälligkeit …

… Ach, wenn dieser Speichellecker einmal endgültig verschwände! Wenn die edelmütigen Gangster sich zu diesem wohltätigen Werk bereit fänden! Wenn er – James Wyman sen. – nur einen Weg wüßte, diesen Speichellecker loszuwerden, dieses fette alte Fischweib aus seinem Leben zu entfernen und endlich fünf Minuten Frieden und Alleinsein in seinem eigenen Hause zu haben! Nicht mehr das ewige »Sehr wohl, Sir!«, einen Augenblick Ruhe und Erholung ohne das zuckersüße »Verzeihung, Sir!« Einmal sich zu Tisch setzen und essen dürfen, wie man will, ohne den widerlich feuchten Atem des Speichelleckers im Nacken zu spüren, einmal essen dürfen, wie und was man will, zulangen dürfen, wie es einem beliebt, ohne jede Bewegung von dem fragenden Blick dieser Fischaugen kontrolliert, von dem aufreizend selbstsicheren »Gestatten Sie, Sir!« begleitet zu wissen!

Könnte er – James Wyman sen. – ein weißhaariger, vierundsiebzigjähriger, freier Mann und – weiß Gott! – ein frei-

er amerikanischer Bürger! – doch einmal wieder kommen und gehen, wie es ihm gefiel! Sich nach Belieben hinsetzen dürfen, essen dürfen, worauf man Appetit hat, tun dürfen, was man will und wozu man als freier Mensch berechtigt ist – ohne sich bei jedem Schritt, jeder Verabredung, jeder Unternehmung seines allerprivatesten, persönlichen Lebens ständig von einem Idioten beaufsichtigt zu fühlen! Er war müde und krank, er wußte es; er wurde grillig und launisch – ja, er wußte das alles. Aber – großer Gott, großer Gott! – er war ein alter Mann und wollte seine Ruhe haben! Er wußte und kannte das alles, er hatte jedes Für und Wider erwogen und auf alles eine Antwort gefunden, er hatte alles getan, was man von ihm verlangte, was die Welt seiner Zeit, seine Frau, seine Familie und die Gesellschaft von ihm erwarteten – selbst *dieses* hier. Und – großer Gott! – wozu das alles? War das der Mühe wert? Wieder starrte er in die verblichene Pracht des großen Salons, und seine kalt-blauen Augen waren einen Augenblick von schreckhaftem Zweifel beschattet. Hatte er sich nicht ein Heim gewünscht, ein warmes, lichtes Haus, eine Stätte der Liebe und der tiefen Geborgenheit? Hatte er nicht alle Mittel gehabt, um sich diesen Wunsch zu erfüllen: Reichtum, Mut, Charakter und Intelligenz? Und was war dabei herausgekommen? Irgendwie, irgendwo im Leben hatte er etwas verpaßt, war er betrogen worden. Aber wo? Wie war das zugegangen? Wie und wo hatte er versagt?

Er hatte zu den führenden Männern seiner Zeit und seiner Generation gehört – nicht nur, weil er materiell etwas erreicht hatte, sondern weil er sich in der Piratenwelt des geldmachenden Yankeetums Charakter und Ehrlichkeit, Unbescholtenheit und Fairness bewahrt hatte. Auch heute gab es große Namen in Amerika – Namen, die ihre Größe dem Reichtum, der Macht, der Rücksichtslosigkeit und dem unerhörten Aufstieg verdankten. Aber er wußte, daß an den meisten Namen irgendein Makel haftete, daß ihre Träger das Leben rücksichtslos ausgebeutet, ihre Mitmenschen ruiniert und sowohl ihr Land als auch die Menschheit verraten hatten. Über diese Namen würden kommende Generatio-

nen die Nase rümpfen, sie würden den unglücklichen Kindern und Enkeln, die sich zu ihnen bekennen mußten, Schmach und Schande bringen. Sein Name aber – so sagte er sich triumphierend – war frei von diesem schändlichen Makel. Und doch war er um irgend etwas betrogen worden. Aber wo und wie?

Er war kein Jammerlappen, sondern ein tapferer Mann und ein Kämpfer, und er wußte; wo immer die Schuld liegen mochte – »Nicht durch die Schuld der Sterne, lieber Brutus, durch eigne Schuld nur sind wir Schwächlinge!« Aber *das* – und James starrte grimmig in die verblichene Pracht des großen Salons –, war das alles, was dabei herausgekommen war? Und warum? Warum?

War also alles ein Fehlschlag? O nein! Er konnte so manches hohe Streben, so manchen großen Erfolg verzeichnen. Er hatte sich treue Freundschaft erworben, tief verwurzelte Zuneigung und das achtungsvolle Vertrauen von Königen und Präsidenten, von Staatsmännern und Gelehrten, von großen Industriellen und anderen führenden Bankiers und Financiers.

Er hatte nie ein Zugeständnis gemacht, das ihm zur Unehre gereicht hätte, aber er hatte oft aus Gerechtigkeitsgefühl, großzügiger Konzilianz oder ressentimentlosem Verzeihen nachgegeben. Er hatte nie so verbissen gekämpft, als wenn jede Wahrscheinlichkeit gegen ihn sprach, aber wenn er obenauf war, hatte er lockergelassen; während des Kampfes hatte er erbarmungslos zugeschlagen, aber er hatte nie über einen gestürzten Feind triumphiert.

Nein, der Schild war rein, der Spiegel ungetrübt – und doch: *Was* war dabei herausgekommen? Ein alter Mann an der Seite einer alten Frau in einem alten, toten Gruftgewölbe – allein.

Bestürzt blickte der alte James in das verblichene Morgengold: Wo war denn alles geblieben: die leidenschaftlich-feurige Jugend und der stolze Gesang? Der Glaube, die Hoffnung und das reine Vertrauen, die er vor fünfzig Jahren besessen hatte? Wo waren sie geblieben – die Kraft, der Glaube, die Klugheit, die vernünftige Gesundheit und Soli-

dität seines verlorenen Amerikas? War alles nur ein Traum gewesen? Nein, es war kein Traum – »denn er war wachen Sinnes« –, oder zumindest war es ein Traum, den die Menschen seit acht Millionen Jahren träumen, den sie zu verwirklichen hoffen. Aber jetzt?

Dahin – alles dahin – zerstoben wie ein Phantasiegebilde aus Rauch, die schimmernd helle Wirklichkeit dieses todlosen Traumes in Trümmer zerfallen. In der großen Welt ringsum sah er aus düsterem Chaos nur ziellos-dreiste Macht emporschießen; der Erdball wimmelte von Wirrsal, von Geheul der Millionen Zungen, deren keine sich mit einer anderen verständigen konnte; brutale Korruption mit Ruhm gekrönt, die Bevorzugten auf den Thron erhoben. Wo einst die geduldig-schmerzliche Verwirrung ehrlichen Zweifels, das angstvolle Ringen eines starken Glaubens geherrscht hatten, gab es nun das gemeine Grinsen passiven Sichbescheidens, das billige Höhnen schwächlicher Lippen, die matten Sticheleien der schmachvoll Unterlegenen, die ihres eigenen Verrats und Unglaubens spotteten, das keinem Kampf gewachsene, verfettete Herz, den umwölkten, totgeschrienen Geist, der die Wahrheit nicht mehr zu sehen vermochte, das von fauler Spöttelei umdüsterte und verschleierte Auge. Die Zungen vermochten nur das dünne Gift des Hohns zu verspritzen und zu sagen: »Na ja, was soll man dagegen tun?« Sie alle waren verloren, alle aneinander gekettet in der korrupten Verteidigung ihrer Schande und Feigheit. Sie alle knieten erniedrigt zu Füßen derer, die sie verraten hatten, krümmten sich in obszöner Ehrfurcht vor ihren eigenen Scheußlichkeiten, unterwarfen sich gehorsam den Götzen des Geldverdienens und der Spöttelei und beugten den Rücken, um die blutbefleckte Hand zu küssen. So war es denn dahin, sein verlorenes Amerika. Dahin Glaube und Jugend. Morgen und Leidenschaft; das Gold, der Traum und der stolze Gesang – alles zerstoben, wie ein Phantasiegebilde aus Rauch, und nichts mehr übrig als *das!*

Und war das nicht eigentlich schon lange so? Hatte er nicht irgendwo auf seinem Wege Bankrott gemacht? Aber

wo, wo, wo? Wo lag die *Stunde*, der Augenblick, der eigentliche *kritische* Punkt – wo?

Hatte nicht er, der James Wyman von vor fünfzig Jahren – ein jugendlich tapferer, gläubiger Amerikaner, geschwellt von Kraft und stolzem Singen, der Ebenen, Ströme und Gebirge und auch die ruhig-blauen Augen eines Landarbeiters wahrnahm und im Dunkeln den plaudernden Stimmen lauschte, der um sein Land und um den Stand der Dinge wußte und auch darum, daß der Traum mehr war als ein Traum, die große Hoffnung mehr als eine Hoffnung –, hatte nicht er, James Wyman, der das alles gesehen, gehört, gefühlt und erlebt hatte wie alle Menschen in diesem Land – hatte er nicht irgendwann auf seinem Wege Bankrott gemacht? Hatte er nicht genommen, was die andern zu geben hatten, geglaubt, was andere zu sagen hatten, sich mit dem beschieden, was ihm geboten wurde? Und was war es gewesen? Brillantengefunkel, Geschmacklosigkeit, leere Fassaden; die Heuchelei und laute Prätention einer Aristokratie von Hanswursten, die ihre schweinische Gier vom vorigen Jahr hinter dem frisch lackierten Wappenschild von diesem Jahr versteckte, die Philosophie des Geldkloakentums – nur keine Fragen! –, die stolzen Nasen, die sich hochmütig-verächtlich rümpften, wenn jemand unmanierlich aß, sich aber nicht zu anständig oder zu fein dünkten, die Dividenden eines Schurken unter dem Zeichen der Nächstenliebe einzuschätzen.

Ja, er hatte es hingenommen, er hatte sich überreden lassen, er hatte geglaubt; oder vielmehr: er hatte zu glauben vermeint, und so hatte er irgendwo – irgendwo am Anfang seines Weges – Bankrott gemacht, und *das* war daraus geworden: ein alter Mann an der Seite einer alten Frau in einem alten Gruftgewölbe – allein.

Während James grimmigen Blickes das verblichene Morgengold des großen Salons betrachtete, sagte er sich, daß selbst der Morgen hier keinen Einlaß fände. Nein, nichts Junges und Liebliches, nichts Frisches, Lebendiges und Glänzendes konnte hier bestehen. Selbst das Licht – das kristallen schimmernde Frühlingslicht, die Morgensonne, der

Schein des Monats Mai – wurde hier schal und tot. Verstaubt erzwang es sich den Zutritt, es drängte sich durch die widerspenstigen Falten der Plüschvorhänge und wurde zu staubigen Streifen, es war, bevor es ankam, so alt und tot wie Plüsch und Gold, wie Teppiche, Stühle und Tische, wie Nippsachen, Kinkerlitzchen und Firlefanz – so muffig, schal und toderfüllig wie alle Dinge, die es beschien.

Nein, es hatte nichts mehr vom Morgen an sich, wenn es sich erst mühsam den Zutritt zu diesem Zimmer erzwungen hatte. Eher schon, so überlegte James verbissen, etwas vom »Nächsten Morgen«. Es war – nun ja, es war wie »Nach dem Ball«.

Das ganze Haus, so dachte er, war »Nach dem Ball«. Immer war es so gewesen. »Nach dem Ball«, so dachte er, war eigentlich ein ausgezeichneter Name für diese ganze verdammte Sache, genauso hatte es immer auf ihn gewirkt. Nie war es ein Heim gewesen, nie ein Zuhause, zu dem man abends heimkehrte, um Ruhe und Frieden, Wärme, Gemütlichkeit und Behagen zu finden. Nein, es war immer ein kaltes Mausoleum gewesen, aus dem die Gäste aufgebrochen waren, ein großer, frostiger, prachtvoller und völlig lebloser Tempel zum Gedächtnis der glanzvollen, eleganten Gesellschaften, die für gestern abend geplant waren, aber wahrscheinlich nicht stattgefunden hatten. Die hochmütigen Gespenster gestärkter Hemdbrüste und funkelnder Brillanten lauerten in diesem Hause, aber lebendige Wärme, vertraute Bräuche und echtes Behagen – die gab es hier nicht. Die weitgeschwungene, prachtvolle Marmortreppe, die marmorne Eingangshalle und der große Salon schienen in starre Melancholie, trübsinnig-dumpfe Schalheit und frostige Einsamkeit zu versinken, sobald das Rascheln von Seide und Atlas, das feingepflegte Geplauder und das silberne Lachen verklungen waren, sobald kein Champagner mehr perlte und keine Kronleuchter mehr flammten, sobald Brillantcolliers und Perlenschnüre, nackte Rücken, steife Hemdbrüste und rosige Schultern – sobald die ganze glanzvolle Versammlung von gestern abend das Haus verlassen hatte.

Und dann, um die Illusion zu vervollständigen: das Regi-

ment von Lohndienern – zwanzig bis dreißig dunkelhäutige Bürschchen in Affenjäckchen –, das hereinmarschierte, um hinter der Gesellschaft aufzuräumen: leere Champagnergläser, Salatteller und Zigarrenstummel, die Aschenreste auf dem Teppich und die vom Kronleuchter baumelnden bunten Papierschlangen – die traurigen Überreste des Balles.

James seufzte ein wenig, dann wandte er sich brüsk ab und schritt durch die Halle in den großen Speisesaal.

Das Speisezimmer war ebenso prunkvoll und großartig wie alles andere – kalt, kalt, kalt –, als setzte man sich in einer Totengruft zu Tisch. Hier kam kein Strahl der Morgensonne hin, da es nach Westen hinausging. Ein großer Eßtisch mit polierter, dunkler Platte, das breite Büfett – wie ein blankpolierter Sarg –, überladen mit massivem Silbergeschirr. Am Ende des langen Tisches ein großer, hochlehniger Stuhl mit dunkel-schwerem Schnitzwerk, davor ein großer Teller sowie Messer, Gabel und Löffel aus schwerem Silber, ferner die schlanke Eleganz einer silbernen Kaffeekanne, eine durchsichtig-zerbrechliche Tasse, ein zweiter Teller, überwölbt von einer riesigen silbernen Wärmehaube, ein Glas Orangensaft und eine steifleinene, schneeweiße Serviette.

James setzte sich auf seinen Stuhl – ein einsames Figürchen am Ende des unabsehbar langen Tisches – und überblickte das Mahl. Sein Blick fiel zuerst auf das Glas Orangensaft; er hob es an die Lippen und setzte es schaudernd wieder ab. Behutsam lüftete er den großen silbernen Wärmedeckel: drei dünne, braune, ungebutterte Toastscheiben ruhten keusch auf einem großen weißen Teller. Klirrend stülpte James den silbernen Deckel wieder darüber. Der Speichellecker trat ein. James griff zur Kaffeekanne, goß schwarze Flüssigkeit in seine Tasse und kostete: Sein fester Mund verzerrte sich krampfhaft, und er sagte: »Was ist das für'n Zeug?«

»Kaffee, Sir«, antwortete der Speichellecker.

»Kaffee?« fragte James kalt.

»Eine neue Sorte, Sir«, hauchte der Speichellecker, »koffeinfrei.«

James gab keine Antwort; seine kalt-blauen Augen wurden hell und hart, als er, mit dem Kopf auf die verdeckte Platte deutend, so kalt und tonlos wie zuvor fragte: »Und das da?«

»Ihr Toast, Sir«, kam es feucht von des Speichelleckers Lippen.

»*Mein* Toast?« fragte James in demselben unnachgiebig-kalten Ton.

»Jawohl, Sir«, hauchte der Speichellecker. »*Ihr* Toast – ungebutterter Toast, Sir.«

»O nein«, sagte James grimmig, »da irren Sie sich. Das ist nicht *mein* Toast – ungebutterter Toast war noch nie *mein* Toast! … Und das da?« fragte er plötzlich scharf und deutete mit dem Kopf auf das Glas Orangensaft.

»Ihr Fruchtsaft, Sir«, hauchte der Butler.

»O nein«, gab James kälter und verbissener denn je zurück. »Durchaus nicht *mein* Fruchtsaft. Wieder ein Irrtum! Oder haben Sie mich schon mal Fruchtsaft trinken sehen?«

Er blitzte den Butler mit seinen blauen Augen an, die kalte Wut erstickte ihn. »Sagen Sie mal«, schnarrte er plötzlich, »was soll das alles heißen, zum Teufel? Wo bleibt mein Frühstück? Sie sagten, es wäre angerichtet!«

»Verzeihung, Sir …«, begann der Speichellecker mit feuchtwulstigen Lippen.

»Zum Teufel mit Ihrem ›Verzeihung, Sir‹!« schrie James und schleuderte die Serviette zu Boden. »Ich will nicht verzeihen – ich will mein Frühstück! Wo bleibt mein Frühstück?«

»Jawohl, Sir«, begann der Butler und leckte sich nervös die vollen Lippen, »aber der Arzt, Sir – die vorgeschriebene Diät, Sir! … Die gnädige Frau hat es so angeordnet, Sir.«

»Für wen ist dieses Frühstück?« fragte James. »Für mich oder für die gnädige Frau?«

»Für *Sie* natürlich, Sir«, versicherte der Speichellecker eilfertig.

»Wer soll es *essen?*« fuhr James in barschem Ton fort. »Die gnädige Frau oder ich?«

»Sie natürlich, Sir«, sagte der Butler. »Selbstverständlich, Sir.«

»Dann bringen Sie mir mein Frühstück!« brüllte James. »Sofort! Wenn ich jemanden brauche, der mir Vorschriften über mein Essen macht, werde ich Ihnen Bescheid sagen!«

»Jawohl, Sir, jawohl«, hauchte der Speichellecker, am ganzen Leib zitternd. »Sie wünschen also …«

»Sie wissen genau, was ich wünsche«, gellte James. »Ich wünsche mein Frühstück! Und zwar sofort! Jetzt! Auf der Stelle! … Das gleiche Frühstück wie immer! Das Frühstück, das ich seit vierzig Jahren zu mir nehme! Das, was mein Vater gefrühstückt hat! Das Frühstück, das ein arbeitender Mensch braucht – so wie es war, wie es ist und wie es bleiben wird – in Ewigkeit, Amen!« brüllte James. »Das heißt: einen Teller Haferbrei, vier Scheiben Toast mit Butter, eine Portion Eier mit Schinken und eine Kanne Kaffee – starken, schwarzen Kaffee – richtigen Kaffee!« brüllte James. »Verstanden?«

»J-j-jawohl, Sir«, stotterte der Speichellecker. »V-v-vollkommen, Sir.«

»Dann gehn Sie und bringen Sie mein Frühstück! … Haben Sie überhaupt richtigen Kaffee im Hause?« fragte er scharf.

»Selbstverständlich, Sir.«

»Dann also her damit!« schrie James, mit der Faust auf den Tisch schlagend. »Sofort! Gleich! … Bißchen plötzlich! Ich komme sowieso schon zu spät zur Bank!« Er griff zur *Times*, die gefaltet neben seinem Teller lag, und schlug sie mit gereiztem Knattern auf. »Und nehmen Sie das Gesöff hier weg!« setzte er mit einer kurzen Kopfbewegung zu dem verworfenen Frühstück blaffend hinzu. »Machen Sie damit, was Sie wollen, schütten Sie's meinetwegen in den Ausguß – aber nehmen Sie's weg!« Damit wandte er sich wütend den raschelnden Blättern der *Times* zu.

Nachdem der Speichellecker den Kaffee gebracht und eingegossen hatte, als James sich zum Trinken anschickte, geschah etwas. Der Alte, der die Tasse mit richtigem, echten

Kaffee schon zum Mund führen wollte, stutzte plötzlich mit einem überraschten Grunzlaut, setzte die Tasse heftig ab, beugte sich, die Zeitung mit beiden Händen packend, vor und begann gespannt zu lesen. Das, was ihn derart interessierte, daß er ganz und gar davon beansprucht war, lautete folgendermaßen:

Schauspielerin verklagt Sonntagsschulvorsteher auf Schadenersatz

Eine Klageschrift von Mrs. Margaret Hall Davis (37) gegen W. Wainright Parsons (58), wegen Bruch des Heiratsversprechens, wurde gestern bei Richter McGonigle eingereicht. Mr. Parsons, der bekannte Verfasser zahlreicher Bücher über religiöse Themen, ist seit fünfzehn Jahren als Sonntagsschulvorsteher an der exklusiven episkopalischen St.-Balthasar-Kirche tätig, deren Gemeinde viele hervorragende New Yorker Bürger angehören wie beispielsweise der Bankier James Wyman sen., ferner …

(Diese Verquickung seines Namens mit einer Skandalaffäre löste beim alten James einige Flüche aus. Er überflog hastig die Namen der anderen prominenten Gemeindemitglieder und las begierig weiter:)

Mr. Parsons war gestern abend in seiner Wohnung im University-Club nicht aufzufinden. Nach der Aussage von Klubangestellten hat er seine Zimmer bis vor drei Tagen bewohnt und ist dann ohne Hinterlassung einer Adresse ausgezogen. Einige Klubmitglieder äußerten bei der Vernehmung ihr Erstaunen über die von Mrs. Davis eingereichte Klage. Sie schilderten Mr. Parsons als einen sehr zurückgezogen lebenden Junggesellen, von dessen angeblicher Beziehung zu der Schauspielerin offenbar niemand etwas wußte.

Mrs. Davis antwortete bei der Vernehmung in ihrer Wohnung am Riverside Drive bereitwillig auf alle Fragen. Die reizvolle, reife Blondine war nach ihren Angaben früher

Mitglied der Ziegfeld Follies und anschließend an verschiedenen Operettenbühnen tätig. Sie erzählte, daß sie Mr. Parsons – einen gesetzten älteren Herrn – vor zwei Jahren gelegentlich eines Wochenendausfluges in Atlantic City kennengelernt und sich rasch mit ihm angefreundet habe. Vor einem Jahr – so behauptet sie – habe Mr. Parsons ihr einen Heiratsantrag gemacht, aber eine Verschiebung der Hochzeit bis zum Beginn des neuen Jahres erbeten; er habe diesen Aufschub mit geschäftlichen und finanziellen Schwierigkeiten und mit der Erkrankung eines Angehörigen begründet. Mrs. Davis – die selbst geschieden ist – habe sich damit einverstanden erklärt und schließlich seinem feurigen Drängen, schon vor der Hochzeit seine Geliebte zu werden, nachgegeben. Wie sie behauptet, hat Mr. Parsons seit Anfang Oktober letzten Jahres bei ihr in Riverside Drive gewohnt; das Paar war dem Hauswirt und den Mitmietern als »Mr. und Mrs. Parsons« bekannt.

Wie die Dame weiter angab, hat Mr. Parsons, als der Termin der Hochzeit heranrückte, neue Komplikationen in seinen Privatangelegenheiten vorgeschoben und einen weiteren Aufschub bis Ostern verlangt. Sie habe sich auch damit einverstanden erklärt, da sie noch immer nicht an der Ehrlichkeit seiner Absichten zweifelte. Anfang März habe er jedoch die Wohnung verlassen und ihr mitgeteilt, er sei geschäftlich nach Boston gerufen worden, werde aber in wenigen Tagen zurück sein. Seitdem habe sie ihn nicht wiedergesehen, und alle Bemühungen, sich mit ihm in Verbindung zu setzen, seien erfolglos geblieben. Erst vor drei Wochen habe Mr. Parsons auf ihre wiederholten Briefe geantwortet und ihr mitgeteilt, er sehe sich zur Zeit außerstande, sein Heiratsversprechen einzulösen, und schlage vor, »zum Besten aller Beteiligten die ganze Sache rückgängig zu machen«.

Mrs. Davis erklärte, daß sie dazu keineswegs bereit sei. »Ich habe Willy geliebt«, sagte sie, während ihr die Tränen in die Augen traten. »Gott ist mein Zeuge: ich habe ihn so tief und rein geliebt, wie eine Frau einen Mann nur lieben kann. Und Willy hat mich ebenfalls geliebt und liebt mich

noch, das weiß ich so *sicher* wie nur irgend etwas! Wenn Sie seine Briefe lesen würden – diese Dutzende von Briefen ...«
Sie deutete auf einen dicken Stoß Briefe, der, mit einem rosa Band verschnürt, auf dem Tisch lag. »Die leidenschaftlichsten, romantischsten Liebesbriefe, die je geschrieben wurden«, erklärte sie. »Willy war ein wunderbarer Liebhaber – so gütig, so zart und poetisch – und immer durch und durch Gentleman! Nein, ich kann nicht von ihm lassen!« rief sie leidenschaftlich. »Ich *will* es nicht! Ich liebe ihn immer noch, trotz allem, was geschehen ist. Ich bin bereit, alles zu vergeben und zu vergessen, wenn er nur zu mir zurückkehrt.«

Die Schauspielerin verlangte einen Schadenersatz von hunderttausend Dollar. Ihr Rechtsvertreter ist die Firma Hoggenheimer, Blaustein, Glutz und Levy, Broadway 111.

Mr. Parsons ist durch seine religiösen Bücher bekannt geworden. Laut seiner in *Who's Who* verzeichneten Biographie wurde er am 19. April 1871 als Sohn des Reverend Samuel Abner Parsons und dessen Ehefrau Martha Elisabeth Parsons geb. Bushmiller in Lima, Ohio, geboren. Er studierte an der De-Pauw-Universität und später am Union Theological Seminary, wurde 1897 zum Geistlichen ordiniert und war während der folgenden zehn Jahre in Fort Wayne, Indiana, Pottstown, Pennsylvania, und Elizabeth, New Jersey, als Kanzelredner tätig. 1907 zog er sich vom geistlichen Amt zurück, um sich seiner schriftstellerischen Tätigkeit zu widmen. Der mit einer leichten Feder begabte, fruchtbare Autor wurde blitzartig ein Erfolgsschriftsteller. Er hat rund zwanzig Bücher religiösen Inhalts geschrieben, von denen mehrere neuaufgelegt werden mußten. Seine Reisebeschreibung *Zu Fuß durch das Heilige Land* erreichte nicht nur in Amerika, sondern auch im Auslande enorme Verkaufsziffern. Wir entnahmen dem in *Who's Who* enthaltenen Verzeichnis die Titel seiner folgenden Werke:

Die Nachfolge des Herrn (1907); *Fast hättest du mich versuchet* (1908); *Hiobs Tröster* (1909); *Wer aber Ihm nachfolget* (1910); *Denn sie werden Gott schauen* (1912); *Jordan und Marne* (19i5); *Armageddon und Verdun* (1917); *Christentum und*

Lebenserfüllung (1921); *Der Weg der Versuchung* (1927); *Das Hohelied Salomonis* (1927); *Siehe, Er kommt* (1928).

So also lautete die Notiz, die James daran gehindert hatte, seinen Kaffee zu schlürfen. Der Name W. Wainright Parsons war ihm in die Augen gesprungen, so daß er klirrend die Kaffeetasse abgesetzt hatte. Er hatte gelesen – das heißt: nicht eigentlich gelesen, sondern blitzschnell in sich aufgenommen. Er hatte die Spalte überflogen und ihren Inhalt nur bruchstückhaft erfaßt – die paar Splitter genügten, um den ganzen Vorfall klar in sein Gehirn einzubrennen. Jetzt blieb er einen Augenblick mit maßlos verblüffter Miene unbeweglich sitzen. Schließlich packte er mit beiden Händen die aufgeschlagene Zeitung, hob sie hoch und ließ sie nachdrücklich auf den Tisch klatschen; dann lehnte er sich an den hohen Stuhlrücken, starrte mit blinden Augen über die ganze Länge der polierten Tischplatte hinweg und sagte sehr langsam und nachdrücklich:

»Also – da – hört – sich – doch – alles – auf!«

In diesem Augenblick trat der Speichellecker ein und schob ihm mit salbungsvoller Würde den dampfend heißen Haferbrei hin. James übergoß ihn mit dicker Sahne, streute reichlich Zucker darüber und begann wütend einzuhauen. Nach dem dritten Löffel unterbrach er sich, griff mit der alten Hand nach der Zeitung und starrte hinein; dann ließ er sie ungeduldig brummelnd wieder fallen, nahm noch einen Löffel Haferbrei, konnte sich doch nicht von der verflixten Zeitung trennen und lehnte sie schließlich an die Kaffeekanne, so daß der anklagende Artikel ihm kalt und unverblümt in die kalten Augen starrte; dann las er noch einmal – langsam, sorgfältig und genau, Wort für Wort und Komma für Komma, und nach jedem Löffel heißen Haferbreis versah er das Gelesene mit einer leise grollenden Bemerkung:

»›Ich habe Willy geliebt …‹«

»*Na, so ein verdammter …!*«

»›Willy war ein wunderbarer Liebhaber – so gütig, so zart und poetisch …‹«

»*Also dieser verdammte Frömmler, dieser doppelzüngige Heuchler …!*«

»Mr. Parsons, der bekannte Verfasser zahlreicher Bücher über religiöse Themen …«

James löffelte und schluckte wütend seinen Haferbrei. »*Religiöse Themen! Bäh!*«

»Sonntagsschulvorsteher … exklusive episkopalische St.-Balthasar-Kirche … deren Gemeinde … Bankier James Wyman sen. …«

Ächzend faltete James die anstößige Zeitung und knallte sie auf den Tisch. Bloß nichts mehr davon sehen! Inzwischen waren Eier und Schinken aufgetragen worden; er verzehrte sie wütend in geistesabwesendem, hin und wieder von bösem Geknurr unterbrochenem Schweigen. Als er aufstand, um zur Bank zu gehen, hatte er die Fassung wiedergewonnen, aber seine lebhaften blauen Augen waren hart und kalt wie Gletschereis, und das dünne, verbissene Lächeln in seinen Mundwinkeln war feiner, schärfer und tödlicher denn je.

Nach einem letzten Blick auf die Zeitung ging er ungeduldig knurrend zur Tür, blieb wieder stehen und sah sich um, ging knurrend zurück, nahm die Zeitung, stopfte sie gereizt in die Tasche und schritt hinaus in die riesige Halle. An der Haustür blieb er noch einmal stehen, um nach dem steifen Hut zu greifen, den er mit energischem Druck ein wenig schief auf den wohlgeformten Schädel setzte: dann ging er die Stufen hinunter und öffnete die riesige Haustür; er trat auf die Straße und ging lebhaften Schrittes bis zur Ecke, um dann nach links in die Fifth Avenue einzubiegen.

Zur Rechten der Park mit seinen frühlingsgrünen Bäumen; auf dem Fahrdamm der schon dichter strömende Autoverkehr; überall drängende und hastende Menschen; vor ihm die leuchtenden Fronten und Klippen der ungeheuerlichen Stadt, und Morgen, schimmernder Morgen über hohen Türmen – während ein alter Mann mit kalt flammenden Augen munter sich wiegend durch die schrägen Schluchten ging und vor sich hin brummte:

– Die Nachfolge des Herrn – *Bäh!*

– Fast hättest du mich versuchet – *Bäh!*

– Der Weg der Versuchung ...

Plötzlich riß er die gefaltete Zeitung aus der Tasche, drehte sie um, beäugte noch einmal aufmerksam die bewußte Notiz und verglich die Daten. Der verbissen grinsende Mund entspannte sich ein wenig.

– Das Hohelied Salomonis ...

Jetzt verbreitete sich das Grinsen über sein Gesicht, die blassen Züge röteten sich, und die Augen funkelten, während er mit konzentrierter Aufmerksamkeit die letzte Zeile las:

– Siehe, er kommt ...

Mit einer flotten Geste ließ er die Zeitung gegen seine Schenkel klatschen. Wieder ganz im Besitz seines alten Humors, brummte er schmunzelnd: »Weiß Gott – ich hätte nie gedacht, daß der's so faustdick hinter den Ohren hat!«

Frühling im Café Schlotterbacke

In der Stadt hat ein neues Café aufgemacht und alle gehen im Laufe eines verregneten Tages daran vorbei, durch die große, tropfenübersäte Glasscheibe von außen scheu ein Auge hineinlenkend; und die Menschen, die drin sitzen, agieren und gestikulieren, handeln, blicken und werfen mit ihren Eindrücken zurück.

Die Blicke, mit denen sie ihre Zuschauer betrachten, lassen erkennen, wie genau sie wissen, daß man sie beobachtet. Wenn es im Zoo eine intelligente Spezies gäbe, würde die genauso gucken. Aber sie streifen die Leute außerhalb des Cafés nur im Vorübergehen, und soweit man daran ihre Einstellung zur restlichen Welt, ihren Themen und Sorgen ablesen kann, wirkten sie leicht verächtlich. Sie erinnern an Fische in einem Aquarium, was auch erklärt, warum Fische nicht reden: Weil sie aus ihrem Glaskasten herausschauen und dabei denken: »Ätsch, wir sind drin, ihr nicht.«

Ja, es gilt als Auszeichnung, im Café Schlotterbacke mit dem Espresso in der Hand zu stehen, auf dem Stuhl mit einer Tüte von Prada auf dem Schoß zu einem Homunkulus zusammengefaltet zu sein, mit dem Finger im eigenen Haar herumzurühren: Schon der Zucker, der hier in schmaler Tüte serviert wird, macht den Eindruck, etwas Kostspieliges zu sein, und ringsum erstreckt sich ein neues, auf Hochglanz poliertes Paradies aus Marmor, also eine Einkaufspassage, mit deren Schmücken und Wienern der Bauherr mehr als ein Jahr beschäftigt war; nun ist das Ding eröffnet, jeder geht mal durch, allein schon um in die Läden zu sehen.

Vor ihnen stehen die Inhaber, nervöse Männer im Anzug, die ihre Zigarette bis auf den Daumennagel abrauchen, um sie dann in hohem Bogen fortzuschnippen, während sie mit hohen Schritten auf und ab stolzieren, mit einem Ohr telefonierend, mit dem anderen denkend. In ihren Fenstern liegen Handtaschen, die wie Schuhe wirken, und Schuhe, die

auch Brieftaschen sein könnten, aus hauchzartem Leder, wie es wohl nur auf besonders lieben oder seltenen Tieren wächst.

Das Café heißt nicht Café Schlotterbacke, wird aber von solchen besucht, also von Männern und Frauen, die sich darum bemühen, mehrere Gesichter gleichzeitig zu machen: ein ernstes, ein junges, ein reiches, ein gutgelauntes und ein seriöses Gesicht; aber das einzige, was sie dabei bewegen, sind ihre im Laufe der Jahre zu hängenden Säckchen gewordenen Wangen, die besagten Schlotterbacken. Darüber thront gern eine halbe Lesebrille, aus der sie die besagten Blicke werfen, darunter verschwinden die Gabeln im weiblichen und Zigarren im männlichen Mund. Oder sie sehen eben aus wie Hans-Peter Roßmann.

Hans-Peter Roßmann war schon seit Stunden im Café Schlotterbacke und fiel sich selber auf. Er hatte ein kleines Gesicht mit grauen Haaren darüber, und darunter versuchte ein ebenso stoppeliges, eigens gezüchtetes Halbbärtchen, einen kummervollen Mund und ein Kinn mit einer kleinen Kerbe darin zu besiedeln, ohne daß es eine Chance hatte, weil zwischen den Zähnen ein qualmender Stumpen mit Onkelgeruch steckte, ein Stumpen, den Große für große Gesten brauchen.

In seinem hellgrauen Anzug saß Hans-Peter Roßmann mit gespreizten Beinen sichtlich entspannt da, wie es die Erwachsenen in seiner Kindheit getan hatten, und machte dabei einen Wirbel wie eine polternde Tante. Für ihn war die Welt die Ausdehnung und Fortsetzung seiner eigenen, inneren Befindlichkeit, und ihm gegenüber hockte, einem Spiegelbild gleich, ein Mann mit krummem Rücken und halber Brille, der nachlässig den Worten lauschte, die aus der Richtung der Zigarre herüberklangen.

Hans-Peter erzählte mal wieder vom Fliegen, genauer gesagt von seiner Unzufriedenheit mit der Lufthansa, die er »meinen Ärger mit denen« nannte, als würde man ihm an den deutschen Flughäfen stets einen eigenen Ärger wie ein frisches Rührei zubereiten. Dieser Ärger bestand meistens darin, daß man ihn bei Verspätungen nicht unverzüglich

informierte, wo er doch so häufig flog, daß er längst einen eigenen Tisch oder einen Barhocker im Jet verdient hatte, wenn es so etwas gegeben hätte.

»Also, Herrschaften, die Lufthansa.«

Er lehnte sich zurück, als würde im Hintergrund gleich der Tölzer Knabenchor in sein Lied einstimmen.

»Luft, Han, Sa.«

So klang es, wenn man ein Wort genüßlich aussprach und damit einem anheimelnden Namen, beispielsweise Fridolin dem Guten, die Maske vom Gesicht riß, damit darunter Fridolin der Vollidiot zum Vorschein kam.

Schmunzelnd fuhr er fort: »Zwanzig Minuten Verspätung.«

Seine Stimme klang anklagend, und die Oliven, sofern sich welche im Raum befanden, was in einem Café mit Alkoholausschank durchaus möglich war, duckten sich erschrocken in die Gläser.

»Langsam werde ich bei denen ja zum absoluten Beschwerdeprofi«, erklärte er prahlend und verschluckte gleich darauf ein Verb: »Ich also gleich den Geschäftsführer verlangt.«

Vielleicht hätte ja auch der Rest der Menschheit schon längst mehr erreicht, wenn er nicht durch Gebete ihr Schicksal und die Schöpfung beeinflussen wollte, sondern einfach darauf bestehen würde, den Geschäftsführer zu sprechen.

»Der kommt und erzählt mir doch glatt etwas von zuviel Arbeit und zuwenig Personal.«

Womit Zustände wie in der finsteren DDR gemeint waren, die ja ebenfalls schon vor Fehlplanung, Unwillen und Bockigkeit nur so gestrotzt hatte.

»Idiotenbande! Schweineflieger! Als ich dann endlich in der Maschine sitze, war es ein Uhr. Und weißt du, was mir die Stewardess da sagt?«

Er machte es nach.

»Mir ist der Whisky ausgegangen. Darf es denn auch ein Cognac sein?«

Hans-Peter wartete eine Weile darauf, daß der Himmel

zerriß und die Stimme Gottes bitter klagte: Servicewüste Deutschland. Aber nichts geschah.

»Und das mir. Die Schlampe aus dem Scheißverein«, schloß er, wobei von ihm eine so unappetitliche Vertraulichkeit ausging, daß sich selbst ein gestandener Hautarzt gewünscht hätte, ihn nur mit einer besonders großen Nudelzange anpacken zu müssen.

Sein Gegenüber im Café Schlotterbacke hatte nachlässig zugehört, kopfschüttelnd die Welt auch nicht verstanden und sich zur Steigerung der Selbstzufriedenheit ein Glas mit brauner Flüssigkeit, die man hier golden nannte, eingegossen. Nach Hans-Peters Monolog begann der seine; was das denn mit dem Wetter sei, fragte er, und ob sich denn dieser ständige Regen, der ihn, und da wurde er sehr persönlich, beinahe intim, wirklich entsetzlich nerve – ob der sich das wohl noch mal überlegen wolle oder jetzt allen Ernstes vorhabe, bis in die Golfsaison im Mai hinein durchzumachen und die Löcher auf dem Platz von St. Eurach mit Wasser zu füllen.

»Ach, weiß ich nicht«, antwortete Hans-Peter verächtlich, und der Regen hörte es und kriegte einen Schrecken, »von mir aus soll's doch regnen. Wenn ich Sonne will, fahr ich nach Italien.«

Im Café Schlotterbacke bestand das Leben daraus, etwas in sich einzufüllen. Wie eine Regentonne hatte sich Hans-Peter nun seit Stunden mit leisem Klavierklang, Sichtbarem, Fühlbarem, Informationen und Bildern vollaufen lassen, in sein kleines Mündchen allerlei zu Essen und Trinken gekippt und schließlich gedacht: Der Frühling hat in Deutschland nichts verloren.

Und noch viel weniger das Mädchen, das in diesem Moment ins Café trat, weil dessen Tür ja offenstand und man das keinem verbieten konnte.

Sie war etwa zwanzig Jahre alt und in ein altertümliches Kostüm gekleidet. Ihre Art von alternativem Trachtenkleid, das mit Efeu und Rankenmotiven bedruckt war, wirkte hier ebenso unpassend wie das lange braune Haar, in das sie wie die italienische Pornodarstellerin Ilona Staller einen Blüten-

kranz gesteckt hatte. Das Auffälligste aber war ihr Gesicht, in dem sie ein Lächeln trug, das hier im Café Schlotterbacke, wo jede Miene Bedeutung hatte, nur noch naiv oder, und das war Hans-Peters Meinung, besonders geschickt verlogen sein konnte. Da sie keine Markenkleidung am Leib hatte und auch sonst durch nichts deutlich machte, daß sie wußte, was sie tat und zum gutverdienenden Teil der Menschheit gehörte, war es sicher besser, nicht mit ihr in Verbindung gebracht zu werden.

Obwohl sie in Armweite von ihm entfernt stand, tat Hans-Peter so überzeugend, als würde er sie nicht sehen, daß er sich sicher war, sie wirklich ungelogen nicht zu bemerken. Solche Leute wollten ja nur was von ihm, wollten was aus ihm herausholen, was nicht souverän, nicht kontrolliert klang.

Auch als sie nur noch dreißig Zentimeter von seinem Gesicht entfernt war, sah er nicht hin, sondern strahlte statt dessen, den angefeuchteten, qualmenden Genießerstumpen in der Hand, im rechten Winkel an ihr vorbei.

»Entschuldigen Sie«, sagte sie leise.

Jetzt fuhr sein Gesicht herum, es war das Gesicht einer Eule oder eines zahmen, aber verärgerten Käuzchens, nicht ganz menschlich also, und vor allem auch nicht niedlich. Suchend schnellte seine Unterlippe vor.

»Tach!«, rief er so laut, daß es jeder im Café Schlotterbacke mitbekam; er rief es so, als würde jedes seiner Worte in antiquierte Lautsprecher und Megaphone übertragen und von einer begeisterten Masse bejubelt werden. Bei vielen galt er deshalb als absonderlich, bei manchen als verrückt, einige aber, die als Kind einmal gehört hatten, daß Genie und Wahnsinn eng beieinander lägen, bezeichneten ihn als genial, wohl weil sie einem echten Genius niemals begegnet waren. Er selbst fand ihre Meinung vollkommen korrekt. »Was denn los?«

Das Mädchen hob den Arm, an dem ein Korb hing.

»Mein Herr, möchten Sie vielleicht einen kleinen Frühlingsgruß haben? Der Winter ist vergangen, draußen steht mein Freund, der Frühling, vor der Türe …«

»Blumen«, konstatierte Hans-Peter trocken, als würde er mit einer besonders Doofen reden, die dem Sonnenkönig eine Guillotine verkaufen wollte, »danke, ich hab schon gegessen!«

Seinem Gegenüber entfuhr wieherndes Gelächter, aber da hatte sie schon einen ihrer zarten, kleinen Blütensträuße hervorgeholt und ihm mit einem koketten Blick gezeigt, einem Blick, der ihre Verlegenheit verbergen sollte.

»Ich habe nein gesagt«, behauptete Hans-Peter, runzelte das Stirnchen und drohte ein wenig mit dem Rest seiner Zigarre, »also Abflug und tschüs, ja?«

Als hätte sie ihn nicht verstanden, stand das Mädchen eine Zeitlang wie versteinert da.

Dann steckte es erschrocken das Gebinde zurück in den Korb und ging auf die anderen Gäste zu, vom einen zum nächsten, doch niemand im Café Schlotterbacke nahm ihr etwas ab, die meisten taten vielmehr, als würden sie sie nicht sehen, und blieben in ihre Gespräche vertieft, derweil bei Damen die Ketten am Hals schlotterten und bei Männern der Bauch wuchs, so daß sie großen Kröten glichen, die mit garstigen Prinzessinnen zusammensaßen.

Die Stimme des Mädchens, die beim Eintritt wohlgemut geklungen hatte, war bang und flehentlich geworden, aber aufrecht und voller Würde schritt sie von Tisch zu Tisch, um stets mit bitterem Kopfschütteln oder herrschaftlichem Abwinken fortgeschickt zu werden; so war das Café Schlotterbacke bereits am Tag seiner Eröffnung zu einer der ersten, besonderen Adressen in der Stadt geworden.

Fast eine Minute lang stand sie so unsichtbar vor einer Bank, auf der ein zerknitterter, mit einem Journalisten ausgestopfter Anzug saß, der den einen Arm um eine goldbehängte Klimperwimper, den anderen um sein Glas gelegt hatte, das im Gegensatz zu ihm fast leer war.

Dann ging sie wieder hinaus, stolz den Kopf erhoben, und schenkte Hans-Peter zum Abschied noch ein Lächeln, das er zuerst klammheimlich einstecken und für sich behalten wollte, sich dann aber entschied, es lieber wegzuschmeißen.

»Ja, auf Nimmerwiedersehen, du alte Vögelscheuche«, brummte er ihr nach, kaum daß die Tür zum Café Schlotterbacke gequietscht hatte. Er glaubte, daß die Welt vor der Erfindung des BHs interessanter und daß vor allem dies das Tolle an der guten, alten Zeit gewesen war. Sein Gegenüber sagte nichts dazu, was Hans-Peter wiederum als ein Zeichen bedingungsloser Sympathie und Zustimmung ansah.

In diesem Augenblick gab es ein lautes Geräusch. Der Journalist drei Tische weiter war beim Aufstehen gegen den Kellner gepoltert und hatte dabei ein Tablett heruntergerissen. Der Kellner bemühte sich, die am Gast hinunterlaufenden Cocktails aufzufangen und kam sich dabei wie ein Maler vor, der bei Sturm einen schwankenden Leuchtturm anstrich.

Im Café wurde das Ganze erst mit Entsetzen, dann mit schweigender Empörung und Verbitterung gegenüber dem ungeschickten Kellner und dem allgemeinen Mangel an Service und qualifiziertem und motiviertem Personal in Deutschland zur Kenntnis genommen. Der Journalist bekam einen Kaffee serviert, wollte aber auf den Schrecken lieber eine Flasche Whisky und beschloß, so lange hier zu bleiben, bis sein Anzug wieder leidlich trocken war.

Auf dem Bürgersteig vor dem Café stand das Mädchen und hielt mutlos den Blumenkorb gesenkt. Sie wurde von einem dicklichen Jungen getröstet, vermutlich einer aus der Computerbranche, der sie im Arm hielt, auf die Stadt wies und ein paar Schritte mit ihr auf und ab ging, als ob sie seekrank wäre. Ruhig sprach er dabei auf sie ein: Sie solle sich nicht grämen, vom langen Winter zerquält würde mancher sein falsches Gesicht zeigen, sie werde ihre Blumen schon noch los, es sei doch jedes Jahr dasselbe und man müsse einfach weiterziehen, wärmer sei es hier bereits geworden und der schwerste Teil des Jobs damit erfüllt; sie dürfe bloß nicht das Verhalten einzelner Menschen persönlich nehmen.

Er nannte sie beim Namen, Flora, machte ein paar Gesten, als ob er einen Wasserball aufbliese, und da lösten sich beide plötzlich in Luft auf, vielleicht aber auch nicht; es war

ja längst so spät geworden, daß man nichts Genaues mehr sagen konnte.

Fest stand nur, daß gegen drei Uhr früh der Journalist die Welt verändert vorfand. Irgend etwas war geschehen, ohne daß er was davon mitbekommen hatte, was zwar journalistisch gesehen Scheiße war, aber er war ja nicht beim Fernsehen, wo man live berichten mußte. Man konnte das ruhig auch später aufschreiben. Irgendwas ist jedenfalls anders, und es hat bestimmt was mit dem Dings zu tun, mit dem Fühlen. Diese Nacht, die ist ja richtig warm, und womöglich kommen bald die Schwalben wieder und kacken mir aufs Haupt. Kurzum, es ist wieder soweit, die Zeit ist da, in der man Eiswürfel in seinen Wein tun muß.

Und so kam es, daß er noch am selben Morgen schrieb, was bald drauf in der Zeitschrift *Bunte* stand.

»In ist: Morgens aus der Bar kommen und feststellen, daß Frühling ist.«

So viel Wasser so nah bei uns

Mein Mann isst mit gutem Appetit. Aber ich glaube nicht, dass er wirklich hungrig ist. Er kaut, die Arme auf dem Tisch, und starrt auf etwas an der anderen Seite des Zimmers. Er sieht mich an und sieht weg. Er wischt sich den Mund mit der Serviette. Er zuckt mit den Schultern und isst weiter.

»Was starrst du mich dauernd an?«, sagt er. »Was ist los?«, sagt er und legt die Gabel hin.

»Hab ich gestarrt?«, sage ich und schüttle den Kopf.

Das Telefon klingelt.

»Geh nicht ran«, sagt er.

»Es könnte deine Mutter sein«, sage ich.

»Du wirst schon sehen«, sagt er.

Ich nehme den Hörer ab und horche. Mein Mann hört auf zu essen.

»Na, was hab ich dir gesagt?«, sagt er, als ich auflege. Er fängt wieder an zu essen. Dann wirft er die Serviette auf den Teller. Er sagt: »Gott verdammt noch mal, warum können sich die Leute nicht um ihre eigenen Angelegenheiten kümmern? Sag mir, was ich Unrechtes getan hab, und ich verspreche, ich hör dir zu! Ich war nicht der einzige Mann dort. Wir haben es beredet, und wir haben alle zusammen entschieden. Wir konnten nicht einfach umkehren. Wir waren fünf Meilen vom Auto entfernt. Ich will nicht, dass du mich verurteilst. Hast du gehört?«

»Du weißt es«, sage ich.

Er sagt: »Was weiß ich, Claire? Sag mir, was ich wissen sollte. Ich weiß überhaupt nichts, ich weiß nur eins.« Er sieht mich mit einem, wie er glaubt, bedeutungsvollen Blick an. »Sie war tot«, sagt er. »Und das tut mir so Leid wie jedem andern. Aber sie war tot.«

»Genau das ist der Punkt«, sage ich.

Er hebt beide Hände. Er stößt seinen Stuhl vom Tisch

zurück. Er nimmt seine Zigaretten aus der Tasche und geht mit einer Dose Bier durch die hintere Tür nach draußen. Ich sehe, wie er sich auf den Gartenstuhl setzt und wieder nach der Zeitung greift.

In der Zeitung steht sein Name, auf der ersten Seite. Zusammen mit den Namen seiner Freunde.

Ich schließe die Augen und halte mich an der Spüle fest. Dann schiebe ich den Arm quer über die Abtropffläche, sodass alles Geschirr auf den Fußboden fällt.

Er rührt sich nicht. Ich weiß, er hat es gehört. Er hebt den Kopf, als horchte er noch. Aber sonst bewegt er sich nicht. Er dreht sich nicht um.

Er und Gordon Johnson und Mel Dorn und Vern Williams – sie spielen Poker und gehen kegeln und angeln. Sie angeln in jedem Frühjahr und Frühsommer, ehe Verwandte auf Besuch ihnen in die Quere kommen können. Die vier sind anständige Männer, Familienväter, Männer, die ihren Beruf ernst nehmen. Sie haben Söhne und Töchter, die mit unserem Sohn, Dean, auf die Schule gehen.

Letzten Freitag sind diese Familienväter zum Naches aufgebrochen. Sie haben das Auto in den Bergen abgestellt und sind zu Fuß zu der Stelle gegangen, wo sie angeln wollten. Sie trugen ihre Schlafsäcke, ihre Vorräte, ihre Spielkarten, ihren Whisky.

Sie sahen das Mädchen, bevor sie das Lager aufschlugen. Mel Dorn entdeckte sie. Sie hatte nichts an, nichts. Sie hing eingekeilt zwischen ein paar Ästen, die über das Wasser hinausragten.

Er rief die anderen, und sie kamen und sahen es sich an. Sie sprachen darüber, was zu tun sei. Einer von den Männern – mein Stuart hat nicht gesagt, wer es war – sagte, sie sollten sofort umkehren. Die anderen scharrten mit den Stiefelspitzen im Sand und sagten, dazu hätten sie keine Lust. Sie schützten Müdigkeit vor, beriefen sich auf die späte Tageszeit, die Tatsache, dass das Mädchen ja nicht fortgehen würde.

Am Ende blieben sie und schlugen das Lager auf. Sie

machten ein Feuer und tranken ihren Whisky. Als der Mond aufging, sprachen sie über das Mädchen. Einer sagte, sie sollten was unternehmen, damit die Leiche nicht abtrieb. Sie nahmen ihre Taschenlampen und gingen noch mal zum Fluss runter. Einer von den Männern – es könnte Stuart gewesen sein – watete ins Wasser und holte sie. Er packte sie bei den Händen und zog sie ans Ufer. Er nahm ein Stück Nylonkordel, band sie fest um ihr Handgelenk und schlang das andere Ende um einen Baum.

Am nächsten Morgen machten sie sich Frühstück, tranken Kaffee und tranken Whisky, und dann trennten sie sich und gingen angeln. An diesem Abend brieten sie Fisch, kochten Kartoffeln, tranken Kaffee, tranken Whisky, und dann trugen sie die Sachen, die sie zum Kochen und zum Essen benutzt hatten, zum Fluss hinunter und wuschen sie ab, da, wo das Mädchen war.

Später am Abend spielten sie Karten. Vielleicht spielten sie, bis sie die Karten nicht mehr sehen konnten. Vern Williams ging schlafen. Aber die anderen erzählten sich Geschichten. Gordon Johnson sagte, die Forellen, die sie gefangen hatten, seien ganz hart, weil das Wasser schrecklich kalt war.

Am nächsten Morgen standen sie spät auf, tranken Whisky, angelten ein bisschen, brachen die Zelte ab, rollten die Schlafsäcke zusammen, sammelten ihre Sachen ein und machten sich auf den Rückweg. Sie fuhren, bis sie zu einem Telefon kamen. Stuart war es, der den Anruf machte, während die anderen um ihn herum in der Sonne standen und zuhörten. Er nannte dem Sheriff ihre Namen. Sie hatten nichts zu verbergen. Sie schämten sich nicht. Sie sagten, sie würden warten, bis jemand komme, dem sie die Stelle besser beschreiben könnten, und der könne auch ihre Aussagen aufnehmen.

Ich schlief, als er nach Hause kam. Aber ich wachte auf, als ich ihn in der Küche hörte. Er lehnte, als ich rauskam, mit einer Dose Bier am Kühlschrank. Er legte seine schweren Arme um mich und rieb mir mit seinen großen Händen über den Rücken. Im Bett legte er wieder seine Hände auf

mich und wartete dann, als dächte er an etwas anderes. Ich drehte mich um und öffnete die Beine. Danach blieb er, glaube ich, wach.

Am Morgen war er schon auf, als ich aus dem Bett kam. Um zu sehen, ob etwas in der Zeitung stand, nehme ich an.

Das Telefon klingelte gleich nach acht.

»Gehen Sie zum Teufel!«, hörte ich ihn brüllen.

Das Telefon klingelte sofort wieder.

»Ich habe dem, was ich dem Sheriff gesagt habe, nichts hinzuzufügen!« Er knallte den Hörer auf.

»Was ist denn los?«, sagte ich.

Da erzählte er mir, was ich Ihnen gerade erzählt hab.

Ich fege das kaputte Geschirr auf und gehe nach draußen.

Er liegt inzwischen auf dem Rücken im Gras, die Zeitung und die Bierdose in Reichweite.

»Stuart, können wir ein bisschen rumfahren?«, sage ich.

Er rollt sich auf den Bauch und sieht mich an. »Wir können unterwegs Bier kaufen«, sagt er. Er kommt auf die Füße und berührt mich im Vorbeigehen an der Hüfte. »In einer Minute bin ich so weit«, sagt er.

Wir fahren durch die Stadt, ohne zu sprechen. Er hält an einem Supermarkt an der Landstraße, um Bier zu kaufen. Mir fällt ein großer Stapel Zeitungen auf, gleich hinter dem Eingang. Auf der obersten Stufe hält eine fette Frau in einem Kleid aus bedrucktem Stoff einem kleinen Mädchen eine Lakritzstange hin. Später überqueren wir den Everson Creek und biegen ab auf das Picknick-Gelände. Der Bach fließt unter der Brücke durch und, ein paar hundert Meter weiter, in einen großen Teich. Ich sehe die Männer da draußen. Ich sehe sie da draußen angeln.

So viel Wasser so nah bei uns.

Ich sage: »Warum musstet ihr so weit fahren?«

»Reg mich nicht auf«, sagt er.

Wir sitzen auf einer Bank in der Sonne. Er macht uns zwei Dosen Bier auf. Er sagt: »Entspann dich, Claire.«

»Sie haben gesagt, sie wären unschuldig. Sie haben gesagt, alle wären verrückt geworden.«

Er sagt: »Wer?« Er sagt: »Wovon redest du?«

»Von den Maddox-Brüdern. Sie hatten ein Mädchen umgebracht, da, wo ich aufgewachsen bin, sie hieß Arlene Hubly. Sie haben ihr den Kopf abgeschnitten und sie in den Cle Elum River geworfen. Das war, als ich ein kleines Mädchen war.«

»Du regst mich wirklich auf«, sagt er.

Ich sehe auf den Bach. Ich bin mitten drin, im Wasser, die Augen offen, mit dem Gesicht nach unten, und starre auf das Moos am Grund. Tot.

»Ich weiß nicht, was mit dir los ist«, sagt er, als wir nach Hause fahren. »Du regst mich jede Minute mehr auf.«

Es gibt nichts, was ich ihm dazu sagen kann.

Er gibt sich Mühe, sich auf die Straße zu konzentrieren.

Aber er sieht ständig in den Rückspiegel.

Er weiß.

Stuart bildet sich ein, er ließe mich heute Morgen schlafen. Aber ich war schon lange wach, ehe der Wecker losging. Ich dachte nach, ich lag auf der anderen Seite des Betts, weit weg von seinen behaarten Beinen.

Er sorgt dafür, dass Dean pünktlich zur Schule geht, und dann rasiert er sich, zieht sich an und macht sich auf den Weg zur Arbeit. Zwei Mal guckt er herein und räuspert sich. Aber ich halte die Augen geschlossen.

In der Küche finde ich einen Zettel von ihm. Unten steht »In Liebe« drauf.

Ich sitze in der Frühstücksecke und trinke Kaffee und hinterlasse einen Ring auf dem Zettel. Ich werfe einen Blick auf die Zeitung und drehe sie auf dem Tisch so rum und so rum. Dann ziehe ich sie näher heran und lese, was da steht. Die Leiche ist identifiziert worden, Angehörige haben sich gemeldet. Aber dazu war einiges an Untersuchungen nötig, es mussten Dinge reingetan und andere rausgeschnitten werden, es musste gewogen, gemessen werden, Dinge mussten wieder reingetan und eingenäht werden.

Ich sitze lange da, halte die Zeitung und denke nach. Dann rufe ich beim Friseur an, um einen Termin zu kriegen.

Ich sitze unter der Trockenhaube, mit einer Zeitschrift auf dem Schoß, und lasse mir von Marnie die Nägel machen.

»Morgen gehe ich zu einer Beerdigung«, sage ich.

»Das tut mir aber Leid«, sagt Marnie.

»Es war Mord«, sage ich.

»Das ist die schlimmste Art«, sagt Marnie.

»Wir waren uns nicht sehr nah«, sage ich. »Aber du weißt ja.«

»Wir machen dich schön zurecht dafür«, sagt Marnie.

An diesem Abend richte ich mir mein Bett auf dem Sofa, und am Morgen stehe ich als Erste auf. Ich setze Kaffeewasser auf und mache das Frühstück, während er sich rasiert.

Plötzlich steht er in der Küchentür, das Handtuch über der nackten Schulter, mit einem prüfenden Blick.

»Hier ist Kaffee«, sage ich. »Die Eier sind in einer Minute so weit.«

Ich wecke Dean, und zu dritt frühstücken wir. Jedes Mal, wenn Stuart mich anguckt, frage ich Dean, ob er noch Milch will, noch etwas Toast und so weiter.

»Ich ruf dich heute an«, sagt Stuart, als er die Haustür öffnet.

Ich sage: »Ich glaub nicht, dass ich heute zu Haus bin.«

»In Ordnung«, sagt er. »Klar.«

Ich ziehe mich sorgfältig an. Ich probiere einen Hut auf und betrachte mich im Spiegel. Ich schreibe einen Zettel für Dean.

Schatz, Mami hat heute Nachmittag allerlei zu erledigen, aber später bin ich wieder da. Bleib drinnen oder spiel im Garten, bis einer von uns nachhause kommt.

In Liebe, Mami

Ich starre auf das Wort *Liebe*, und dann unterstreiche ich es. Dann fällt mein Blick auf das Wort *nachhause*. Schreibt man es zusammen oder getrennt?

Ich fahre durch Farmland, zwischen Feldern mit Hafer und Zuckerrüben hindurch und an Apfelplantagen und Wiesen mit weidenden Rindern vorbei. Dann verändert sich plötzlich alles: Häuser, die eher Bretterbuden sind als Farmhäuser, und kleine Wäldchen an Stelle von Plantagen. Dann Berge, und zur Rechten, weit unten, sehe ich manchmal den Naches.

Ein grüner Pickup nähert sich von hinten und bleibt die ganze Zeit hinter mir. Ich gehe immer wieder im falschen Augenblick mit dem Tempo runter, in der Hoffnung, dass er mich überholt.

Dann beschleunige ich. Aber auch das tue ich jedes Mal im falschen Augenblick. Ich umklammere das Lenkrad, bis mir die Finger wehtun.

Auf einem langen übersichtlichen Stück Straße überholt er. Aber er fährt dabei einen Moment neben mir, ein Mann mit Bürstenschnitt, in einem blauen Arbeitshemd. Wir sehen einander an. Dann winkt er, hupt und fährt geradeaus weiter.

Ich werde langsamer und finde eine Stelle. Ich fahre von der Straße runter und stelle den Motor ab. Ich höre den Fluss unten, unterhalb der Bäume. Dann höre ich den Pickup, er kommt zurück.

Ich verriegele die Türen und kurbele die Fenster hoch.

»Alles in Ordnung?«, sagt der Mann. Er klopft an die Scheibe. »Fehlt Ihnen auch nichts?« Er stützt sich mit den Armen auf die Tür und kommt mit seinem Gesicht dicht an die Scheibe.

Ich starre ihn an. Ich weiß nicht, was ich sonst tun soll.

»Alles in Ordnung da drinnen? Warum haben Sie sich eingesperrt?«

Ich schüttle den Kopf.

»Kurbeln Sie das Fenster runter.« Er schüttelt den Kopf und sieht zum Highway rüber und dann wieder zu mir. »Jetzt kurbeln Sie es schon runter.«

»Bitte«, sage ich, »ich muss weiter.«

»Machen Sie die Tür auf«, sagt er, als hätte er nicht gehört. »Sie ersticken noch da drinnen.«

Er sieht mir auf die Brüste, auf die Beine. Ich weiß genau, dass er das tut.

»He, Süße«, sagt er. »Ich will nur helfen, das ist alles.«

Der Sarg ist geschlossen und mit Blumengestecken bedeckt. Die Orgel fängt in dem Augenblick an zu spielen, als ich mich hinsetze. Leute kommen rein und suchen sich Plätze. Ich sehe einen Jungen in einer ausgestellten Hose und einem kurzärmligen gelben Hemd. Eine Tür geht auf, und die Familie kommt geschlossen herein und geht zu Plätzen, die auf einer Seite durch einen Vorhang abgeteilt sind. Stühle quietschen, alle setzen sich. Unmittelbar darauf erhebt sich ein netter blonder Mann in einem schönen dunklen Anzug und fordert uns auf, die Köpfe zu senken. Er spricht ein Gebet für uns, die Lebenden, und als er fertig ist, spricht er ein Gebet für die Seele der Dahingeschiedenen.

Zusammen mit den anderen gehe ich an dem Sarg vorbei. Dann trete ich hinaus auf die Eingangsstufen und in das Nachmittagslicht. Draußen sehe ich eine Frau, die hinkend vor mir die Treppe runtergeht. Auf dem Fußweg sieht sie sich um. »Na, jedenfalls haben sie ihn gefasst«, sagt sie. »Falls das ein Trost ist. Sie haben ihn heute Morgen verhaftet. Ich hab's im Radio gehört, ehe ich gekommen bin. Ein Junge, und zwar hier aus der Stadt.«

Wir gehen ein paar Schritte den heißen Fußweg entlang. Leute fahren mit ihren Autos los. Ich strecke die Hand aus und halte mich an einer Parkuhr fest. Schimmernde Motorhauben und schimmernde Kotflügel. Alles verschwimmt mir vor den Augen. Ich sage: »Sie haben Freunde, diese Mörder. Man kann nie wissen.«

»Ich hab das Kind schon gekannt, als sie noch ein kleines Mädchen war«, sagt die Frau. »Sie kam immer rüber zu mir, und ich hab Kekse für sie gebacken, und die durfte sie dann vor dem Fernseher essen.«

Als ich nach Hause komme, sitzt Stuart am Tisch, mit einem Glas Whisky vor sich. Einen verrückten Moment lang denke ich, Dean sei etwas zugestoßen.

»Wo ist er?«, sage ich. »Wo ist Dean?«

»Draußen«, sagt mein Mann.

Er trinkt sein Glas aus und steht auf. Er sagt: »Ich glaube, ich weiß, was du brauchst.«

Er legt mir den Arm um die Taille und knöpft mit der anderen Hand meine Jacke auf, und dann geht er zu den Knöpfen an meiner Bluse über.

»Das Wichtigste zuerst«, sagt er.

Er sagt noch etwas anderes. Aber ich brauche nicht zuzuhören. Ich kann überhaupt nichts hören, so viel Wasser rauscht vorbei.

»Stimmt«, sage ich und knöpfe die letzten Knöpfe selbst auf. »Bevor Dean kommt. Schnell.«

CARSON MCCULLERS

Der verfolgte Junge

Hugh hielt an der Ecke nach seiner Mutter Ausschau, aber sie war nicht im Garten. Manchmal war sie draußen und pusselte an dem Beet mit Frühjahrsblumen herum – den Iberis, den Bartnelken, den Lobelien (sie hatte ihm die Namen beigebracht) – aber heute lag der grüne Vorderrasen mit den Rabatten bunter Blumen leer im schwächlichen Sonnenschein des Aprilnachmittags da. Hugh rannte den Gehweg entlang, und John folgte ihm. Mit zwei Sätzen sprangen sie die Vordertreppe hinauf, und die Tür schlug hinter ihnen ins Schloß.

»Mama!« rief Hugh.

Und plötzlich, als sie in der leeren, gebohnerten Halle in einem Schweigen ohne Antwort standen, spürte Hugh, daß etwas nicht stimmte. Im Wohnzimmerkamin brannte kein Feuer, und da er während der kalten Monate an das Flackern des Flammenscheins gewöhnt war, erschien ihm das Zimmer an diesem ersten warmen Tag merkwürdig kahl und unbehaglich. Hugh schauerte zusammen. Er war froh, daß John da war. Die Sonne schien auf eine rote Stelle im geblümten Teppich. Feuerrot, dunkelrot, blaßrot – ihm wurde übel, und es fröstelte ihn plötzlich in Erinnerung an »das letzte Mal«. Das Rot verdüsterte sich zu einem schwindelerregenden Schwarz.

»Was fehlt dir, Brown?« fragte John. »Du siehst ganz weiß aus!«

Hugh schüttelte sich und legte die Hand auf die Stirn. »Nichts. Gehen wir in die Küche!«

»Ich kann bloß eine Minute bleiben«, erwiderte John. »Ich muß die Karten verkaufen. Ich kann bloß essen und muß dann gleich losrennen.«

Die Küche mit den lebhaft karierten Handtüchern und den sauberen Pfannen war jetzt der beste Raum im Haus. Und auf dem emaillierten Tisch stand der Zitronenkuchen,

den sie gebacken hatte. Beim alltäglichen Anblick der Küche und des Kuchens beruhigte sich Hugh, trat in die Diele zurück und hob sein Gesicht, um hinaufzurufen: »Mutter? O Mama!«

Wieder kam keine Antwort.

»Den Kuchen hat meine Mutter gebacken«, sagte er. Rasch holte er ein Messer und schnitt in den Kuchen hinein, um das zunehmende Angstgefühl zu bannen.

»Glaubst du, daß du ihn anschneiden darfst, Brown?«

»Klar, Laney.«

Seit diesem Frühling nannten sie sich bei ihrem Familiennamen – falls sie es nicht zufällig vergaßen. Hugh fand es sportlich und erwachsen und irgendwie großartig. Hugh konnte John besser leiden als jeden anderen Jungen in der Schule. John war zwei Jahre älter als Hugh, und mit ihm verglichen schienen die andern Jungen ein Haufen alberner Nullen zu sein. John war der beste Schüler in der zweiten Klasse, intelligent, aber nicht im geringsten ein Lehrerliebling, und er war auch der beste Turner. Hugh war in der ersten Klasse und hatte in seinem ersten Jahr in der High School nicht so viele Freunde – er hatte sich irgendwie selbst ausgeschlossen, weil er so ängstlich war.

»Mama hat nach der Schule immer was Feines für mich!« Hugh legte ein großes Stück Kuchen für John (für Laney) auf einen Unterteller.

»Der Kuchen ist aber prima!«

»Die Kruste ist aus zerstoßenen Graham Crackers gemacht, statt aus dem richtigen Mürbeteig«, erzählte Hugh, »weil Mürbeteig solche Arbeit macht. Wir finden, daß der hier genauso gut ist. Natürlich kann Mutter auch den richtigen Mürbeteig machen, wenn sie will.«

Hugh konnte nicht stillstehen; er ging in der Küche auf und ab und aß sein Stück Kuchen, das er auf der Handfläche hielt. Sein braunes Haar war wirr vom nervösen Hineinfahren, und in seinen goldbraunen Augen stand die Qual schmerzlicher Unsicherheit. John, der am Tisch sitzengeblieben war, spürte Hughs Unruhe und wickelte eins seiner schlaksigen Beine um das andere.

»Ich muß jetzt wirklich gehen und die Karten für den Glee-Klub verkaufen.«

»Geh nicht! Hast ja den ganzen Nachmittag Zeit!« Er fürchtete sich vor dem leeren Haus. Er brauchte John, er brauchte irgend jemand; vor allem mußte er die Stimme seiner Mutter hören und wissen, daß sie mit ihm im Haus war. »Vielleicht badet Mama«, sagte er. »Ich will noch mal rufen!«

Die Antwort auf seinen dritten Ruf war auch wieder Schweigen.

»Vielleicht ist deine Mutter ins Kino oder einkaufen gegangen?«

»Nein«, sagte Hugh. »Dann hätte sie einen Zettel dagelassen. Das tut sie immer, wenn sie weg ist und ich von der Schule nach Hause komme.«

»Auf einen Zettel haben wir nicht geachtet«, sagte John. »Vielleicht hat sie ihn unter dem Türvorleger oder irgendwo im Wohnzimmer gelassen.«

Hugh war untröstlich. »Nein. Sie hätte ihn hier unter dem Kuchen gelassen. Sie weiß, daß ich immer zuerst in die Küche renne.«

»Vielleicht hat jemand bei ihr angerufen, oder es ist ihr plötzlich was eingefallen, was sie tun wollte.«

»Ja, vielleicht«, sagte er. »Ich erinnere mich, daß sie vor ein paar Tagen zu Daddy gesagt hat, sie will sich neue Kleider kaufen.« Der Hoffnungsstrahl lebte nur so lange, wie er geäußert wurde. Hugh stieß sich das Haar aus der Stirn und sauste aus der Küche. »Ich will lieber nach oben. Ich sollte raufgehen, solange du hier bist.«

Er stand da und hatte die Arme um den Treppenpfosten geschlungen; der Geruch der gebohnerten Treppe und der Anblick der geschlossenen weißen Badezimmertür oben rief wieder die Erinnerung an »das letzte Mal« wach. Er klammerte sich an den Treppenpfosten, und seine Füße versagten und wollten nicht die Treppe hinaufgehen. Aus dem Rot wurde wieder ein kreischendes, kränkliches Dunkelrot. Hugh setzte sich hin.

Steck den Kopf zwischen die Beine! befahl er sich – bei den Pfadfindern die erste Hilfe.

»Hugh!« rief John. »Hugh!«

Während der Schwindelanfall nachließ, traf ihn ein neuer Kummer: Laney nannte ihn bei seinem gewöhnlichen Vornamen, also hielt er ihn wegen seiner Mutter für einen Angsthasen, der es nicht verdient, so großartig sportlich beim Familiennamen genannt zu werden. Der Schwindelanfall war weg, als er in die Küche zurückkehrte.

»Brown«, sagte John – und auch *der* Kummer verschwand. »Gibt es in dem Laden hier etwas mit einer Kuh Verwandtes? Eine weiße Flüssigkeit? Auf Französisch heißt sie *lait*. Hier bei uns nennen wir es einfach Milch.«

Die Benommenheit nach dem Schock klärte sich. »Oh, Laney, ich bin ein Esel! Entschuldige! Ich hab's rein vergessen!« Hugh holte die Milch aus dem Kühlschrank und fand zwei Gläser. »Ich hab nicht dran gedacht! Hatte was andres im Sinn.«

»Ich weiß«, sagte John. Nach einem Augenblick fragte er mit ruhiger Stimme und blickte Hugh dabei fest in die Augen: »Warum hast du solche Angst um deine Mutter? Ist sie krank, Hugh?«

Hugh wußte jetzt, daß der Vorname nicht verächtlich gebraucht war; es geschah deshalb, weil John es zu ernst meinte, um sportlich zu sein. Er hatte John lieber als jeden andern Freund. Alles war natürlicher, wenn er John gegenüber am Küchentisch saß – und irgendwie sicherer. Als er John in die grauen, friedlichen Augen blickte, wurde seine Angst durch Johns wohltuende Zuneigung etwas besänftigt.

John fragte wieder, und noch immer so ruhig: »Hugh, ist deine Mutter krank?«

Hugh hätte keinem andern Jungen eine Antwort darauf geben können. Er hatte mit niemandem über seine Mutter gesprochen, außer mit seinem Vater, und selbst diese Vertrautheit war selten und indirekt. Sie konnten das Thema nur berühren, wenn sie mit etwas anderem beschäftigt waren, zum Beispiel zimmerten oder, was zweimal geschah, wenn sie zusammen in den Wald jagen gingen oder wenn sie das Abendbrot vorbereiteten oder das Geschirr abwuschen.

»Sie ist nicht ausgesprochen krank«, sagte er, »aber Dad-

dy und ich hatten Sorge ihretwegen. Das heißt, eine Zeitlang hatten wir uns ihretwegen Sorgen gemacht.«

John fragte: »Ist es ein Herzleiden?«

Hughs Stimme klang gepreßt. »Hast du von der Keilerei gehört, die ich mit dem Trottel Clem Roberts hatte? Ich habe ihm sein dämliches Gesicht über den Kies gerieben und hätte ihn beinah umgebracht. Ich hätt's auch getan, wenn Mr. Paxton nicht dazwischengekommen wäre und mich von ihm runtergerissen hätte.«

»Ich habe davon gehört.«

»Weißt du, warum ich ihn umbringen wollte?«

Einen Augenblick flatterten Johns Augen auf die Seite.

Hugh straffte sich; seine rauhen Kinderhände klammerten sich an die Tischkante; er schöpfte tief und heiser Atem. »Der Trottel hat allen erzählt, meine Mutter wäre in Milledgeville. Er hat's überall rumerzählt, meine Mutter wär verrückt.«

»Das dreckige Schwein!«

Hugh sagte mit deutlicher, niedergeschlagener Stimme: »Meine Mutter war tatsächlich in Milledgeville. Aber das bedeutet nicht, daß sie verrückt war«, fuhr er rasch fort. »In dem großen Krankenhaus gibt es Gebäude für Leute, die verrückt sind, und andere Gebäude für Leute, die bloß krank sind. Mama war eine Zeitlang krank. Daddy und ich haben darüber gesprochen und gefunden, das Krankenhaus von Milledgeville wäre der Ort, wo es die besten Ärzte gibt und wo sie die beste Pflege hätte. Aber sie war so wenig verrückt wie nur jemand in der ganzen Welt. Du kennst doch Mam, John!« Er sagte wieder: »Ich wollte nach oben gehen!«

John sagte: »Ich habe immer gefunden, daß deine Mutter eine von den nettesten Damen der Stadt ist.«

»Mama ist nämlich das Merkwürdigste zugestoßen, und hinterher war sie deprimiert.«

Das Geständnis und die ersten, tief verwurzelten Worte lösten das schwärende Geheimnis im Herzen des Jungen, und er fuhr schneller und hastiger fort und fand dabei ungeahnte Erleichterung.

»Voriges Jahr dachte meine Mutter, sie würde ein kleines Baby bekommen. Sie hat mit Daddy und mir darüber gesprochen«, sagte er stolz. »Wir wollten ein Mädchen haben. Ich sollte ihr einen Namen aussuchen. Wir waren so glücklich. Ich habe all mein altes Spielzeug ausgegraben ... meine elektrische Eisenbahn und die Schienen ... Ich wollte, daß sie Crystal genannt würde ... Wie findest du den Namen für ein Mädchen? Es erinnert mich an etwas Helles und Zierliches!«

»Kam das kleine Mädchen tot auf die Welt?«

Selbst vor John wurden Hughs Ohren rot; er griff mit seinen kalten Händen danach. »Nein, es war was, das Tumor heißt. Das ist meiner Mutter passiert. Sie mußte hier im Krankenhaus operiert werden.« Er war verlegen, und seine Stimme war sehr leise. »Dann bekam sie was, das heißt Wechseljahre.« Die Worte erschienen Hugh schrecklich. »Und danach war sie deprimiert. Daddy sagte, es wäre für ihr Nervensystem ein Schock gewesen. Es ist etwas, das den Frauen zustößt; sie war einfach deprimiert und kaputt.«

Obwohl in der Küche kein Rot war, nirgends Rot, näherte Hugh sich schon wieder dem »letzten Mal«.

»Eines Tages hat sie's einfach aufgegeben – eines Tages im letzten Herbst.« Hugh hatte die Augen weit aufgerissen und blickte starr: In Gedanken stieg er wieder die Treppe hinauf und öffnete die Badezimmertür – er legte die Hand über die Augen, um die Erinnerung auszulöschen. »Sie hat versucht, sich ... zu verwunden. Ich hab sie gefunden, als ich von der Schule nach Hause kam.«

John streckte die Hand aus und strich behutsam über Hughs Pulloverärmel.

»Sei nicht traurig! Viele Leute müssen ins Krankenhaus, weil sie kaputt und deprimiert sind. Das kann jedem passieren.«

»Wir mußten sie ins Krankenhaus bringen – ins beste Krankenhaus.« Die Erinnerung an jene langen, langen Monate war durch eine dumpfe Einsamkeit getrübt, die in ihrer anhaltenden Unerbittlichkeit so grausam wie »letztes Mal« war – wie lange hatte sie angehalten? Im Kranken-

haus durfte Mama herumgehen, und sie hatte immer Schuhe an.

John sagte vorsichtig: »Der Kuchen ist wirklich prima.«

»Meine Mutter kann prima kochen. So Sachen wie Fleischpastete und gebackenen Lachs kann sie ebensogut machen wie Steaks und warme Würstchen.«

»Mir ist's greulich, bloß zu essen und dann gleich wegzulaufen«, sagte John.

Hugh fürchtete sich so, allein gelassen zu werden, daß er die Angst in seinem laut klopfenden Herzen spürte.

»Geh nicht!« bat er. »Reden wir noch ein bißchen!«

»Worüber?«

Hugh konnte es ihm nicht erzählen. Nicht einmal ihm, John Laney. Niemandem konnte er von dem leeren Haus erzählen und von der entsetzlichen Zeit davor. »Weinst du manchmal?« fragte er John. »Ich nicht.«

»Ich tu's manchmal«, gab John zu.

»Ich wünschte, ich hätte dich schon besser gekannt, als Mutter weg war. Daddy und ich sind fast jeden Samstag auf die Jagd gegangen. Wir haben immer von Wachteln und Waldtauben gelebt. Das hätte dir bestimmt auch gefallen.« Mit leiserer Stimme fügte er hinzu: »Am Sonntag fuhren wir immer ins Krankenhaus.«

John sagte: »Es ist eine etwas heikle Aufgabe, die Karten zu verkaufen. Eine Menge Leute können die Operetten vom Glee-Klub der High School nicht leiden. Wenn sie nicht jemanden im Glee-Klub persönlich kennen, bleiben sie lieber zu Hause und sehen sich ein gutes Fernsehstück an. Eine Menge Leute kaufen nur Karten, weil sie was Gemeinnütziges tun wollen.«

»Wir werden auch bald einen Fernsehapparat bekommen.«

»Ohne Fernsehen könnte ich nicht leben«, sagte John.

Hughs Stimme klang entschuldigend: »Daddy möchte erst die Krankenhausrechnungen bezahlen, Krankheiten sind nämlich eine furchtbar teure Angelegenheit, das weiß jeder. Danach kaufen wir den Fernseher.«

John hob sein Glas mit Milch auf. »Skoal!« sagte er. »Das

ist ein schwedisches Wort; man sagt's, bevor man trinkt. Es bringt Glück.«

»Du weißt eine Unmasse fremde Wörter und Sprachen!«

»So viele auch nicht«, sagte John wahrheitsgemäß. »Bloß ›kaputt‹ und ›addios‹ und ›skoal‹ und was wir so in der Französischstunde lernen. Das ist nicht viel.«

»Das ist *beaucoup*«, sagte Hugh, fand sich witzig und war mit sich zufrieden.

Plötzlich brach die aufgestaute Spannung in körperlichem Ungestüm aus. Hugh riß draußen auf der Veranda den Basketball an sich und stürmte auf den Hof. Er dribbelte den Ball ein paarmal und zielte auf den Korb, den sein Vater ihm zu seinem letzten Geburtstag aufgestellt hatte. Als er sein Ziel verfehlte, warf er John, der nach ihm hinausgekommen war, den Ball zu. Es tat wohl, im Freien zu sein, und bei der Erleichterung, die das natürliche Spielen mit sich brachte, fiel ihm die erste Zeile eines Gedichts ein: »Mein Herz ist wie ein Basketball.« Meistens, wenn ihm ein Gedicht in den Sinn kam, lag er im Wohnzimmer längelang auf dem Fußboden, in die Jagd nach Reimen versunken, wobei die Zunge in seiner Backentasche mitarbeitete. Seine Mutter nannte ihn dann immer Shelley-Poe, wenn sie über ihn hinwegschritt, und manchmal setzte sie ihren Fuß leicht auf sein Hinterteil. Seine Mutter fand seine Gedichte immer schön; heute fiel ihm die zweite Zeile ganz schnell ein, wie herbeigezaubert. »›Mein Herz ist wie ein Basketball, springt mit Freuden durch die Hall.‹ Wie findest du das als Gedichtanfang?«

»Kommt mir'n bißchen verrückt vor«, sagte John. Dann verbesserte er sich rasch: »Ich meine, es klingt … komisch. Komisch, hab ich gemeint.«

Hugh begriff, weshalb John das Wort geändert hatte, und das Hochgefühl als Folge von Spiel und Gedicht verließ ihn augenblicklich. Er fing den Ball auf und stand mit ihm da, den Ball in seinen Arm geschmiegt. Der Nachmittag war golden, und die Glyzinie rankte üppig und mit unversehrten Blüten über die Veranda. Sie war wie ein einziger blaßlila Wasserfall. Der frische Wind duftete nach sonnenwarmen

Blumen. Der sonnige Himmel war blau und wolkenlos. Es war der erste warme Frühlingstag.

»Ich muß losziehen«, sagte John.

»Nein!« Hughs Stimme klang verzweifelt. »Möchtest du nicht noch ein Stück Kuchen? Hab noch nie erlebt, daß jemand bloß ein Stück ißt.«

Er lockte John ins Haus, und diesmal rief er nur gewohnheitsmäßig, weil er immer rief, wenn er ins Haus trat: »Mutter!« Nach dem hellen Sonnenschein im Freien fröstelte es ihn. Es fröstelte ihn nicht bloß infolge des Wetters, sondern weil er sich so fürchtete.

»Meine Mutter kam vor einem Monat zurück, und seitdem ist sie immer hiergewesen, wenn ich von der Schule nach Haus gekommen bin. Immer, immer!«

Sie standen in der Küche und blickten auf den Zitronenkuchen. Und Hugh fand, daß der angeschnittene Kuchen irgendwie – seltsam aussah. Als sie so bewegungslos in der Küche standen, war auch die Stille unheimlich und seltsam.

»Kommt dir das Haus nicht sehr still vor?«

»Das ist bloß, weil ihr kein Fernsehen habt. Wir drehen unsern Fernseher um sieben Uhr an, und er läuft den ganzen Tag und Abend, bis wir zu Bett gehen. Ob jemand im Wohnzimmer ist oder nicht. Ununterbrochen laufen Stücke und lustige Sketches und Gags.«

»Wir haben natürlich ein Radio und eine Victrola.«

»Die leisten einem nicht die gleiche Gesellschaft wie ein guter Fernseher. Wenn ihr erst mal einen Fernseher habt, merkst du nicht, ob deine Mutter im Haus ist oder nicht.«

Hugh antwortete nicht. Ihre Schritte hallten hohl durch den Flur. Ihm war übel, als er auf der untersten Treppenstufe stand und den Arm um den Treppenpfosten gelegt hatte. »Wenn du wenigstens eine Minute raufkommen könntest …«

Johns Stimme klang plötzlich ungeduldig und laut. »Wievielmal soll ich dir noch sagen, daß ich Karten verkaufen muß? Bei Einrichtungen wie dem Glee-Klub muß man gemeinnützig denken!«

»Bloß eine Sekunde – ich muß dir oben was Interessantes zeigen!«

John fragte nicht, was es sei, und Hugh grübelte krampfhaft nach, um etwas nennen zu können, das interessant genug war und John nach oben locken könnte. Schließlich sagte er: »Ich baue mir einen Hi-Fi-Apparat. Da muß man eine Menge über Elektronik wissen – mein Vater hilft mir.«

Doch noch während er sprach, wußte er, daß John ihm die Lüge keine Sekunde glaubte. Wer kaufte sich einen Hi-Fi, ohne einen Fernseher zu haben? Er haßte John – wie man Menschen haßt, die man so dringend braucht. Er mußte noch etwas hinzufügen und straffte die Schultern.

»Ich wollte dir bloß sagen, wieviel mir deine Freundschaft wert ist. Während der letzten Monate habe ich mich irgendwie vom Umgang mit andern ausgeschlossen.«

»Ist ja okay, Brown. Du mußt nicht so empfindlich sein, weil deine Mutter – dort war, wo sie war.«

John hatte die Hand auf der Türklinke, und Hugh zitterte. »Ich dachte bloß, ob du nur für eine Minute nach oben kommen könntest …«

John sah ihn mit unruhigen, betroffenen Blicken an. Dann fragte er langsam: »Ist da oben was, wovor du dich fürchtest?«

Hugh wollte ihm alles erzählen. Aber er konnte nicht erzählen, was seine Mutter an jenem Nachmittag im vorigen September getan hatte. Es war zu schrecklich und zu – seltsam. Es war wie etwas, was ein *Patient* tun würde, aber keineswegs jemand wie seine Mutter. Obwohl seine Augen sich vor Entsetzen weiteten und sein Körper zitterte, sagte er: »Ich fürchte mich nicht.«

»Also dann mach's gut! Tut mir leid, daß ich gehen muß. Pflicht ist Pflicht.«

John schloß die Haustür, und Hugh war allein in dem leeren Haus. Nichts konnte ihn jetzt retten. Selbst wenn eine ganze Schar Jungen im Wohnzimmer vor dem Fernseher säße und über komische Gags und Witze lachte, würde es ihm doch nichts nützen. Er mußte hinaufgehen und sie suchen. Er wollte sich von dem, was John zuletzt gesagt

hatte, etwas Mut holen, und wiederholte die Worte laut: »Pflicht ist Pflicht!« Doch die Worte verhalfen ihm nicht zu Johns Sorglosigkeit und Mut; in der Stille klangen sie unheimlich und seltsam.

Er drehte sich langsam um und wollte hinaufgehen. Sein Herz war jetzt nicht wie ein Basketball, sondern wie eine wilde Jazztrommel und hämmerte immer schneller, während er die Treppe hinaufstieg. Er schleppte die Füße nach, als ginge er knietief durch Wasser, und hielt sich am Geländer fest. Das Haus sah seltsam aus – verrückt. Als er auf den Tisch im Flur unten mit der Vase voll frischer Frühlingsblumen hinunterschaute, erschien ihm auch das irgendwie eigentümlich. Im oberen Stock war ein Spiegel, und sein eigenes Gesicht erschreckte ihn, so verrückt sah es aus. Im Spiegelbild standen die Buchstaben seines Schulpullis verkehrt herum, und sein Mund stand offen – wie bei einem Idioten in der Heilanstalt. Er machte den Mund zu und sah gleich besser aus. Aber die Dinge, die er sah – der Tisch unten, das Sofa oben – wirkten irgendwie zersprungen oder verzerrt, weil er so voller Angst war, obgleich es doch vertraute, alltägliche Dinge waren. Er heftete den Blick auf die geschlossene Badezimmertür rechts neben der Treppe, und die wilde Jazztrommel hämmerte immer schneller.

Er öffnete die Badezimmertür, und einen Augenblick später ließ ihn die Furcht, die ihn den ganzen Nachmittag gequält hatte, das Badezimmer so sehen, wie er es das »letzte Mal« gesehen hatte. Seine Mutter lag auf dem Fußboden, und überall war Blut. Seine Mutter lag tot da, und überall war Blut, auch auf ihrem aufgeschnittenen Handgelenk, und eine Blutlache war bis zur Badewanne gesickert und aufgestaut worden. Hugh berührte den Türrahmen und fand Halt. Dann kam das Badezimmer zur Ruhe, und er begriff, daß es nicht »letztes Mal« war. Der Aprilsonnenschein erhellte die sauberen weißen Fliesen. Nichts als ein blitzblankes Badezimmer war da, und das sonnige Fenster. Er ging ins Schlafzimmer und sah das leere Bett mit der rosa Decke. Damensachen standen auf dem Frisiertisch. Das

Zimmer sah aus wie immer, und nichts war geschehen ...
nichts war geschehen, und er warf sich auf die rosa Steppdecke und weinte vor Erleichterung und nervöser, trostloser Übermüdung, die so lange gewährt hatte. Die Schluch-
zer erschütterten seinen ganzen Körper und beruhigten sein
wildes, jazz-hämmerndes Herz.

Hugh hatte all die Monate nicht geweint. Er hatte »letztes
Mal« nicht geweint, als er seine Mutter allein im leeren
Haus gefunden hatte und als überall Blut war. Er hatte nicht
geweint, aber er hatte einen Pfadfinder-Fehler begangen. Er
hatte zuerst den schweren, blutigen Körper seiner Mutter
hochgehoben, ehe er versucht hatte, sie zu verbinden. Er
hatte nicht geweint, als er seinen Vater rief. Er hatte nicht in
jenen Tagen geweint, als sie zusammen überlegten, was zu
tun sei. Er hatte nicht einmal geweint, als der Doktor Milledgeville vorschlug, auch nicht, als er und sein Vater sie im
Wagen zum Krankenhaus brachten, obwohl sein Vater auf
dem Rückweg weinte. Er hatte nicht wegen der Mahlzeiten
geweint, die sie sich zusammen zubereiteten – einen ganzen
Monat hindurch jeden Abend Steaks, so daß sie glaubten,
Steaks müßten ihnen langsam aus den Ohren kommen.
Danach hatten sie auf warme Würstchen umgeschaltet und
aßen sie so lange, bis ihnen die warmen Würstchen aus den
Ohren kamen. Mit ihrem Essen gerieten sie in einen ewig
gleichen Trott und hielten die Küche nie sauber, so daß sie
niemals nett war, ausgenommen am Samstag, wenn die
Putzfrau kam. Er weinte nicht an den einsamen Nachmitta-
gen, nachdem er sich mit Clem Roberts geschlagen hatte
und meinte, die andern Jungen glaubten allerlei Ausgefalle-
nes von seiner Mutter. Er blieb zu Hause in der liederlichen
Küche und aß Feigen oder Schokoladestangen. Oder er ging
zum Fernsehen zu einer Nachbarin, Miss Richards, einer
alten Jungfer, die sich altjüngferliche Stücke ansah. Er hatte
nicht geweint, als sein Vater zuviel trank und den Appetit
verlor und als Hugh alleine essen mußte. Er hatte nicht einmal an den langen Wartesonntagen geweint, wenn sie nach
Milledgeville fuhren, wo er zweimal auf einer Veranda eine
Dame ohne Schuhe sah, die Selbstgespräche hielt. Eine

Dame, die eine Patientin war und mit einem Grauen nach ihm schlug, das er sich nicht erklären konnte. Er weinte nicht, als seine Mutter anfangs immer sagte: »*Wenn du mich hierläßt, ist es eine Strafe! Laß mich nach Hause gehen!*« Er hatte nicht bei den furchtbaren Worten geweint, die ihn verfolgten: »Wechseljahre« – »Milledgeville« – »verrückt«, er konnte nicht weinen während all der langen Monate, die sich in Trübsinn und Sehnsucht und Furcht hinzogen.

Er weinte noch immer auf der rosa Bettdecke, die seine nassen Wangen als weich und kühl empfanden. Er schluchzte so laut, daß er nicht hörte, wie die Haustür geöffnet wurde, und er hörte nicht einmal das Rufen seiner Mutter oder ihre Schritte auf der Treppe. Er schluchzte noch, als seine Mutter ihn berührte, und vergrub sein Gesicht tief in der Decke. Er machte sogar die Beine steif und schlug mit den Füßen aus.

»Aber Loveyboy«, sagte seine Mutter und rief ihn mit einem längst nicht mehr benutzten Kindernamen. »Was ist passiert?«

Er schluchzte lauter, obwohl seine Mutter versuchte, sein Gesicht zu sich hinzudrehen. Er wollte, daß sie sich sorgte. Er drehte sich nicht um, bis sie schließlich vom Bett wegging, und dann schaute er sie an. Sie trug ein neues Kleid – blaue Seide schien es im blassen Frühlingslicht zu sein.

»Darling, was ist passiert?«

Das Entsetzen des Nachmittags war verflogen, aber er konnte seiner Mutter nicht davon erzählen. Er konnte ihr nicht erzählen, was er befürchtet hatte, nicht das Grauen von Dingen erklären, die gar nicht da waren – aber einmal dagewesen waren.

»Warum hast du es getan?«

»Es war der erste warme Tag, und da hab ich plötzlich beschlossen, mir ein paar neue Kleider zu kaufen.«

Aber er sprach nicht von Kleidern; er dachte an das »letzte Mal« und an den Groll, der in ihm aufgestiegen war, als er das Blut und das Grauen sah und dachte: *Warum hat sie mir das angetan?* Er dachte an seinen Groll gegen die Mutter, die er am meisten in der Welt liebte. All die letzten, trauri-

gen Monate hatten Zorn und Liebe miteinander im Widerstreit gelegen, dazwischen das Schuldgefühl.

»Ich habe zwei Kleider und zwei Unterröcke gekauft. Wie gefallen sie dir?«

»Scheußlich!« sagte Hugh zornig. »Dein Unterkleid schaut raus!«

Sie drehte sich zweimal um, und das Unterkleid schaute furchtbar weit heraus. »Es *soll* herausschauen, Dummchen! Das ist jetzt Mode!«

»Deshalb gefällt's mir doch nicht.«

»Ich hab in einem Tearoom ein Sandwich gegessen und dazu zwei Tassen Kakao getrunken, und dann ging ich zu Mendels. Sie hatten so viel hübsche Sachen, daß ich kaum weggehen konnte. Jetzt habe ich die zwei Kleider gekauft, und sieh mal, Hugh, die Schuhe!«

Seine Mutter trat ans Bett und schaltete das Licht an, damit er sie sehen könne. Die Schuhe hatten flache Absätze und waren *blau* – mit Brillantgeglitzer auf den Zehenspitzen. Er wußte nicht, wie er sie beurteilen sollte. »Sie sehen mehr wie Abendschuhe aus – und nicht wie Schuhe, die du auf der Straße trägst.«

»Ich habe noch nie farbige Schuhe gehabt! Ich konnte einfach nicht widerstehen!«

Seine Mutter tänzelte gewissermaßen zum Fenster hinüber und ließ das Unterkleid unter dem neuen Kleid umherwirbeln. Hugh hatte jetzt zu weinen aufgehört, aber er war immer noch zornig.

»Es gefällt mir nicht, weil du drin aussiehst, als wolltest du jünger wirken, und ich wette, daß du vierzig bist!«

Seine Mutter hörte mit dem Getänzel auf und blieb ruhig am Fenster stehen. Ihr Gesicht war plötzlich still und traurig. »Im Juni werde ich dreiundvierzig.«

Er hatte ihr weh getan, und plötzlich war der Zorn vergangen, und es war nur noch Liebe da. »Mama, das hätte ich nicht sagen sollen!«

»Als ich einkaufen war, habe ich gemerkt, daß ich seit über einem Jahr nicht in einem Geschäft gewesen bin. Stell dir das vor!«

Hugh konnte der stillen Traurigkeit und der Mutter, die er so liebte, nicht widerstehen. Er konnte seiner Mutter nicht widerstehen, die so hübsch war. Er wischte sich mit dem Ärmel die Tränen ab und stand auf. »Ich habe dich noch nie so hübsch gesehen, und noch nie ein so hübsches Kleid und Unterkleid!« Er kauerte sich vor seiner Mutter hin und befühlte die glänzenden Schuhe. »Die Schuhe sind wirklich prima!«

»In der Minute, als ich sie sah, wußte ich, daß sie dir gefallen würden.« Sie zog Hugh zu sich herauf und küßte ihn auf die Wange. »Oh, jetzt habe ich dich mit meinem Lippenstift rot gemacht!«

Hugh wiederholte eine witzige Bemerkung, die er früher einmal gehört hatte, und wischte sich den Lippenstift ab: »Es beweist nur, wie beliebt ich bin.«

»Hugh, warum hast du so geweint, als ich ins Zimmer kam? Hast du dich über etwas in der Schule aufgeregt?«

»Es war bloß, weil du weg warst, als ich nach Hause kam, und kein Zettel und nichts da war ...«

»Den Zettel habe ich rein vergessen.«

»Und den ganzen Nachmittag war mir ... John Laney war hier, aber er mußte wieder weg und Karten für den Glee-Klub verkaufen. Den ganzen Nachmittag war mir ...«

»Wie denn? Was war los?«

Aber er konnte der Mutter, die er liebte, nichts von dem Entsetzen und der Ursache erzählen. Schließlich sagte er: »Den ganzen Nachmittag war mir so ... seltsam.«

Später, als sein Vater nach Hause kam, rief dieser, Hugh solle zu ihm in den Hof kommen. Sein Vater machte ein besorgtes Gesicht – als hätte er ein wertvolles Werkzeug erblickt, das Hugh draußen gelassen hatte. Aber es war kein Werkzeug da, und der Basketball war auf seinem Platz auf der Hofveranda.

»Sohnemann«, sagte sein Vater, »ich möchte dir etwas sagen.«

»Ja, bitte?«

»Deine Mutter hat mir erzählt, daß du heute nachmittag geweint hast.« Sein Vater wartete nicht, daß er es erklärte. »Ich möchte nur, daß wir beide uns ganz gut verstehen. Ist irgend etwas in der Schule – oder mit den Mädchen – oder sonst etwas, was dich quält? Warum hast du geweint?«

Hugh blickte auf den Nachmittag zurück, und schon war er weit weg und so fern wie ein merkwürdiger Anblick, den man hat, wenn man durchs verkehrte Ende eines Fernrohrs schaut.

»Ich weiß es nicht«, antwortete er. »Wahrscheinlich war ich etwas nervös.«

Sein Vater legte ihm den Arm um die Schulter. »Niemand kann nervös sein, bevor er sechzehn Jahre alt wird. Bis dahin hast du noch lange Zeit.«

»Ja.«

»Ich finde, deine Mutter hat noch nie so gut ausgesehen. Sie sieht so fröhlich und hübsch aus, besser als seit Jahren. Hast du das bemerkt?«

»Das Unterkleid – der Unterrock soll rausschauen. Es ist eine neue Mode!«

»Bald ist der Sommer da«, sagte sein Vater. »Und dann machen wir Ausflüge mit Picknick – zu dritt!« Die Worte ließen sofort ein Bild vom Sonnenglanz auf dem goldenen Bach und von dem abenteuerreichen Wald mit seinem Sommerlaub erstehen. Sein Vater fuhr fort: »Ich wollte dir etwas anderes sagen.«

»Ja, bitte?«

»Ich möchte dir sagen, daß ich genau weiß, wie tüchtig du dich in all den schlimmen Tagen verhalten hast. Sehr tüchtig! Verdammt tüchtig!«

Sein Vater gebrauchte das Wort »verdammt«, als spräche er mit einem Erwachsenen. Sein Vater war nicht der Mann, der mit Komplimenten freigebig war – er war immer streng in bezug auf Schulzeugnisse und liegengebliebenes Werkzeug. Nie hatte sein Vater ihn gelobt oder in der Sprache der Erwachsenen mit ihm geredet. Hugh spürte, wie ihm das Gesicht heiß wurde, und er berührte es mit seinen kalten Händen.

»Das wollte ich dir eben sagen, Sohnemann.« Er schüttelte Hugh bei der Schulter. »In einem Jahr oder so bist du größer als dein alter Herr!« Sein Vater ging rasch ins Haus und überließ Hugh dem angenehmen und ungewohnten Nachgeschmack seiner Lobesworte.

Hugh stand auf dem dunkler werdenden Hof, während die Sonnenuntergangsfarben verblaßten und die Glyzinie dunkelviolett wurde. In der Küche brannte Licht, und er sah, daß seine Mutter das Abendbrot zurechtmachte. Er wußte, daß etwas zu Ende war. Das Entsetzen war ihm jetzt so fern, und auch der Zorn, der mit der Liebe in Widerstreit gelegen hatte, und die Furcht und das Schuldgefühl. Obwohl er meinte, daß er nie wieder weinen würde – oder wenigstens nicht, bevor er sechzehn war –, erglänzte die sichere, helle Küche im Schimmer seiner Tränen, jetzt, da er nicht länger ein verfolgter Junge war, jetzt, da er irgendwie froh war und sich nicht fürchtete.

VLADIMIR NABOKOV

Zeichen und Symbole

I

Zum viertenmal in ebenso vielen Jahren standen sie vor dem Problem, was sie einem jungen Mann, dessen Geist unheilbar verwirrt war, zum Geburtstag schenken sollten. Er hatte keine Wünsche. Von Menschenhand geschaffene Gegenstände waren für ihn entweder Bienenstöcke des Bösen, vibrierend von einer gehässigen, nur ihm wahrnehmbaren Geschäftigkeit, oder plumpe Annehmlichkeiten, für die er in seiner abstrakten Welt keine Verwendung wußte. Nachdem sie eine Anzahl von Gegenständen ausgeschlossen hatten, die ihn kränken oder erschrecken konnten (alle technischen Geräte zum Beispiel waren tabu), wählten seine Eltern eine hübsche und harmlose Kleinigkeit: ein Körbchen mit zehn verschiedenen Fruchtgelees in zehn kleinen Gläsern.

Als er geboren wurde, waren sie schon lange Zeit verheiratet; zwei Jahrzehnte verstrichen, und nun waren sie ziemlich alt. Ihr stumpfes graues Haar war nachlässig frisiert. Sie trug billige schwarze Kleider. Im Gegensatz zu anderen Frauen ihres Alters (wie etwa Mrs. Sol von nebenan, deren Gesicht von Schminke ganz rosig und malvenfarben und deren Hut ein Büschel Wiesenblümchen war) bot sie dem kritischen Licht der Frühlingstage ein nacktes weißes Angesicht. Ihr Mann, in der alten Heimat ein einigermaßen erfolgreicher Geschäftsmann, war nun ganz von seinem Bruder Isaac abhängig, einem echten Amerikaner, der schon fast vierzig Jahre hier drüben war. Sie sahen ihn selten und hatten ihm den Spitznamen »der Fürst« gegeben.

An diesem Freitag schlug alles fehl. Der Untergrundbahn ging zwischen zwei Stationen der Lebensstrom aus, und eine Viertelstunde lang hörte man nur das pflichtgetreue Schlagen des eigenen Herzens und das Rascheln von Zei-

tungen. Der Bus, mit dem sie anschließend fahren mußten, ließ eine Ewigkeit auf sich warten; und als er endlich kam, war er mit laut schnatternden Schulkindern vollgestopft. Es goß in Strömen, als sie den braunen Pfad zum Sanatorium hinaufgingen. Dort warteten sie wieder; und statt ihres Jungen, der gewöhnlich ins Zimmer geschlurft kam (das arme Gesicht voller Pusteln, schlecht rasiert, mürrisch und verwirrt), erschien endlich eine Krankenschwester, die sie kannten, aber nicht besonders mochten, und erklärte unbekümmert, daß er wieder versucht habe, sich das Leben zu nehmen. Es gehe ihm ganz gut, sagte sie, aber ein Besuch könne ihn aufregen. Das Haus war so unzulänglich mit Personal versehen, und Gegenstände wurden so leicht verlegt oder verwechselt, daß sie beschlossen, ihr Geburtstagsgeschenk nicht im Büro zu hinterlassen, sondern es ihm lieber das nächste Mal mitzubringen.

Sie wartete, bis ihr Mann den Schirm aufgespannt hatte, und nahm dann seinen Arm. Er räusperte sich ständig auf eine besonders geräuschvolle Weise, wie immer, wenn er erregt war. Sie erreichten das Wartehäuschen der Bushaltestelle auf der anderen Straßenseite, und er klappte den Regenschirm zu. Ein paar Meter weiter, unter einem windgeschüttelten, tropfenden Baum, zuckte ein winziger, halbtoter, noch nicht flügger Vogel hilflos in einer Pfütze.

Während der langen Fahrt zur U-Bahnstation wechselten sie und ihr Mann kein Wort; und jedesmal, wenn sie einen Blick auf seine alten Hände warf (geschwollene Adern, braunfleckige Haut), die zuckend den Griff des Schirmes umschlossen hielten, fühlte sie den Druck aufsteigender Tränen. Als sie um sich blickte und versuchte, ihre Gedanken an irgendeinen Gegenstand zu heften, nahm sie mit leichter Erschütterung – einer Mischung von Mitleid und Verwunderung – wahr, daß eine der Mitfahrenden, ein Mädchen mit dunklem Haar und ungepflegten roten Zehennägeln, an der Schulter einer älteren Frau weinte. Wem sah diese Frau bloß ähnlich? Sie ähnelte Rebecca Borisowna, deren Tochter einen Solowejtschik geheiratet hatte – in Minsk, viele Jahre war es her.

Als er es das letzte Mal versucht hatte, war sein Verfahren nach den Worten des Arztes ein erfinderisches Meisterstück gewesen; es wäre ihm gelungen, hätte nicht ein neidischer Mitpatient geglaubt, er wolle fliegen lernen, und ihn zurückgehalten. In Wirklichkeit hatte er versucht, ein Loch in seine Welt zu reißen und zu entkommen.

Das System seiner Wahnvorstellungen war Gegenstand einer umständlichen Abhandlung in einer wissenschaftlichen Monatsschrift, aber sie und ihr Mann hatten es sich schon lange vorher selber zusammengereimt. »Beziehungswahn« hatte Hermann Brink es genannt. In diesen sehr seltenen Fällen bildet sich der Patient ein, alles, was um ihn her geschieht, stehe in verschleierter Beziehung zu seiner Person und seiner Existenz. Wirkliche, lebende Personen schließt er von der Verschwörung aus, weil er sich für viel intelligenter hält als andere. Die Welt der Naturerscheinungen beschattet ihn, wohin er auch geht. Die Wolken am starrenden Himmel übermitteln einander durch langsame Zeichen unglaublich genaue Auskünfte über ihn. Seine geheimsten Gedanken werden bei Einbruch der Nacht von dunkel gestikulierenden Bäumen in ihrem Fingeralphabet diskutiert. Kiesel oder Flecken oder Sonnenkringel bilden Muster, die auf furchterregende Weise Mitteilungen darstellen, und er muß sie abfangen. Alles ist Chiffre, und er ist der Gegenstand von allem. Einige der Spione sind kühle Beobachter, wie etwa Glasflächen und stille Teiche; andere, zum Beispiel Mäntel in Schaufenstern, sind voreingenommene Zeugen, im Herzen Lynchmörder; andere wieder (fließendes Wasser, Stürme) sind hysterisch bis zum Wahnsinn, haben eine verzerrte Vorstellung von ihm und mißdeuten seine Handlungen auf groteske Weise. Er muß ständig auf der Hut sein und jede Minute und jeden Modul seines Lebens dazu benutzen, die Schwingungen der Dinge zu entziffern. Sogar die Luft, die er ausatmet, wird klassifiziert und weggeheftet. Wenn das Interesse, das er erregt, doch wenigstens auf seine nächste Umgebung beschränkt bliebe – aber ach, das bleibt es nicht! Mit der Entfernung nehmen die Sturzbäche übler Nachrede an Lautstärke und

Geschwätzigkeit zu. Die Silhouetten seiner Blutkörperchen flitzen, millionenfach vergrößert, über unermeßliche Ebenen; und in noch größerer Ferne fassen riesige Berge von unerträglicher Massivität und Höhe die letzte Wahrheit seines Seins in Gestalt von Granit und ächzenden Tannen zusammen.

II

Als sie aus dem Donner und der verdorbenen Luft der Untergrundbahn wieder auftauchten, mischten sich letzte Reste von Tageslicht mit den Straßenlichtern. Sie wollte noch etwas Fisch zum Abendessen kaufen, darum gab sie ihm das Körbchen mit den Geleegläsern und sagte ihm, er solle heimgehen. Er stieg bis in den dritten Stock hinauf, und dann fiel ihm ein, daß er ihr im Laufe des Tages die Schlüssel gegeben hatte.

Schweigend setzte er sich auf die Stufe, und schweigend stand er wieder auf, als sie zehn Minuten später kam, sich mühsam die Treppe heraufschleppte, schwach lächelte und über ihre eigene Dummheit mißbilligend den Kopf schüttelte. Sie betraten ihre Zweizimmerwohnung, und er ging sofort zum Spiegel. Mit den Daumen zog er die Mundwinkel auseinander, nahm mit einer schrecklichen, maskenartigen Grimasse sein neues, hoffnungslos unbequemes Gebiß heraus und entfernte die langen Speichelfäden, die ihn damit verbanden. Er las seine russische Zeitung, während sie den Tisch deckte. Noch immer lesend, aß er die faden Lebensmittel, zu denen er keine Zähne brauchte. Sie kannte seine Launen und schwieg wie er.

Als er zu Bett gegangen war, blieb sie noch im Wohnzimmer sitzen, mit ihrem Stoß schmutziger Karten und ihren alten Alben. Auf der anderen Seite des engen Hofes, wo der Regen im Dunkel auf ein paar zerbeulte Mülltonnen prasselte, waren die Fenster mild erleuchtet, und durch eines von ihnen konnte man einen Mann in schwarzen Hosen mit erhobenen nackten Ellbogen ausgestreckt auf einem zer-

wühlten Bett liegen sehen. Sie zog das Rollo herunter und betrachtete die Photographien. Als Säugling sah er erstaunter aus als andere Säuglinge. Aus den Seiten des Albums fiel ein deutsches Dienstmädchen, das sie in Leipzig gehabt hatten, und ihr fettgesichtiger Verlobter. Minsk, die Revolution, Leipzig, Berlin, Leipzig, die schiefe, sehr unscharfe Vorderansicht eines Hauses. Vier Jahre alt, in einem Park: schwermütig, scheu, mit gerunzelter Stirn, den Blick von einem munteren Eichhörnchen abwendend, wie er ihn von jedem Fremden abwandte. Tante Rosa, eine umständliche, ungelenke, wild dreinblickende alte Dame, die in einer angsterfüllten Welt voller Hiobsbotschaften, Bankrotte, Zugunglücke und Krebsgeschwüre gelebt hatte – bis die Deutschen sie ums Leben brachten, zusammen mit all den Menschen, um die sie sich gesorgt hatte. Sechs Jahre – das war die Zeit, als er wundersame Vögel zeichnete, mit menschlichen Händen und Füßen, und in der er an Schlaflosigkeit litt wie ein erwachsener Mann. Sein Vetter, heute ein berühmter Schachspieler. Und wieder er, etwa acht Jahre alt, schon schwer zu verstehen, voller Angst vor der Tapete im Flur, voller Angst vor einem bestimmten Bild in einem Buch, das einfach eine idyllische Landschaft darstellte, mit Felsblöcken an einem Berghang und einem alten Wagenrad, das am Ast eines kahlen Baumes hing. Zehn Jahre alt: das Jahr, in dem sie Europa verließen. Die Scham, das Mitleid, die demütigenden Schwierigkeiten, die häßlichen, gemeinen, zurückgebliebenen Kinder, mit denen er in dieser Hilfsschule war. Und dann kam eine Zeit in seinem Leben, die mit einer langen Rekonvaleszenz nach einer Lungenentzündung zusammenfiel, als diese kleinen Phobien, die seine Eltern starrsinnig als Exzentrizitäten eines außerordentlich begabten Kindes angesehen hatten, sich zu einem undurchdringlichen Gewirr von logisch aufeinander einwirkenden Wahnvorstellungen verdichteten, die ihn dem normalen Verstand völlig unzugänglich machten.

Dies und noch viel mehr nahm sie hin – denn schließlich bedeutete Leben, eine Freude nach der anderen zu verlieren, nicht einmal Freuden in ihrem Fall, sondern bloße

Möglichkeiten einer Besserung. Sie dachte an die endlosen Wogen des Schmerzes, die ihr Mann und sie aus welchem Grund auch immer ertragen mußten; an die unsichtbaren Riesen, die ihren Jungen so unvorstellbar quälten; an das unabschätzbare Maß von Zärtlichkeit, das in der Welt enthalten ist; an das Schicksal dieser Zärtlichkeit, die entweder zerdrückt oder verschwendet oder in Wahnsinn verwandelt wird; an vernachlässigte Kinder, die in schmutzigen Winkeln vor sich hin summen; an schöne wilde Pflanzen, die sich vor dem Bauern nicht verstecken können und hilflos zusehen müssen, wie sein Schatten, affenartig vornübergebeugt, verstümmelte Blumen in den Fußstapfen zurückläßt, da die ungeheuerliche Dunkelheit naht.

III

Es war Mitternacht vorbei, als sie vom Wohnzimmer aus ihren Mann stöhnen hörte; schon taumelte er herein, über dem Nachthemd den alten Mantel mit dem Astrachankragen, den er seinem schönen blauen Bademantel bei weitem vorzog.

»Ich kann nicht schlafen«, klagte er.

»Warum?« fragte sie. »Warum kannst du nicht schlafen? Du warst so müde.«

»Ich kann nicht schlafen, weil ich sterbe«, sagte er und legte sich auf die Couch.

»Ist es dein Magen? Soll ich Dr. Solov anrufen?«

»Keine Ärzte, keine Ärzte«, stöhnte er. »Zum Teufel mit den Ärzten! Wir müssen ihn da schleunigst herausholen. Sonst haben wir die Verantwortung. Die Verantwortung!« wiederholte er, setzte sich mit einem Ruck auf, beide Füße auf dem Boden, und schlug sich mit der geballten Faust an die Stirn.

»Schon gut«, sagte sie ruhig, »wir werden ihn morgen früh nach Hause holen.«

»Ich möchte einen Tee«, sagte ihr Mann und zog sich ins Badezimmer zurück. Sie bückte sich mühsam und hob ein

paar Spielkarten und eine Photographie auf oder zwei, die von der Couch auf den Boden gefallen waren: Herz-Bube, Pik-Neun, Pik-As. Elsa und ihr bestialischer Beau.

Er kam in Hochstimmung zurück und sagte laut: »Ich habe mir schon alles überlegt. Wir geben ihm das Schlafzimmer. Jeder von uns kann einen Teil der Nacht bei ihm verbringen und den anderen Teil hier auf der Couch. Abwechselnd. Wir lassen mindestens zweimal in der Woche den Arzt kommen. Ganz gleich, was der Fürst dazu sagt. Er wird ohnehin nicht viel dagegen einzuwenden haben, weil es auf die Dauer billiger ist.«

Das Telephon läutete. Für ihr Telephon war es eine ungewöhnliche Zeit. Sein linker Hausschuh war ihm vom Fuß gerutscht, und er angelte mit Ferse und Zeh danach, während er mitten im Zimmer stand und kindisch und zahnlos seine Frau angaffte. Da sie mehr Englisch konnte als er, nahm sie die Telephongespräche an.

»Kann ich Charlie sprechen?« fragte die matte, kleine Stimme eines Mädchens.

»Welche Nummer wollen Sie? Nein. Das ist nicht die richtige Nummer.«

Der Hörer wurde sanft aufgelegt. Ihre Hand fühlte nach ihrem alten, müden Herzen.

»Ich habe einen Schreck bekommen«, sagte sie.

Er lächelte flüchtig und nahm seinen erregten Monolog sofort wieder auf. Sie würden ihn holen, sobald der Tag anbrach. Die Messer würde man in einer Schublade verschlossen halten. Selbst im schlimmsten Zustand bedeutete er keine Gefahr für andere.

Das Telephon läutete zum zweitenmal. Die gleiche tonlose, besorgte junge Stimme fragte nach Charlie.

»Sie haben die falsche Nummer. Ich werde Ihnen sagen, was Sie machen: Sie wählen den Buchstaben O statt der Null.«

Sie setzten sich zu ihrem unerwarteten, festlichen Mitternachtstee nieder. Das Geburtstagsgeschenk stand auf dem Tisch. Er schlürfte geräuschvoll; sein Gesicht war gerötet; hin und wieder hob er das Glas und machte eine Kreisbe-

wegung, damit der Zucker sich besser auflöse. Deutlich zeichnete sich an der Seite seines kahlen Schädels, dort, wo sich ein großes Muttermal befand, eine vorspringende Ader ab, und obwohl er sich am Morgen rasiert hatte, bedeckte ein silbriger Stoppelbart sein Kinn. Während sie ihm ein zweites Glas Tee eingoß, setzte er die Brille auf und betrachtete noch einmal mit Vergnügen die leuchtenden gelben, grünen, roten kleinen Geleegläser. Seine ungeschickten feuchten Lippen buchstabierten die beredsamen Schildchen: Aprikosen, Trauben, Schlehen, Quitten. Er war bei Holzapfel, als das Telephon aufs neue läutete.

ALGERNON BLACKWOOD

Am ersten Abend im Mai

I

Es war schon mitten im Frühjahr, als meine Spitalsarbeit mir endlich Zeit ließ, meinem alten Freunde und Folkloristen in dessen ländlicher Abgeschiedenheit einen Besuch abzustatten, und ich war zuinnerst recht heiter gestimmt, da ich in meinem Reisegepäck ein Buch mit mir führte, das all die ärgerlichen Lieblingstheorien über Magie und seelische Kräfte, denen der Freund so beharrlich anhing, nach Strich und Faden widerlegte und verwarf.

Jene Theorien, zahlreich und unterschiedlich, wie sie waren, hatten mich schon des öftern in Unruhe versetzt. Zum einen verachtete ich sie aus beruflichen Gründen, und zum andern, weil ich bisher nicht imstande gewesen, überzeugend genug gegen sie zu argumentieren, ja nicht einmal seinen Glauben auch nur in den kleinsten Geringfügigkeiten zu erschüttern. Dazu kam, daß jede wissenschaftliche Erkenntnis, die ich geltend machte, ihm bloß zur weitern Bestätigung der eigenen Ansicht wurde. Deshalb bereitete mir das Bewußtsein, solch ein Buch gefunden und nunmehr in meinem Gepäck zu haben, säuberlich in braunes Packpapier geschlagen und mit einer persönlichen Widmung versehen, eine tiefe, freudige Genugtuung, und deshalb auch stellte ich während der Bahnfahrt immer wieder Mutmaßungen darüber an, wie mein alter Freund wohl zurechtkommen werde mit dem darin enthaltenen, erdrückenden Beweismaterial gegen die Existenz jedweden nennenswerten Bereiches außerhalb der Welt unserer sinnlichen Wahrnehmungen.

Und nicht minder galten meine Überlegungen der Frage, ob des Freundes spiritistische Gewohnheiten und die damit zusammenhängenden Experimente ihm überhaupt noch erlaubt haben mochten, an meine bevorstehende Ankunft

zu denken! Dementsprechend groß war meine Erleichterung, als ich von dem einsamen Gepäckträger erfuhr, der »Professor« habe ein »Fuhrwerk« zur Bahnstation geschickt, um mich abholen zu lassen. So stand es mir frei, mein Gepäck darauf zu verstauen und die vier Meilen Weges über das Hügelland zu Fuß zurückzulegen.

Die Sonne war eben erst untergegangen, und so nahm ein regloser, windstiller Abend mich auf, dessen Luft noch durchwärmt war und von würzigen Düften durchzogen inmitten einer erholsamen Stille. Schon verlor sich das Rollen des Zugs in der Ferne und nahm mit dem Gelärm der überfüllten Städte auch die letzten Gedanken an die hinter mir liegende Last des beruflichen Alltags mit sich. So kam's, daß ich von der kleinen Bahnstation am Rande des Heidelands mit einem einzigen Schritt hinübertrat in die Welt des schweigenden Wachstums, der einsamen Hirten und des Geläuts ihrer Schafherden inmitten der wilden, verlassenen Weiten.

Mein Weg führte mich in schrägem Anstieg durch das grasüberwucherte Hügelland. Etwa eine Meile klomm er bis zur Anhöhe hinan, wand sich dann auf dem Hügelkamm weitere zwei Meilen in kaum erkennbarem Verlauf zwischen wucherndem Stechginster hin, führte hinter den Kiefern an Tom Bassetts Hütte vorüber und senkte sich danach in jähem Fall durch den schütteren Waldbestand der jenseitigen Hänge auf das uralte Herrenhaus zu, darin der betagte Volkstumsforscher sein Leben führte und sich immer tiefer hineinspann in seine unmögliche Welt aus Phantasterei und aberwitzigen Theorien. Während ich den ersten Teil der Steigung nahm, mußt' ich recht lebhaft an ihn denken und kam wie üblich zu dem Schluß, daß die Landleute, wär' da nicht seine Freigebigkeit gegen die Armen und sein gütiges Aussehn gewesen, ihn unweigerlich für einen Zauberer hätten halten müssen, der sein Wesen mit den Seelen trieb, und allerlei dunkle Machenschaften mit der Welt der Geister.

Der Pfad war mir hinlänglich vertraut. Ich war ihn schon früher gegangen – im Winter vor mehreren Jahren – und

fühlte mich von der erwähnten Hütte an meines Weges durchaus sicher. Während der ersten Meile jedoch kreuzten ihn zahlreiche Viehpfade, und weil überdies das Licht schon recht dämmerig wurde, hielt ich's für angebracht, mich der einzuschlagenden Richtung nach Möglichkeit zu vergewissern. Glücklicherweise bot solche Möglichkeit sich mir in Gestalt eines Mannes, der erstaunlich rasch vor mir auffuhr aus dem Gras, wo er, gedeckt durch ein Dickicht aus Ginstergestrüpp, gelegen haben mochte. Jetzt schritt er rüstig hangabwärts in Richtung des dunkelnden Tals.

Er tat dies mit solcher Eile, daß ich ihm schallend nachrief, schon fürchtend, nicht mehr gehört zu werden. Er jedoch fuhr auf dem Absatz herum – und stand schon im nächsten Moment neben mir. In Sekundenschnelle hatte sich das vollzogen, ganz nahe befand er sich nun und blickte mir lächelnd, ja, wie mir schien, auch sonderbar forschend ins Gesicht. Ich entsinne mich, daß seine bleichen, gänzlich ungebräunten Züge mich recht ungewöhnlich dünkten für einen Landbewohner und daß auch die Augen etwas Fremdes an sich hatten. Und nicht minder war es seine große Raschheit, die ein deutliches Unbehagen, ja fast Erschrecken in mir auslöste, wiewohl ich wußte, daß es um meine Augen auch bei gutem Licht nicht zum besten bestellt war, und erst recht nicht jetzt, unterm täuschenden Dämmer dieser freien Berglehne.

Zudem – wie das ja oftmals der Fall ist bei dergleichen Auskünften – blieben mir die geäußerten Worte nur undeutlich im Gedächtnis haften, so daß ich, nachdem der Fremde sich mit pantherartig gewandten Sprüngen hangabwärts davongemacht hatte, eigentlich nicht viel mehr wußte als die allgemeine Richtung, der zu folgen er mir mit ausgreifender Geste gewiesen. Kein Zweifel, sein plötzliches Auffahren aus dem Ginstergestrüpp, seine sonderbare Raschheit und die Art wie er mich angestarrt, ja sogar an der Schulter gepackt – all das hatte meine Aufmerksamkeit von dem Wortlaut seiner Erklärungen abgelenkt, und der Umstand, daß ich den falschen Weg genommen hatte und um eine Meile zu weit nach rechts abgekommen war,

bestärkte mich in meinem Entschluß, jene vage, richtungangebende Geste für ausreichend zu nehmen.

Auf dem Höhenkamm angelangt und ein wenig außer Atem von der ungewohnten Anstrengung, legte ich mich neben einem flammendgelben Ginsterbusch für eine Weile ins Gras. Noch blieb mir ja eine gute Stunde, ehe man im Hause nach mir Ausschau halten würde. Das Gras war wunderbar weich, und die friedvolle Stille ringsum tat mir überaus wohl. So blieb ich denn liegen an solchem Ort und rauchte eine Zigarette, doch war's in eben jenem Moment, daß mein Unterbewußtsein mir die Worte wieder ins Gedächtnis rief – jene Worte, die der Fremde tatsächlich gesprochen. Das bedeutsame Gewicht, welches er in sonderbar fremdem Tonfall auf sie gelegt, rief noch nachträglich etwas wie Belustigung in mir hervor: »*Für Sie* ist das heute der sicherste Weg«, hatte er gesagt, ganz als ob er mir den Stadtmenschen, der in der Finsternis so einsamer Hügelwelt zu Schaden kommen mochte, schon von weitem angesehen hätte. Und die rasche Art, wie er so plötzlich neben mir gestanden und unmittelbar danach schattengleich den steilen Hang hinunter verschwunden war, vervollständigte das festumrißne Bild, das ich mir nunmehr von ihm machte. Doch alsbald traten andre Gedanken und Erinnerungen an seine Stelle und zauberten mir weitere Bilder vor Augen, die einander in rascher Folge ablösten und eine Kette von Reflexionen bildeten, welche nicht mehr vom Willen gelenkt wurden und ohne Sinn und Zweck waren. Mit andern Worten, ich versank in einen Zustand angenehmer Träumerei.

Zu meinen Füßen, in unendlicher Ferne, wie es schien, lag das schweigende Tal unter einem Schleier aus bläulichem Abenddunst, und das tiefergelegene Ende verlor sich zwischen den dunkelnden Hügeln, deren Kuppen da und dort gleich gigantischen Federbüschen aufragten, die nach Hereinbruch der Nacht einander gewißlich zunicken, ja vielleicht sogar zurufen mochten. Das ferne Dorf war nur mehr ein nebeliger Fleck, aus dem schon die ersten Lichter zu mir heraufblinkten, und aus dem Gesumm der abendli-

chen Stimmen hob sich das Krächzen der Krähen, das Geschrei der Seemöwen hoch oben im Himmel, und bisweilen auch fernes Hundegebell. Die Luft roch nach Landleben, nach Feldern und grenzenloser Weite, und all dies vermittelte mir das Gefühl, auf dem Gipfel der Welt zu liegen, durch nichts mehr getrennt von den Sternen und allein gelassen mit den großen und freien Dingen dieser Erde – mit Bergen, Tälern, Wäldern und dem sanftgewellten Feldermeer, das mich da atmend umgab.

Ein paar Seemöwen – tagsüber war hier der Himmel voll von ihnen – zogen in Sichtweite noch immer ihre Kreise und ließen von Zeit zu Zeit ihren scharfen, klagenden Schrei ertönen. Und ganz weit draußen, eben noch unterscheidbar im dämmrigen Abend, zeigte sich schattenhaft eine Linie – das Meer.

Während ich müßig im Gras lag und träumend hinabsah auf den schweigenden See aus Verschattung, stieg von dort unten etwas herauf, hob sich gleich einem immensen, gewichtslosen Schleier von der gesamten Fläche des vor mir sich breitenden Landes und glitt mit unglaublicher Schnelligkeit durch das Tal auf mich zu, hatte im nächsten Moment auch schon meine Anhöhe erreicht und strich nun über mich hin, wenngleich ohne jede Eile, ja gewissermaßen ohne merkliche Fortbewegung. Einer um den andren stiegen nun solche Schleier in der geschilderten Weise herauf, füllten die Mulden zwischen den Hügeln, verhüllten Dorf, Felder und Berghang in ihrem Vorüberzug und setzten sich irgendwo fest hinter mir in der jenseits des Höhenkamms sich versammelnden Dunkelheit, oder entglitten als lautloses Dunstgewölk hinauf in den Himmel.

Ob das alles ein echter Nebel war, der da heraufstieg aus den rasch erkaltenden Gründen, oder ob nun die Erde bloß ihre tagsüber gespeicherte Wärme abgab an die Nacht – ich konnt' es nicht unterscheiden. Der Hereinbruch der Dunkelheit vollzieht sich ja stets als eine Abfolge aus nichts denn Geheimnis. So kann ich nur sagen, daß jene unbeschreibliche, maßlose Bewegung über der Landschaft mir das Gefühl gab, als hätte die Erde riesige, düstere Schwin-

gen bekommen und breitete sie nun aus, um mit lautlos-gigantischem Flügelschlag hinüberzugleiten aus dem Bereich der Sonne ins Dunkel der Nacht. Jedenfalls senkte sich nunmehr das Düster sehr rasch über alles und jedes, und so erhob ich mich eilig, um meinem Fußpfad weiter zu folgen, wobei ich mit einem mir neuen und gänzlich fremden Gefühl des Erstaunens den Zauber der Dämmerung empfand, das magische Weben der nächtlichen Bläue dort unten und die fahlgelbe Helle des wäßrigen Himmels mir zu Häupten.

Ich schritt ziemlich rasch aus, denn mich hatte zu frösteln begonnen, und so kam mir, nachdem ich den einsamen Höhenkamm vollends erreicht hatte, das Tal alsbald aus den Augen.

Wiewohl meine träumerische Rast nicht länger als fünf-zehn Minuten gewährt haben konnte, hatte das Wetter, wie ich sogleich bemerkte, zur Gänze umgeschlagen, denn der Nebel brodelte nun allerorten um mich, aufsteigend aus den engen Talgründen der entfernteren Hügel und mir den Weg verhüllend, während hoch in den Lüften plötzlich der Wind mit sausenden, ja sogar heulenden Stößen dahinfuhr. Noch eben zuvor hatte die Ruhe einer lauen Frühlingsnacht mich umfangen, doch nun war alles von Grund auf gewan-delt: feuchtkalte Nebelschwaden hüllten mich ein, ein ste-chender Regen schlug mir entgegen, und ein böiger Wind fuhr aus frostigen Höhen hernieder; ja hängte sich zerrend und stoßend an mich, so daß ich mir den Mantel zuknöpfte und den Hut fester ins Gesicht zog.

Doch der eigentliche Wandel – und dies kam mir erst-mals im Leben mit der Kraft echter Überzeugung zu Bewußtsein – bestand darin, daß ringsum urplötzlich alles und jedes zum Leben erwacht war!

Recht sonderbar überkam den prosaischen, tatsachenver-bundenen, materialistischen Doktor, der ich nun einmal war, diese neue Wirklichkeit einer rings ins Leben getretenen Welt. Sonderbar, sag' ich, weil für mich die Natur bisher noch nie etwas andres gewesen war als eine mehr oder min-der bestimmte Anordnung von Abmessungen, Gewichten

und Farben und weil solch neue Präsentation ihrer selbst meinem Wesen als zutiefst fremd erschien. Stets war ein Tal für mich ein Tal gewesen, und sonst nichts, ein Berg war ein Berg, und ein Feld bestand aus einer bestimmten Fläche gepflügten Bodens oder Weidelandes und war je nachdem gut oder schlecht bewässert. Jetzt aber, mit erschreckender Lebendigkeit, überkam mich die sonderbare, ja gespenstische Empfindung, daß Tal, Berg und Feld am Ende doch mehr sein mochten, als ich bisher geglaubt: daß jene Formen, die ich unter solchem Namen wahrgenommen, nur die verhüllenden Schleier waren von etwas, das lebendig war und sich dahinter verbarg! Oder, in Kürze, daß jenes poetische Erleben, auf das ich bei andern stets voll Verachtung geblickt und das ich mit irgendwelchen seichten, physiologischen Argumenten hinwegerklärt hatte, nunmehr urplötzlich und ohne ersichtlichen Anlaß in mir selber aufgebrochen war!

Je mehr ich an solchem Zustand herumrätselte, desto stärker wuchs in mir die Überzeugung, daß sein Entstehen von meiner Rast her datierte – von jenen wenigen Minuten der Träumerei, die ich unter dem Ginsterbusch verbracht hatte (Träumerei – etwas, das ich mir noch nie zuvor gestattet!), oder, so schien's mir bei genauerem Hinsehn, von jenem kurzen Gespräch mit dem flinken, schattengleich sich bewegenden, verstört blickenden Fremden, den ich nach dem Wege gefragt.

Aufs neue ging meine sonderbare Einbildung mir durch den Sinn, nämlich, daß da irgendwelche Schleier sich von Bergen und Feldern gehoben hätten, und eine zitternde Erregung befiel mich. Noch nie war dergleichen meiner aufs Praktische gerichteten Vernunft als möglich erschienen, und so überkam mich ein tiefes Mißtrauen – ein Verdacht gegen die eigne Person! Ich blieb stehen, blickte inmitten der brodelnden Nebelschwaden um mich, sah hinauf zu den spärlichen Sternen, hinab in das nunmehr verschwundene Tal – und rief mich scharf zur Räson, ja gebot meinem Wesen, wie ich's von jeher gekannt, augenblicks ein Ende zu machen mit solch unguten Phantastereien und sie zu verscheuchen!

Indes, der Ordnungsruf war vergeblich und fand keinerlei Antwort. Begierig, besorgt, gehetzt und wohl auch verwirrt, suchte ich nach meinem gewohnten Selbst, vermocht' es jedoch nicht zu finden, und solches Versagen trieb mich einem Unbehagen in die Arme, das nahezu schon an echtes Erschrecken grenzte.

Schneller und schneller schritt ich voran auf dem grasbewachsenen Fußpfad zwischen dem Ginstergestrüpp, besessen von der Furcht, ich könnt' meinen Weg noch vollends verlieren, und von dem plötzlichen, drängenden Wunsch, das schützende Obdach so bald wie möglich zu erreichen. Und dann, ohne jedwedes warnende Anzeichen, trat ich völlig unerwartet aus dem Nebel wieder in die klare Luft, die Schwaden glitten hinter mich als eine ziehende Wand und türmten sich himmelwärts! Abermals erblickte ich nun die Lichter des Dorfes im Talgrund, aus dem vereinzelte Rauchsäulen aufstiegen vor dem fahlgelben Horizont, während mir zu Häupten die Sterne herniederblinkten durch das dünne Federgewölk, wie es mit zarten, windgestrählten Fühlern hinfingerte über die Nacht.

So war denn das alles nichts andres gewesen als ein von See her versprengter Wassernebel, den es von der Küste heraufgeweht hatte, weil ja die jenseitigen Hügelflanken, dessen entsann ich mich jetzt, mit kreidigem Gefels lotrecht ins Meer abfielen, so daß verirrte Seewinde im Zuge des abrupten abendlichen Temperaturfalls oftmals bis hierher gelangen mochten. Dennoch, das Wissen, daß Sturm und Nebel sozusagen in Reichweite auf der Lauer lagen, war beunruhigend, und so schritt ich nur um so rüstiger aus, auf daß ich endlich Tom Bassetts Hütte zu Gesicht bekäme, sowie die Lichter des alten Herrenhauses eine knappe Meile dahinter.

Indes, das Aufklaren der Luft währte nur kurze Zeit, und alsbald erhob sich ringsum der Nebeldunst wie zuvor, verhüllte den Pfad und wandelte Büsche wie Feldsteingemäuer zu ziehenden Schatten. Die Schwaden kamen ganz augenscheinlich mit den kleinen, eigenwilligen Windstößen, wie sie durch die vielen seitlichen Gerinne zu mir

heraufdrangen. Sie waren recht kalt und trafen die Haut wie ein klatschnasses Tuch. Auch ballten sie sich zu bizarren Formen, während der Wind von allen Seiten durch sie hinstrich. Menschliche und tierische Gestalten bildeten sich, mit grotesken, riesenhaften Konturen, und das lief nun in ständigem Wandel auf lautlosen Sohlen neben mir her oder schwang sich mit gellendem Schrei in die Lüfte, sobald der heulende Wind mitten hineinfuhr und seinen Gebilden auch noch Stimme verlieh. Immer rascher hastete ich voran, und immer dichter wurden Dunkelheit und Dunst und löschten die Landschaft aus. Im übrigen aber war solches Wandern nicht weiter beschwerlich, denn da und dort schimmerten Primelflecken in tanzendem Gelb durch das Düster, und das weiche Frühlingsgras war meinem beschleunigten Tempo kein Hindernis. Dennoch bewirkte die herrschende Dunkelheit oft, daß ich strauchelte und unversehens in das stachelige, am Boden hinkriechende Ginstergestrüpp geriet, so daß mich die Schienbeine bis zum Knie hinauf alsbald wie Feuer brannten. Unregelmäßige Wind- und Regenböen fuhren mir stechend ins Gesicht, und die Abschnitte vollkommener Stille waren jedesmal gefolgt von kleinen, heulenden Windstößen aus stets wechselnder Richtung. Daß ich ernstlich beunruhigt war, ist vielleicht zuviel gesagt, doch ein wenig aus der Fassung gebracht war ich ganz gewiß, und obschon ich sehr wohl erkannte, daß mein Zustand von dieser dem gewohnten Stadtleben so gänzlich entrückten Umgebung herrührte, war's mir schlechterdings nicht möglich, jenes Unbehagens Herr zu werden, das sich mir im Herzen festgesetzt hatte. So hielt ich denn mit wachsendem Eifer Ausschau nach dem Licht aus den Fenstern von des alten Bassetts Hütte.

Immer stechender machten Unbehagen und Verwirrung sich bemerkbar und verstärkten in mir das Bewußtsein, wie fern ich mich hier doch all den Straßen, Auslagefenstern und sonstigen städtischen Dingen befand, mit denen ich zurechtkommen konnte, weil ich sie einzuordnen verstand. Und auch der Nebel trug das Seine zu meiner üblen Verfassung bei – er verzerrte die Erscheinungen oder verhüllte sie

und spielte sowohl den Augen als auch den Ohren so manchen Streich. Und sobald ich über ein hingekauertes Schaf stolperte – was freilich nur wenige Male der Fall war –, erhob sich das Tier ganz ohne die ihm eigentümliche Angst oder Hast und verschwand langsam im Dunkel, doch geschah dies auf so befremdliche Weise, daß ich nahezu hätt' schwören mögen, das seien ja gar keine Schafe, sondern auf allen vieren hinkriechende Menschen, die über die Schulter nach mir zurückblickten und mir Grimassen schnitten. Doch wenn sich dergleichen begab – und es geschah öfter als einmal –, war's mir nie möglich, nahe genug an die Tiere heranzukommen, um ihre nassen, wolligen Rücken zu betasten, wie ich's nur zu gern getan hätte. Und der blecherne Klang ihrer Glocken drang durch den Nebel nur schwach an mein Ohr, kam einmal aus dieser, dann wieder aus jener Richtung, ja bisweilen von allen Seiten, ganz als befänd' ich mich inmitten einer Herde. Und ebenso unmöglich war's mir, die fixe Idee zu erklären oder zu analysieren, die mich unversehens befallen hatte: nämlich, daß, was ich da hörte, überhaupt keine Schafglocken waren, sondern etwas gänzlich anderes!

Indes, der Nebel und die Dunkelheit sowie eine gewisse Sinnesverwirrung, hervorgerufen durch meine Unruhe ob solch gänzlich fremdartiger Umgebung, mögen das alles zum Gutteil erklären. Jedenfalls schritt ich nach Kräften aus und kam tüchtig voran. Dennoch wuchs meine Überzeugung, abermals vom richtigen Weg abgekommen zu sein, denn ab und an erhob sich vor mir ein tumultuarischer Lärm aufgescheuchter Seemöwen, ganz als wär' ich in ihre Schlaf- oder Nistplätze geraten. Die Luft war erfüllt vom klagenden Schreien, und ich vernahm das rauschende Schlagen der zahllosen Flügelpaare bisweilen aus allernächster Nähe, wiewohl mich der Nebel nicht einmal einen Schatten erkennen ließ. Und einmal, über dem zischelnden Sausen des Westwinds im Ginstergesträuch, glaubt' ich mit Sicherheit das schwache Donnern der See zu vernehmen und das ferne Brausen der Brandung in einer der ausgewaschenen Höhlungen zwischen den Klippen der Küste. Dem-

zufolge verminderte ich mein Tempo und schritt vorsichtiger aus, ja änderte auch meine Richtung, um nicht am Ende noch ins Meer zu stürzen.

Doch mehr und mehr ward ich von dem Gefühl überkommen, wie sehr doch das Möwengeschrei einem Gelächter glich, und daß der unablässig blasende Wind eine Absicht mit mir verfolgte, mich in eine bestimmte Richtung drängte, ja daß das niedrige Strauchwerk immer beharrlicher das Aussehn geduckter Gestalten annahm, die sich an mir vorüberstahlen, und daß der Nebel sich zu riesenhaften, wechselvollen Figuren ballte, die mir mit immensen Schritten lautlos Geleit gaben inmitten der Verlassenheit und Ödnis solcher Hügelwelt! Denn die unbeseelte Natur, sie rührte nunmehr an mein neu erwachtes poetisches Fühlen auf eine mir bisher nicht bekannt gewesene Weise und war mit einemmal befrachtet mit allerlei bedeutungsträchtiger Botschaft eines verborgenen Lebens. Zum erstenmal begriff ich nun, weshalb das abergläubische Landvolk so leicht dazu neigt, seine Welt mit allerlei Spuk- und Sagengestalten zu bevölkern, ja wie sogar ein gebildeter Mensch sich dem Legendarischen anheimgeben kann. So stolperte ich denn weiter voran und hielt begierig Ausschau nach den Lichtern der einsamen Hütte an meinem Weg.

Doch urplötzlich, im Vorüberzug einer wirbelnden Nebelfahne, sprang der Wind mich dermaßen direkt an, daß sein Stoß einem fühlbaren Schlag ins Gesicht gleichkam! Etwas strich mit schrillem Schrei an mir vorüber und war schon verschwunden im Dunkel der Nacht! Unmöglich, *nicht* zur Seite zu springen, *nicht* den Arm schützend vors Antlitz zu halten! Doch konnt' ich eben noch die Seemöwe erblicken, wie sie im Vorüberschießen plötzlich die Flugbahn geändert hatte und mit kraftvollem Flügelschlag über mich hinweggestrichen war. Der weißliche Vogelleib schien von enormer Größe, wie er da im Nebel untertauchte, doch im nämlichen Moment fegte mir ein Windstoß den Hut vom Kopf und schlug mir den Mantelzipfel über die Augen. Diesmal aber war ich schon besser vorbereitet und tat einen raschen Sprung nach dem schwarzen Ding, das,

nachdem ich es eingeholt hatte, sich freilich nur als ein Ginsterzweig entpuppte, daran ich mir die Finger blutig stach! Nahezu bösartig zerraufte der Wind mir die Haare, doch vermocht' ich gleich darauf aus den Augenwinkeln meinen davonwirbelnden Hut zu erspähen: schon war ich hinter ihm her und faßte nach ihm – doch kaum glaubte ich, ihn im Griff zu haben, als der wirkliche Hut gleich einem kollernden Ball querüber vorbeirollte, so daß ich meinen ersten Zugriff sogleich löste, um dem Ausreißer nachzujagen! Indes, noch ehe ich auf Reichweite heran war, schoß mir ein weiterer unter die Füße, so daß ich unwillentlich darauftrat. Rings das Gras schien mit einemmal voll von kollernden Hüten zu sein, deren jeder sich, sobald ich seiner habhaft geworden, als ein Stück Holz, ein kleiner Ginsterbusch oder gar als ein schwarzes Kaninchenschlupfloch erwies, bis mir die Hände über und über zerschrammt waren, zerstochen und von Blut überronnen. Es war, als hätten in der Finsternis sich sämtliche Dinge verschworen, das nämliche Aussehen anzunehmen!

Ich richtete mich auf und tat einen tiefen Atemzug, wobei ich mir mit dem Taschentuch das Blut von den Händen tupfte. Da aber flappte mir etwas gegen die Füße, ich sah hinunter – und nun war es wirklich und wahrhaftig mein Hut! Ich bückte mich, hob ihn auf und drückte ihn mir auf den Kopf. Natürlich, man konnte mein Ungeschick und meine Konfusion auf dutzenderlei Weisen erklären, und ich überlegte im Weitergehen, welche davon wohl die plausibelste wäre. Vor allem lag es wohl an meinen schwachen Augen – weshalb also, noch weitere Gründe suchen unter solchen Umständen? Schließlich hatte das alles nicht viel zu bedeuten, und mein Schwindelgefühl rührte wohl nur von der Hetzjagd und dem oftmaligen Bücken her!

Doch wie dem auch immer sein mochte – jedenfalls begann ich nun schallend zu rufen, um mich einem vielleicht noch umherziehenden Hirten bemerkbar zu machen. Allein, es erfolgte natürlich keinerlei Antwort, denn ebensowohl hätt' ich in einer Gummizelle toben können: der Nebel erstickte meine Stimme und schluckte ihren Schall in sich auf.

Wahrhaftig, es war zum Verzweifeln! Schon plagten mich Kälte, Nässe und Hunger! Beine und Kleider waren arg mitgenommen von dem stacheligen Ginster, und auch meine Hände waren zerstochen und blutig. Der unablässig auf mich einstürmende Wind trieb mir das Wasser in die Augen, und die Haut war mir gefühllos geworden unter dem eisigen Nebel. Zum Glück trug ich Schwefelhölzer bei mir, und so war's mir nach einigen Mißerfolgen unterm Schutz eines niedrigen Steinwalles möglich, einen Blick auf meine Uhr zu werfen, wobei ich feststellen konnte, daß es erst knapp über acht war! Zu Abend aß man, wie ich wußte, um neun, und ich hatte ganz gewiß schon mehr als den halben Weg hinter mir. Doch war mein Blick auf die Uhr nur ein weiterer Beweis für den Umstand, daß alles und jedes sich verschworen hatte, anders als gewöhnlich auszusehen, denn im Aufflackern des Schwefelholzes wies mein Uhrglas mir das Gesicht eines winzigen, graubärtigen Alten, wirkte so ungewöhnlich wie mein alter Folklorist und grinste mich ebenso grillenhaft an! Mein eigenes Spiegelbild konnt' es nicht gut gewesen sein, denn ich bin ja glatt rasiert, und jenes Gesicht hatte mich durch einen verfilzten Haarwald angeblickt! Doch Sekunden später wies mir ein drittes Schwefelholz lediglich das weiße, blanke Zifferblatt mit den dünnen, schwarzen Zeigern darauf.

Doch war es an jenem Punkt, ich entsinne mich dessen sehr wohl, daß ich beim wahren Kern meines Abenteuers anlangte – bei jenem winzigen Bruchstück echter Erfahrung, das mich etwas lehrte, was ich mit nach Hause nahm in mein Londoner Arztleben als eine Erkenntnis, deren ich nie mehr verlustig ging und die mir zu neuer, teilnehmender Einsicht verhalf in die Verwicklungen gewisser merkwürdiger Fälle geistiger Abnormität, wie ich sie vordem nie so recht verstanden hatte.

Nämlich, es war ja nun hinreichend klargeworden, daß seit einiger Zeit ein sonderbarer Wandel mit mir vorging, der, soweit ich mein analytisches Denken darauf konzentrieren konnte, von jenem Gespräch mit dem gehetzten, schattenhaften Mann am Berghang seinen Ausgang genom-

men. Und die erste, nachprüfbare Manifestation solchen Wandels war, soweit ich es rückblickend zu überschauen vermochte, gewißlich das Aufbrechen jenes »poetischen Fühlens« in meinem sonst so prosaischen Wesen – war die bestürzende Wahrnehmung, daß ja die Welt rings um mich voll eigenen Lebens steckte! Von jenem Augenblick an hatte der Wandel in mir so heimlich wie rasch sich vollzogen, doch war sein Beginn so natürlich gewesen, daß ich zunächst gar nichts davon gemerkt hatte, wiewohl sich's um einen ganz neuen, radikalen Aufbruch meines Temperaments handelte. Jetzt erst, nach so vielen Zwischenfällen, sah ich mich gezwungen, das Ganze vor mir selber einzugestehen.

Es kam um so zwingender über mich, als ja meine bisherige Allerweltsvorstellung von der Schönheit stets mit Sonnenlicht und ähnlich grellen Erscheinungen verbunden gewesen. Jetzt aber sprang die neue Enthüllung mich aus dem Nebel, dem Wind und der Verlassenheit solch öder Hügelwelt an, kam aus der Nacht, der Finsternis und dem nackten Unbehagen! Von allen Seiten stürzte solch neue Wertigkeit auf mich ein: alles und jedes war anders geworden, und noch die Simplizität, mit der solcher Wandel sich vollzog, bewies mir, wie tiefgreifend er die Dinge umgestellt hatte. Und dies neue Wissen teilte sich mir durch Dinge mit, die so trivial waren, daß sie erst noch der Wiederholung bedurft hatten, um mein Augenmerk auf sich zu lenken: da waren die aus dem Tal heraufziehenden Nebelschwaden gewesen; die zu scheinbarem Leben erwachten Hügelkuppen, wie sie sich raunend oder auch rufend unterredeten im Dunkel der Nacht, die Schreie der Seemöwen und das schrille Gebraus des lebendigen, absichtsvollen Winds; und vor allem war da die Empfindung, daß rings die Natur durchdrungen war von einem Leben, welches sich von dem meinen nicht so sehr nach der Art denn nach seinem Grade unterschied! Kurz, alles und jedes, angefangen mit der Verschwörung des Ginstergesträuchs bis zu dem davonfliegenden Hut, es zeigte mir nun, wie grundlegend mein Gemütszustand sich gewandelt hatte – gewan-

delt ohne mein Wissen oder gar mein Einverständnis!

Zudem hatte auch noch die tiefe Melancholie der Schönheit mich ins Herz getroffen: alles Geheimnis, alle Lieblichkeit rings, das erkannte ich nun mit bestürzender Klarheit, bestand völlig unabhängig von mir und kehrte sich überhaupt nicht an mich als Person! Während ich selber dahingehen, verfallen, altern mußte, blieb ihre Manifestation ewig jung und erfüllt von unwandelbarer Kraft. So war ich ganz unmerklich durchdrungen worden von der Wahrnehmung eines mir bisher verschlossen gewesnen Bereichs, den ich bei andern stets geringgeschätzt hatte, und ganz besonders, so ging mir nun auf, bei meinem Freunde, dem betagten Folkloristen.

An diesem Punkte, so dacht' ich, nahmen ganz gewiß Konditionen ihren Anfang, die, sobald man sie nur ein wenig weitertrieb, unweigerlich ins Krankhafte ausarten mußten! Daß jener Wandel real und bedeutungsträchtig war, bezweifelte ich nun nicht länger. Mein Bewußtsein stand im Begriff, sich zu erweitern, und ich hatte es mitten in solchem Prozeß überrascht. Natürlich hatte ich eine Unmenge über Persönlichkeitsveränderung in mich hineingelesen – rasch und in kaleidoskophaftem Durcheinander –, auch war mir dergleichen schon in meiner Arztpraxis untergekommen, und auch meinem Folkloristen hatte ich zugehört, der inspiriert war von dem Gedanken an die Mittel und Wege, mit deren Hilfe man den verborgnen Bereichen menschlichen Bewußtseins beikommen, sie allem Zaubrischen erschließen und dergestalt frei machen könnte für ein größeres Universum. Doch erst jetzt, inmitten dieser kahlen Hügelwelt unter Regen und Wind, nahm ich zum erstenmal wahr, auf welch einfache Weise die Bewußtseinsgrenzen sich nach dieser oder jener Seite verschieben können, und mit welch echter Furcht uns die Gewißheit überkommt, nunmehr an der Grenze zu neuen, noch niemals erprobten und möglicherweise bedrohlichen Erfahrungen zu stehen.

Auf jeden Fall hatte ich nun begriffen, daß mein Bewußtsein die eigenen Grenzen ganz beträchtlich verschoben hat-

te und daß, was immer auch geschehen mochte, solches Ereignis durchaus nichts Anomales an sich haben müsse, sondern einfach und unausweichlich sich ereignen würde in der lautersten Wahrheit. Doch eben diese Simplizität, welche meinem Wesen keinerlei Gewalt antat, brachte dessenunerachtet das Gefühl des Unbehagens und der Furcht mit sich, so daß meine unklare Wahrnehmung der ringsum lauernden, mir nicht bekannten Möglichkeiten mich stärker verwirrte und elend machte, als ich vor mir selber zugeben mochte.

II

All diese so langatmig beschriebenen Vorgänge wurden mir innerhalb weniger Sekunden bewußt. Was ich zeitlebens verachtet hatte, nun trat es die Macht an.

Indes, sobald ich erst auf Bassetts Hütte getroffen sein würde, auf dies Wegzeichen kurz vor meinem Ziel, mußten meine gewohnte Kaltblütigkeit, ja meine Dickfelligkeit in dergleichen Dingen zweifellos wiederkehren, und so war meine Erleichterung dementsprechend groß, als hinter allem Nebel sich schließlich doch noch ein schwacher Lichtschimmer zeigte, über dem sich dunkel der ungefüge Hausumriß erhob. So hatte ich mich doch nicht allzusehr verirrt und konnte mich nun definitiv vergewissern, wie weit ich tatsächlich vom Wege abgekommen war!

Mein Tempo beschleunigend, überkletterte ich eine geborstene Steinumwallung und näherte mich über die kleine, offene Grasfläche nahezu schon im Laufschritt der Tür. Sekundenlang hatte ich den schwärzlichen Umriß des Hauses direkt vor Augen – doch schon im nächsten Moment, als ich unmittelbar davor zu stehen glaubte, war da rein gar nichts! Ich mußte auflachen bei dem Gedanken, wie gründlich ich mich hatte täuschen lassen! Indes, so arg war meine Täuschung gar nicht gewesen, denn sobald ich mich über die Mauer zurückgetastet hatte, ragte der düstere Hausumriß nur ein wenig weiter links auf, mit freund-

lich erleuchteten Fenstern! Also hatte ich mich bloß in der Richtung vertan! Doch als ich von neuem auf den Eingang zueilte, kam der Nebel zurück, wurde abermals dichter – und kein Haus stand, wo ich noch eben zuvor eines gesehen hatte!

Nach solcher Erfahrung nahm meine Konfusion ganz beträchtlich zu. In allen möglichen Richtungen suchte ich jetzt nach dem Haus, besessen von einer nahezu törichten Hast, überkletterte zahllose Steinwälle und verlor schließlich alle Orientierung. Doch urplötzlich und nachdem ich schon am Rande der Verzweiflung angelangt war, stand wie aus dem Nichts das festgemauerte Haus mir vor Augen, und ich fand mich keine zwei Schritte von seinem Eingang entfernt! War jemals Nebel so täuschend gewesen? Und jetzt erkannte ich auch noch die Kiefernreihe hinter dem Gebäude, wie sie gleich einer düsteren Woge das nächtliche Dunkel durchbrach! Voll Genugtuung atmete ich den feuchten, harzigen Duft, und ein freudiger Schrecken durchzuckte mich, als ich nunmehr eindeutig die erleuchteten Fenstergevierte erblickte. Nun hatte ich doch noch den richtigen Weg gefunden, und das Ende allen Ungemachs war nahe!

Mit schrillem Geschrei stob ein Schwarm Vögel vom Dach und zerflatterte ins Dunkel, sobald ich mit dem Stock an die Tür pochte! Unterm Gelärm solchen Schwarmes glaubt' ich mit Sicherheit menschliches Stimmengewirr zu vernehmen, wenngleich ich nicht ausmachen konnte, ob's nun aus dem Hause oder von anderswo kam. Insgesamt klang das alles wie der brausende Stoß eines Wirbelwinds, und so durchfuhr mich beim Hall meines Pochens nahezu etwas wie Furcht. Das aber zeigte mir aufs neue, wie tief meine Einbildungskraft aufgestört war, denn die Signifikanz solchen Türpochens machte etwas vibrieren in mir, das sich bisher gewißlich noch niemals gemeldet hatte, so daß ich urplötzlich erkannte, mit welch mystischer Suggestion der bloße Akt eines nächtlichen Pochens verbunden ist – *eines Klopfens an fremde Tür* –, und zwar sowohl für den, der da klopft, als auch für den anderen hinter der Tür, der auf das Begehr des Pochenden wartet. Mit Bestimmtheit

weiß ich jedoch nur, daß ich mich erst nach etlichem Zögern entschließen konnte, ein zweites Mal anzuklopfen.

Nun, was dann geschah, vollzog sich in einer Art dunstigem Schleier. Worte wie Gedächtnis lassen mich im Stich, sobald ich versuche, es wahrheitsgetreu zu berichten, und es fällt mir sogar schwer, mir die Gesichter wieder heraufzurufen, ganz zu schweigen von den Reden, die gewechselt wurden.

Bevor ich mich's recht versehen hatte, war die Tür aufgegangen, und noch eh' ich meine erste, kurze Frage hätt' in Worte fassen können, befand ich mich schon innerhalb der Schwelle und hörte hinter mir die Tür ins Schloß fallen.

Ich hatte erwartet, mich im engen, düstern, von drückender, dumpfiger Luft erfüllten Vorraum eines ländlichen Hauses zu sehen, fand mich jedoch in einem geräumigen Zimmer, das hell erleuchtet war und voll von – Menschen! Und die Luft war so frisch und klar, als befänd' ich mich auf freier Bergeshöh'!

Doch bis zum Ende war's mir nicht möglich, die Quelle jenes Lichtes zu ermitteln, noch auch dahinterzukommen, wie die vielen Leute es anstellten, sich innerhalb des engen Mauergevierts so frei und unbehindert zu bewegen! Zunächst, so glaub' ich, befiel mich das ungute Gefühl, als Störenfried in eine private Gesellschaft hineingeplatzt zu sein, obschon mich noch im nämlichen Atem der Umstand maßlos verwunderte, daß solch ärmlicher Landstrich eine so glänzende Versammlung hervorgebracht haben sollte! Und meine zweite Empfindung – falls sich dergleichen überhaupt sondern läßt aus der Woge von Verwundrung, die mich buchstäblich überschwemmt hatte – war eine Art Erhobenseins inmitten solch glanzvoller, von vitaler Jugendkraft gesättigter Atmosphäre. Alles und jedes ringsum vibrierte und brodelte von solchem Jungsein, so daß ich mich dagegen nahezu betagt, ja gebrechlich dünkte!

Doch weiß ich noch, daß mein Herz mir in heißer Aufwallung bis zum Halse schlug, als ich der Gesellschaft ansichtig wurde, denn die Gesichter, welche mir entgegenblickten, waren schön, energisch und anmutsvoll, ja in ihrer

Erwachsenheit und Reife stets durchschimmert vom Glanze der Jugend und einer Art Begeisterung, die den Tod nicht zu kennen schien. Alt und dennoch in Ewigkeit jung waren sie, ganz wie die Berge und Flüsse, vor denen tausend Jahre sind wie ein Tag. Und als erste Wirkung all der zu mir erhobnen Augenpaare empfand ich im Herzen einen wahren Wirbelsturm unbekannter Schauder, so daß mir der Atem stockte vor schreckensvoller Entzückung. Etwas wie Todesfurcht, vermischt mit dem Empfinden, an Unsterbliches gerührt zu haben, durchbrandete mein Inneres.

Tiefe Stille folgte meinem Eintritt, während aller Augen sich mir zuwandten. Männer wie Frauen standen um einen Tisch gruppiert, und irgend etwas war da, um sie – nicht nur ihre Körpergröße –, was sie nahezu *riesenhaft* erscheinen machte und mir ein befremdlich neues Gefühl von Freiheit vermittelte, von Macht und von der Immensität eines Lebens, das sich außerhalb allen Menschenmaßes ereignete.

Ich kann hier lediglich meine Gedanken und Eindrücke in der Reihenfolge ihres Auftretens und nach Maßgabe meiner unklaren Erinnerung wiedergeben. Erwartet hatte ich ja, den alten Tom Bassett anzutreffen, im Halbschlaf über ein schwelendes Torffeuer gekauert und die trübe Ölfunzel neben sich auf dem Tisch – und statt dessen sah ich mich nun dieser Assemblee von hochgewachsenen, glanzvollen Männern und Frauen gegenüber, die sich erhoben hatten in schweigender Begrüßung. Was Wunder also, daß die schon fertige Frage mir auf den Lippen erstarb, und ich nahezu der eigenen Sprache vergaß!

»Ich dachte, das sei Tom Bassetts Hütte!« war alles, was ich schließlich hervorbrachte, wobei ich über den Tisch hin auf den mir Zunächststehenden blickte. Das ungebärdige Haar fiel ihm bis über die Schultern, und die Züge waren klar, ja von großer Schönheit. Doch schienen, ganz wie bei allen anderen, auch *seine* Augen verhüllt zu sein durch eine Art Schleier, was mich an jenen schattengleichen Mann denken machte, welchen ich nach dem Wege gefragt. Jawohl, diese Augen waren *verschattet* – und aus irgendeinem Grunde war ich froh darüber.

Unwirklich und dünn, wie er war, bewirkte der Klang meiner Stimme, daß eine allgemeine Bewegung durch das Zimmer lief, ganz als ob nun jedermann Platz tauschte, wobei das Durcheinander der Gestalten an jene fließenden Formen gemahnte, wie ich sie draußen im Nebel wahrgenommen. Doch keinerlei Antwort erfolgte. Fast wollt' es mir scheinen, es dränge der Nebel von draußen nunmehr auch ins Zimmer und umhüllte nicht nur meine Körperlichkeit, sondern auch noch mein innerstes Denken!

»Das ist doch der Weg zum Herrenhaus – oder nicht?« fragte ich neuerlich, doch diesmal in lauterem Ton, wobei ich meine innerliche Verwirrung und Schwäche niederkämpfte. »Kann mir denn *niemand* von Ihnen das sagen?«

Daraufhin begannen sie allesamt zu sprechen, besser gesagt, sie gaben nicht direkt Antwort, sondern redeten untereinander, doch geschah dies auf eine Weise, die mir's ermöglichte, jedes Wort klar zu verstehen. Die Männerstimmen klangen tief, wogegen diejenigen der Frauen wunderbar melodisch waren und von so langsamem Rhythmus wie jener des Meeres oder auch des Windes draußen in den Kronen der Kiefern. Doch war, was sie sagten, so wenig zufriedenstellend, daß meine Verwirrung und mein Unbehagen dadurch nur verstärkt wurden.

»Ja«, ließ der eine sich vernehmen, »Tom Bassett *hat* sich eine Zeitlang hier aufgehalten, zusamt seinen Schafen. Aber *gewohnt* hat er hier *nicht*.«

»Er fragt nach dem Weg zu einem Haus und kennt noch nicht einmal den zu seinem *eigenen* Innern!« sagte eine zweite Stimme, die von oben zu kommen schien.

»Und könnt' er denn die Wegzeichen erkennen, wenn wir sie ihm angäben?« erklang's jetzt mit singender Frauenstimme unmittelbar neben mir.

Und gleich darauf, in einem Tonfall, den ich nur mit dem Rauschen strömenden Wassers oder dem Sausen des Winds in den Schwingen der Vögel vergleichen kann, erscholl's in mehrstimmigem Durcheinander:

»Welche Art Weg sucht er denn überhaupt? Den glanzvollen Weg, oder lediglich den bequemen?«

»Oder den kurzen der Torheit?«

»Aber *irgend*welche Referenzen *muß* er doch wohl haben, sonst wär' er ja gar nicht erst bis hierher gekommen!« kam's jetzt von anderer Seite.

Dieser Einwurf rief allgemeines Gelächter hervor, wiewohl ich nicht zu ergründen vermochte, was es denn da zu lachen gebe! Das Ganze klang wie ein Wind, der über die Hügel streicht, so hallend und geräumig ertönte das Gelächter, und auch die Luft im Zimmer war kalt und frisch und vom Wind durcheinandergewirbelt.

»*Ich* war's, der ihm den Weg gewiesen hat«, rief jetzt die Stimme eines, der mir über den Tisch hinweg direkt ins Gesicht blickte. »Für ihn war's der sicherste Weg, da er nun einmal so weit gekommen war …«

Ich sah auf, begegnete seinem Blick, und der Satz blieb unvollendet. Der ihn gesprochen, war der eilige, schattenhafte Mann, dem ich am Berghang begegnet war. Jetzt hatte er die nämlichen, fluktuierenden Konturen wie alle anderen angenommen, und auch seine Augen waren ähnlich verhangen und verschattet, so daß, während ich ihn ansah, sich etwas wie wachsendes Entsetzen in mir zu regen begann. Ich war ja ins Haus gekommen, um Hilfe zu finden, und empfand nunmehr nichts als den drängenden Wunsch, diese ganze Gesellschaft nicht länger sehen zu müssen und wieder frei zu sein draußen in Regen und Finsternis über dem Moor! Fluchtgedanken durchzuckten mein Hirn, und so warf ich einen raschen Blick nach der Tür, durch welche ich ins Zimmer getreten. Allein, ich konnt' sie nirgendwo entdecken! Nur kahle Wände zeigten sich mir, und nicht einmal Fenster waren zu sehen! Das Zimmer jedoch füllte und leerte sich im beständigen Wechsel jener Gestalten, ganz als schwemmten die Meereswogen herein in eine Felsenkaverne, wirbelten durcheinander und zögen sich wieder zurück, doch ohne jemals weniger oder auch mehr Raum einzunehmen als zuvor. So kam's, daß ich inmitten von all dem Kommen und Gehen dennoch unbehelligt blieb.

Schließlich rührte mein Schrecken nur mehr von der

Angst her, der Schleier könnte sich heben von den Augen dieser Gestalten, so daß ich ihren nackten, scharfen Blicken ausgesetzt wäre. Jene Augen sah ich nämlich nun mit entsetzlicher Klarheit. Nicht, daß ich sie als böse empfunden hätte – vielmehr fürchtete ich, die neuerschloßnen Tiefen in mir könnten unter so gnadenlos furchtbarer Einsicht zum Leben erwachen. Für diese eine Nacht hatte mein Bewußtsein sich mehr als genug erweitert! Und ob's mich auch teuer zu stehn kommen mochte – nun galt es, des eigenen Selbst wieder habhaft zu werden, wie begrenzt es auch immer war! Einzig um meine geistige Gesundheit ging es nun, unerachtet ihrer engeren Schranken, und das um jeden Preis!

Doch während der ganzen Zeit, und wiewohl ich mich krampfhaft mühte, meine Stimme wiederzufinden, waren da nur pfeifende Töne, nicht stärker als das Zischeln der Winde im Röhricht. Die Kehle war mir wie abgeschnürt, und so bracht' ich nur erstickte, überaus lachhafte Laute hervor. Auch das Bewegungsvermögen war nun geringer als bei meinem Eintritt, und mit jeder Sekunde fand ich es schwieriger, meinen Muskeln zu gebieten, so daß ich nun stocksteif und unbeholfen dastand, Aug in Aug mit dieser unablässig sich wandelnden, zaubrischen Versammlung.

»Jetzt aber«, erscholl's mit der Stimme des Mannes, der zuletzt gesprochen hatte, »jetzt aber führt sein sicherster Weg ihn durch die zweite Tür, wo er sehn wird, was leicht zu verstehn ist für ihn.«

Mit großer Mühe gewann ich die Herrschaft über meinen Körper wieder, und das ging Hand in Hand mit einem Wutanfall und der grimmigen Entschlossenheit, endlich ein Ende zu machen mit all diesem Spuk! Dies und der Wunsch, solch grauenvolle Konfusion zu überwinden, trieb mich schließlich voran.

Natürlich sah der Sprecher mich auf sich zukommen, denn die andern traten zur Seite, so daß eine Gasse sich auftat, ein Spalier, das jeweils zurückwich, sobald ich ihm zu nahe kam, und jeder Berührung auswich. Doch als ich schließlich vor dem Manne angelangt war, bereit zum

Reden wie zum Handeln, stand er nicht länger vor mir! Zwar hatt' ich den Wandel überhaupt nicht bemerkt – doch statt jenes Mannes stand mir gegenüber nun eine Frau! Und als ich bestürzt herumfuhr, sah ich, daß sämtliche andern wie in altertümlicher Zeremonie sich langsam ans entfernere Ende des Zimmers begaben. Und wie sie da einer um den andern zurückwichen, hoben sie ihre stillen, leidenschaftslosen Gesichter voll maßloser Vitalität zu mir in Hochmut und Strenge. Und dann, wortlos und ohne weitere Gebärde, öffneten sie jene Tür, die ich nimmer gefunden hatte, und entschwanden der Reihe nach in das Dunkel der Nacht. Und beim Durchschreiten der Tür schien es jedesmal, als wär' der Betreffende aufgeschluckt worden vom Nebel und hinweggeweht von einem Windstoß. Doch auch das Licht ging mit ihnen und ließ mich allein mit jener Gestalt, die da als letzte gesprochen.

Und zudem war eben dies der Moment, daß ein tief beunruhigender Gedanke mir mit unerklärlicher Überzeugungskraft das Hirn durchzuckte und mein gesamtes Selbst bis auf den Grund erschütterte: nämlich, daß ich bisher stets nur hinter dem falschen Wissen einhergejagt war – daß ich mein Leben vergeudet hatte überm Klassifizieren und Katalogisieren von Wirkungen, über der Analyse von sogenannten wissenschaftlichen Resultaten, und daß es demgemäß der Folklorist und seinesgleichen waren, die mit ihrem Träumen und Beten beständig dem wahren Wissen auf der Fährte blieben bei ihrem Vorstoß zum Urgrund aller Dinge! Daß die eine Partei bloß zum mechanisierten Komfort und zur körperlichen Geborgenheit beitrug, womit sie recht eigentlich des Menschen bestes Teil herabwürdigte und nichts zur wahrhaften Hebung seiner Spezies beitrug, wohingegen die andre Partei ... doch bisher hatt' ich noch niemals an die Existenz einer Seele geglaubt, und nun war es – Schrecken hin oder her – zu spät, noch damit zu beginnen. Eines stand jedoch fest: Meine Gedanken gehorchten mir nicht länger!

III

Dies war der Augenblick, da jener Laut des Behagens erstmals an mein Ohr drang – es war ein tiefes, gutturales Schnurren –, der mich sogleich an ein großes, verborgenes Tier denken machte. Es klang ganz genauso, wie ich dergleichen schon oftmals im zoologischen Garten vernommen, und so dachte ich zunächst an wiederkäuende Kühe oder Heu fressende Pferde in einem an das Haus gebauten Verschlag. Gewißlich aber war's ein animalischer Laut, und zwar einer des Behagens und der Zufriedenheit!

Schummriges Dunkel füllte den Raum. Nur ein schwächlicher Abglanz des Mondes kämpfte sich draußen durch den Nebel und sickerte durch das Fenster ins Innre des Hauses. Instinktiv wich ich zurück und tastete nach der Stütze, welche die Mauer mir bot. Durch irgendwelche Öffnungen drangen die Nachtgeräusche ins Zimmer, und hoch übers Dach hin, so wollte mir scheinen, strichen die unablässigen Winde und trieben kontinentgroße Wolken vor sich her. Etwas in mir wollte rufen und singen, doch ein anderer Teil meiner selbst fand sich gepackt von unerklärlichem Entsetzen. Unermeßlich groß fühlte ich mich – und zugleich von zwerghafter Winzigkeit. Selbstsicher war ich, und dennoch erfüllt von zaghafter Furcht. Ein Teil der ungeheuren Kräfte des Alls vermeint' ich zu sein und war im nämlichen Atem nur ein verschwindend kleines, begrenztes, persönliches Wesen!

In der Ecke des Zimmers, mir zur Rechten, stand jenes Weib. Ihr Antlitz war verhüllt von dicht niederwallendem Haar, das an die wogenden Rispen einer Juniwiese gemahnte. Auch hielt die Erscheinung den Kopf ein wenig zur Seite gewandt, und so hob das Mondlicht ihr Profil eben noch ab gegen die Mauer, ganz in der Art eines impressionistischen Gemäldes. Sonderbare, bisher verborgen gewesne Erinnerungen stiegen nun in mir auf, und sekundenlang war's mir, als wüßte ich alles von dieser Frau. Rasch blickte ich im Zimmer umher, nervös geworden und in dem Bestreben, sämtliche Dinge auf einen Blick zu erfassen. Doch da wurde

der schnurrende Laut plötzlich stärker und rückte näher heran, so daß ich darüber meines Eindrucks vergaß, jenes Weib sei mir gar nicht fremd und ich wisse so gut Bescheid über sie wie über mich selber. Das schnurrende Etwas befand sich nunmehr im Zimmer, und zwar ganz in meiner Nähe! Genauer gesagt, es war zwischen uns zweien, denn soeben bemerkte ich, daß die Frau den mir zugekehrten Arm hob und auf die gegenüberliegende Wand wies.

Dem Fingerzeig folgend, sah ich, daß jene Wand transparent geworden war und daß ich durch einen Teil von ihr hindurchsehen konnte in ein enges Mauergeviert, ganz als blickte ich durch ein Schleiergespinst und nicht auf Ziegelgemäuer! Jenes enge Geviert aber war erhellt, und als ich mich bückte, sah ich, daß eine Art Mauerschrank oder zellenartiger Käfig in die Wand eingelassen war. Und mitten darin befand sich jenes schnurrende Etwas!

Ich blickte schärfer hin. Offenbar war es ein *menschliches* Wesen, das da in seinem Verschlag über einer Mahlzeit hockte. Ich sah, wie der Körper sich über einen Haufen groben Zeuges beugte, das wohl nur Nahrung sein konnte. Insgesamt glich die Erscheinung einem zusammengekauerten Menschen, der sich glücklich und selbstzufrieden mit einem Minimum an Luft, Licht und Ellbogenfreiheit begnügte, erfüllt von dumpfem Wohlbefinden in seinem vergitterten Käfig und ohne jede Ahnung von all der Weite da draußen, vielmehr grunzend vor Behagen, schnurrend gleich einem riesigen Kater und alles verachtend, was da jenseits des engen Geviertes sich erstrecken mochte. Zudem war die Zelle, wie ich nunmehr feststellen konnte, ein wahres Meisterstück an Erfindungsreichtum und mechanischer Kunstfertigkeit – war sozusagen der letzte Schrei in allen Dingen des leiblichen Komforts, der Geborgenheit und der wissenschaftlichen Erkenntnisse. Ich war eben dabei, mir einige Details jener Konstruktion und Anordnung einzuprägen, verursachte aber unwillentlich einiges Geräusch, was mich so sehr erschreckte, daß ich nicht länger fähig war, klar zu beobachten: jenes Wesen nämlich fuhr sogleich herum, und nun sah ich, daß es tatsächlich ein *Mensch* war,

und zwar ein Mann! Mit einem Mal befand sein Gesicht sich dem meinen direkt gegenüber, doch war's ein Gesicht mit dermaßen embryonalen Zügen, daß man's unmöglich beschreiben kann in all seiner Widerlichkeit! Augen, Ohren und Nase waren eben noch hinreichend entwickelt, um dem Hirn ein Minimum der gröbsten Eindrücke vermitteln zu können. Der Mund jedoch war breit und von unförmig aufgeworfnen Lippen begrenzt, während die Kinnladen noch immer langsame Kaubewegungen vollführten.

Ich schrak zurück, halb von Mitleid, halb von Ekel befallen, und hörte mich im nämlichen Atem leise *beim Namen genannt!* Es war die Frau, die mich gerufen hatte: sie war vorgetreten und stand nun Seite an Seite mit mir inmitten des schwachen Streifens Mondlicht, der den Boden erhellte, und mir war's, als wär' ich urplötzlich aus der Hölle in den Himmel versetzt worden, sobald mein Blick von jener embryonalen Scheußlichkeit abgeglitten war und sich dem hoheitsvollen, durchgeistigten, in all seiner Kraft doch so wunderbar sensiblen Antlitz zugewandt hatte. Wahrhaftig, statt einer Teufelsfratze erblickte ich nunmehr die Züge einer Gottheit!

Und im nämlichen Augenblick ward ich inne, wie beide Wesenheiten – sowohl jenes Zerrbild als auch diese Frau – sich mit Blitzesschnelle auf mich zubewegten!

Ein scharfer, stechender Schmerz durchbohrte mich, denn in solchem Herzukommen erkannte ich intuitiv und mit entsetzlicher Klarheit, daß die beiden ja nur *aus mir* lebten, daß sie nichts denn die Ausgeburten meines Wesens waren und dergestalt *Projektionen meines eigenen Selbst!* Teile meines Bewußtseins waren sie, nach außen projiziert und objektiviert, und ihre Realität stand derjenigen aller anderen Teile meines Wesens um nichts nach!

Mit erschreckender Raschheit drangen die beiden Erscheinungen auf mich ein, hatten schon in der nächsten Sekunde sich meinem Wesen verschmolzen, und ich begriff auf wunderbare, allem Zweifel entrückte Weise, daß ich's mit symbolhaften Verkörperungen der eigenen Seele zu tun gehabt: mit dem dumpfen, animalischen Part meines Selbst,

der bisher nichts anerkannt hatte, was außerhalb seines engen Käfigs kleinlicher Sensationen sich zutrug, und mit dem erhabenen, nahezu nicht mehr erreichbaren Anteil, der in Verbindung stand mit den Sternen und erstmals leise erwacht war in mir auf meiner Wanderung über die Hügel.

IV

Ich weiß nicht mehr, wie ich's zuwege gebracht, wieder ins Freie zu gelangen – ob durch ein Fenster oder durch die Tür! Aber Sekunden später fand ich mich in größter Eile durchs Moor hasten, verfolgt vom gellenden Vogelgeschrei und dem Sausen des Winds auf dem hangabwärts zum Herrenhaus führenden Bergpfad. Irgend etwas muß mich geleitet haben, denn ich folgte mit dem Instinkt eines Tiers dem richtigen Weg und war mir jederzeit im klaren über seinen Verlauf. So erblickte ich nach einer knappen Meile das willkommene Licht aus den Fenstern. Doch beständig war ich verfolgt von dem Gefühl, ein riesiges Schleusentor habe sich aufgetan und lasse nunmehr die neuen Wahrnehmungen gleich einem entfesselten Wogenschwall über mein Innres hereinbrechen, so daß ich in schamvoller Entzückung und wütender Glückseligkeit dahinschritt.

Ein paar Dienstboten hielten an der Tür schon nach mir Ausschau, und ich wurde sogleich gewahr, daß im Hause etwas vor sich ging. Atemlos und ohne Hut langte ich an, durchnäßt bis auf die Haut, mit zerschrammten Händen und kotverkrusteten Schuhen.

»Wir waren schon so gut wie sicher, daß Sie sich verirrt hätten, Sir«, hörte ich den alten Butler sagen, und vernahm darauf meine eigene Stimme, schwach und fern wie die eines anderen Menschen.

»Mir ist's nicht besser ergangen.«

Doch schon in der nächsten Minute fand ich mich im Arbeitszimmer dem betagten Folkloristen gegenüber. Er hielt jenes Buch in Händen, das ich für ihn eingepackt hatte. Ein sonderbares Lächeln umspielte seine Züge.

»Ich hätte nie geglaubt, daß Sie's wagen würden, *zu Fuß* hierherzukommen – und noch dazu in dieser Nacht!« sagte er.

Wortlos starrte ich ihn an. Innerlich platzte ich schier vor Ungeduld, ihm meine Erlebnisse zu berichten und danach seinen Erklärungen zu lauschen. Doch sobald ich nach Worten und Sätzen suchte, dünkte meine Geschichte mich plötzlich schal und unbedeutend, ja lösten ihre Einzelheiten sich mehr und mehr in nichts auf, zergingen und entzogen sich dergestalt aller Erinnrung.

»Es war ein aufregender Weg«, stotterte ich, noch immer ein wenig außer Atem nach all dem Gerenne. »Unten an der Bahnstation war noch das schönste Wetter!«

»Auch jetzt ist das Wetter noch schön«, versetzte er. »Freilich, oben am Berg mag man ab und an schon in den Abendnebel geraten. Aber das hab' ich nicht gemeint.«

»Was sonst meinen Sie?«

»Ich meine«, sprach er und schmunzelte weiterhin so spöttisch in sich hinein, »daß Sie schon recht beherzt gewesen sein müssen, heute nacht über die verwunschenen Hügel zu wandern, denn es ist ja der erste Mai, und in der ersten Mainacht, wissen Sie, ist *den andern* Macht gegeben über das Denken von uns Menschen, so daß sie ihren Zauber werfen können über unsere Einbildungskraft …«

»Wer sind das – *die andern?* Wen meinen Sie damit?«

Er legte mein Buch neben sich auf den Tisch und sah mir eine Weile wortlos in die Augen. Und während er dies tat, stieg mein Abenteuer mir wieder in allen Einzelheiten herauf, so daß ich auch flüchtig des schattenhaften Mannes gedenken mußte, der mir zu Beginn meines Weges die Richtung gewiesen. Was nur mochte es sein in den Zügen des alten Volkstumsforschers, das mich nun an jenen Mann denken machte? Ein Dutzend verschiedenster Dinge durchzuckte mein aufgestörtes Denken, und während ich noch trachtete, all das zu ordnen, hörte ich den Alten weiterreden. Fast schien es, als spräche er nicht so sehr zu mir denn zu sich selber.

»Die Elementarwesen natürlich, für die Sie immer nur

Hohn und Spott übrighatten. Jene, die unablässig wirksam sind hinter aller vordergründigen Erscheinungswelt, und die sich unsrer Stimmungen und unsres Denkens bemächtigen können. Und ein extremer Mensch wie Sie – denn alles Extreme ist ganz besonders anfällig – fällt ihnen nach Fug und Recht zur Beute.«

»Und was nicht noch alles!« unterbrach ich den Sprecher und wußte doch nur zu gut, daß ich mich hoffnungslos bloßgestellt, ja daß mein Gegenüber schon so gut wie alles erraten hatte. »Jeder Mensch mag mitunter seine subjektiven Erlebnisse haben, und …«

Doch der Satz blieb mir im Halse stecken – der Wandel in den Zügen des Alten hatte mich zu sehr erschreckt: seine Augen fixierten mich genauso, wie jener Mann am Berghang es getan, und sie waren, so schien's mir, nun ebenso verschattet.

»*Zauberei!*« entgegnete er. »Das alles ist zaubrischen Ursprungs! Und solch ein Zauber muß Ihnen recht nahe gekommen sein, ja mag Sie sogar berührt haben.« Und dann fragte er scharf: »Ist Ihnen irgend jemand begegnet? Haben Sie mit jemandem gesprochen?«

»Ich bin an Tom Bassetts Hütte vorbeigekommen«, sagte ich. »Ich war mir des Wegs nicht mehr sicher und bin hineingegangen und habe gefragt.«

»Nichts als Zauberei«, wiederholte der Alte für sich. Und dann, wieder an mich gewandt: »Übrigens, Bassetts Hütte – die ist vor drei Jahren niedergebrannt. Was davon übrig ist, sind nur die geborstenen Grundmauern …«

Er hielt inne, weil ich ihn am Arm gepackt hatte. Hinter ihm, in der Verschattung des von der Lampe nur spärlich erhellten Zimmers, glaubt' ich verschwommene Gestalten an den Bücherregalen vorüberstreichen zu sehn! Doch sobald ich den Blick auf sie konzentrierte, lösten sie sich in nichts auf, verschwanden in den Wänden und in der Zimmerdecke. Hingegen wurden die Einzelheiten meines Berghütten-Abenteuers wieder lebendig in mir, und so hielt ich den Arm meines Freundes gepackt, um Bericht zu erstatten. Doch sobald ich den Mund auftat, löste alles sich auf, als

wär's ein Traum gewesen, der sich unsern verständlichen Worten entzieht.

Der Freund sah mich an und lachte.

»Das machen sie immer – sie löschen uns hinterher das Gedächtnis«, sagte er begütigend. »Und nichts bleibt zurück – nichts als eine Gestimmtheit, eine Emotion, die uns zeigt, wie tief jene Berührung auf uns eingewirkt hat. Freilich, bisweilen bleibt *doch* etwas zurück von solcher Verwandlung und dauert in uns fort – in Ihrem Fall ist es so, wie ich hoffe.«

Und noch ehe ich Zeit gefunden, zu antworten, mich zu verteidigen oder zu protestieren, trat er mit raschem Schritt hinter mich und schloß die Tür zum Vorhaus. Dann zog er mich tiefer ins Zimmer. Und die Veränderung in seinen Zügen, jener mir unbegreifliche Wandel, griff weiter um sich.

»Wenn Sie noch Mut genug haben, mich zu begleiten«, sagte er in tiefem Ernst, »so wollen wir nochmals ins Freie, um weitere Dinge zu sehen. Bis Mitternacht ist noch Gelegenheit dazu, und in meinem Beisein werden Sie sich nicht so sehr – werden Sie nicht so …«

Es war mir schlechterdings nicht möglich abzuwinken. Alles und jedes wirkte zusammen, und so mußt' ich wohl oder übel mitgehen. Wir aßen eine Kleinigkeit und traten dann hinaus in das Vorhaus, wo er sich einen Schlapphut auf den ergrauten Schädel stülpte. Ich nahm einen Mantel und langte mir einen Stock aus dem Schirmständer. Wahrhaftig, ich wußte kaum, was ich tat! Das Neue, dem mein Innres sich erschlossen hatte, schien noch immer rings zu vibrieren.

Während wir auf den Kiesweg hinaustraten, fiel durch die Fenster des Vorhauses ein Lichtschimmer auf meines Freundes Gesicht, und ich bemerkte nunmehr, daß der Wandel, den ich während der ganzen Zeit wahrgenommen, sich nunmehr seiner Vollendung näherte. Schon war um die Züge des Alten jenes starke, wunderbare Fluidum ewiger Jugend, wie ich es auch an den Insassen der Berghütte gesehen. Um vierzig Jahre schien er plötzlich jünger! Doch die

Augen waren nun verschattet, und ich hätt' schwören mögen, daß er an Größe zugenommen hatte, ja daß er neben mir einherschritt mit einer Kraft und Energie, wie ich dergleichen noch nie zuvor an ihm erlebt!

Und während wir in schweigender Gemeinsamkeit den Hügel hinanstiegen, sah ich, daß die Sterne uns klar zu Häupten standen, daß da kein Nebel mehr war, daß die Bäume reglos aufragten in die windstille Nachtluft und daß weit drüben auf den Hügelkuppen Lichter her- und hintanzten, bald aufblinkend, bald erlöschend, wie im Wasser gespiegelte Sterne.

PETER JACOBI

Löschen Ja/Nein?

»Herein!«

Kronstedt seufzte, weil Culianu an diesem Nachmittag schon zum dritten Mal in sein Zimmer trat. Culianus fettige schwarze Haare waren verstrubbelt, das Hemd hing hinten aus der Hose. Er hatte rote Flecken im Gesicht und schwenkte aufgeregt eine Diskette in der Hand. Was für eine atavistische Methode, Informationen zu überbringen, dachte Kronstedt, und setzte ein gewinnendes Lächeln auf. Das MTI war ein Haifischbecken, und man konnte nie wissen, wen man einmal brauchen würde.

»Na, den Stein der Weisen gefunden?«

»Kronstedt! Ich glaube tatsächlich, ich hab's!«

Kronstedt war zusammengezuckt, als Culianu ihn mit rollendem »R« und hörbar bukarestem Akzent beim Namen gerufen hatte. Matei Culianu war rumänischer Staatsbürger, Kronstedt hingegen ein Deutscher aus Temeschburg in Siebenbürgen, der noch zu Zeiten des eisernen Vorhangs unter unendlichen Schwierigkeiten aus Rumänien geflüchtet war.

»Hier!«, schrie Culianu. Seine fleischige behaarte Hand knallte die Diskette wie eine Trumpfkarte auf die Schreibtischplatte. »Das ist die Lösung!«

Vor einem halben Jahr hatte Kronstedt die Dummheit begangen, Culianus Aufmerksamkeit auf das Problem des wachsenden Datenmülls im Bereich wissenschaftlicher Publikationen zu lenken.

Allein im Fach Informationstechnologie, hatte er Culianu, der über irgendein Austauschprogramm der EU zu einem Zeitvertrag in der Institutsbibliothek gekommen war, jovial erklärt, verdopple sich das Wissen alle zwei Monate. »Der Anteil nicht mehr aktueller wissenschaftlicher Arbeiten macht derzeit etwa siebzig Prozent der Veröffentlichungen aus!«

Die Energie, die Computernetze und Datenbanken zur Bereitstellung dieser überflüssigen Informationen verschlängen, entspreche der Jahresleistung zweier Kernkraftwerke.

Culianu hasste Kernkraftwerke.

Seither war er regelmäßig in Kronstedts Zimmer aufgetaucht und hatte ihn mit Hunderten von (unpraktikablen) Vorschlägen, wie man das »Müllproblem« in den Griff kriegen könne, genervt.

»Dürfte ich bitte …?«

Kronstedt spürte ungläubig, wie Culianu ihn sanft an den Schultern hochzog und aus dem Stuhl bugsierte.

»Hören Sie – ich bin hier mitten in der Arbeit.«

Aber da hockte Culianu schon mit glänzendem Gesicht vor Kronstedts Computer, schob die Diskette in den Schlitz und gab Befehle ein. Ein durchdringender Schweißgeruch stieg von ihm auf. Kronstedt trat einen Schritt zurück. Er musste Acht geben, dass der eingefleischte Widerwille gegen alles Rumänische in ihm nicht überhand nahm. Dergleichen Ressentiments waren am MTI verpönt. Hier arbeiteten über zwanzig Nationalitäten und ethnische Gruppierungen konfliktlos zusammen: Israelis mit Syrern, Inder mit Pakistanis, Kurden mit Türken, Siebenbürger mit Rumänen …

»Da!«

Culianus fleischiger Zeigefinger deutete auf den Bildschirm.

Er hatte den Onlinekatalog der Institutsbibliothek aufgerufen.

»Hier sind, wie Sie sehen, weit über viereinhalb Millionen Titel aufgelistet, darunter jede Menge Schrott. Jedenfalls bis mein kleines Programm auf den Plan tritt und in ein paar Nanosekunden die Inhalte sämtlicher in der Bibliothek versammelter Publikationen abgleicht und die Anzahl der derzeit noch aktuellen Titel feststellt.«

Culianu gab einen Befehl ein, und auf dem Bildschirm erschien in dicken roten Buchstaben die Zeile:

Culianus Programm hatte die Titelanzahl – wie es Kronstedts eigene Berechnungen voraussagten – um gute zwei Drittel reduziert. Kronstedt war wie elektrisiert. Wenn das Programm wirklich funktionierte, war es Millionen wert!

Er beugte sich über Culianus Schulter und tippte den Namen Nemoianu ein. Das war der Name seines Bukarester Mathematikprofessors, eines parteihörigen Volltrottels, dessen Theorien schon zu Stalins Zeiten überholt gewesen waren. Auf dem Bildschirm erschienen die drei Veröffentlichungen Nemoianus und daneben blinkten die Worte:

VERALTET. LÖSCHEN JA / NEIN?

Während Culianu vom Stuhl aufsprang und mit fiebrigem Blick im Raum herumspazierte, um Aufbau und Funktionsweise seiner revolutionären Neuerung zu erklären, nahm Kronstedt vor dem Computer Platz und tippte seinen eigenen Namen ein. Fassungslos blickte Kronstedt auf die rot blinkende Zeile neben der stattlichen Reihe von Titeln, die er verfasst hatte:

VERALTET. LÖSCHEN JA / NEIN?

»Sie müssen mir helfen!« Culianu stand über Kronstedt gebeugt und schob sein schweißiges, glückstrahlendes Gesicht ganz nah an ihn heran. »Sie haben einen Namen, Verbindungen, Autorität. Ohne Ihre Hilfe schafft das Programm den Durchbruch nicht. Bitte!«

Kronstedt sah zu Culianu auf. Blickte in die braunen Basedowaugen, die gläubig an seinen Lippen hingen, notierte die Schuppen auf Culianus nicht mehr ganz sauberem Kragen, roch den Schweiß und hoffte, dass der andere nicht den blanken Hass in seinen Augen sah.

»Bevor ich zusage, müsste ich das Programm natürlich auf Herz und Nieren prüfen.«

»Selbstverständlich.« Culianu strahlte. Er werde Kronstedt sofort allein lassen. Auf der Stelle! Er schien im siebten Himmel zu sein und schwebte förmlich über den Teppich. An der Türe drehte er sich noch einmal um.

»Ist noch was?«

Culianus hervorquellende braune Augen blickten Kronstedt eine ganze Weile melancholisch an. Endlich klappte Culianu die Türe zu und ging.

Zwei Tage später erhielt er die Diskette mit einem kurzen Schreiben Kronstedts zurück. Sorry, aber das Programm sei doch zu oberflächlich und hielte einer genaueren Überprüfung nicht stand.

Die für den Herbst fällige Verlängerung des Zeitvertrags von Culianu wurde vom Verwaltungsrat des MTI nicht gebilligt.

»Herostrat« kam im Frühjahr auf den Markt.

So hieß das von Kronstedt für Bibliotheken entwickelte Updateprogramm, das selbstständig lesen konnte und Onlinepublikationen, die nicht mehr auf dem letzten wissenschaftlichen Stand waren, automatisch löschte.

Es schlug wie eine Bombe ein und machte Kronstedt zu dem von Professoren und wissenschaftlichem Forschungspersonal am meisten gehassten Menschen dieser Erde.

Mitte April war bereits die erste Million auf seinem Konto eingetrudelt. Kronstedt ging es ausgezeichnet. Verschwunden die Albträume, in denen sich ein glupschäugiger Rumäne über sein Kopfkissen beugte. Der gesunde Nachtschlaf kehrte wieder. Culianu war nicht wieder aufgetaucht und würde es wohl auch nicht mehr tun.

Als die Kontokarte auf Nimmerwiedersehen im Bankomat verschwand, glaubte er zunächst an Zufall.

Auf der Bank sagte man ihm, derartiges geschehe bei Karten, die das Erkennungsprogramm des Bankomats als ungültig oder gefälscht identifiziere. Kronstedt verlangte nach dem Bankdirektor.

»Kein Problem, Herr Kronstedt«, versicherte der Bankdi-

rektor, ein hoch gewachsener Mann mit sorgfältig gewelltem Haar, der in der gleichen Straße wie Kronstedt wohnte und ihn immer höflich grüßte. »Wir stellen Ihnen unverzüglich eine neue Karte für Ihr Konto aus.«

Kronstedt nannte die Nummer. Der Bankdirektor lächelte und trat neben die Angestellte, die bereits die Nummer in den Computer tippte. Kurz darauf runzelte er die Stirn.

»Sind Sie sich sicher, dass es die richtige Nummer ist?«

»Völlig.« Kronstedt griff in die Jackentasche und holte einen zerknitterten Kontoauszug hervor. »Hier. Es müssten derzeit eine Million einhundertvierzigtausend Mark drauf sein.« Der Bankdirektor und die Angestellte beugten sich über den Auszug. Sie tippten etwas in den Computer, tuschelten und sahen dann wieder zu Kronstedt hinüber. Schließlich kam der Bankdirektor gemessenen Schritts auf ihn zu. Sein Gesicht war bleich.

»Es tut mir Leid, aber wir können das von Ihnen angegebene Konto nicht bei uns entdecken …«

Kronstedt drehte urplötzlich durch und griff zur Gewalt. Seine Rechte schnellte vor, packte die Krawatte des Mannes und zog ihn ganz nah zu sich heran. Kronstedt schrie den entsetzten Angestellten zu, dass er ihnen fünf Minuten Zeit gebe, den Irrtum zu beheben, sonst verliere ihr Chef sein Gesicht und zwar im wahrsten Sinn des Wortes.

Es dauerte keine drei Minuten, bis schwer bewaffnete Polizisten in die Bankfiliale stürmten.

Der verhörende Beamte war sehr höflich und bot ihm Kaffee und Zigaretten an. Er hörte aufmerksam zu und blätterte dabei im Kronstedts Pass, der vor ihm lag. Dann stellte er eine verblüffende Frage: »Wie heißen Sie wirklich?«

Kronstedt glaubte, nicht richtig gehört zu haben. »Kronstedt! Genau wie's in meinem Ausweis steht.«

»Der ist gefälscht.«

»Unmöglich!«

»Er ist, wie ich gern zugebe, perfekt gefälscht, aber das Einwohnermelderegister weist unter Kronstedt keinen Eintrag auf.«

Es war das erste Mal seit Wochen, dass Kronstedt wieder an Culianu dachte. Er verlangte einen Anwalt. Der Anwalt, ein quirliger Mittdreißiger, reagierte unverzüglich und bestellte für den nächsten Vormittag drei MTI-Kollegen ein, die Kronstedts Identität verbürgen konnten.

Der kleine Hellmann wurde als Erster in den abgedunkelten Raum geführt. Durch ein kleines Fenster konnte man Kronstedt und drei weitere intellektuell wirkende Personen (den Pfarrer, einen Sozialarbeiter sowie den Gefängnispsychologen) sehen.

»Ist Kronstedt unter diesen vier Personen?«

Hellmann starrte Kronstedt an. Kronstedt war bleich und hatte schwarze Stoppeln im Gesicht.

»Nein.«

»Sind Sie sich dessen sicher?«

»Ja.«

Vor Wohlbehagen hätte Hellmann fast gegrunzt. Smith und Vanhoven würden es ihm gleichtun. Kronstedts verdammtes Bücherverbrennungsprogramm hatte ihr gesamtes wissenschaftliches Werk gelöscht.

Die Unterlagen aus Temişoara (Temeschburg) gingen dem Ermittlungsrichter vier Wochen später zu. Aus ihnen ging zweifelsfrei hervor, dass es sich bei Kronstedt um einen rumänischen Staatsbürger handelte, der sich illegal in der Bundesrepublik aufhielt.

An einem lauen Frühlingstag des Wonnemonats Mai wurde Kronstedt, begleitet von zwei Beamten des Bundesgrenzschutzes, in einer regulären Lufthansa-Maschine zurück nach Bukarest verschoben.

Es war der Tag, an dem der Einwanderungsbeamte von Miami Mr. and Mrs. Culianu die begehrte Greencard überreichte. Zur Feier des Tages fuhr Culianu mit seiner frisch gebackenen Ehefrau zu Angelo's. Nach dem Essen brachte er einen Toast auf Kronstedt aus.

»Er muss sehr eitel gewesen sein.«

Culianu betrachtete sie gerührt. Obwohl erheblich jünger als er, verfügte sie über Lebenserfahrung und zog stets die richtigen Schlüsse.

Kronstedts Eitelkeit war das Einzige an ihm gewesen, auf das man sich hundertprozentig hatte verlassen können. Culianu war davon ausgegangen, dass Kronstedt »Herostrat« vor der Veröffentlichung bestimmt mit einem kleinen Beiprogramm versehen würde, das die eigenen wissenschaftlichen Veröffentlichungen unlöschbar machte. Und damit hatte Kronstedt das heimtückische Virus ausgelöst, das in allen Netzwerken der Erde sämtliche seiner persönlichen Daten löschte und die einströmenden Tantiemen für das Programm auf die Konten eines gewissen Matei Culianu lenkte.

H. G. Wells

Der gestohlene Bazillus

»Und dies hier«, sagte der Bakteriologe und schob ein Glasplättchen unter das Mikroskop, »ist das Präparat des berühmten Cholerabazillus – der Krankheitskeim der Cholera.«

Der bleichgesichtige Mann schaute ins Mikroskop. Er war offensichtlich an derartige Dinge nicht gewöhnt und hielt eine schlaffe weiße Hand über sein freies Auge. – »Ich sehe recht wenig«, sagte er.

»Drehen Sie an dieser Schraube«, riet der Bakteriologe. »Vielleicht hat das Mikroskop nicht die richtige Einstellung für Sie. Da gibt es große individuelle Unterschiede. Nur die Spur einer Drehung in die eine oder andere Richtung.«

»Ah! Jetzt sehe ich etwas!« sagte der Besucher. »Nicht besonders viel allerdings. Kleine Striche und Flecken in Rosa. Und diese kleinen Partikel, diese bloßen Atömchen, könnten sich vervielfachen und eine ganze Stadt ausrotten! Grandios!« Er richtete sich auf, löste das Glasplättchen vom Mikroskop und hielt es gegen das Fenster. – »Kaum sichtbar«, sagte er, das Präparat prüfend. Er zögerte. »Und sind sie – lebendig? Sind sie jetzt, in diesem Augenblick, gefährlich?«

»Diese hier wurden getötet und eingefärbt«, sagte der Bakteriologe. »Ich für meinen Teil wünschte, wir könnten alle dieser Art auf der ganzen Welt töten und einfärben.«

»Ich vermute«, sagte der Bleichgesichtige mit einem leichten Lächeln, »daß es Sie nicht gerade reizen würde, solche Dinger im lebenden – ich meine, im aktiven Zustand um sich zu haben.«

»Im Gegenteil, wir sind dazu gezwungen«, erwiderte der Bakteriologe. »Hier zum Beispiel.« Er ging durchs Zimmer und nahm eines von mehreren versiegelten Proberöhrchen. »Das ist das lebende Exemplar. Eine Kultur von tatsächlich lebenden Seuchenbazillen.« Er zögerte. »In Flaschen abgefüllte Cholera, gewissermaßen.«

Ein schwaches Aufleuchten der Befriedigung zeigte sich sekundenlang im Gesicht des blassen Mannes. »Eine mörderische Angelegenheit, so etwas um sich zu haben!« sagte er, das Röhrchen mit den Augen beinahe verschlingend.

Der Bakteriologe beobachtete den Ausdruck morbiden Vergnügens in der Miene seines Besuchers. Dieser Mann, der ihn heute nachmittag mit einem kurzen Empfehlungsschreiben eines alten Freundes aufgesucht hatte, interessierte ihn schon allein wegen der Verschiedenheit ihrer beiden Naturen. Das glatte schwarze Haar und die hintergründigen grauen Augen, der verhärmte Ausdruck und das zerfahrene Wesen, das sprunghafte, aber doch brennende Interesse seines Besuchers bildeten eine ungewohnte Abwechslung gemessen an den gleichmütigen Bemerkungen der gewöhnlichen wissenschaftlichen Arbeitskräfte, mit denen es der Bakteriologe sonst hauptsächlich zu tun hatte. Es war wohl nur zu verständlich, angesichts eines Zuhörers, der sich offensichtlich so stark vom lebensgefährlichen Aspekt des Gegenstandes beeindrucken ließ, daß sich der Bakteriologe bemühte, das Ganze ins wirkungsvollste Licht zu rücken.

Er wog nachdenklich das Proberöhrchen in der Hand. »Ja, hier drin ist die Seuche verwahrt. Man zerbricht einfach eines dieser Röhrchen über einem Trinkwasserreservoir, befiehlt diesen winzigen Teilchen Leben, die man zuerst einfärben und unter dem schärfsten Mikroskop betrachten muß, um sie überhaupt zu sehen; die man weder riechen noch schmecken kann, – man befiehlt ihnen: Geht hin, gedeiht und vermehrt euch, füllt die Brunnen, – und der Tod – ein rätselhafter, unergründlicher Tod, ein Tod, plötzlich und schrecklich, voller Qual und Erbärmlichkeit käme über diese Stadt, würde umherziehen und seine Opfer suchen. Der Ehefrau würde er den Mann rauben, der Mutter das Kind, den Staatsmann würde er mitten aus seinen Pflichten reißen, den Arbeiter aus seinen Plagen. Er würde den Wasserleitungen folgen, die Straßen entlangschleichen, da ein Haus auswählen und heimsuchen, dort ein anderes, wo sie ihr Trinkwasser nicht abkochten, er würde in die Brunnen der Mineralwassererzeugung schleichen, auf

Salatblättern und in Gefrorenem lauern. Er würde in Pferdetrögen schlummern und in öffentlichen Brunnen darauf warten, von arglosen Kindern getrunken zu werden. Er würde in die Erde sickern, um an tausend unvermuteten Orten in Brunnen und Quellen wieder aufzutauchen. Einmal in der Wasserversorgungsanlage, würde er, noch ehe man ihn ankündigen oder aufhalten könnte, die gesamte Hauptstadt entvölkert haben.«

Er brach plötzlich ab. Man hatte ihm schon öfters gesagt, daß Rhetorik seine schwache Seite sei.

»Aber hier ist er sicher verwahrt, müssen Sie wissen, ganz sicher!« Der bleichgesichtige Mann nickte. Seine Augen glänzten. Er räusperte sich. »Die Anarchisten, diese Schufte«, sagte er, »sind Narren, völlige Narren! Bomben zu werfen, wenn Mittel dieser Art zur Verfügung stehen! Ich glaube …«

An der Tür war ein leises Klopfen zu vernehmen. Der Bakteriologe öffnete. »Hast du eine Minute Zeit, Liebling?« flüsterte seine Frau.

Als er das Laboratorium wieder betrat, blickte sein Besucher gerade auf die Uhr. »Ich hatte keine Ahnung, daß ich Ihre Zeit eine ganze Stunde lang in Anspruch genommen habe!« sagte er. »Zwölf Minuten vor vier. Um halb vier hätte ich gehen sollen. Aber es war einfach zu interessant. Jetzt darf ich wirklich keine Minute mehr bleiben. Ich habe um vier eine Verabredung.«

Sich mehrmals bedankend, verließ er den Raum. Der Bakteriologe begleitete ihn zur Tür und ging dann gedankenverloren durch den Korridor in sein Laboratorium zurück. Er sann über die Herkunft seines Besuchers nach. Der Mann war jedenfalls weder von germanischer noch von typisch romanischer Art. – »Ein unheimlicher Kauz, scheint mir!« sagte der Bakteriologe bei sich. »Wie er sich am Anblick der Bakterienkulturen geweidet hat!« Plötzlich durchfuhr ihn ein beunruhigender Gedanke. Er wandte sich zur Bank neben dem Wasserbad und darauf schnell zum Schreibtisch. Dann nestelte er hastig in seinen Taschen und stürzte schließlich zur Tür.

»Vielleicht habe ich es auf den Korridortisch gelegt!« sagte er. »Minnie!« rief er heiser durch den Korridor.

»Ja, Liebling«, kam es aus einiger Entfernung.

»Habe ich irgendwas in der Hand gehabt, als ich vorhin mit dir sprach?«

Pause.

»Nichts, Liebling. Ich weiß noch …«

»Verdammt!« schrie der Bakteriologe, schoß zur Haustür und die Treppe hinunter auf die Straße.

Minnie, als sie die Tür zuschlagen hörte, lief erschrocken ans Fenster. Unten auf der Straße stieg eben ein schlanker Mann in eine Droschke. Der Bakteriologe rannte wild gestikulierend, ohne Hut und in Hausschuhen, auf die Gruppe zu. Er verlor einen Pantoffel, achtete aber nicht darauf. »Er ist verrückt geworden!« murmelte Minnie. »Das macht seine entsetzliche Wissenschaft!« Sie öffnete das Fenster und wollte ihm etwas nachrufen. Dem schlanken Mann, der sich plötzlich umsah, schien ebenfalls der Gedanke an zerrüttete Geistesverfassung zu kommen. Er zeigte hastig auf den Bakteriologen, sagte irgend etwas zum Kutscher, die Tür der Droschke flog zu, die Peitsche knallte, die Hufe der Pferde klapperten, und im nächsten Augenblick hatte die Droschke, mit dem aufgeregten Bakteriologen dicht in ihrem Gefolge, das Ende der Straße erreicht und war um die Ecke verschwunden.

Minnie starrte noch minutenlang regungslos aus dem Fenster. Sie war wie betäubt. »Natürlich ist er exzentrisch«, überlegte sie. »Aber so durch London zu stürzen – mitten in der Osterzeit – und das in Socken!« Ein glücklicher Einfall kam ihr. Hastig setzte sie ihren Hut auf, griff nach den Schuhen ihres Mannes, ging in den Korridor, nahm seinen Hut und den leichten Überzieher vom Kleiderständer, trat aus dem Haus und rief eine Droschke, die glücklicherweise gerade vorbeikam. »Fahren Sie mich die Straße hinauf und rund um Havelock Crescent, und passen Sie auf, ob dort irgendwo ein Herr in Samtjacke und ohne Hut herumläuft!«

»Samtjacke und ohne Hut. Sehr wohl, gnädige Frau.«

Und der Kutscher trieb auch sofort ganz ungerührt sein Pferd an, so als erledigte er solche Aufträge jeden Tag.

Wenige Minuten später wurde die kleine Gruppe von Kutschern und Herumtreibern an der Haltestelle bei Haverstock Hill vom wilden Vorüberrattern einer Droschke mit einer rötlichen Schindmähre von einem Pferd aufgeschreckt.

Alles verstummte, als sie vorüberfuhr. Nachdem sie verschwunden war, sagte ein untersetzter Gentleman mit dem Spitznamen Old Tootles: »Harry Hicks war das. Was hat denn der für Fuhre?«

»Der knallt aber die Peitsche!« rief der Laufbursche von der nächsten Kneipe.

»Holla!« entfuhr es dem armen, alten Tommy Byles. »Da kommt der nächste Wahnsinnige! Hol's der Teufel!«

»Das ist der alte George«, sagte Old Tootles. »Hat auch einen Verrückten dabei, genau wie du sagst! Was? Klettert der Kerl etwa aus der Kutsche? Vielleicht ist er hinter Harry Hicks her!«

Das Grüppchen belebte sich. Chor: »Weiter, George!« – »Volle Fahrt!« – »Du kriegst ihn!« – »Schneller!«

»Feiner Renner!« sagte der Laufbursche.

»Da soll mich ja gleich …«, schrie Old Tootles. »Achtung! Gleich bin ich mit dabei! Da ist noch einer! Wenn die nicht alle übergeschnappt sind!«

»Was Weibliches, diesmal!« sagte der Laufbursche.

»Sie ist hinter *ihm* her«, sagte Old Tootles. »Sonst ist's immer umgekehrt.«

»Was hat sie denn in der Hand?«

»Sieht aus wie ein Hut.«

»So was Verrücktes! Drei gegen einen – alle hinter George her!« sagte der Laufbursche. »Da!«

Unter stürmischem Applaus fuhr Minnie vorüber. Es war ihr nicht gerade angenehm, aber sie hielt es für ihre Pflicht, und so raste sie weiter, Haverstock Hill hinunter und Camden Town High Street hinauf, die Augen unbeirrt auf die ausdruckslose Rückfront des alten George gerichtet, der ihren streunenden Ehemann unbegreiflicherweise entführte.

Der Mann in der vordersten Droschke saß zusammenge-
kauert in einer Ecke, seine Arme fest verschränkt, die kleine
Röhre, die Möglichkeiten für ein unübersehbares Vernich-
tungswerk barg, fest in der Hand. Seine Gemütsverfassung
war eine Mischung aus Furcht und Frohlocken. Zunächst
befürchtete er einmal, eingeholt zu werden, bevor er noch
sein Vorhaben ausführen konnte; dahinter jedoch lauerte
ein unbestimmtes, aber um so bangeres Entsetzen über die
Grauenhaftigkeit seines Verbrechens. Dennoch übertraf das
Frohlocken bei weitem alle Furcht. Kein Anarchist vor ihm
hatte sich je an so etwas gewagt. Ravachol, Vaillant, all diese hervorragenden Männer, die er um ihren Ruhm beneidet
hatte, verschwanden neben ihm in Bedeutungslosigkeit. Er
mußte nur an die Wasserversorgungsanlage kommen und
über dem Reservoir die Röhre aufbrechen. Wie brillant er
alles geplant hatte: das gefälschte Empfehlungsschreiben,
mit dem er sich Zugang zum Laboratorium verschafft hatte,
und wie geschickt er die Gelegenheit genützt hatte! Die
Welt würde noch von ihm hören! All die Leute, die ihn ver-
höhnt, verachtet, die Gesellschaft anderer der seinen vorge-
zogen hatten, sie mußten ihn nun endlich beachten. Tod,
Tod, Tod! Immer hatten sie ihn behandelt wie eine Null. Die
ganze Welt hatte sich verschworen, ihn im Hintergrund zu
halten. Nun würde er ihnen zeigen, was es hieß, einen
Mann einfach abzudrängen! Was war denn das für eine
bekannte Straße? Great St Andrews Street natürlich. Und
wie stand es eigentlich? Er lugte vorsichtig aus dem Fenster.
Der Bakteriologe befand sich kaum fünfzig Schritt hinter
ihm. Das war bedenklich. Zum Schluß holte man ihn noch
ein! Er suchte in seiner Tasche nach Geld und fand eine
Münze. Die reichte er durch die Luke dem Kutscher.
»Schneller!« rief er. »Bloß weiter – fort!« Das Geldstück
wurde blitzschnell ergriffen. »Jawohl!« sagte der Kutscher,
das Fenster flog zu, und die Peitsche sauste über die
schweißglänzenden Flanken des Pferdes. Die Droschke
schwankte, und der Anarchist, halb aufgerichtet, stemmte
die Hand mit der Glasröhre auf das Spritzleder, um das
Gleichgewicht zu halten. Da spürte er, wie das spröde Ding

zersprang. Die Stücke klirrten auf den Boden. Mit einem Fluch fiel er auf den Sitz und stierte verzweifelt auf die zwei, drei Tropfen, die auf dem Leder hingen.

Es schauderte ihn.

»Nun ja. Ich werde also der erste sein! Gleichviel – ein Märtyrer immerhin. Trotzdem ein miserables Ende. Ob es wirklich so weh tut, wie man sagt?«

Gleich darauf kam ihm ein Gedanke. Er tastete zwischen seinen Füßen herum. Ein Tropfen befand sich noch im Bodenstück der Röhre; den trank er, um sicherzugehen. Es war besser, sicherzugehen. Jedenfalls würde er sich treu bleiben.

Dann fiel ihm ein, daß nun keine Notwendigkeit mehr bestand, vor dem Bakteriologen zu flüchten. Auf der Wellington Street befahl er dem Kutscher zu halten. Er stieg aus. Auf dem Trittbrett glitt er aus. Ihm war merkwürdig zumute. Dieses Choleragift wirkte schnell. Er winkte den Kutscher davon. Die Arme über der Brust verschränkt, wartete er auf den Bakteriologen. Etwas Tragisches lag in seiner Haltung. Das Bewußtsein des nahen Todes verlieh ihm eine gewisse Würde. Er begrüßte seinen Verfolger mit herausfordernem Lachen

»Vive l'Anarchie! Sie kommen zu spät, mein Freund! Ich habe es getrunken! Die Cholera nimmt ihren Lauf!«

Der Bakteriologe blinzelte ihn durch seine Brille hindurch neugierig an. »Sie haben es getrunken. Ein Anarchist! Nun verstehe ich.« Er wollte noch etwas sagen, hielt aber plötzlich inne. Ein Lächeln spielte um seine Mundwinkel. Er öffnete die Tür der Kutsche, wie um auszusteigen. Da hob der Anarchist mit weitausholender Gebärde die Hand zum Abschied und ging in Richtung Waterloo Bridge davon, sorgsam darauf bedacht, so viele Leute wie möglich mit seinem verseuchten Körper zu streifen. Der Bakteriologe war von diesem Anblick so gefangen, daß er kaum Erstaunen über das Auftauchen Minnies, die nun mit Hut, Schuhen und Überzieher herankam, zeigte. »Gut, daß du mir meine Sachen bringst«, murmelte er, immer noch in die Betrachtung der entschwindenden Gestalt versunken.

»Setz dich lieber in die Droschke«, sagte er, dem anderen nachstarrend. Minnie war nun vollkommen davon überzeugt, daß er verrückt geworden war, und gab dem Kutscher eigenmächtig die Anweisung, sie nach Hause zu fahren. »Meine Schuhe anziehen? Natürlich, Liebling!« sagte ihr Mann, als die Kutsche wendete und die davoneilende dunkle Gestalt, nun winzig in weiter Entfernung, seinem Blick entzog. Ein grotesker Gedanke schoß ihm durch den Kopf, und er lachte auf. »Trotzdem, es ist wirklich äußerst ernst!« bemerkte er. »Weißt du, der Mann ist zu mir auf Besuch gekommen. Er ist Anarchist. Nein – bitte fall nicht gleich in Ohnmacht, sonst kann ich dir nicht weiter erzählen. Ich wollte ihn beeindrucken – ich hatte natürlich keine Ahnung, daß er Anarchist war –, nahm eine Kultur jener neuen Spezies von Bakterien, von der ich dir erzählt habe, daß sie bei diversen Affenarten blaue Flecken erzeugt; in meiner Unvernunft gab ich vor, es handle sich um die Erreger der asiatischen Cholera. Sogleich machte er sich damit davon, um das Londoner Trinkwasser zu vergiften, möglicherweise hätte er eine schöne Bescherung angerichtet. Und jetzt hat er es selbst geschluckt. Natürlich kann ich nicht mit Sicherheit sagen, was passieren wird. Aber wie du weißt, hat sich damals die kleine Katze blau verfärbt – die Hunde und der Sperling – alle himmelblau. Das Ärgerliche an der ganzen Sache ist nur, daß es mich wieder Geld und Zeit kostet, neue Bakterien zu präparieren.

Den Mantel soll ich anziehen bei der Hitze? Warum denn, bitte schön? Weil wir Mrs. Japper begegnen könnten? Aber Liebling – Mrs. Japper ist doch kein kalter Luftzug. Warum soll ich denn an einem so heißen Tag einen Mantel tragen, nur wegen Mrs. ... Mein Gott! Also gut!«

Quellenverzeichnis

ALGERNON BLACKWOOD (1869–1951); engl. Erzähler. »Am ersten Abend im Mai« aus *Der Griff aus dem Dunkel*. Gespenstergeschichten. Übers. Friedrich Polakovics. Copyright © 1973 by Insel Verlag, Frankfurt am Main. Abdruck mit freundlicher Genehmigung.

RAY BRADBURY (geb. 1920); am. Schriftsteller. »Die Liebesaffäre« aus *Die Laurel & Hardy-Liebesgeschichte und andere Erzählungen*. Übers. Otto Bayer. Copyright © 1990 by Diogenes Verlag AG, Zürich. Abdruck mit freundlicher Genehmigung.

TRUMAN CAPOTE (1924–1984); am. Schriftsteller. »Das Blumenhaus« aus *Frühstück bei Tiffany*. Übers. Marion F. Steipe. Copyright © 1959 by Limes Verlag in der F.A.Herbig Verlagsbuchhandlung GmbH, München

RAYMOND CARVER (geb. 1939); am. Schriftsteller. »So viel Wasser so nah bei uns« aus *Wovon wir reden, wenn wir von Liebe reden. Erzählungen*. Übers. Helmut Frielinghaus. Copyright für die deutsche Ausgabe © 2000 by Berlin Verlag, Berlin. Abdruck mit freundlicher Genehmigung.

SUSANNE FISCHER (geb. 1960); dt. Literaturwissenschaftlerin und Autorin. »Fatale Heiraten« erscheint hier mit freundlicher Genehmigung der Autorin. Copyright © by Susanne Fischer.

DAVID GATES (geb. 1947); am. Schriftsteller. »Die Postbotin« (Übers. Helmut Frielinghaus) in: Michael Naumann (Hrsg.) *Made in the U.S.A. Neue Stories aus Amerika*. Copyright © 1994 by Rowohlt Verlag GmbH, Reinbek. Abdruck mit freundlicher Genehmigung.

ANTON TSCHECHOW (1860–1904); russ. Dichter. »Die Braut« aus *Die Dame mit dem Hündchen. Meistererzählungen.* Übers. Hertha von Schulz. Copyright © 1967 by Rütten & Loening, Berlin.

JOHN UPDIKE (geb. 1932); am. Schriftsteller. »Beim Blutspenden« (Übers. Hermann Stiehl) aus *Gesammelte Erzählungen.* Copyright © 1971 by Rowohlt Verlag, Reinbek. Abdruck mit freundlicher Genehmigung.

ALICE WALKER (geb. 1944); am. Schriftstellerin. »Ein überraschender Ausflug nach Hause im Frühling« aus *Freu dich nicht zu früh! 14 radikale Geschichten.* Copyright © 1987 by Weismann Verlag Frauenbuchverlag, München. Abdruck mit freundlicher Genehmigung.

H(ERBERT) G(EORGE) WELLS (1866–1946); engl. Schriftsteller. »Der gestohlene Bazillus« aus *Die Perle der Liebe.* Erzählungen. Übers. Maria Gridling, Gertrud J. Klett, Lena Neumann. Copyright © 1982 by Paul Zsolnay Verlag, Wien/ Hamburg. Abdruck mit freundlicher Genehmigung.

EUDORA WELTY (geb. 1909); am. Schriftstellerin. »Livvie« aus *Ein Wohltätigkeitsbesuch. Erzählungen.* Übers. Susanne Schaup. Copyright © 1983 by Klett-Cotta, Stuttgart. Abdruck mit freundlicher Genehmigung.

THOMAS WOLFE (1900–1938); am. Schriftsteller. »Der Löwe am Morgen« (Übers. Susanna Rademacher) aus *Sämtliche Erzählungen.* Copyright © 1967 by Rowohlt Verlag, Reinbek bei Hamburg. Abdruck mit freundlicher Genehmigung.

In den Fällen, in denen es nicht möglich war, den Rechtsinhaber resp. Rechtsnachfolger zu eruieren, konnte ausnahmsweise keine Nachdruckerlaubnis eingeholt werden. Honoraransprüche der Rechtsinhaber bleiben gewahrt.

Ammann-Gebhardt

Zauberhafte Weihnachtszeit

Erinnerungen aus 100 Jahren

176 Seiten. Hardcover
ISBN 978-3-7655-3811-7

Alle Jahre wieder gibt es diese wunderbare Zeit, in der Lichter leuchten, der Duft nach Tannengrün und Spritzgebäck durchs Haus weht, alle Menschen ein Stück näher zusammenrücken und einem besonderen Tag entgegenfiebern: Heiligabend.
Ob in der Bescheidenheit des Krieges, während der Wirtschaftswunderzeit oder in den guten Jahren der 2000er – Weihnachten bleibt etwas Unvergleichliches.
Ilse Ammann-Gebhardt blickt zurück auf 100 Jahre Weihnachtserinnerungen, erzählt von Weihnachtserlebnissen ihrer großen Herkunftsfamilie, von Freunden und Bekannten und schließt mit der ergreifenden Weihnachtschronologie der Bibel.
Eine wärmende Weihnachtslektüre.

BRUNNEN VERLAG GMBH
www.brunnen-verlag.de

DIANA

Das anspruchsvolle Programm

Martin Walser

Martin Walser schreibt Glanzstücke deutscher Prosa unserer Jahre. »… er bewährt sich als Meister der Beobachtung und der Psychologie, als Virtuose der Sprache.«

Marcel Reich-Ranicki, FAZ

62/100

Jenseits der Liebe
62/100

Ein fliehendes Pferd
62/113

DIANA-TASCHENBÜCHER

DIANA

Das anspruchsvolle Programm

Elizabeth von Arnim

Mit viel Charme, feinem Humor und frischer Lebendigkeit schildert Elizabeth von Arnim die Gesellschaft ihrer Zeit.

62/178

Verzauberter April
62/173

Elizabeth und ihr Garten
62/178

Priscilla auf Reisen
62/221